LA FUENTE DE LA EDAD

AUSTRAL NARRATIVA

LUIS MATEO DÍEZ

LA FUENTE DE LA EDAD

PRÓLOGO
JOSÉ MARÍA MERINO

AUSTRAL NARRATIVA

Primera edición: 22-X-1992
Tercera edición: 4-VI-2007

Diseño de cubierta: Joaquín Gallego
Preimpresión: MT, S. L.

Depósito legal: M. 23.033—2007

ISBN 978—84—670—2580—4

Espasa, en su deseo de mejorar sus publicaciones, agradecerá cualquier sugerencia que los lectores hagan al departamento editorial por correo electrónico: sugerencias@espasa.es

Impreso en España/Printed in Spain
Impresión: Unigraf, S. L.

Editorial Espasa Calpe, S. A.
Vía de las Dos Castillas, 33. Complejo Ática - Edificio 4
28224 Pozuelo de Alarcón (Madrid)

ÍNDICE

PRÓLOGO

FUENTES DE ESTA «FUENTE»

Entre los años 1963 y 1966 se editó en León una revista de poesía, *Claraboya,* que alcanzó los 19 números y desapareció bruscamente tras la publicación de un poema titulado «No amanece» («No amanece. / Pasan los días y no amanece. / Pasan las nubes sobre el mar / y no amanece / ....»). Ahí era nada, afirmar tal cosa —aunque fuese en las páginas casi secretas de una revista poética— en tiempos en que el «España empieza a amanecer» era aún uno de los artilugios ideológicos de la autoridad competente. Fue autor del poema José Antonio Llamas, que con Agustín Delgado, Ángel Fierro y Luis Mateo Díez formaba el joven equipo fundador y responsable de aquella revista, a la que también aportaban su labor gráfica los entonces incipientes artistas plásticos Higinio del Valle, Javier Carvajal y Antón Díez.

Si se considera lo que podía ser en aquellos años tenebrosos la vida en una capital de provincias tan remota como León, se comprenderá lo sorprendente de que *Claraboya* presentase en sus páginas textos de Hans Magnus Enzensberger, Bertolt Brecht o Nazim Hikmet, que dedicase números monográficos a los poetas del movimiento *beat* —Kerouac, Ferlinghetti, Ginsberg—, a la nueva poesía cubana, a la Poesía Negra, a la poesía gallega de posguerra —en textos bilingües— o a las relaciones entre literatura y cine, que publicase estudios críticos sobre autores como Salvador Espriu, José Ángel Valente o Francisco Brines, y, sobre todo, que se propusiese revalorizar la figura de Luis Cernuda, como poeta fundamental del Grupo del 27.

En aquellos tiempos en que el aislacionismo era uno de los pilares de la identidad de España, en cuanto *reserva espiritual de Occidente,* es fácil imaginar el esfuerzo y el entusiasmo que tuvo que poner en su empresa aquel grupo de jóvenes, y de qué modo, ante la cotidiana mediocridad de un entorno mezquino, el grupo debió constituir un conjunto peculiar, entregado con fervor a la edición de su revista.

El propio Luis Mateo Díez, al escribir sobre aquel tiempo, se ha referido a «el ímpetu de la imaginación que recobra su voluntad inspiradora, que te hace pensar que no todo es irremediablemente inútil y abyecto, que alrededor de la amistad y el vino un poema es, al menos, un aliento subterráneo...». Es natural que, en aquel ambiente, el grupo se sintiese más identificado con el Turín de Pavese que con la Venecia de Ruskin, que tuviese entre sus mitos antes el cine de Luis Buñuel que el de Marilyn Monroe, y que leyese con mucha más delectación a César Vallejo que a Vicente Aleixandre.

Si he aludido con tanto detalle a aquel tiempo y a aquella revista, es para resaltar un aspecto importante en el fraguarse del imaginario de Luis Mateo Díez: su confraternización casi clandestina con otros literatos y pintores en ciernes, en un León lúgubre y huraño —y en un Oviedo que no lo era menos—, donde, como refugio, los soñadores sólo podían encontrar la literatura, la ilusión conspiratoria y la ginebra de garrafa. A mi juicio, esa confraternización, en clave caricaturesca, ha quedado reflejada en obras como LA FUENTE DE LA EDAD y *El expediente del náufrago.*

Pero la primera formación viene, como es lógico, de mucho más atrás, del tiempo de la infancia, en que la imaginación de Luis Mateo Díez se había ido nutriendo de otros elementos. Así, su fascinación temprana por la lectura, de los clásicos del Siglo de Oro a los de las novelas de aventuras, en un hogar culto —su padre, Florentino Agustín Díez, estudioso de aspectos legales y organizativos de la vida local, ha publicado también obras literarias y otras relacionadas con aspectos históricos y folclóricos—, en un entorno social minero y campesino, donde había dejado su huella aquel filántropo institucionista, amigo de Gumersindo de Azcárate, que se llamó Francisco Sierra Pambley.

Y, de modo también importante, el haber escuchado a muchos y excelentes narradores orales, cuando todavía la televisión no había destruido las reuniones que, tras la cena, tenían como objeto, precisamente, el contar y el escuchar historias. Que la costumbre estaba muy arraigada en León lo demuestra la cantidad de nombres con que tradicionalmente llegó a denominarse, según la comarca en que se practicaba: hila, hilorio, hilandar, velada, hilandorio... y, sobre todo, *filandón.* En Villablino y su comarca —donde vivió su infancia Luis Mateo Díez—, la reunión hasta tenía sus diferentes sesiones y, cuando se celebraba antes de la cena, recibía el nombre de *calecho.*

«Eran las horas del contar —escribió Sabino Ordás al recordar aquellas instituciones rurales— sucedidas en la costumbre vecinal... Las horas del contar venían de muy atrás, de una herencia acaso tan larga como la que había transmitido la sabiduría de todas las labores... Y allí apostados nos quedábamos en la penumbra mecedora, mientras una voz iniciaba el relato y otra le sucedía... Antiguas y simples, voces y narraciones brotaban para el placer de esas horas que marcaban un punto álgido en nuestra convivencia».

Aquellos relatos abarcaban toda clase de historias y anécdotas, desde aventuras de indianos y de *huidos* hasta amores desventurados, pasando por engaños asombrosos, terribles venganzas, hambrunas y catástrofes colectivas, y, recurrentes en aquellas tierras abruptas, de ganadería y pastoreo, cuentos de lobos. Y sin duda eran mucho más interesantes que los otros medios de comunicación que el mismo Sabino Ordás recordaba: el periódico atrasado que amarilleaba enfundado en la solapa del envío; la revistilla, casi siempre pía, que languidecía bajo el tedio de las moscas, y el aparato de radio, que solía ser un objeto mudo, de lámparas fundidas, difíciles de reponer.

En esa niñez cercana a las cadencias del tiempo rural, empapada de fábulas leídas y escuchadas —verdades, mentiras y ficciones—, y en esa juventud en que la literatura era la señal profunda de una amistosa cofradía, están algunas de las fuentes seguras de la obra de Luis Mateo Díez, y muy especialmente de LA FUENTE DE LA EDAD, que forma, con *Las estaciones provinciales y El expediente del náufrago,* una peculiar trilogía novelesca.

Sin embargo, el que esas tres novelas —de cuyo mundo sería una derivación la titulada *Las horas completas*— recojan escenarios similares y hasta el eco de un bullicio reconocible de personajes y tramas, no quiere decir que ésos sean los únicos caminos literarios del autor, que ya en sus dos primeras obras narrativas mostraba versatilidad especial para la fabulación novelesca.

En su primer libro, *Memorial de hierbas,* Luis Mateo Díez ofrecía un conjunto de dieciséis relatos en que, unificados por el rigor de un estilo personal —que ya entonces se mostraba sin titubeos— y la consistencia de las tramas, se reunían temas de muy diferente proyección, que tocaban con igual destreza lo mítico que lo fantástico o lo humorístico —historias de canónigos, de peregrinos, de pícaros, de indianos que regresan, de profesores atrabiliarios—, dentro de un propósito estético fuertemente expresionista. En cuanto a su segundo libro, reunió bajo el título *Apócrifo del clavel y la espina* dos novelas cortas, una —la que daba nombre al conjunto— que relataba momentos singulares del nacimiento y extinción de un señorío rural a lo largo de un milenio, tratando con la minuciosidad de las estampas de los *libros de horas* diversos sucesos recogidos en la memoria o la ensoñación colectiva, y el otro, *Blasón de muérdago,* que reconstruía la agónica aventura física y espiritual de un señor arruinado, náufrago en su casona, desvalijada por los acreedores, a lo largo de su último invierno.

Aunque eran diversos los ambientes y los temas que se apuntaban en sus primeras obras narrativas, nuestro autor escogió como escenario, para su primera novela larga, una pequeña capital de provincia española, desde su firme preferencia —hecha pública reiteradas veces, en artículos y entrevistas— hacia esos espacios novelescos que, «ahondando en lo particular, nos llevan a lo universal», como los del citado Pavese y otros autores, también apreciados por Luis Mateo Díez, cuya obra está estrechamente relacionada con lugares, reales o imaginarios, que se caracterizan por su condición de microcosmos: la Vetusta de *Clarín,* la Ferrara de Bassani, el Dublín de Joyce, la Florencia de Vasco Pratolini, el Pilares de Pérez de Ayala, el condado de Yoknapatawpha de Faulkner...

Imaginó, pues, un León borrosamente especular, localizado en la segunda década de la inmediata posguerra, y un modo de narrar en que el realismo estuviese obligado a transgredir continuamente sus límites naturales, tanto por las situaciones en que se desenvuelven los personajes, como por la expresión conceptual y el tratamiento del lenguaje. Como tema de aquella primera novela, inventó las andanzas y quebrantos de un periodista de corazón insumiso, en pesquisas que le van permitiendo conocer la corrupción y la impostura de la sociedad en que vive. *Las estaciones provinciales,* que así se titula tal novela, supuso el inicio de la construcción de un espacio novelesco inconfundible, que en LA FUENTE DE LA EDAD adquiere toda su plenitud y que llega, en *El expediente del náufrago,* a convertirse en una poderosa alegoría, aunque casi todos los elementos alegóricos y simbólicos estén ya presentes en LA FUENTE DE LA EDAD.

Como conocerá el lector que tiene la paciencia de estar leyendo este prólogo, LA FUENTE DE LA EDAD describe una aventura colectiva, la de los sedicentes Cofrades de Nuestro Benéfico y Alcohólico Padre Gerónides —dados al festejo carnal, pero también a la lírica y a cierto refinado esoterismo— dentro de sus beligerantes relaciones con «esa secta menopáusica del Casino».

Los inicios de la lectura nos permiten suponer que nos encontramos —transportados allí por la agudeza de una mirada divertida y amante de lo burlesco— en los años más puros del franquismo profundo, y que en una visión satírica de aquella época ominosa, unida a un repaso moral, radica la intención del autor, para quien los Cofrades serían una forma de contestación popular al mundo autoritario de los prebostes y los prepotentes. Pero luego vamos comprendiendo que esa supuesta capital de provincias en el mediofranquismo, sin perder su imagen esperpénticamente verosímil, acoge un decorado mucho más generalizador, y una escena donde las cosas van mucho más allá de la simple crítica de la vida española en los cincuenta.

La confrontación entre los Cofrades y «los del Casino» nos permite conocer los valores de cada uno de los contrincantes. Frente al orden cicatero y ramplón, que representarían «los del Casino» con su afición a la llamada protohistoria y sus fiestas exclusivistas y ridículas, al servicio de «los zascandiles y las sotanas» que «de la inteligencia han hecho un vertedero», los Cofrades, para oponerse a la realidad opresiva y sórdida en que aquéllos sustentan su supremacía, exaltan una imaginación alucinada y libertaria, dada a la lírica indecorosa y a preocupaciones extraacadémicas, y exaltadora de «la saya de Afrodita y el laurel de Baco».

Alejándonos un poco de la estricta referencia a los años cincuenta, y en una parábola más profunda sobre los juegos del poder, podríamos también pensar que la novela ofrece la contraposición entre dos mundos permanente e irrevocablemente enfrentados: «los del Casino» representarían el mundo de los *instalados,* y los Cofrades representarían el de los *perdedores,* que sólo por las convenciones internas del propio relato novelesco se hacen coincidir con «lo oficial» y «lo no oficial», pues ya se sabe, al menos en el campo de la literatura y el arte, que por pura conveniencia de los ostentadores de cierto estatus, suele mantenerse una falacia tópica que contrapone a «lo oficial» —identificado comúnmente con el poder político— un ámbito de supuesta libertad, independencia y pureza, cuando lo cierto es que en tal ámbito suelen encontrarse poderosísimos *instalados,* que ejercen muchas veces el poder de modo mucho más perverso que el pretendido «mundo oficial» y que, además, mantienen con él sutiles lazos de relación. Pero también podríamos pensar que los Cofrades representan esa reacción contra la cultura establecida que acaba poniendo en solfa el canon dominante, y abriendo el camino hacia una sensibilidad diferente y un modo renovado de contemplar el fenómeno de la creación artística.

Crónica de la pugna entre *instalados* y *marginados,* pero también parábola enardecida sobre las relaciones entre la imaginación —la literatura— y la vida, donde se intenta desvelar algo del tesoro maravilloso que pretenden encontrar los Cofrades, sobreponiéndose a la flaqueza de su carne, y que es, ni más ni menos, la *fons juventutis* del Paraíso terrenal, de la que surge la fuerza prístina e inmortal, esa fuente que, entre otros, buscó infructuosamente Juan Ponce de León en la Isla de Bimini.

Por encima de la estrafalaria actitud de los Cofrades, y aunque en la novela vayan apareciendo continuamente personajes que muestran, con la narración de sus desvaríos o la disposición de su talante, el absurdo de cualquier afán, permanece el mito de esa fuente de la que fluye la belleza misteriosa de la vida, que el arte y la poesía, entre los más dignos empeños humanos, intentan imaginar y llegan incluso a atisbar, cuando consiguen sus mejores logros. Y es ese aspecto el que saca definitivamente la novela de cualquier aledaño realista para llevarla al territorio de lo mítico. Pues aunque el entramado de la novela —reflejo grotesco de un mundo real, que sería el único posible— se mueva en una degradación irremediable, que contamina y ensucia a los propios soñadores, se mantiene viva la idea de que, por encima de tanta miseria, sigue y seguirá fluyendo la corriente de la imaginación, como quimera redentora de la esperanza humana.

Al hablar de los años de formación de Luis Mateo Díez me he referido a aquellas veladas de la infancia en que nuestro autor asistía, embelesado, a la narración directa de innumerables historias, y he relatado su pertenencia militante a una cofradía de jóvenes poetas y artistas. Quiero intuir que la alucinación de los Cofrades y su controversia con «los del Casino» podría recrear, en clave de farsa y tras el filtro de la poesía y de los sueños, la secreta ilusión literaria y algunos episodios de aquella experiencia del autor, cuando era joven editor de una revista incómoda para la autoridad; en cuanto a las historias que sin cesar se van sucediendo para encanto y maravilla del lector, tienen la tensión y el sabor de los buenos relatos orales, y sin duda nos devuelven, transfigurada, la fascinación de Luis Mateo Díez, oyente en los *calechos* y *filandones* de la infancia.

Pero tal reflexión no agota las filiaciones de esta espléndida novela. Para empezar, se ha dicho de ella que es cervantina, y es innegable su parentesco con la más importante de las novelas de nuestra historia literaria, tanto en lo andariego de la trama y en lo sorprendente de los sucesos como en lo adecuado de las razones; incluso hay momentos en que el autor ha debido querer rendir homenaje al Maestro, como en el del discurso de Ángel Benuza junto al Caño Rucayo —«Estos tiempos emputecidos que nos tocó vivir son hijos de la ignominia y del desastre»—, abundando en ello el mote del mulo Celenque o el hilarante episodio de *La cueva del tesoro,* en que la oscuridad propicia confusiones que traen el reflejo de aquella otra en que el Ingenioso Hidalgo, brumadas las costillas, tenía bien asida a Maritornes, mientras invocaba la fe de la sin par Dulcinea. Sin embargo, esta obra, en su parentesco estético, puede relacionarse también con otras, tanto de nuestra tradición como de otras diferentes, con hallazgos de las grandes vanguardias e incluso con discursos narrativos no estrictamente novelescos.

En ella resuenan, con fecunda ironía, los ecos de la novela picaresca, y todo el episodio de La Omañona nos lleva, con mordacidad, a una peculiar evocación de la novela pastoril; los Cofrades, tanto en su gusto por las cosas del cuerpo como en su fervor *contracultural,* encontrarían buen acomodo entre los secuaces del noble Pantagruel; también está presente en todo el libro el recuerdo del gran don Ramón de las barbas de chivo, conviviendo felizmente con elementos de la panoplia surrealista y con escenas familiares al mundo de Kafka y de Beckett; y, sin referirme otra vez al expresionismo, los fatigosos trajines de sus personajes suscitan un aire de comedia cinematográfica, en que se mezclarían los ademanes y visajes de los inolvidables cómicos del cine americano —mudo y sonoro— con los de los actores de esas películas italianas de los sesenta que nos hacían reír a mandíbula batiente mientras nos presentaban situaciones individuales o históricas de estridente dramatismo.

Pero quisiera señalar con alguna precisión los elementos que, a mi juicio, hacen que esta novela —que en el año 1987 fue galardonada con el Premio de la Crítica y el Nacional de Literatura— se mantenga tan fresca y reluciente como cuando salió de las manos de su autor, en estos tiempos de cambios vertiginosos y lluvia pertinaz de novedades literarias.

La novela, en que se va desplegando un juego implacable de burlas y venganzas, es ante todo la historia de una búsqueda, de un descubrimiento y de un ajuste de cuentas, y la trama con que todo ello está urdido, no sólo está bien concebida y resulta sólida, sino que se enreda incesantemente con otras tramas paralelas, para mayor interés y brillantez del conjunto. Trama principal y tramas secundarias se desarrollan a lo largo de múltiples espacios y paisajes igualmente ingeniosos y bien perfilados, desde las terrazas y tejados de la ciudad hasta los salones de la Sociedad Recreativa del Casino, pasando, entre otros lugares, por el bar Capudre, el corral donde agoniza El Cautivo, la vivienda chamarilera de Olegario el Lentes, la casa donde puede encontrarse el famoso baúl, o el burdel de Emilia la Cordera, entre las noches urbanas que recorren borrachos amistosos y orates dicharacheros, o los riscos, campares, bosques y barrancos de un mundo agreste cuyos moradores deliran aún más, si cabe, que los habitantes de la ciudad.

Pues junto a la abundancia y solidez de las tramas de la novela debe resaltarse su condición coral, muestra de la capacidad de Luis Mateo Díez para dar consistencia a tantos personajes principales y manejarlos simultáneamente, haciendo que en su trayectoria se cruce un sinfín de personajes accesorios, llenos también de certeza y vigor. Solamente ese gusto por los personajes, su diversidad y encaje en los espacios más adecuados, y la habilidad en su tratamiento, serían suficiente testimonio de la excepcionalidad de Luis Mateo Díez en el panorama de la narrativa española contemporánea.

Por otra parte, es evidente la calidad y personalidad del estilo. En estas postrimerías que vivimos hay quien postula un lenguaje literario insípido, manso y sin facetas como el modelo que debería estar fatalmente condenado a seguir todo escritor avisado, pero puede sospecharse que con tales dictados se trata, simplemente, de disfrazar de virtud lo que, en algunos casos, no es sino debilidad y pobreza. El lenguaje de Luis Mateo Díez no es insípido ni manso, y sin duda su chisporroteo proviene de las muchas facetas con que está tallado —aprovechando los recursos de esta lengua española, tan predispuesta a la creación literaria—, con lo que su narración gana en eficacia sin por ello perder modernidad. No hay página en la novela en que no haya alguna imagen insólita, capaz de llegar hasta la médula de la sorpresa del lector. En el tono de los diálogos —que cumplen la triple función de caracterizar a cada personaje, servir de motor del relato y componer la estructura básica del estilo— hay ese equilibrio entre lo irónico y lo castizo que sólo saben alcanzar los verdaderos maestros.

Por último, es una novela bien medida. También ha surgido en estos momentos, tan poco clásicos, la tentación de alabar lo desmesurado y excesivo, cerrando los ojos ante reiteraciones y redundancias que lastran insufriblemente algunas novelas que, de otro modo, serían muy estimables, ya que la medida sigue siendo, como cuando el relato fluía de la boca del narrador, factor imprescindible para que se logre la intensidad cabal de lo narrado.

Acaso el sentido de la medida de Luis Mateo Díez, que da tanta fuerza a sus novelas, sea el rostro visible de un horror oculto por la deformidad, que se refleja en algunos de los elementos fabulosos de su imaginario —el misterioso ser convenido por los miembros de la *Peña Los Lisiados* de esta novela, o el *Pullus Trepidus,* resultado de la investigación científica, en *El expediente del náufrago*—. En cualquier caso, el lector agradece esa difícil contención —en un panorama novelesco que es sin duda el más exuberante y polifónico de la narrativa que hoy se escribe entre nosotros— y recorre las páginas embelesado, sin peligro de tedio, con una avidez que nunca se ve defraudada.

Pero sirva esta consideración sobre la desmesura para que el prologuista dé por terminada su tarea.

JOSÉ MARÍA MERINO
Jarabeltrán, 14 de junio de 1992

LA FUENTE DE LA EDAD

Para Floro, Miguel, Antón y Fernando
cofrades fraternos.

I

EL BAÚL DE DON JOSÉ MARÍA LUMAJO

1

LOS COFRADES

Bajo esa sombra primeriza del oscurecer, que parece una cortina granate en el relumbre de junio, Jacinto Sariegos se evade con el gesto solapado de la sabandija.

Tiene la atmósfera un vago esplendor de flores cautivas, yerbas quemadas, alientos lejanos de pinar, ráfagas inocentes que expanden momentáneamente sobre la ciudad el aroma de la arboleda y de las vegas.

Jacinto atesora en un instante ese aroma fluido que le libera de la salpicadura de los legajos, del polvoriento goteo de los expedientes, amordazados por los balduques en las destartaladas estanterías. Y avanza pegado a las aceras, vertiginoso sobre el desnudo riel de los bordillos, dispuesto a sobrevolar las esquinas con el fantasmal apresuramiento de quien está convencido de llegar tarde.

Antes, por el túnel del Archivo, donde se respira el vaho cotidiano de las apolilladas singladuras administrativas y los siglos apilan sus contenciosas efemérides entre las ruinas de las pilastras consistoriales, la sabandija era una ameba, cuyos seudópodos rastreaban cansados y ciegos el informe laberinto.

Sería el último en llegar a la azotea de Chon Orallo, donde la Cofradía iba a reunirse atendiendo a una invitación culinaria de Ovidio, el hermano de Chon, que había prometido una lujuriosa cazuela de ancas de rana. Siempre Jacinto contrariaba los cálculos del tiempo, temeroso y olvidadizo de citas y horarios, como si la vida subterránea del Archivo marcase un ritmo ajeno a todo: la cadencia impasible de aquel tiempo que allí se almacenaba, invasor e irremediable para los servidores.

Era preciso coronar los tres pisos del fúnebre caserón, alzado en la línea de la muralla donde se truncaba el riel del bordillo, que el abuelo de los Orallo reconstruyera con menos dinero del debido, al regreso de sus correrías mexicanas, ahuyentando a los viejos inquilinos para dar guarida a los herederos. Y ascender luego al abuhardillado refugio por el tramo suelto de la escalera, que se agarraba como el sendero a la cumbre. Una bombilla colgaba la desnuda miseria en el limitado rellano final, y el mugriento lucernario colaba a duras penas las cenitales lumbres del oscurecer.

Jacinto Sariegos llegaba, irremisiblemente condenado a exculpar su tardanza sin que nadie le diese crédito, pero como el mensajero a quien apura la noticia y desea alargar el momento de comunicarla, amparándose en acrecentar su valor y efecto. Golpeó la puerta de la buhardilla considerando un instante la rapada suciedad del puño de su camisa, y la veloz imagen de su difunta madre cruzó hacendosa el pasillo de su memoria.

—Están en ello —dijo el mensajero, con el gesto aturdido de quien da cuenta de una avería sin sustraerse a la sospecha de haberla provocado—. O nos metieron un submarino o alguno nos fuimos de la lengua —confirmó, exagerando la consternación.

Chon Orallo mantenía la puerta abierta y le observaba con el menosprecio de quien no admite justificaciones.

—Las ancas se ponen tiesas —declaró, colérica—. ¿No hay modo de que por una vez seas puntual?

—Uno anda por ahí laborando para la causa, gastando saliva y medias suelas —protestó Jacinto, aspirando sin entusiasmo el aroma que llenaba la buhardilla—. ¿Están todos?

—Paco y Benuza ya se comieron media hogaza y van por la segunda botella.

De la cocina, incrustada como un oscuro agujero donde la loma del tejado rozaba el suelo en su declive, con las vigas mullendo a duras penas aquella deforme caída, manaba un humo ralo, que ascendía lamiendo el marco de la puerta desvencijada. Ovidio Orallo asomó envuelto en un riguroso mandil, remangada la camisa y salpicada la cara de sudor y pimentón. Alzó la mano con el cucharón de madera a modo de enseña.

—Ave, Jacintín, ya los batracios anuros crepitan y borbollonea la cazuela. Si me tardas cinco minutos, se me derriten las extremidades. Anda, Chonina, avisa que voy.

La brisa del oscurecer traía a la azotea la fresca humedad de las vegas, apenas difuminadas en la línea de las choperas que escoltaban el río, desde el límite perdido del barrio, que apiñaba su mole como un envejecido enjambre alrededor de la catedral. Las blancas agujas góticas crecían como dos cipreses de piedra sobre los tejados.

—Al fin, Sariegos —exclamó Paco Bodes, elevando los brazos con el suspiro del que ve cumplida la penitencia.

Los reunidos rechazaron el saludo exculpatorio del mensajero, que abrió cohibido una silla de tijera para acercarse a la mesa.

—Pues ya estamos la totalidad —aseguró en seguida don Florín—. Y como siempre, y para tales ocasiones, no estaría de más comenzar brindando a la memoria de Nuestro Padre Gerónides.

—Sí —reafirmó Ángel Benuza llenando los vasos vacíos—, que sea la beoda santidad de Nuestro Padre quien ilumine nuestros cuerpos astrales, y especialmente en estas circunstancias, cuando nos disponemos a cometer un sacrilegio mitológico.

—Esperar a que venga Ovidio —exigió Chon.

—Vamos, Chonina, déjanos libar este rascante clarete, no nos pongas condiciones —pidió Paco.

Todos menos Benjamín Otero, el sobrino de don Florín, bebieron secundando el brindis. El muchacho hacía una bola entre la yema de los dedos con la miga de la hogaza, y mantenía esa tímida actitud del monaguillo al que le tiemblan las vinajeras.

—Chamín —dijo su tío colocando la servilleta al cuello—, no te tomes al pie de la letra los consejos del galeno, y no olvides que un convaleciente ya no es un enfermo.

—La salud se esponja en la mesa y, por supuesto, en el lecho —opinó Paco Bodes— yantar y ayuntarse, según la preclara lírica del Arcipreste.

Se aplacaban los cofrades esperando la cazuela, con esa sopesada expectativa del caminante que da por cierto el refugio final, la morada reparadora. Alrededor de la mesa la calva de don Florín resplandecía amoratada por las lociones experimentales, acaso excedidas en los últimos días, y el lobanillo de Paco Bodes fulguraba embadurnado con el ungüento amaracino. Ángel Benuza acarició la perilla liberando un pelo caduco que dejó caer como un mosquito muerto.

—Nuestro Padre Gerónides —dijo— y su nombre sea por siempre alabado, de quien tu tío Floro, Paco, Aquilino Rabanal y un servidor, somos evangelistas, exhortaba, querido Chamín, como signo de salud y bienestar, a la mística conjunción del lupanar y la taberna. La saya de Afrodita y el laurel de Baco.

—Afrodita, Afrodita —terció Chon Orallo, que colocaba el salvamanteles para la cazuela que Ovidio anunciaba a grandes voces desde la cocina—, la soez obsesión de ese guarnicionero carcamal que fue Gerónides. No les hagas caso, Chamín. Hay un principio femenino que impera sobre tanta manipulación y basura. Isis es el auténtico símbolo, y estos rijosos lo saben. La diosa madre, el poder mágico supremo.

—No desbarres, Chonina, no vengas a mezclarnos el Nilo con el Garaño. Y un respeto a Nuestro Padre —pidió Bodes.

—Me sacáis de quicio, no lo puedo remediar. Toda esta estúpida glorificación patriarcalista del lupanar y la taberna. ¿Qué mística conjunción ni qué ocho cuartos?

—Isis, querida amiga —explicó Benuza con la complacencia de un fraile en la conferencia cuaresmal—, es la diosa madre, eso nadie que tenga dos dedos de frente va a negártelo. Afrodita a su lado, una bagatela. Y está claro que por haber triunfado sobre la muerte, pudo devolverle la vida a su esposo Osiris, cuando éste se cayó del Panteón y quedó despedazado entre las aguas del Nilo. Ella recogió uno a uno sus trocitos. Pero al final, ¿qué es lo que le faltaba? Pues lo más importante, la pieza imprescindible, ese adminículo donde Osiris tenía el poder y la fuerza, como todo varón que se precie. El miembro.

—El cuerno del perchero de donde siempre cuelga vuestra sucia imaginación.

—Lo que tú digas, Chonina, pero Isis buscó como una loca ese sagrado instrumento, ese cetro magnético, que precisamente se había tragado un pez. Y no era un interés meramente simbólico el de la diosa madre, claro que no, era un interés genésico.

—Mira, Benuza, lo que de veras me gustaría saber es lo que hubiese sucedido si el pez, cosa nada difícil, hubiera picado el anzuelo de algún furtivo.

—Hija, no tengo yo hoy el cuerpo para especulaciones teológicas de tal voltaje.

—Mejor será —apuntó don Florín, que manoseaba nervioso la servilleta— pedirle a Isis que, al menos, a nosotros, por siempre nos libre de parecidos eventos.

Ovidio Orallo mostró la enorme cazuela, donde las ancas naufragaban en un mar crepitante. Algunas gozosas exclamaciones confirmaron el fervor de los cofrades. En la azotea, el eco de la charca, algo tan real o tan ficticio como todos los ecos sostenidos en la resonancia del oscurecer, fue de repente, como un ambiguo y molesto recuerdo para la sabandija mensajera. Sariegos era el último y el más remiso en admirar las alabadas extremidades.

—Una metáfora aproximada —dijo Paco Bodes, aspirando el aroma y observando glotón el naufragio— podría ser: pálidos muslos de verdes ninfas en el bullicio del pimentón.

Ovidio se había quitado el mandil y se sentaba al lado de los comensales, dispuesto a seguir comprobando el éxito de su guiso.

—Lo más chocante es que el cocinero no pruebe bocado —dijo Jacinto, descargando sin entusiasmo el cucharón en su plato.

—Manías —confirmó Chon—, escrúpulos y manías.

—Me gusta pescarlas y prepararlas, pero reconozco que después no me tientan —confesó Ovidio.

—A mí —dijo Jacinto— lo que no me agrada es pensar en ellas mientras las como. Una rana siempre tiene esa cosa rara, como de otro mundo.

—Nada, tonterías —opinó don Florín—; por deformación profesional, yo sería el más indicado para ponerlas en cuarentena, y ni caso. La prueba de la rana, una putada enorme para estos batracios inocentes, no me las hace menos apetitosas, y que conste, Ovidio, que estas ancas son superiores. Vaya tamaño.

—Están pescadas en la Charca de Cantarín, donde el regato.

—Lo problemático del banquete —dijo Ángel Benuza, limpiando la boca con la servilleta y sirviendo vino— es esa dimensión que tiene de sacrilegio mitológico. Bueno, problemático o emblemático. Hilando con lo que decíamos antes, Chonina, la rana era precisamente el atributo de la diosa Harit, que fue quien le echó una mano a Isis para resucitar y recomponer al descuartizado Osiris.

—A mí es que no me gusta pensar en ellas —observó Jacinto.

—Son unos seres —continuó Ángel, mondando hábilmente las ancas de su plato— lunares, representativos de la transición entre la tierra y el agua, y tienen ese destello ominoso, ese repelús, tan propio de animales de sangre fría.

—Pero el sacrilegio, Angelín, no parece preocuparte mucho —dijo Paco Bodes—, limas de tal modo que al paso que llevas vas a dejarnos a los demás a dos velas.

—El sacrilegio mitológico es un concepto que no tiene nada que ver con el cristiano. Yo lo cometo con plena conciencia de exaltación y festividad, sin mediatizaciones punitivas. El sacrílego es una especie de depredador venturoso.

—Te pierde la labia, Benuza —opinó Chon Orallo.

—Más me pierde el meneo de las hembras pecadoras, que son las que más me gustan —contestó molesto—. Y también esta salsa afrodisíaca que puede llevarnos a todos a la *debacle*. A ti también, Chonina, por mucho que te hagas la estrecha.

—Hay que felicitarte muy seriamente, Ovidio —dijo don Florín, cargando de nuevo el cucharón en la cazuela—. Chamín, acerca el plato, que esto es fundamental para reponer energías.

—No voy a poder terminar lo que tengo.

—Vamos, muchacho —le animó Paco Bodes.

—Están muy buenas pero demasiado fuertes.

—Es que no bebes.

—Dejarlo en paz —pidió Chon Orallo—. Chamín ya sabe gobernarse. Para mí, Ovidio, se te fue la guindilla.

—Yo no estoy de acuerdo —dijo Benuza—; en el pimentón y en la guindilla está la ciencia de este guiso.

—Yo coincido con Ángel —afirmó Paco—; además, con la guindilla conviene excederse siempre un pelín, lo justo para que se encienda la llama aromática. Nunca podré acordarme de una Oda a la Guindilla que escribí hace unos años. Uno de aquellos poemas que Aurelia Lucillo me tiró por el retrete.

Se alzaba la azotea con el desnudo paramento de ladrillos sobre el declive de los tejados, deformes en las abigarradas variaciones de hundimientos y colinas, oscurecidas las tejas por el humo de la antigüedad. Era como el recortado puente de mando de un raro navío, anclado en aquel mar de agolpadas techumbres.

Una cresta rojiza y destartalada amparaba la zona donde Ovidio Orallo almacenaba los artilugios de su taller, los cuadros y las llantas de algunas bicicletas colgados de la pared, los piñones, sillines, catalinas y guardabarros amontonados bajo el banco de trabajo. Los afanes ciclistas de Ovidio, diluidos en algunas lejanas y juveniles carreras, de las que apenas quedaba el recuerdo de una copa abollada y la borrosa fotografía de un apurado triunfo en la meta, habían derivado en su afición de mecánico, armador cuidadoso de bicicletas híbridas y experto en niquelados y pinturas al duco.

—Bueno, Jacinto —dijo don Florín cuando Chon retiraba la cazuela, en la que ya no podían ni apreciarse los restos del naufragio—, algo tendrá que contarnos.

El mensajero dejó el vaso vacío en la mesa y suspendió el gesto de alcanzar la botella más cercana. El circuito de sus pesquisas era mucho menos complicado que el laberinto del Archivo, donde las resmas y los anaqueles trenzaban los abigarrados espacios de aquella subterránea fosilización, donde transcurrían tantas horas de su vida.

—Hice lo que quedamos —aseguró, observando a los ya atentos cofrades—. Al llegar se lo comentaba a Chon: estar, están en ello, no cabe duda. Y o es mucha casualidad o de aquí se filtró.

—Vete al grano y no saques todavía conclusiones —le indicó Chon—, que eres muy dado a aventurar más de la cuenta.

—Lo que sospechábamos se confirma. Pacho Robla estuvo hablando de don José María Lumajo ayer mismo en la tertulia del Nacional. Es el tema que se trae con sus amigos del Casino, con Iruela y con Llombera y con Juanito Garfín. Lo que dijo Melendres es verdad.

—¿Y qué dijo Melendres? Para mí que nos estamos preocupando demasiado —repuso Paco Bodes—. ¿Es tan sospechosa y tan absurda la coincidencia? La figura de don José María ahí está, de nadie es patrimonio exclusivo.

—Ya —afirmó don Florín—, pero no vayamos a pecar de ingenuos. No deja de ser curioso que ahora, cuando estamos llegando a algunas conclusiones, y con la investigación de Aquilino muy avanzada, veamos a Pacho y a los suyos interesados en el ilustre presbítero. ¿Desde cuándo ni se habla ni se escribe por ahí de don José María?

—De cualquier modo, no veo razones para pensar que alguno se haya ido de la lengua. Y la casualidad tampoco debe descartarse. Pacho Robla anda con lo de la protohistoria a cuestas, y no me digáis que por esos vericuetos no tiene que tocar la obra del ilustre presbítero. ¿Qué veis de raro en ello?

—Uno lo que ve es al adusto coronel retirado —dijo Benuza— con la protohistórica chimenea de su cerebro echando un humo pestilente. Mala racha para el patrimonio histórico provincial el día que el obús le llevó sus partes, en vez de desarbolarle las meninges.

—Si dejarais que éste —intervino Chon— contase lo que tiene que contar, si es que lo tiene, que lo dudo.

Jacinto Sariegos alcanzó la botella y cuando fue a servirse comprobó que estaba vacía. Los rimeros abultaban como granos llenos de escamas por los túneles del laberinto. De las mohosas floraciones que carcomían el papel timbrado y de los quebradizos esqueletos de los expedientes de ruina surgía un tufo de pretéritas profundidades, que en el más imprevisto instante regresaba a su nariz, como el persistente recuerdo de una emanación funeral.

—Os repito —aclaró— que Melendres estuvo en la tertulia del Nacional y el tema de ayer fue don José María, igual que la otra tarde en el Casino. Pacho mencionó unas cartas del presbítero que, al parecer, dan muchos datos, muchas referencias de lo que se le quemó en el incendio de su casa de la Plaza Mayor. Una correspondencia que mantuvo con alguien dos o tres años antes de morirse.

—Ay, amigo, pues eso sí que es importante —confirmó Paco Bodes—, eso nos sitúa ahora mismo, después de tanto bregar, por debajo de la línea de flotación. Menudo descubrimiento.

—Un año laborando y, de pronto, el mismo asunto aparece en manos del coronel y de los suyos.

—Tampoco sabemos si es el mismo asunto —aclaró don Florín—. No estamos precisamente nosotros por lo de la protohistoria. Chonina, yo te rogaría una cosa, y perdona que abusemos: si algo te queda de aquel orujo con guindas, dadas las circunstancias, no nos vendría mal una copa.

—Del de guindas no queda ni gota —informó Ovidio—, pero sí hay media botella de marrasquino, si no está apolillada.

—Tráela, que nos arriesgamos —decidió Paco.

—Tú estate quieto —ordenó Chon a su hermano—. Vais a conformaros con un café. Contar las botellas de vino vacías y decirme si no está ya bien.

—Chonina, lo malo de ti —opinó Ángel Benuza— es ese gas que te gastas. ¿No hay piedad para los gaznates secos en el templo de Isis?

Chon Orallo fue a la cocina después de indicarle a Ovidio que pusiese los pocillos.

—Necesitamos más información —concluyó don Florín—. ¿De dónde procede esa correspondencia, quién la tiene? Imaginaros que el presbítero habla en ella del Manuscrito de La Omañona, que cuenta algo de la Fuente.

—El asunto ahí está —señaló Jacinto— y algo habrá por el medio. Si aquí ninguno nos fuimos de la lengua.

—De la lengua no se ha ido nadie, Jacintín —confirmó Benuza—. No somos unos cantamañanas, y nada tenemos que rascar con esa secta menopáusica del Casino. Hay que sonsacar más a Melendres.

—Pues a partir de estas horas, en el Capudre lo tenemos, con la Peña de los Lisiados.

—No cojas carrera, que viene Chon con el puchero.

—Y con un poco de vista le sacamos el marrasquino.

Chon Orallo sirvió el café llenando con mucho cuidado los pocillos.

—Entonces, ¿qué se decide? —preguntó.

—Se decide afinar la vigilancia y recabar más información —le contestó don Florín.

—Oye, Chonina —dijo Benuza—, este café de puchero no hay quien lo mejore.

—Pues, mira, tiene más achicoria que otra cosa.

—Doble virtud.

—Está que pide a gritos el colofón del aguardiente —insinuó Paco Bodes—. Justo el privilegio de los cafés hechos a conciencia.

Chon observó a los cofrades, que removían los pocillos exagerando el gesto admirativo.

—Anda, anda, Ovidio —ordenó—, dales ese matarratas.

Según se adensaba el oscurecer, la humedad de las vegas parecía hacerse más cercana. Ascendía el aliento del ejido con el frescor vegetal de los prados y las huertas. El río se había perdido en la línea de las choperas, como una serpiente que se oculta entre las zarzas. Por las torres de la catedral merodeaban los últimos grajos antes de cobijarse entre las piedras.

Los cofrades apuraron aquel licor exótico, degustando el polvoriento sabor de las cerezas amargas. En el puente de mando de la azotea la brisa contagiaba ese apacible rumor de un mar de junio, como si en el oleaje de los tejados se desprendiese un murmullo de peces, una salpicadura de escamas y de briznas.

—Aquilino —dijo don Florín— no va a llegar hasta el martes o el miércoles. Operan a una sobrina. Esto de la correspondencia de don José María va a pillarle desprevenido. Hay que moverse, no queda más remedio. Yo traía por aquí unos papeles para que hagamos un repaso. Lo primero a decidir son las fechas de la expedición. A él, una vez que esté en La Omañona, cualquiera le da lo mismo, pero lógicamente hay que fijarlas con tiempo, y hay que ultimar los preparativos.

—Siempre se habló de la segunda semana de julio —dijo Jacinto.

—Pues si nadie tiene inconveniente, podemos darla por buena. Tú, Chonina, ¿qué dices?

—Digo lo que dije: que voy. Y cuando decido una cosa ya no me vuelvo atrás, no seáis pesados. En el Instituto acabo a finales de mes, y los alumnos libres que me quedan no me duran día y medio, ni siquiera hay que darles cuerda para que se ahorquen.

—Así me gusta —corroboró Benuza, que se entretenía descifrando la borrosa etiqueta de la botella de marrasquino—. No olvidemos que en el Mágico Manantial conviene que beba primero alguna hija de Isis.

—Flamear de labios femeninos, en las aguas de siglos juveniles —recitó Paco Bodes—. Así canta Gaudencio Abrantes en el Deliquio de la Fontana.

—Primero habrá de producirse el hallazgo —consideró don Florín con ciertas reservas.

—Todo confluye, Floro, hazme caso —continuó Benuza—. Hacia la delimitación del Itinerario hay un soterrado fluir del que somos piezas engarzadas, en mayor o menor grado. Los acontecimientos de esta búsqueda tienen un perímetro astrológico, una paralela cósmica. En esta empresa, ninguno nos la meneamos por capricho. Hay un impulso motriz hacia la virtud oculta de la Fuente. El mismo impulso que definía Diódoro de Sagüera como potencia del Imán Bullente.

El eco de la charca devolvió a la memoria de Jacinto Sariegos su ficticio concierto, como si la apesadumbrada imagen del Archivo fuese absurdamente invadida por el croar de las aguas espesas, desbordadas en los túneles del laberinto. La sabandija percibió un ácido disgusto en el estómago, la ingrata sensación de las ancas indigestas resucitadas entre el limo y los juncos. Quiso aliviar con un sorbo de licor aquel inclemente y peligroso agujero de la memoria.

—Hay datos —decía don Florín, observando los papeles que había extraído del bolsillo interior de la chaqueta—para vislumbrar, al menos, algunas direcciones, siguiendo, como hemos decidido, las Excursiones Arqueológicas de don José María. Si nos situáramos en la casona de Aquilino tal que un día a dormir, yo calculo por lo menos cinco jornadas completas. Tú, Jacinto, que conoces algo aquel terreno, puedes darnos una idea mejor.

—Eso tiene que ser Aquilino —confesó Sariegos, a punto de descubrir en el rostro de los cofrades el sinuoso gesto de los batracios anuros—. Yo conozco La Omañona, como quien dice, desde la ventanilla del coche de línea.

—Esas excursiones, ya lo hemos dicho muchas veces, son las que hay que reconstruir al detalle —opinó Chon Orallo—. Y no puede decirse que hayamos avanzado mucho.

—Bueno, con la investigación de Aquilino y con lo que modestamente uno ha contribuido, por supuesto que con la ayuda de todos —dijo Ángel Benuza—, ya se puede dibujar un plano, determinar el Itinerario básico. Lo difícil, desde luego, es atinar con exactitud con todas las trochas y veredas del presbítero. Pero, en fin, la expedición se organiza para ir investigando sobre el terreno, y no va a faltarnos información directa que, a la postre, acabará siendo la mejor, no lo dudéis.

—Yo confío que el martes o el miércoles Aquilino nos traiga alguna novedad —indicó don Florín—. La entrevista en El Escorial con el padre Procopio, que tanto trabajo le ha costado concertar, puede ser importante.

—No nos hagamos ilusiones —dijo Benuza—. Ese agustino tiene la inteligencia averiada y el resentimiento en la faltriquera. El ilustre presbítero era para él un heterodoxo corajudo. Abomina de su recuerdo, estate seguro, y además le roe el cardenillo de la envidia. ¿Leisteis su último libro? *Conciencia y cruzada,* la soflama moral de una urraca tiñosa y nacionalsindicalista.

—Pero trató con don José María en los años cruciales, cuando el evento prodigioso.

—Estuvieron enzarzados en una de aquellas polémicas sobre el Mons Vindius. Tenían un amigo común, el arcipreste de Salientinos, don Ulpiano, en cuya casa rectoral comieron juntos más de una vez.

—Truchas comerían —apuntó Ovidio—. Ese don Ulpiano fue el mayor furtivo de las riberas del Orugo. He oído yo contar que paseaba todas las tardes, con veda y sin ella, a la orilla del río, el breviario abierto en la mano izquierda y la escopeta cargada en la derecha. Y trucha de tamaño apropiado que veía, cartucho que te meto.

—Hombre, don Ulpiano Curueño, casi nadie —rememoró Paco Bodes—. Sus versos didascálicos sobre figuras cimeras de la historia patria, veinticinco mil alejandrinos con jardinera, van de Corocota y Viriato a Millán Astray y Mola. Lírica heroica y desparramada, la del arcipreste montaraz. Cuando uno empezaba, no era raro encontrar a don Ulpiano de jurado en las justas provinciales. Y poeta joven que olía, cartucho que te meto, como dice Ovidio de las truchas. Algún perdigón suyo me quedará a mí en el culo.

Entre el rumor de la brisa se desgranó un leve campanilleo, algo parecido a una señal de esquilas perdidas en la vega lejana.

El aleteo de los grajos se había extinguido y en la caja nocturna se diluían los ecos del barrio, como si las sombras esparcieran el silencio en su caída invasora.

—Aquilino algo saca —aseguró don Florín—. Veréis cómo sabe entendérselas con el padre Procopio.

—Mal se puede ordeñar un becerro —dijo Benuza.

El campanilleo se transformó en una salpicadura metálica, que arreciaba en las sombras cercanas, como un aviso que emergiera del oleaje de los tejados.

Chon Orallo dejó la bandeja, en la que recogía los pocillos, y se quedó escuchando progresivamente consternada, igual que quien oye la solitaria señal del leproso en el sendero del monte.

—Dorina —musitó, avanzando hacia el muro de la azotea, mientras el campanilleo crecía—. Anda, Ovidio, baja a avisar.

Los cofrades escucharon entonces el canto de una voz atiplada, que se elevaba sobre la llamada metálica, abierta en la penumbra de los tejados como un dulce grito musical en el abismo:

Oíd, hermanitos,
la hora es llegada,
el mundo se acaba
según está escrito.

—Una inocente —informó Ángel Benuza, ante el gesto asombrado y curioso de Benjamín Otero—. La hija de Guisatecha, el teniente que vive abajo. Una hermosa doncella a quien los dioses privaron de la razón.

—Quédate ahí quieta, Dorina —gritaba imperativa Chon Orallo asomándose a la balaustrada. Ovidio había salido corriendo.

La voz ascendía con esa pletórica entonación de quien canta desde la altura del coro en una celebración sagrada. El techo nocturno ampliaba su resonancia, con el mismo acento patético y solemne que pudiese contenerla entre las naves góticas. Apenas el temblor metálico de la campanilla rasgaba esa dulzura melodiosa, vibrante y sostenida:

Se acaban pesares,
dineros y famas,
se hunden los montes,
se secan las aguas.

—Ahí tienes, Paco —dijo Benuza—, un buen ejemplo de la lírica originaria, la del juglar medieval, admonitorio y penitente.

Los cofrades acompañaron a Chon, que seguía pidiéndole a Dorina que no se moviese. La voz languidecía un instante para luego surcar, con un timbre más alto, las aéreas profundidades de la noche:

En esta ciudad
la suerte está echada,
ni Alcalde, ni Obispo,
ni cura ni ama.
Ninguno que mande
salvarse se salva,
ni el Papa de Roma
ni Franco en España.
Moros y judíos
la misma calaña,
gabachos y rusos
tampoco se salvan.

Por el declive del tejado aledaño, a la derecha de la azotea, avanzaba Dorina Guisatecha como una sonámbula extraviada en el peligro del abismo. Sus pies desnudos se deslizaban sobre el musgo de las tejas. El blanco camisón, que cubría su cuerpo menudo, ondeaba en la brisa como la débil enseña del buque fantasma. Llevaba en una mano la campanilla que batía entre sus cantinelas, y en la otra, el espadín de su padre, alzado con el gesto amenazador del ángel que portara la espada de fuego.

Caminó con seguro equilibrio, sin atender a las súplicas de Chon Orallo, hasta una chimenea. Sus largos cabellos se desmadejaban alargando su figura, desamparada y severa, en aquella cima, desde donde parecía contemplar el latido del mundo, la fronda ensoñada de todos los paisajes que el fuego arrasaría.

—Siéntate, siéntate ahí hasta que te cojan.

Apoyada en la chimenea comenzó a batir la campanilla con renovado estrépito. La llamada extendía un eco de afilados bronces, como si a su conjuro las campanas de todos los campanarios de la ciudad fuesen a tañer volteadas por alguna mano oculta.

—La inocencia la preserva —comentó Benuza—. Cualquiera de nosotros rodaría al primer paso. Ciertamente, la locura es un sueño virginal, un tránsito de lirios y de niebla.

Saliendo por una claraboya, el teniente Guisatecha se dirigió hacia su hija, con la vigilante soltura de quien repite una vez más el salvamento, ayudado por algunos vecinos. Llegó hasta Dorina, le quitó la campanilla y el espadín y avanzó con ella de la mano. La muchacha le seguía abatida, con ese gesto ausente de la princesa rescatada del sueño, que todavía parece extraviada en las brumas interiores.

—No entiendo cómo se les puede escapar —comentó Chon indignada.

—No van a atarla —dijo Paco Bodes.

—Esa doncella se evade guiada por el desatino de su castillo interior —dijo Ángel Benuza—. Pero es una fuerza mistérica la que la transporta como un blanco símbolo a las alturas. Y es que más allá de la razón están el olimpo y el mito, no olvidemos la frase de Marcelario.

Los cofrades regresaron a la mesa cuando el teniente Guisatecha entregaba a Dorina a su madre, que clamaba asomando histérica por la claraboya, y la campanilla, desprendida en un descuido, rodaba tejas abajo.

—Bueno —dijo don Florín—. Si Ovidio no prepara otra cazuela ni Chon nos ofrece otra copa, aquí ya nos dieron las diez últimas.

—Por mí, las diez y las veinte —señaló la aludida, que volvía a recoger los pocillos en la bandeja.

—A Melendres podemos pillarle en el Capudre —recordó Jacinto—. Si queréis tirarle de la lengua.

—Todo lo que se pueda aclarar es importante —dijo don Florín—. Sólo nos faltaban Pacho y ese hatajo de zánganos; ya es castigo.

Ovidio Orallo llegó con la acelerada respiración de quien ha bajado y subido las escaleras ante un reclamo urgente.

—¿La acostaron? —le preguntó su hermana.

—No pueden. Está arrodillada en la cocina rezando por la consumación de los tiempos.

—El pronóstico viene de una inocente —consideró Benuza—, y si uno no fuese tan descreído, no le haría oídos sordos. Lo que pasa es que uno, después de tanto rodar, sintoniza más con la traca Apocalíptica del Beato de Turcia, el Finis Deleitosus, que predice la disolución cósmica con un gran orgasmo multitudinario. Será la convergencia de, al menos, un quinto de la humanidad en ese punto y momento de trasposición venérea, lo que provoque una suerte de volatilización general. La extrema fuerza de un deleite compaginado en tan grandiosa coincidencia, como sublimatio desintegradora y feliz. Ese sí que me parece un espléndido destino apocalíptico, una gran traca seminal y, desde luego, un definitivo acto de justicia para nuestra baqueteada y contingente condición.

—No sería malo, no —confirmó don Florín—. Al menos resulta un vaticinio consolador, lejos de esas negras tintas del temblor de dientes y el crujir de huesos.

—Todo es una metáfora —musitó Paco Bodes, cuya mirada se perdía por un momento más allá del confín de la azotea, donde el mar de la noche inundaba la ciudad.

2

NIEBLAS DEL CAPUDRE

Cuando la puerta bate sus hojas moviendo el juego duplicado de los espejos, que desorientan la imagen de los que van llegando, el humo del Capudre, una arcana emanación de cenicientos volcanes, contagia la atmósfera externa como un escape de enfermizas volutas, deparadoras de algún riesgo mortal al que sólo sobreviven los contumaces.

Se presiente el fragor de las nieblas que cubren espesas la superficie de los lagos, un instante de turbada vacilación igual que el que acompaña a lo desconocido, el tránsito desnortado por el vientre ruinoso, donde poco a poco florecerán las bombillas y adquirirán su apilado volumen las tinajas de escabeche, los bocoyes y los sacos de legumbres.

Hacia la Peña de los Lisiados, diezmada en el rincón del descansillo de donde se descuelgan las escaleras que bajan a la bodega, cruzaron los cofrades surcando las nieblas del Capudre, entre los amotinados jugadores y los impasibles clientes del porrón, esparcidos en los taburetes y los escaños.

—Dicen que la maldad se cobija en la costumbre de la taberna —comentó Ángel Benuza—, pero lo cierto es que aquí, en este templo, yo siempre vi nobles rostros, humanísimos ademanes. Mira, Chamín, por aquellas mesas puedes contemplar el nirvana de la libación y la brisca.

Había un rumor remansado, ese coro monocorde que nivela los envites y las confidencias como en una canción de murmullos, y la sabandija creyó escuchar la monodia de las goteras que acompañaban sus tardes invernales en el subterráneo, cuando el temporal iba rescatando los húmedos desconchones de las bóvedas, aquella persistente salpicadura que hacía su aspergio sobre el polvo milenario de los legajos.

—¿Dónde va la procesión? —preguntó Avelino el Manco cuando los cofrades se acercaron a la mesa que compartía con Nazario y Melendres.

—A mojar el cristo, si nos dejáis compartir esa jarra —contestó don Florín.

—Para tantos no va a dar, pero en esta casa vino venden el que se quiera. ¿No vais a sentaros?

—Muy en cuadro estáis —dijo Benuza.

—Y eso que Melendres no nos falla —aclaró Nazario—. De aquí a un año, los Lisiados, si esto no se recompone, habremos desaparecido del Capudre. Unos que se van y otros que se los llevan.

—El jueves enterramos a Pelines —informó Avelino mientras todos se apretaban en el escaño.

—Y no hace ni un mes de lo de Feito —corroboró Nazario.

—Pelines —dijo Paco Bodes— llevaba al cuello la esquela y de ella se vanagloriaba. Acordaros de la tarjeta que imprimió en Navidades: lo que queda de Jesús Pelines, agente comercial, le felicita a usted las pascuas.

—Es que no tuvo suerte con esa Benilde que se agenció para aliviar la soledad del viudo —comentó Melendres—. Abres la puerta buscando un consuelo y un respiro, y te entra un vendaval que te arrasa la vida.

—No se sabe lo que pasa, pero hay que reconocer que con frecuencia al pobre pardal se lo lleva la pájara de más cuidado —dijo Avelino—. Será difícil olvidar ese duelo: el féretro de Pelines por la costanilla, y la Benilde en el balcón, guiñándole el ojo al cerillas del Autobar.

—La vida, amigos —consideró Ángel Benuza—, se reparte entre emulsiones desconsoladas, desafectos y engaño. Hay que vadear con equilibrio de esmerado funambulista para que la tromba no te arrastre.

Benjamín Otero, que se había sentado al lado de su tío, observaba con esa ingenua fascinación que se abre a la extrañeza de las cosas más vulgares como insólitos descubrimientos, la manga de la chaqueta de Avelino el Manco, pegada al costado como la piel abandonada de una culebra. Don Florín había ordenado que trajesen unas jarras de vino y los correspondientes vasos. En el aroma del Capudre, el vino derramado al abrir y cerrar las espitas, que iba formando un barro espeso con el serrín del suelo, fundía el agror con las variadas emanaciones de las tinajas y de la cocina.

—Tenemos los Lisiados —dijo Nazario, atrayendo la atención de todos, especialmente la de Benjamín, hacia los dos únicos dedos de su mano derecha, con los que cogía el vaso como si formaran una pinza— la condición de lo incompleto, la conciencia de que aquello que nos falta es ya patrimonio de la muerte, preludio de ese porvenir fatal. Aquí, en la Peña, nos cobijamos, los seis que fuimos al fundarla, dispuestos a alejar el recuerdo de lo que estamos privados. ¿Y cuál fue el mejor procedimiento? Al margen, claro está, de lo que con buen ánimo se come y se bebe en este templo.

Avelino suspiró elevando su único brazo, como en un exagerado gesto de resignada rememoración. Melendres cabeceaba pensativo, acariciando el grano que estaba a punto de reventarle en el lóbulo de la oreja como un pendiente roto.

—El procedimiento —continuó Nazario—, después de muchos vaivenes, convencidos de que la disipación sólo era un artificio para orillar la memoria, que confabularse contra el recuerdo es una manera más de quedar desarmados ante él, se le ocurrió precisamente a Eloy Sesma, que era quien más padecía con su falta de nariz.

—Gran narrador el Chato de Cirugedo —apuntó Paco Bodes—. Una pluma esmerada, concisa, eléctrica. No recuerdo novela como *El Lobo del Desván.*

—Sesma ideó que todo aquello de lo que cada uno estábamos privados se lo adjudicásemos a un séptimo contertulio de la Peña, un personaje a quien daríamos nombre y presencia entre nosotros, que tuviese ese rasgo de cada uno y que, como tal figuración, sería un espejo común donde mirar nuestras carencias recreadas, una fantasía para aceptar y derrotar a la vez el recuerdo y la penuria.

—Muy propio de un enorme fabulador como el Chato —dijo Paco Bodes.

—Fueron los mejores días de la Peña —señaló Avelino—. Jamás los Lisiados nos sentimos más a gusto en estos escaños del Capudre, nunca el vino cundió tanto.

—Orestes Enebro fue el nombre que le dimos a aquel personaje que aquí se sentaba con nosotros todos los días, a quien guardábamos su sitio y le servíamos su plato y su vaso. Tenía Orestes mis tres dedos, el brazo de Avelino, la pierna de Pelines, el ojo de Feito, la nariz de Eloy y, dentro del mayor secreto, los huevos de Toribio, aquellos de los que el pobre Toribín estaba privado sin la más mínima posibilidad de resignación.

La mirada de Nazario recorrió ensimismada la mesa hacia donde estaba Benjamín Otero, y el muchacho tuvo por un instante la equívoca sensación de estar invadiendo el sitio de alguien, de ocupar esa zona sagrada que nadie se merece.

Todos bebieron a la vez, como si el momentáneo silencio, un agujero en el ruidoso chapoteo del Capudre, hubiese hecho resurgir la fantasmal presencia de Orestes, su rastro imposible.

—Elías Feito —continuó Nazario— fue quien terminó con aquel juego que, quién sabe, igual era un disparate, pero que, como bien dice Avelino, dio los mejores días a la Peña, que nunca estuvo más unida ni bebió mejor.

El Manco ofreció su vaso para que don Florín, que servía, se lo llenase.

—Imaginaros —dijo— que cualquiera de vosotros rompe un secreto común, algo que os pertenece a todos, que entre todos guardáis. Pues lo de Elías fue peor. Destrozó aquello. Nos machacó aquella dichosa fantasía. Todos, menos Sesma, llegamos a perdonárselo, y ahora que está muerto, con mayor motivo. La verdad es que hay que hacer justicia a la gracia descarnada de sus malditos pinceles, porque, eso sí, como Feito nadie volverá a pintar en esta urbe.

La pinza de Nazario alzó el vaso como si al vidrio le hubiesen surgido dos alas metálicas. Bebió con la suficiente urgencia como para que don Florín se lo llenara.

—Una noche —dijo después—, los Lisiados celebrábamos el triunfo de Pelines y Toribio en el campeonato de mus de los ferroviarios. Nos comimos y nos bebimos el premio haciendo la ronda completa, del Capudre al Miserias, las catorce estaciones, con un alto en el Palomo para que Toribio hiciera un intento con aquella medio gitana que la llamaban la Jata. Casi de madrugada estábamos, ya más que cocidos, en el Miserias, tomando las sopas, y Elías, a quien aquella noche, yo no sé por qué, lo recuerdo más tuerto que nunca, dijo que la espuela íbamos a tomarla en su buhardilla, que tenía algo que quería enseñarnos.

—Era el que estaba más borracho —reconoció Avelino, que parecía concentrarse en el recuerdo de la noche con la melancolía de quien nunca quiso alimentar el olvido.

—Aquella buhardilla donde tenía el estudio —continuó Nazario—, no sé si alguna vez estuvisteis en ella, era como el almacén de la vida de Feito, una guarida enorme y destartalada en la que había ido guardándolo todo, porque él tirar, jamás tiró nada. Allí bebimos otro rato, ya medio derrumbados entre tantos telares, y entonces se puso a buscar algo y dijo: vais a ver lo que hay aquí, mientras tropezaba y se reía.

Los dedos de Nazario reposaron sobre la mesa. Benjamín observó el ligero temblor que los hermanaba en su solitaria desdicha.

—Colocó una tabla en el caballete, una tabla no muy grande, y encendió la lámpara que pendía sobre él. La risa de Feito se había convertido en una especie de silbido. Se mantenía de pie con mucha dificultad. Ninguno entendimos aquello.

Recuerdo que fue Pelines quien advirtió que el cuadro estaba al revés. Feito lo colocó bien. Y allí nos quedamos todos mirando aquella tabla, cada cual intentando descifrar lo que en ella había, mientras él nos miraba con la curiosidad y el sarcasmo que el alcohol podían dejarle.

—Imaginaros —dijo Avelino el Manco— una figura que parece huir de un extraño paisaje vegetal, una figura que se sostiene en el aire, como si viniera de un mal sueño. En su rostro hay un ojo que rompe la cuenca, que se desborda como si fuese a reventar. Y una nariz que es el pico afilado de algún pájaro exótico. Su brazo izquierdo se desliza por la manga hinchada y cae más allá de los zapatos, y en la mano derecha hay dos dedos pequeños y tres que crecen como espinos. Una pierna aparece esculpida, atlética, bajo el pantalón cuidadosamente remangado. Y en ese lugar recóndito, donde hay que adivinar los atributos, cuelgan unas desbordantes protuberancias que inflan y deforman el pantalón.

—Yo no sé —siguió Nazario— el tiempo que tardé en percatarme de que lo que estaba viendo era un retrato de Orestes Enebro. En realidad, antes de tener conciencia de ello, escuché los primeros insultos, las voces desesperadas de Sesma, le vi saltar sobre Elías.

—La Peña se fue al carajo —dijo Avelino—. A todos nos costaba volver aquí.

—Sesma hubiera matado a Feito. No podéis imaginaros lo que tuvimos que bregar para sacarlo del estudio. Yo pienso que Feito, aun con la borrachera tan grande que tenía encima, se arrepintió aquella misma noche de lo que había hecho.

—Enojosa ocurrencia la suya —comentó Ángel Benuza—, pero habría que comprender también las veleidades del artista, los secretos y designios donde se cuecen sus sueños, sus obsesiones. Ese despiadado desacato para con sus compadres, acaso esconde algo de la fuerza incontrolable de su llama creadora, la que, por ejemplo, y es un suceso clásico, llevó a Sístulo Mendera, el famosísimo escultor parmesano, a degollar a su amada para con su sangre tiznar el busto donde la inmortalizara.

—Fue una forma cruel y caprichosa de acabar con Orestes —consideró Nazario— y dejarnos a todos hundidos en la miseria. Y conste que yo nunca creí que Feito lo hubiese hecho con mala fe. Pero lo cierto es que lo hizo. ¿Quién de nosotros podrá jamás quitarse de la cabeza aquel retrato?

Entre la descripción y el recuerdo, con ese halo vaporoso de las apariciones que se dibujan en las estampas del santoral, la tabla de Elías voló como una paloma por aquel rincón del Capudre.

La sabandija no podía orillar el ojo desbordado que rompía la cuenca, que iba a liberarse de su cobijo reventando como un globo de cristal. Era un ojo aterradoramente similar a los de aquellas ranas que croaban pasmadas en la orilla de la charca.

—Poco a poco —dijo Avelino—, cuando el tiempo fue pasando, regresamos al Capudre, y luego se rehízo la Peña. A Elías no se le volvió a ver en unos meses. De Orestes jamás se volvió a hablar. Y una noche que aquí estábamos al completo, y hasta Melendres nos hacía compañía, se presentó Feito y nos pidió perdón.

—Los ánimos ya estaban calmados y todos, menos Sesma, se lo concedimos. Y así volvió a la Peña que, desde luego, ya nunca fue la de antes. Feito juró que había quemado la tabla. Él y Sesma nunca se hablaron, ni siquiera Eloy asistió hace un mes a su entierro. Cuando uno aparecía el otro se iba.

Don Florín y Paco Bodes llenaban los vasos.

En la niebla del Capudre se espesaba el rumor. Las mesas apiñadas conciliaban cada vez con mayor dificultad el manejo de la baraja y el reparto de las raciones.

Ángel Benuza alzó el vaso señalando a la bulliciosa concurrencia.

—Sed locuaces, capaces y pertinaces, decía don Aurelio Garrotín, aquel esmerado varón del que más de uno aprendimos los pilares de la oratoria en la Academia Bermudo, ¿verdad, Melendres?

—Bueno, en mi caso, y por aquella obligación paterna del ultramarinos y la bodega, más fueron los pilares de la contabilidad, el arte del suma y sigue, como decía don Venancio, el hermano de don Aurelio.

—Del testero de la idea al soplillo del número, ésa era la divisa didáctica de tan ilustres maestros. Bendito el foro de la Bermudo, amigo Melendres —recordó Benuza después de apurar el vaso—. En sus jamelgos pupitres, por las sombras de las pizarras y los jardines del mapamundi, copularon la solercia y el decoro, la ética y la ilustración. Lo que se dice la obra fraternal de los Garrotines.

Nazario y Avelino bebían con esa abstraída disposición del que parece huir de sus pensamientos sin conseguirlo. Benjamín Otero alternaba la mirada hacia aquellos dedos huérfanos, que acaso pudieran estrangular el vaso, y hacia la manga vacía de la chaqueta, que pendía como un trapo viejo. Le acosaba la imagen de Orestes en esos dos lugares del retrato, tal como la había descrito Avelino: aquellos dedos crecidos igual que espinos desde la base cercenada, y la hinchada manga cobijando un brazo monstruoso que llegaba al suelo.

—Aunque lo tuyo allí fueron las comerciales —siguió Benuza— y lo mío la retórica, no dudes que nos queda bastante de la misma pátina. Y eso que la vida, amigo Melendres, tira de cada cual por donde menos se espera.

—La vida es un erial —dijo Paco Bodes.

—Yo no la tengo por tanto —observó Nazario, con la voz soterrada del que habla desde otro mundo.

—Bastante, bastante tiene que quedarnos —convino Melendres—. La Academia Bermudo no acababa, ni muchísimo menos, en las cuentas y en las letras.

—Muchas veces —continuó Paco Bodes— se queda uno pensando en lo que este tránsito da de sí, de la nada a la nada, del zaguán a la ventana, como si dijéramos, y es cuando más apetece desatornillar la crisma.

—Ni siquiera —musitó Nazario.

—Oye, para esa divagación —comentó don Florín—tenéis que mojar un poco más las liendres. Estáis poco sobados. Y, desde luego, aquí en las jarras ya no hay ni gota.

Jacinto Sariegos avisó para que las repusieran.

Regresó el vino a las jarras como ese alimento que promueve la fertilidad de la tierra baldía, y por un instante, todos, menos Benjamín Otero, comprobaron la ansiedad de su larga sed. El Capudre, con sus simas y murmullos, acrecentaba ese fragor de la enorme garganta, de la lengua avara que rastrea como una serpiente entre los bocoyes y los pellejos.

—Tú sabes, amigo Melendres —siguió Benuza—, que hay antiguos compañeros de aquel sagrado foro con los que uno no puede congeniar. Mentes estrechas e indocumentadas que no captaron ni por el forro lo de la ética y la solercia. Precisamente a esas mentes les son propicios estos raquíticos tiempos que corren.

—Mira, Benuza, yo siempre anduve con el equilibrio necesario. A mí, también lo sabes de sobra, nadie tuvo que llamarme jamás al orden. No hay quien se me despinte, eso es verdad, pero lo mismo me ves aquí en el Capudre que en el Nacional o en el Casino o en el Miserias. Y siempre entre amigos.

—Por alguno de esos antros escucharás las voces de la incuria.

—Cierto que no hay sitio donde no se hable mal de alguien.

—Eso ya fue el deporte de los fenicios —dijo don Florín.

—Hombre, el Capudre y el Miserias aún mantienen —opinó Paco Bodes— el aliento inocente de la taberna. Son templos de solaz que redimen la mala inclinación de las comidillas y la malevolencia.

—Ya no hay lugar en el mundo —contestó Nazario.

—Son estos tiempos podridos —consideró Avelino el Manco, haciéndose con la jarra más cercana.

—Yo lo que digo —apuntó Sariegos— es que aquí Melendres tiene esa cualidad de en todas partes ser bien recibido. Que viene y va, y en cualquier sitio se encuentra como si fuera suyo.

—Melendres —dijo Benuza, acentuando el tono halagador— es de los pocos que asimiló la urbanidad de los Garrotines.

—Eso, Angelín, viniendo de ti es un cumplido de mucha monta. Vamos, que ni que me tomaras por una zagala en edad de merecer. Pero a don Venancio y a don Aurelio habría que habérselo oído decir.

—Aquí lo que estamos es franqueándonos un rato entre buenos amigos y grato paisaje —declaró Benuza—. Avelino y Nazario levantaban la nostálgica bandera de los Lisiados, que tanto les agradecemos, y tú, amigo Melendres, vas a contarnos alguna cosa porque, mira por donde, va a gustarnos mucho oírtela.

—Coño, coño, ya no sabe uno en lo que va a parar. Pero a vuestra disposición me tenéis, eso no hay que dudarlo.

Don Florín alzó la jarra antes de proceder a llenar los vasos, que aguardaban codiciosos.

—Permitirme una invocación a Nuestro Padre Gerónides, que desde su alcohólica gloria por nosotros vela.

Se puso de pie y todos siguieron su ejemplo. Por un instante el silencio atemperó las nieblas del Capudre.

—Padre del trago divino —declamó don Florín—, infunde en esta hermandad, con el orujo y el vino, tu embriagada santidad.

Los cofrades respondieron blandiendo en alto los vasos:

—Sólo a tu honra bebemos, otro interés no nos ata, aunque luego nos meemos, a lo largo de la pata.

—Y es así —comentó don Florín, cuando volvieron a sentarse—. Honramos la figura de Nuestro Padre, santificamos su santo nombre, no hay ningún grosero interés en este ejercicio de la libación. Pendencias, desahogos, desgracias, olvidos, no son materia de nuestra Cofradía. Hay que enaltecer la imagen del ya sagrado guarnicionero que a la diestra del Padre Eterno mora.

—Hay un asunto, amigo Melendres, que toca nuestra curiosidad —dijo Benuza—. Yo no sé si estás al tanto de la admiración que algunos profesamos a esa egregia figura de la etnología provincial que fue don José María Lumajo. Bueno, acotarle un solo terreno a la sabiduría del ilustre presbítero es a todas luces injusto. Lo cierto es que la figura y la obra de don José María no pueden, en paridad, contraponerse a nada de lo que en esta tierra se ha cosechado en muchos siglos. Y te encorajina que haya por ahí alguna pandilla de zánganos, de los que confunden el pensamiento con el castañeteo de sus meninges averiadas, que nieguen y ataquen esa figura. Sabes de sobra hacia dónde disparo.

Melendres asintió.

—No es sólo la obra de don José María lo que nos interesa, también su persona, todo lo que con él pueda relacionarse. Y desgraciadamente son muchas las lagunas a su alrededor. No hay proporción entre sus escritos y sus publicaciones. Era, según parece, un hombre desordenado, poco cuidadoso con sus cosas. Y para mayor desgracia, como sabrás, su casa de la Plaza Mayor se incendió y es muy difícil calcular los papeles de su archivo que allí se perdieron.

—Yo, la verdad —confesó Melendres—, del tal don José María poco sé. Algo que haya oído comentar.

—Nos gustaría que entendieras nuestra curiosidad —continuó Benuza—. Y que veas por nuestra parte precisamente eso, el intento de rescatar la obra y la figura de alguien que está a mil años luz del medio pelo que por ahí tanto abunda.

—Coño, Angelín, yo entender entiendo lo que queráis, y a vuestra disposición estoy. Lo que no sé es en lo que puedo ayudaros.

Ángel Benuza acarició la perilla y acercó su vaso vacío hacia la jarra que don Florín no parecía dispuesto a soltar.

—Pacho Robla y su camarilla, Iruela, Llombera, Juanito Garfín, tus contertulios del Nacional y del Casino, amigo Melendres, no se sabe a cuento de qué, acaso sólo para denigrar la figura del ilustre presbítero, nos consta, y tú mismo lo comentaste a Jacinto, que han descubierto algo, que don José María es últimamente tema de conversación entre ellos.

—Hombre, supongo que del presbítero podrá hablar y opinar quien quiera.

—Desde luego, pero a nosotros no nos gusta que sean ellos. Y sobre todo, y esto es lo más importante y lo que de veras nos inquieta, si cuentan con alguna información que no conocemos, si lograron algún escrito de los que podían considerarse perdidos.

—Algo me dijiste —apuntó Jacinto Sariegos— de unas cartas de don José María, a las que se había referido Pacho Robla.

Don Florín llenó los vasos más cercanos, entre ellos el de Melendres.

—Sí, de eso sí que me acuerdo, aunque mucha atención no presté porque yo estoy muy ajeno a esos temas. Pacho y Juanito, sobre todo, son los que más hablan de ello. Pacho está terminando la introducción del primer opúsculo de sus Estudios Protohistóricos Provinciales, y ahí, según parece, rebate muchas de las teorías de ese cura. La verdad es que siempre que hablan de él es para ponerlo pingando. Ángel tiene razón.

—¿Pero qué contaba exactamente Pacho de esas cartas? —preguntó Benuza.

Melendres bebió y observó complacido el gesto atento de los cofrades.

—Coño, en vez de dar tantas vueltas cómo no fuisteis a preguntárselo.

—Mira, Melendres, no se te ocurra poner nunca en el mismo mortero la salmuera y el romero —dijo don Florín—. Con Pacho no va aquí nadie ni a apañar duros. Habrá que ver la protohistoria cocida por ese cerebro protervo e insustancial.

—Hablaron —dijo Melendres— de una correspondencia que ese cura había mantenido con alguien no mucho antes de morir. Cartas en las que se refería a sus escritos y a sus cosas.

—¿Pero las habían visto, las tienen ellos?

—Pues sí, las tienen, por lo menos algunas. Son copias a máquina, de esas hechas con un papel calco azulón que puedes perder los ojos. Y provienen del archivo del cura.

—O sea, que tú las viste también.

—El otro día, en el Casino, Pacho nos enseñó una carpeta raquítica, descolorida, pero yo no me fijé mucho porque es un tema, ya os lo he dicho, que no me interesa. Eran unas copias de esas que no hay quien las lea. Las estuvieron viendo Juanito y él.

—¿Y dijo que eran del archivo?

—Bueno, son de esas copias que deja el que las escribe. El cura, al parecer, en los últimos años, vivió con una sobrina que le organizaba los papeles.

Los cofrades coincidieron en una mirada de desaliento y suspicacia. Jacinto Sariegos controló a duras penas un ingrato ruido intestinal.

—¿Sabéis lo que os digo? —señaló Paco Bodes—. Que Pacho y Garfín han encontrado lo suficiente como para desvalijar a don José María. Lo más fácil del mundo es decir que estás rebatiendo aquello de lo que en el fondo te estás aprovechando. A fin de cuentas, de los trabajos protohistóricos del presbítero apenas se llegaron a publicar cuatro líneas. Esos trabajos, entre otras muchas cosas, sí que se sabe que se perdieron en el incendio. De eso nunca se consoló. Vete a saber lo que no habrá chupado Pacho de esas cartas.

—Ésa dicen que era la gran obra de don José María —informó don Florín—, y, al parecer, él mismo lo reconocía así. Una protohistoria provincial en la que llevaba invertidas infinitas horas, el resultado de tantas investigaciones y deducciones. Y el fuego se la vendimió. Igual que la biblioteca, que no era manca.

Ángel Benuza arrancó un pelo de la perilla y sopló sobre él.

—¿Tienes idea —le preguntó a Melendres— dónde pudieron agenciarse esas cartas?

Melendres se encogió de hombros.

Por un momento las voces del Capudre se elevaron entre la vaharada de las timbas, que habían concentrado mucha gente en algunas mesas.

—Van dando las de recoger —dijo Avelino el Manco. Benjamín Otero observó cómo golpeaba ligeramente el vaso vacío sobre la mesa.

—Esta condenada de Toñina no se atrasa ni un minuto. Ya la siento bajar. Veréis cómo viene al vidrio.

Benjamín siguió desconcertado la mirada de los presentes hacia la mano solitaria de Avelino, que continuaba golpeando el vaso.

—Hoy no quiere asomar —dijo Nazario, sin demasiada curiosidad.

—Pues no le queda más remedio. En esto hay que portarse como los domadores profesionales. Ningún bicho vuelve a la jaula y recibe la ración, si no ha hecho el número completo.

Avelino estiró el brazo sobre la mesa. La manga de la chaqueta dejó más libre el puño de la camisa.

—Está ahí mismo, la condenada —dijo—. Ahora le da por hacerse de rogar, se me volvió zalamera, la tunante.

—Hay mucho ruido hoy en el Capudre —dijo Nazario— con tanto naipe.

—Ruido lo hay siempre, y Toñina está acostumbrada.

—Pues ya ves.

Bajo el puño de la camisa de Avelino el Manco, Benjamín Otero creyó divisar el vibrátil triángulo de una diminuta cabeza.

—Vamos, Toñina, ¿qué van a pensar estos señores?

Avelino dejó el vaso y extendió la mano.

—Así me gusta.

Benjamín vio a la lagartija asomar y moverse hasta los dedos de Avelino, donde se detuvo alzando ligeramente la cabeza, con ese gesto de atención y recelo de quien acaba de salir del escondrijo.

—Es algo que me pone nervioso, no lo puedo remediar —comentó Sariegos a su lado.

—Vamos, Toñina, hasta el vidrio.

La lagartija avanzó por el dedo anular de su dueño hasta rozar el vaso.

—Y ahora, para que estos señores vean que cada día estás más educada, un numerito fácil. Anda, Nazario, pon esos palillos.

Nazario colocó unos palillos en la mesa. Avelino condujo la lagartija frente a ellos.

—Vamos, Toñina —la animó, acariciándole la piel parda con la yema del dedo.

Con una súbita agilidad, Toñina cruzó entre los palillos sin apenas rozarlos.

—Una demostración de paciencia y de aprendizaje, sí señor —dijo don Florín.

—No hay bicho que no pueda desarrollar alguna pulgada de inteligencia —consideró Avelino—. Lo difícil es que logren la oportunidad.

—Al reino animal mejor es dejarlo donde está y como está —opinó Paco Bodes—. Si empezamos a darles demasiadas oportunidades, igual acabamos cagándola, que no es precisamente la condición humana demasiado esmerada. ¿Cuánta distancia puede haber de este saurio educado y caprichoso, que ya hasta el vino le gusta, a cualquiera de los zánganos de la camarilla protohistórica?

Nazario había vertido unas gotas de vino en la mesa y la lagartija cabeceada golosa en ellas.

—Yo también levanto el campamento —anunció Melendres.

Benjamín observó cómo Avelino recogía a Toñina y, después de acariciarle el vientre, se la introducía por el cuello de la camisa, moviendo luego los hombros como para que el bicho encontrase el acomodo apetecido.

—Malo me pone —comentó Sariegos estremeciéndose.

—Aquí va como una reina —dijo Avelino levantándose—. Y quietecita se queda, sin menear siquiera la cola.

Melendres se detuvo un momento con Benuza, mientras todos se movían para dejar salir a los que se iban.

—Bueno, Angelín —le dijo guiñándole el ojo y palmeándole la espalda—, voy a irme del pico algo más de la cuenta, y algo más voy a decirte de lo que antes preguntabas, ya que tanto interés tenéis en el asunto del cura. Las cartas las consiguió Pacho Robla donde Olegario el Lentes. Otra cosa ya no me preguntes.

3

EL CAUTIVO

Sintieron el remansado movimiento de las olas nocturnas, que contrastaban con las efervescentes nieblas del Capudre. Miraron el reguero luminoso de los faroles que coronaban la plazuela y, antes de decidirse a tomar la cuesta que se abría en el límite de la oscuridad porticada, confirmaron la intención de ir todos juntos a la guarida de Olegario el Lentes.

—Ingrato trabajo, a fe mía, el de dorarle la píldora al soplagaitas de Melendres —dijo Ángel Benuza, sopesando su esfuerzo ante los cofrades.

—Démoslo todo por bien empleado —consideró don Florín—. La noche se nos pone inquisitiva. Aquí hay algo que sopla a favor de la causa, ya no me cabe la menor duda. Nuestro Padre brega por nosotros.

Caía la cuesta como un puñal vencido entre el dédalo de las callejas. Jacinto Sariegos iba a la zaga de los cofrades, liberando en las esquinas el rumor de su estómago revuelto. El blanco y verde cuerpo de Toñina atraía, en su nerviosa fijación, un sudor frío, que parecía derramarse en su senda por el escondrijo: los íntimos recovecos donde Jacinto presentía un chapoteo de reptiles y de saurios. No podía evitar esa sensación del diminuto caimán boqueando y moviendo la cola en la humedad de la camiseta.

Doblando la derruida prominencia de un cubo de la muralla, divisaron, en su parcela de sombras menesterosas, el humilde hontanar del Caño Rucayo, con el pilón atascado y el agua rebosando. Unos peldaños facilitaban el acceso al enlosado hontanar, cuya fuente manaba en el cobijo de la hornacina.

—Quién fuera como aquella fuente, que en el fondo del laberinto vive con su risa de cristal, sin alma y sin edad —citó Paco Bodes.

—Una somera ablución —indicó don Florín— refrescará nuestro entendimiento. No pasemos de largo ante aguas tan límpidas y eméritas.

Bajaron los peldaños y, uno tras otro, bebieron en el Caño. Jacinto sintió un ligero alivio en el estómago.

—Si es cierto —comentó Benuza— que, como dice Publio Capistrano, todas las fuentes surgieron del Lagar del Edén, por cualquiera de ellas, siguiendo su oculto surco, a él arribaríamos. Son el sendero que nos queda para lograr ese mito.

—Por satisfechos nos daremos —apuntó don Florín—si alcanzamos el Mágico Venero de don José María. Esas aguas de juventud que encierran el poder medicinal del tiempo.

Jacinto Sariegos se había sentado en un peldaño, y Benjamín Otero intentaba descifrar la inscripción de números romanos que coronaba la hornacina.

—En su hontanar dormida —recitó Paco Bodes—, con el caudal dorado, del sueño enamorado, del oro de la vida.

Ángel Benuza introdujo un dedo en las aguas que rebosaban el pilón.

—Ese oro —dijo pensativo— que el bardo clásico enarbola, el oro de la vida, es la perfecta figuración de nuestro sueño y de nuestro empeño. Yo diría que estamos en pos del emblema alquímico de todos aquellos que quisieron transformar lo innoble, lo abyecto, el vil metal, la cotidiana zarandaja.

Los cofrades observaron a Benuza, que acariciaba la perilla con el dedo mojado. Jacinto Sariegos distinguió el reflejo de la luna que se filtraba como una cascada, cayendo por las piedras del cubo de la muralla hacia el pilón de la fuente, donde se esparcía su nacarado destello. Una momentánea aureola de brillante metal salpicó la figura de Benuza cuando siguió hablando.

—Estos tiempos emputecidos que nos tocó vivir son hijos de la ignominia y del desastre —dijo, acentuando el tono declamatorio—. Ya veis quiénes los gobiernan: las peores varas, las más hipócritas, los zascandiles y las sotanas. La vida se va reduciendo al crespón y a la vergüenza. De la inteligencia han hecho un vertedero. Y yo me pregunto cómo podremos sobrellevarlos, quién tiene la receta para, al menos, hacerlos pasaderos, disimulando su terquedad y oprobio.

Volvió a introducir el dedo en el agua y agitó el apacible cristal.

Jacinto sintió por un instante que la imagen del orador se transformaba en una estatua de piedra marmórea, con el dedo índice brillando como una diminuta tea a la altura de la barbilla. Su estómago vaciló en seguida, como si del pilón surgieran con los reflejos nacarados las verdes salpicaduras de algunos cuerpos fríos. La voz de la estatua resonaba bajo el amparo de la hornacina.

—Tiempos emputecidos, sí señor, tiempos de buitres y de comadrejas, donde la intransigencia y el desprecio muerden el corazón de la ciudad, el aire público se contamina con el hedor de los sicarios, con la ponzoña de las huestes del hisopo y de la soflama nacionalsindicalista.

Benuza guardó silencio. El rumor del Caño depositaba en la noche esa voz de cristal nacida en el fondo del laberinto, que el eco parecía acrecentar, manando sin alma y sin edad en aquel hontanar del Rucayo, donde la sed y la edad perecedera de tantos hombres y de tantas caballerías se habría aplacado a lo largo de los siglos.

—Yo os digo, hermanos cofrades —siguió Benuza, bajando el tono casi hasta la confidencia—, que el oro de la vida nos pertenece, que de la innoble y miserable circunstancia en que moramos, a ese esplendor, a ese sueño, hay tan sólo un camino, que es el camino de nuestra aventura.

Resplandecía el mascarón de la muralla, como si la luna hubiese enfrentado su rostro desde el dintel de la noche, y estaba encendido el hontanar, como si una plateada lluvia viniera cubriendo el reducto de las sombras hasta anegarlo.

Benjamín Otero se había sentado junto a Sariegos y su tío, y Paco Bodes acompañaba a Ángel Benuza bajo la hornacina, destacados como dos actores en el centro del escenario.

—Y también os digo que aquí, al pie de este venero histórico, estamos ahora mismo místicamente ensamblados con el Oculto Manantial del presbítero. Escuchad su rumor en la voz del Rucayo. Oíd. Nos llama desde la sima donde fluyen sus aguas prodigiosas.

El silencio ante la indicación de Benuza hizo más consistente el ruido del Caño, su chorro parsimonioso sobre el pilón desbordado.

—Hay un lugar ameno, dice Gaudencio Abrantes en su Deliquio de la Fontana —comentó Paco Bodes—, donde discurren los cinco manantiales que alimentan los cinco sentidos del ser humano. Parecido será el lugar del Venero de don José María, donde, como canta el bardo calabrés: florecen las flores mayas, y trinan los ruiseñores, en los verdes resplandores, del robledo y de las hayas.

—Esas aguas deliciosas que vencen al tiempo —siguió Benuza, retomando el tono declamatorio— aliviarán esta costra, esta brisa de la cotidiana zarandaja en que nos vemos, este hedor de la roña del tiempo emputecido, de la turiferaria sobaquina y el imperial cascajo.

—También dice Gaudencio —señaló Paco Bodes, como dando cuenta de una familiar circunstancia— que la noche se cierra sobre ese ameno lugar aromada por las brisas montaraces de las gencianas, y que en ella se enciende la Luciérnaga Termópila, un faro azul que alumbra y anima las amorosas inclinaciones.

—Será nuestro solaz y remedio, no lo dudéis —remató Benuza—. A la sombra del mito moraremos luego, como esas felices criaturas que no tienen alma.

Por la calleja bajaban presurosos dos hombres que llevaban un balde. Desde un zaguán no lejano alguien les pedía que se diesen prisa. Jacinto Sariegos les vio venir corriendo hacia el

Caño. Se había incorporado y sujetaba el estómago, como intentando poner un dique en el borde de la charca.

—Se muere, se muere —gritaron los hombres al ver a los cofrades.

Más allá del cubo de la muralla, en las casas adosadas, se habían encendido las luces de algunas ventanas y una voz alertaba a los vecinos.

Don Florín reconoció a uno de los hombres, que en seguida se dispusieron a llenar el balde.

—¿Quién se muere, Mariano?

—Celenque —dijo el hombre, con la contenida emoción de lo irremediable—. El pobre Celenque está en las últimas.

—Dios, Dios —exclamó don Florín—. Olvidemos nuestras indagaciones y vayamos a velar al Cautivo.

—La fiebre se lo lleva —explicó el hombre—. Se acaba por momentos.

—Una época sucumbe con él. ¿Y cómo, huevos, no se escucha ya el llanto de esta ciudad impía?

Un grupo de hombres y mujeres subía por la calleja. La voz que alertaba a los vecinos parecía extenderse como un eco nocturno que rebotara en el lienzo de la muralla:

—Se muere Celenque, se muere el Cautivo.

Fueron por la calleja hasta la casa donde, poco a poco, la gente comenzaba a arremolinarse con ese expectante silencio que acompaña a las malas noticias. Cruzaron el zaguán y entraron en un patio empedrado. Los hombres del balde, acuciados por una mujer que les aguardaba, se perdieron por una de las puertas bajeras.

—El dolor hermana aquí a los reinos de este mundo —dijo Ángel Benuza, observando los rostros de la gente que se esparcía por el zaguán y el patio.

La claridad lunar rociaba los cantos desnudos del suelo, como una siembra de cristales nevados.

—El dolor es siempre más generoso que la dicha —corroboró Paco Bodes—, perdura y se reparte con mucha mayor prodigalidad.

Benjamín Otero siguió a los cofrades por aquella puerta que conducía a un oscuro corredor que desembocaba en un pequeño corral. Los más variados objetos se amontonaban como una masa de polvorientos desperdicios. Dos hombres estaban sentados en un poyo de piedra, fumando con gesto abatido.

—Tino —llamó don Florín.

El aludido miró a los cofrades con esa agradecida tristeza de quien, en la tribulación, recibe a los amigos. —Se os echaba de menos —dijo, incorporándose para saludarles.

—Mismamente nos acabamos de enterar. ¿Cómo está?

—Agoniza —dijo Tino Bandera—. Si queréis escucharle el último suspiro, todavía llegáis a tiempo. Yo, la verdad, no tengo valor.

—Es un trance brutal —confirmó Benuza—, pero hay que saber entenderlo. Celenque consuma su cautiverio, cumple la profecía de su desgracia. Ahora la muerte le corona convirtiéndole definitivamente en un símbolo. Esta emputecida urbe jamás podrá borrarle de la memoria.

—Le está costando mucho trabajo morir —dijo Tino.

—Es la costumbre de la cautividad —comentó Benuza—. Te haces a la muerte, porque el prisionero vive siempre más cerca de la muerte que de la vida, y es imposible que luego su negra mano le sorprenda. La recibe con ese parco protocolo de quien la tuvo de visita mucho tiempo.

Desde el corral, por una puerta que tenía la viga del dintel hundida, penetraron en el oscuro calabozo de Celenque, después de bajar una pronunciada rampa.

Benjamín sintió el hedor de la cuadra, la agobiada atmósfera de la paja podrida y los resecos excrementos, las cuajadas telas de araña que pendían como trapos sucios del techo ahumado.

Al fondo, tras una destartalada cerca de tablas, vio temblar la luz de un candil entre un grupo de gente, y escuchó, en el silencio apenas interrumpido por los pasos de los cofrades, un agónico jadeo y el arrastrado rebullir de un pesado cuerpo sobre el suelo.

Se acercaron respetando la ensimismada expectación de los presentes, un gesto común de desolada piedad. Benjamín vio la enorme argolla sujeta en el pesebre, la larga y pesada cadena que de ella surgía hasta abrazar el cuello del mulo Celenque, aquel cuerpo derrumbado que parecía desinflarse entre agudos estremecimientos. Jacinto, a su lado, buscaba molesto el apoyo de las tablas, asediado por el hedor de la cuadra.

Bajo la luz del candil fue distinguiendo Benjamín las huellas de los años del Cautivo, las cicatrices azules y moradas del cuerpo lacerado, que se desplomaba en la muerte. Observó los ojos ciegos, teñidos como por una nube de polvo que hubiera anegado en ellos cualquier residuo de luz, las greñas enmarañadas entre grumos de suciedad, y vio las monstruosas pezuñas crecidas como absurdas garras. Las abiertas mataduras cubrían las patas, el lomo y el vientre escuálido de Celenque, como señales de un cuerpo definitivamente desmoronado sobre sí mismo.

Dos mujeres aliviaban al moribundo mojando las bayetas en el balde y refrescando su cuello y su cabeza desorejada. Los espasmos concentraban un temblor de descarga eléctrica, como una tajante rotura de fibras y de músculos que quedasen cercenados en su violento latir. Un ronco estertor parecía preludiar la explosión interna, el hundimiento de las cavernas de aquel cuerpo minado por la condena y la desgracia, como si el estertor fuese el eco destrozado de una voz que nunca pudo articularse, de un grito que jamás se escuchó.

—Duro es el morir —dijo Ángel Benuza— porque en ningún otro trance se encuentra uno más desnudo y abandonado, más perdido en el abismo interior.

—Ciertamente, le está costando —indicó don Florín.

—La parca es así de cruel —siguió Benuza—. Pero, como antes decía, el prisionero sabe recibirla mejor que nadie. El dolor de su larga noche se hermana sin solución de continuidad con el tránsito funeral. Para nosotros será más perniciosa, porque no estamos ni estaremos hechos a ella, nos hiere el mero anuncio de su escalofrío. Jacinto se retiró hacia un lado.

El hedor acumulaba las más antiguas y persistentes emanaciones, una atmósfera de clausura y corrupción, que anticipaba el mismo aliento de la muerte.

—No aguanto aquí —le dijo a Benjamín Otero, que también padecía la opresión del ambiente.

Tino Bandera se había quedado solo en el poyo de la entrada, y encendía otro cigarrillo con nerviosa seguridad. Vio salir a Jacinto y a Benjamín y les hizo un gesto para que se sentaran.

—Eso dura —dijo Sariegos— y yo no tengo hoy el estómago para muchos trotes.

El rastro de la luna se colaba en el corral. Los objetos amontonados formaban contra la pared una ingente montaña, en la que apenas podían distinguirse las patas de una silla, los cuernos de un perchero, los mullidos de una yunta y algunas cazuelas y palanganas desportilladas.

—En realidad, lleva dos días muriéndose —dijo Tino—. O, para ser más exactos, quince años, que son los quince años de su cautiverio.

—¿Quince años? —preguntó Benjamín, que no podía orillar la imagen del moribundo.

Tino Bandera se recostó en la pared y movió la cabeza asintiendo, como si de repente el tiempo se derritiera en un benigno recuerdo de juventud.

—A Celenque lo traje yo a esta casa —dijo—, y lo traje cuando ya llevaba por lo menos ocho de prisión. Me dejaron hacerme cargo de él por una orden expresa de la comandancia, cuando derribaron el Cuartel del Moro, comprometiéndome yo a que el mulo cumpliría la totalidad de su condena, la cadena perpetua a la que ahora la muerte va a poner fin.

Benjamín Otero escuchaba atento las palabras de Tino, mientras Jacinto intentaba huir de aquel reducto recién abandonado, que supuraba con el mismo hervor de la charca, a cuya orilla, desde el sucio tirante de la camiseta, se asomaba la vibrátil cabeza de Toñina.

—Esta ciudad —siguió Tino— padeció mucho durante la guerra, sobre todo en los primeros meses de la sublevación.

Para ser sinceros, más de uno cambiamos aquí de chaqueta según se aclaraban los acontecimientos, porque a lo que estábamos era a verlas venir, y de lo que se trataba era de salvar el pellejo. Cuando el asedio, aquí mandaba las tropas nacionales un tal comandante Pardiña, que se hizo fuerte al final precisamente en el Cuartel del Moro. Y allí en el Cuartel estaba Celenque, entre los mulos de la remonta, aquellos pobres mulos que tanto trajinaron por las trochas y las veredas de los frentes.

Tino lanzó la colilla a una cercana pila de piedra.

—Dicen que un día, cuando las cosas estaban ya muy negras, Pardiña pasaba revista a sus hombres e inspeccionaba las dependencias del Cuartel, porque era un militar muy ordenancista y estricto y ni en los momentos más delicados permitía el mínimo abandono, y quiso ver también las cuadras, comprobar que hasta las caballerías estaban a punto. Entonces entró en la cuadra de los mulos y puso de vuelta y media al cabo, porque los animales estaban descuidados, y allí empezó a señalarle a este y al otro y en una de ésas, en pleno cabreo, le pegó a Celenque en el lomo con la fusta. Y parece que Celenque, como tantas veces sucede con los mulos, que tienen esas reacciones imprevistas, lanzó una coz terrible, seguro que más asustado que dolorido, con la mala fortuna que le dio a Pardiña en la cabeza, cerca de la sien. Total, que lo dejó en el sitio, igual que si le hubiese alcanzado el cascote de un obús.

Jacinto se había levantado del poyo y paseaba por el corral.

—Se dijo que aquella desgracia fue la causa directa de la caída del Cuartel del Moro, de su precipitada rendición. Sin Pardiña, los heroicos defensores perdieron la moral. El caso es que la coz de Celenque se convirtió para las tropas republicanas del capitán Cornejo, que fueron las que tomaron el Cuartel, en una hazaña, y por ese derrotero continuarían las desgracias del mulo, porque mejor hubiera sido que unos y otros le hubiesen olvidado. Cuentan que en el patio del Cuartel una compañía rindió honores militares a Celenque, que el mulo estuvo allí, en la posición adecuada, junto al capitán Cornejo, enjaezado como para un desfile de gala. Y que desde entonces recibió un trato especial, rebajado de todo servicio, con rancho aparte. Hasta hay quien dice, porque en esto son fáciles las exageraciones, que el capitán le asignó para su exclusivo cuidado a un machaca, que de cuando en cuando lo paseaba por las calles de la ciudad.

—Eso es cierto —confirmó Jacinto Sariegos, que volvía a sentarse en el poyo—, yo se lo oí contar a mi tío Emerenciano. Y gente de copete de aquí, que por aquellas fechas andaba temerosa, saludaba a Celenque al cruzarse con él por el Paseo de los Condes.

—Claro que todo esto duró poco —siguió Tino Bandera—. A los seis o siete meses la ciudad ya estuvo definitivamente en manos de los nacionales. A Celenque lo habían dejado en la cuadra del Cuartel con sus compadres sobrevivientes de la remonta, ni siquiera media docena de mulos bastante mayores que él y mucho más trallados. Por un tiempo allí vivió, sin que, al menos en apariencia, nadie se acordase de él. Hasta que llegó un tal capitán Renedo, que había estado a las órdenes de Pardiña, y sacó a flote la historia, y lo primero que hizo fue buscar a Celenque. Desde ese momento quedó el mulo arrestado, atado a la argolla del pesebre con una cadena corta y recibiendo apenas media ración. Aquel hombre hizo todo lo posible para que lo fusilaran. Y tengo entendido que una noche hasta lo sacaron al patio con el pelotón ya dispuesto. Pero había un coronel del arma de Caballería que fue quien lo impidió, y quien dijo que el asunto del mulo debería considerarlo el correspondiente consejo.

—El coronel Furado —informó Jacinto—. El mismo que dio tanto que hablar con aquella sonada historia de una yegua, a la que no se sabe qué extraños vínculos llegaron a ligarle. Y que con ella fue liquidado por su mujer, exactamente el mismo día de la victoria, debajo del puente del Candín. Ella usó un máuser, y nadie pudo comprender cómo fue capaz de manejarlo tan cabalmente.

—Lo cierto es que a Celenque le hicieron el dichoso consejo y de él salió condenado a muerte, aunque luego, por alguna razón que no se sabe, le conmutaron la pena por la de cadena perpetua. Y le hicieron esa horrible afrenta, que a mí casi me parece la más penosa: le cortaron las orejas.

Tino cerraba los ojos, como si la imagen de ese suceso volviera a surgir desgajada de un mal sueño, que se repetía al contemplar la desmochada cabeza del mulo.

—Años más tarde —siguió— fui yo destinado al Cuartel, ya que por entonces todavía me ganaba la vida en el ejército, hasta que cansado de aguantar órdenes me licencié. Y apenas llevaba allí una semana cuando conocí a Celenque. No podéis imaginaros las condiciones en que sobrevivía: se había quedado ciego, los huesos le asomaban por la piel, era lo que se dice una llaga y una ruina. De él se hablaba en secreto, como si mentarlo fuera peligroso, pero raro era el quinto que no iba a verle, y había entre la tropa un respeto más que piadoso. En la ciudad ya entonces se hablaba del Cautivo.

—No sólo se hablaba —dijo Jacinto, que de nuevo con la mano en el estómago volvía a pasear por el corral—, también se escribía. La *Balada del Cautivo,* de Paco Bodes; el *Lamento de Celenque,* de Atanasio Ribera; la *Pavana del Mulo Ciego,* de Marujina Costales. Paco recuerdo que leyó por primera vez su balada una noche, al lado mismo del Cuartel, guarecidos los diez o doce que escuchábamos en el retrete de la taberna de Litines, ni a cuarenta metros del cuerpo de guardia.

—Cuando decidieron derribar el Cuartel del Moro, que ya llevaba prácticamente un año desalojado, apenas quedábamos cuatro gatos de Intendencia y la Farmacia Militar, se planteó el asunto de Celenque, y hubo alguna opinión de que lo mejor de todo sería sacrificarlo. Pero, claro, eso suponía incumplir la sentencia. Yo ya llevaba mucho tiempo cuidándole y hasta había conseguido, dentro de lo posible, aliviar su situación. Entonces se me ocurrió que podía traérmelo aquí, y todos los vecinos del barrio me animaron y se ofrecieron a echar una mano en lo que fuese. Supongo que en la Comandancia vieron aquello como una solución, porque Celenque para ellos, dadas las circunstancias, ya era sólo un engorro, nada más que eso. Me dieron un papel, que por ahí tengo, con la orden de traslado y el compromiso por mi parte de mantener vigilado al prisionero hasta que la condena quedase cumplida. Y una noche, en el carro de mi tío Fidel, va a hacer ahora siete años, aquí trajimos a Celenque. De eso sí te acuerdas, ¿verdad, Jacinto?

—Fue una procesión improvisada —dijo Jacinto Sariegos—. ¿Quién no se acuerda? Cargamos a Celenque, que ya de aquélla no se podía sujetar de pie, y salimos con él como si lo estuviéramos robando. Desde el Cuartel hasta aquí, sobre todo cuando entramos en el barrio, fue agregándose gente, se abrían ventanas y balcones. Y ahí, al lado del Capudre, nos pidieron que nos detuviéramos, y desde la galería de su casa, Marujina Costales recitó la Pavana, que a todos nos dejó conmocionados. Aquélla fue, de veras, la noche del Cautivo.

El silencio amparó el recuerdo que hermanaba el cortejo nocturno del prisionero y del moribundo. Llegaban rumores del patio, un hombre y dos mujeres cruzaron presurosos el corredor. Del interior de la cuadra surgían algunas nerviosas exclamaciones.

—Se muere, se muere —gritó alguien.

Tino Bandera acababa de encender otro cigarrillo.

—No tengo valor —confesó—. Ni para verlo morir ni luego para enterrarlo.

Benjamín y Jacinto regresaron a la cuadra.

El candil tendía su luz más temblorosa que antes, en el rincón donde los presentes contemplaban la agonía de Celenque.

—Ahí llega, con su tenaza fría —dijo Ángel Benuza.

El violento estertor del mulo, un ahogo roto que le hizo elevar la cabeza más allá de sus fuerzas, batiendo la cadena, fue seguido de un espasmo que enervó todo su cuerpo. Las mujeres que le aliviaban con las bayetas se separaron asustadas. Todo el cuerpo quedó comprimido por un momento, como si los músculos, en arrebatada tensión, pretendieran agarrar el último soplo de vida. Luego se aflojó, y las patas traseras descargaron su temblor, estiradas en ese anquilosado esfuerzo, que pertenece ya más a la muerte que a la vida.

Benjamín Otero observó el gesto consternado de los presentes, que por un instante parecían alimentar la común memoria de aquellos castigados e inocentes despojos.

—Se acabó —dijo alguien.

La voz de Paco Bodes surgió entonces, como una música redentora que creciera en la emoción de cada uno. Recitó con pausada y profunda severidad:

No lo vierais en el prado
ni en el trillar de la era.
Fue su vida prisionera
en un calabozo helado.

Nunca pastó en el ejido
ni dio vueltas a la noria.
El cautiverio es la historia
de su corazón herido.

Ángel Benuza avanzó unos pasos ante los presentes, hincó una rodilla al lado del cadáver y accionó con la mano derecha, como señalando la huella diluida del último suspiro de Celenque.

—El estro del poeta —dijo— acaba de indicarnos en su diana lírica, que es la que le corresponde, el drama de esta existencia que ante nuestros ojos, ahora mismo, se ha consumado. Conviene que también la oratoria, con el grado emotivo que el momento merece, rubrique a su modo tan histórica y dolorosa consumación.

Se puso de pie. Se concentró un instante arañándose la perilla, miró a los presentes, que aguardaban con agradecida expectativa sus palabras, y bajó los ojos hacia el cadáver de Celenque.

—Este cuerpo que espanta en su ruina —dijo, adoptando un tono de íntimo dramatismo—, esa piel desgarrada por las cicatrices, la esquilada cabeza, las desmedidas pezuñas, los ojos que redujo a la ceguera la oscuridad del calabozo, ¿qué esconde en su terrible imagen de derrota?, ¿qué significa, más allá del harapiento y pestilente esplendor de su muerte? Absurdo sería no reconocer, antes que nada, la condición del Inocente, el peso de la humillación y de la ofensa en esta vida cautiva, cuya conciencia no pudo acercarse a la lucidez, superar el cendal de sus brumas primarias, pero sí sentirse vagando en la adversidad y en el dolor, a través del tormento de la herida, del hambre y la prisión. Y no menos absurdo, no mentar la tétrica catadura de quienes, desde la condena, confirmaron la intolerancia, el odio y la ignominia, esas fatales inquinas que rebajan lo humano hasta el mismísimo descrédito de la razón.

»Yo quiero proclamar ante este cadáver, el más penoso y lamentable que en nuestra vida podamos ver, la victoria del Inocente sobre el Abyecto, el testimonio del Humillado, que trasciende las ofensas en este símbolo final de espantosa ruina, que aquí, tendido a nuestros pies, nos inquiere y reclama, como un espejo de nuestro mismo emputecido destino. Y quiero advertir, a la díscola memoria de esta ingrata ciudad, que no hay llaga más honda que la que este cadáver procura en el corazón de las buenas gentes. Y que por encima de todas las pompas y de todas las glorias, la anónima sepultura de un muladar cobijará más encendido el recuerdo que el más ilustre de los panteones.

Benuza llevó la mano izquierda a la perilla.

—Es cuanto quiero decir —remató—. Y ahora, amigos, conviene que comuniquemos la muerte de Celenque a todos los vecinos, y que aquellos que se consideren más fuertes y piadosos procedan a enterrarlo.

Sentado en el poyo del corral, ajeno al movimiento de los que iban y venían del patio a la cuadra, Tino Bandera recordaba las cotidianas labores del guardián, aquella continuada dedicación de tantos años, con ese dramático desánimo del que acaba de perder al paciente.

—Ya se terminó —le dijo don Florín.

—Cuesta creerlo —reconoció Tino—. Morirse tanto tiempo, para al fin morirse.

Volvieron a la calleja, sorteando la cada vez más numerosa concentración de vecinos. La luna ampliaba su claridad, como si creciera resbalando en el firmamento sereno. Regresaron silenciosos hasta el hontanar del Rucayo.

—¿En qué prados pacerá Celenque después de tanto penar? —se preguntó don Florín.

—La nada es la misma para todos —dijo Ángel Benuza.

—Y de ahí la conveniencia de tensar por estos andurriales la cuerda cuanto se pueda —consideró Paco Bodes—. De la otra orilla, ninguno volvió para contar lo que había.

—La nada es lo que brota de la muerte —aseguró Benuza—. Más allá de tu despojo, no hay ninguna trascendencia.

—Muy negro lo pones —dijo don Florín.

—Peor es despacharse con esas tercas ilusiones de la otra vida. Superando el trance, amargo y funeral, ¿qué mayor esperanza que la de alcanzar ese páramo originario y definitivo que es la nada? Sólo a los espíritus pusilánimes y gregarios les puede interesar ese coñazo de la eternidad.

—A fin de cuentas, ¿no andamos nosotros detrás de algo parecido?

—No, Floro, no, ni muchísimo menos. Nosotros buscamos encima de la vida, a su favor, para perpetuar lo que de bueno pudiera ofrecer. Debajo, en lo que ya es sepultura, no hay nada que rascar, sólo ceniza.

—Recordad lo que decía el Abate Leticio en sus *Meditaciones:* nada hay tan dispar como la eterna vida y la vida eterna —citó Paco Bodes.

—Cierto —asintió Benuza—. La vida eterna sólo puede ser la muerte, un engaño nacido en el mentecato sentimiento de los piadosos.

Jacinto Sariegos, que se inclinaba para beber en el caño, percibió la vagorosa imagen de su rostro en el espejo de las aguas desbordadas, como si se mezclase con el sueño de los batracios, sorprendidos en el limo del pilón por el relámpago lunar.

4

EL BOSQUE DEL CHAMARIL

No había luz en la guarida de Olegario el Lentes. La trapa del almacén estaba echada, cerrada la puerta de la vivienda y entornadas las contraventanas. Era una casa chaparra crecida como un apósito en el remate del último cubo de la muralla, donde las callejas concluían hacia las sombras del ejido y un angosto pasadizo abría el camino del antiguo alfoz.

—Ni un resuello —dijo Paco Bodes, merodeando.

—Es raro —advirtió don Florín—. Pocas aves nocturnas habrá como Olegario. Siempre de noche baraja los trastos.

—La noche es la cómplice del traficante —señaló Benuza—. El Lentes se menea entre género que conviene ocultar.

Jacinto bordeó la casa hasta el entronque de la muralla y regresó pidiendo silencio.

—Se oye un llanto.

Todos se acercaron, atentos a su indicación. El llanto surgía entrecortado, como del fondo de las habitaciones interiores.

—Parece Toribia —dijo don Florín.

Unos golpes violentos, de fuertes nudillos, rompieron la quietud. Alguien vapuleaba una puerta. El llanto se transformó en un grito y, en un instante, la casa se convirtió en una jaula de grillos.

—Hay gresca —dijo Benuza.

—Era el silencio que preludia la batalla —confirmó Paco Bodes.

Jacinto pateó la trapa del almacén. Los grillos aflojaron su estrépito sorprendidos.

—Abre, Lentes, y respeta a tu costilla, como bien prometiste en el altar —voceó Benuza.

—Respeto, respeto —clamó la voz histérica, como un eco entre los llantos.

—Abre, chamarilero, que éste no es el mejor concierto para un hogar honrado.

Se encendió una luz y en seguida se oyó correr el cerrojo de la puerta.

—Tundas y escarnios —dijo Benuza—. He ahí las glorias del matrimonio.

Toribia Alfares asomó con las greñas esparcidas, los ojos abrasados por el odio y las lágrimas, y la badila en la mano.

—¿Le diste en la nuca o en la rabadilla? —preguntó Benuza.

—Sois testigos —dijo Toribia, muy excitada—. Los cogí. Tengo a esos guarros en la ratonera. Ya ni aunque juren por Dios y los santos.

—No somos del juzgado de guardia, Tori —aclaró don Florín—, somos clientes de tu marido.

Toribia alargó el brazo y cruzó la badila como una espada.

—De testigos os quiero. Porque aquí ya no hay ni clientela ni negocio. Ésta es la casa de un degenerado.

—Cálmate, mujer, que la vida hay que tomarla con paciencia —aconsejó Bodes.

—Tenéis que decir lo que visteis, porque a lo mejor esto acaba en lo que tiene que acabar: en un asesinato —aseguró Toribia, blandiendo la badila y descargándola sobre el quicio de la puerta—. Aquí, un día u otro, hay sangre, que no os quepa la menor duda.

—Mira, Tori, hay que entrar en razón —consideró don Florín—. Lo que tengáis entre vosotros, cosa vuestra es. Sólo pretendemos ver a Olegario.

—Ni hablar del peluquín. Verle, ya ni Dios va a verle, porque estoy decidida a que se pudran. Y con ésta —advirtió señalando la badila—, con esta misma le rompo la crisma al que lo intente. Esos cochinos se quedan donde están hasta que la casa se hunda.

Una voz increpó a Toribia, entre los renovados nudillos.

—Es Olegario —dijo Jacinto.

—¿Dónde lo encerraste? —preguntó Paco Bodes.

—Está donde merece, donde él mismo se perdió —aseguró Toribia rompiendo a llorar—. Allí los pillé. Esa lagarta que Dios me dio por hermana y ese maldito degenerado. Yo que la traje y la crié como una madre.

Paco Bodes entró en la casa.

—Anda, Tori, no te lo tomes tan a pecho —la consoló don Florín—. Igual te hiciste ideas raras.

—¿Raras? —dijo Toribia, quebrando el llanto y blandiendo de nuevo la badila—. ¿Raras me las voy a hacer? ¿Es que estos ojos que tengo en la cara son de adorno? Ya de un tiempo a esta parte me lo olí, porque esa bruja hasta la última vergüenza tiene perdida, y a un degenerado tarde o temprano se le cala. En el retrete los he sorprendido, ahí encerrados como dos guarros, cayendo más bajo que lo bajo.

—Si es así —comentó Benuza—, no puede sostenerse que el Lentes sea precisamente un paladín del decoro.

—Una hermana que te paga con esa indecencia. Mil veces peor que clavarte un cuchillo en la espalda —gimió Toribia.

—Dice que echemos abajo la puerta o que descerrajemos la cerradura, que ésta la llave no va a soltarla.

—Antes la trago.

—Aquí se impone un poco de cordura —terció don Florín—. Sea lo que sea, Tori, no es ninguna solución mantenerlos encerrados. Que salgan, que se calmen los ánimos. Luego, habláis.

Crecieron los golpes y los gritos en el interior. La voz de Olegario el Lentes clamó entre violentas amenazas.

—Ese rijoso tiene que morir con su compinche —dijo Toribia, alzando la badila y corriendo por el pasillo—. A pudriros, vais a pudriros —gritó—. Nadie podrá sacaros si no es pisando mi cadáver.

Los cofrades consideraron las circunstancias con el gesto mudo y escéptico de quien se ve metido donde nadie le llama.

—Hagamos otro intento —decidió don Florín.

—Estos desastres pasionales son a veces peligrosos para la integridad de terceros —consideró Benuza—. Acordaros de Verdiales el farmacéutico, lisiado en la reyerta matrimonial de su mancebo. Yo, Floro, no me veo de juez de paz en estas escaramuzas de amor mostrenco.

Toribia Alfares aguardaba al fondo del pasillo, frente a la puerta del retrete a la que se llegaba subiendo tres escalones, armada con la badila, en la actitud del guerrero que reta al enemigo.

Don Florín avanzó seguido por los cofrades.

—Olegario —llamó—, somos nosotros.

—Ni un paso, ni acercaros —amenazó Toribia.

—Está loca, don Florín —clamó el Lentes—. Tienen que cogerla y atarla por el rabo. Tienen que sacarnos.

—Por Dios, por lo que más quiera —suplicó la voz llorosa de Herminia Alfares.

—Vamos, Tori —insistió don Florín—. Esto no puede ser, ésta no es forma de arreglar las cosas. Dame la llave.

—Bandidos —gritó desesperada, dirigiéndose a los encerrados—. Degenerados. Una que vive como una esclava, que ni levanta cabeza.

—¿Una esclava? —contestó violento el Lentes—. Una zángana, una bruja. Si el día que te conocí no hubiera estado ya tan miope.

—Toribia, por Dios —volvió a insitir don Florín.

—Como no la cojan por el moño —clamó el Lentes, suplicante e imperativo—, no hay nada que hacer.

—A ti y a esa mosca muerta había que cogeros. Pero no, mejor quedáis ahí encerrados de por vida. Cuando os metisteis, señal de que os gustaba estar. Y otro lugar como ése no hay para lo que sois y para lo que hacéis.

—Don Florín —llamó Olegario—. Tienen que sujetarla y quitarle la llave como sea, hágame caso. O descerrajen la cerradura.

Toribia saltó a la puerta del retrete y, de espaldas a la misma, blandió la badila como el sable de quien está dispuesto a defender la fortaleza hasta el último suspiro.

—No hay medio —contestó don Florín, desanimado.

—Entonces, maldita histérica —dijo el Lentes, con esa convicción de quien acaba de decidir algo definitivo—, te juro por lo más sagrado que sobre tu conciencia va a caer lo que nos haces. ¿Me escuchas, bruja?

Toribia Alfares estalló en un llanto descompuesto y golpeó la puerta con la badila.

—Mejor me hubierais matado de una puñalada, o a la vía del tren me tirarais. Tu propia hermana con tu marido, debajo del mismo techo donde la recogiste. ¿Cómo vais a pagarlo si no hay infierno suficiente?

—Ya que tanto lo pides, a dártelo vamos, piojosa —amenazó Olegario—. Y con testigos, para que no quepa la menor duda. Luego, que nadie pueda decir que no fuiste tú misma la que nos tiró por el barranco.

—¿Qué pretendes, Olegario? —inquirió don Florín, preocupado.

—Déjalo —aconsejó Ángel Benuza—. En estos vértigos, un soplo de desesperada inspiración es lo único que puede dar con la adecuada medicina.

El llanto de Toribia se disgregaba ante la expectación de la amenaza. El silencio comenzó a detallar esos ruidos menores de las cañerías, el goteo de un grifo, el rechinar de la tarima, como si tras la tormenta se evidenciaran con mayor intensidad los sigilos de la casa.

—Dios mío, Dios mío —exclamó con lastimosa resignación la voz de Herminia Alfares.

Los cofrades se observaron con la muda presunción de quien asiste a un espectáculo, en el que el telón no termina de alzarse. Toribia se limpiaba las lágrimas sin poder disimular los nervios, que hacían temblar la badila en su mano.

—Vamos a proceder —anunció la voz rencorosa de Olegario el Lentes.

—No, no, Dios nos libre —clamó Herminia, con desesperada resignación.

Ángel Benuza corroboraba con un gesto de explícita suspicacia el asombro de los cofrades, que veían la progresiva alteración de Toribia, medio derrumbada sobre la puerta.

El golpe seco de la tapa en el retrete vino a exasperar la expectativa, como si se correspondiera con ese movimiento de acoso que culmina toda resistencia, cuando lo irremediable ya no tiene prórroga posible.

—Ay —gritó Herminia, sin dramatismo.

—Calla, calla —ordenó la voz afanosa del Lentes.

—Será capaz —dijo Paco Bodes, incrédulo.

—Procedemos... —aseguró el Lentes, con vengativa complacencia.

Toribia Alfares estalló en ese instante. Lanzó la badila, revolviéndose sobre sí misma, y comenzó a golpear la puerta entre llantos e imprecaciones.

—O hacemos algo o nos vamos —decidió don Florín.

—Abre, histérica, abre —pedía Olegario—. Abre antes de que de veras nos perdamos.

—Perdidos, más que perdidos —clamaba Toribia, en pleno arrebato.

—La llave, Tori, la llave —le urgió don Florín.

—Me la trago, me la trago —suspiró ella, buscando en los bolsillos de la bata—. Ahora sí que me la trago.

Empujó a don Florín y a Jacinto, que acudía en su ayuda, y salió corriendo por el pasillo.

—Por el rabo, hay que trincarla por el rabo —aconsejaba Olegario a voces.

Fueron por el pasillo que, a la izquierda, conducía a la cocina, donde Toribia había desaparecido.

—Si cumple lo que prometió —observó Benuza—, prepararos a una cesárea.

La puerta de la cocina estaba abierta y Toribia lloraba sentada en el escaño, con la cabeza reclinada en la mesa. Había dejado la llave encima del hule.

—Que se vayan de esta casa —decía—, que no les vea.

Olegario y Herminia salieron del retrete como dos náufragos rescatados en la perdida isla a la que les condujo su excesiva arrogancia aventurera, intentando disimular el bochorno de la trampa, exagerando la indignación de los inocentes prisioneros. Ella corrió a guarecerse en su habitación, evitando la curiosidad de los rescatadores, que apenas vislumbraron el rápido vuelo de sus livianas ropas, esa huella desharrapada de las heroínas sobrevivientes.

—Te dejas cazar donde ni el último ratón entraría al queso —le dijo Benuza al Lentes.

—Ahora mismo le voy a arreglar yo las cuentas a esa alimaña —confirmó el Lentes, cuyas gafas de gruesos cristales resbalaban por su afilada nariz.

—No tienes nada que arreglar —intervino don Florín, contundente.

—Anda, que si no caemos a tiempo, ahí pernoctáis —dijo Paco Bodes.

—La desgracia de uno es ésta —reconoció Olegario, ajustándose el cinturón—. Tener que alimentarlas y tener que darles candela. Y avizor con una y otra. Maldita sea mi estampa.

La bombilla que colgaba en el techo del almacén, entre la costra de unas vigas predestinadas al hundimiento, difícilmente podía iluminar la desmadrada estancia, donde el chamarilero había albergado, sin orden ni concierto, los frutos de sus andanzas comerciales a lo largo de los años.

Una atmósfera de oscura ruina, sólo paliada cuando se alzaba la trapa y la luz del día arañaba temerosa aquellos túmulos, gravitaba en el recinto, como si del sueño de algún gigante trastornado se hubiesen desprendido los enormes objetos enfermos y polvorientos, las multitudes de enseres e ilusorias colecciones.

Al sueño parecían incitar también, en su desorganizada aglomeración, los residuos de los arcanos mobiliarios, las herrumbrosas muestras de la ferretería, las lozas, los molinillos, las tuberías, las cornucopias, el enjambre de llaves y aldabas, y las torcidas repisas donde se mezclaban cálices, vinajeras, patenas y carcomidos volúmenes de la biblioteca de alguna casa parroquial.

Jacinto Sariegos percibió el contagio que emparentaba aquella caverna con el laberinto del Archivo, donde sus días se enmohecían desde hacía veinte años bajo el solar consistorial, una gemela huella de almacenadas pertenencias destinadas al olvido, formando un bagaje de extraviados pedazos, de derruidas memorias, de cotidianos empeños definitivamente inútiles. Todo ello organizado con el desorden de lo que queda como una cáscara que todavía alguien no se resignase a desaprovechar.

—No se podría distinguir si almacenas o amontonas —dijo Paco Bodes a Olegario.

—Este negocio es para clientes que gustan revolver.

Cruzaron sorteando la decrépita floresta hasta el chiscón que emergía en el único calvero, alzado tres peldaños como una torre vigía en el corazón del bosque.

Benjamín Otero, que avanzaba el último, se entretuvo adivinando las nocturnas serpientes, las dormidas alimañas que entre el polvo y la lepra estiraban su sueño de fósiles.

—No sé lo que os trae —dijo Olegario encendiendo una lámpara en el chiscón—, pero, como clientes o no, fuisteis bien oportunos. Por aquí había una botella de orujo.

—Buscamos más al anticuario que al chamarilero —dijo don Florín—. Pero de beber no saques, que no queremos entretenernos.

—Yo sí lo necesito. La vida que ésas me dan es de las que, sin remedio, te llevan al trago. Así se entiende la desgracia de los que se arrastran por cualquier esquina.

Jacinto y Benjamín se habían sentado en los peldaños del chiscón, expectantes ante el descabalado paisaje que, por distintas sendas, atraía su curiosidad, mientras don Florín, Paco Bodes y Ángel Benuza, buscaban acomodo en el estrecho espacio acristalado.

—Te decía que buscábamos más al anticuario —explicó don Florín—, porque es de suponer que tendrás la clientela repartida. No es igual el que compra un perchero que el que anda detrás de una tabla gótica.

—Aquí todo está mezclado, lo que pasa es que cada cosa tiene su precio —informó Olegario, desanimado al comprobar que la botella de orujo estaba vacía.

—Pero vendrán clientes de diversa calaña —opinó Paco Bodes.

—Cualquier cliente vale si busca el género que tienes. Aunque más percheros y palanganas vienen pidiendo, que tablas de esas, que aquí malamente encontrarían.

Olegario rastreaba de nuevo en los bajos del escritorio, palpando más allá de las revistas almacenadas.

—Quedaba otra botella mediada —dijo—. Ya veis el desastre en que se vive, con mayor abandono que el último pordiosero. Sobrar, me sobrarán bocas, pero manos, aunque las haya, siempre faltan. Ninguna de ésas se dedica a poner o, al menos a dejar, las cosas en su sitio.

—O mucho las consientes o poco las aprietas —señaló Paco Bodes.

—De tanto consentirlas se me hizo la vida este calvario. Y lo malo es cuando te acostumbras a la desgracia de vivir con ellas.

—No sé yo si puedes quejarte —opinó Benuza, que repasaba las hojas de un misal—. Compaginar la legítima y la cuñada es andar ensayando equilibrios de riesgo perentorio. Tal concilio, y en la propia choza familiar, apenas lo encuentras entre motilones y otros pueblos bárbaros, y eso contando con las bendiciones del brujo de la tribu. A ti, Olegario, te pierden las costumbres primitivas.

—Si todo se pudiera contar.

La botella surgió en las manos temblorosas del Lentes, que fue a sentarse visiblemente complacido del hallazgo. Quitó el corcho y echó un trago.

—Dijisteis que no queríais —confirmó, ofreciéndola.

—Hombre, si es por no hacerte un feo —aceptó Paco Bodes.

—Lo que queremos es alguna información —aclaró don Florín—. Pero de la que puede proporcionarnos el anticuario. No estamos interesados ni en percheros ni palanganas. Aunque de tablas góticas también podíamos hablar.

—Contando con que en este negocio la discreción es igual que la sotana para el cura, ya me diréis. A nadie le gusta andar de tratos con uno y comprobar luego que se fue de la lengua. Daros cuenta de que el que viene aquí a vender, con frecuencia trae parecido recelo que si fuese a la casa de empeños.

Don Florín aceptó también la botella, dio un trago y se la pasó a Benuza.

—No sé si Pacho Robla es cliente habitual en este bazar, si no quieres no nos lo confirmes. Pero aquí se hizo con una colección de cartas en la que, no vamos a negártelo, estamos muy interesados.

—A don Pacho le gustan las antiguallas —reconoció el Lentes—, eso no creo que él tenga inconveniente en que yo lo diga. Cae por aquí de pascuas a ramos.

—¿Le vendiste esas cartas, una correspondencia no sabemos si muy numerosa? Antes de negarlo, Olegario, ten en cuenta que venimos sobre seguro.

—Y que llegasteis en buen momento, no dejo de reconocerlo. Pero no señor, no se las vendí.

El Lentes recuperaba la botella. Ángel Benuza cerró de golpe el misal que mantenía encima de las rodillas. Una emanación de incienso rancio surgió de las páginas apolilladas.

—Nos interesa saber dónde las conseguiste, cómo te hiciste con ellas. Déjate de rodeos.

—Os digo la verdad, no se las vendí. Si hubiera sabido que os interesaban a vosotros. Pero antes tenía que saber que las tenía.

—Explícate.

El Lentes volvió a beber. Tras los gruesos cristales que cubrían sus ojos, los cofrades pudieron adivinar una llama diminuta que languidecía al fondo de un túnel: esa huella que orienta penosamente la mirada de los que están a punto de quedar definitivamente ciegos, pero que jamás lo logran.

—Esas cartas aparecieron en una carpeta medio trabada en el cajón de un bargueño. Yo no reparé en ellas. A don Pacho le gustó el mueble y, la verdad, es que me lo sacó muy por debajo de lo que yo pedía. Era un bargueño taraceado, del mejor nogal, con unos herrajes superiores. Ya estaba hecho el trato cuando se puso a curiosear y salió la carpeta. Si yo hubiera andado más listo. Pero vendido estaba y nada se podía reclamar. Eso sí, en seguida me di cuenta de que lo de la carpeta empezaba a interesarle tanto como el mueble. A lo viejo levántale el pellejo, decimos en esta profesión. Pero es fácil olvidarse cuando hay tanto que hacer.

—Con frecuencia la suerte bendice a quien menos la merece —reconoció Ángel Benuza—. La oculta voz de don José María resuena en el mueble perdido, y es precisamente ese milano de Pacho Robla el que tira de la gaveta.

—¿De dónde procedía el bargueño, a quién se lo habías comprado? —inquirió don Florín.

El Lentes dejó la botella en una balda cercana.

—Eso no podéis pretender que os lo diga.

—Pues es exactamente lo que queremos saber. ¿No demostró igual curiosidad Pacho Robla? Vamos, Olegario, no te hagas de rogar, y no nos salgas otra vez con eso de la discreción profesional. Aquí el que no se conoce se pregona.

—Don Pacho —dijo el Lentes, cabeceando con la aquiescencia del que cede— no se anduvo por las ramas. Le importaba menos saber dónde había agenciado el mueble, que la posibilidad de encontrar más cosas del mismo proveedor. Lo que tengo es su encargo.

—¿Y has podido cumplirlo, conseguiste más?

—Nada, no hay nada que rascar. Qué más quisiera.

—¿Pero lo has intentado de veras o le estás dando largas?

—Un filón así nadie lo deja a la primera de cambio. Claro que lo intenté. Don Pacho quería todo lo que oliese a escritos, a documentos, aunque hubiera que correr con el mobiliario. Lo uno por lo otro.

Paco Bodes se acercó a la balda donde Olegario había dejado la botella. La cogió y, antes de beber, señaló a su dueño con un gesto de menosprecio.

—Tú, Lentes, no eres un buen amigo —dijo, poniéndole la botella ante los gruesos cristales—; si te hemos dicho que estamos muy interesados en este asunto es porque de veras lo estamos. No vinimos a estas horas a sacarte del retrete ni a divagar contigo.

—Me ponéis en un aprieto.

—Déjate de pamplinas —ordenó don Florín.

—De todo se va dejando uno poco a poco —se quejó Olegario—. Pero el negocio es sagrado y no había que mezclarlo con nada. Amistades, clientelas, parentescos, ninguna cosa complica tanto la vida como tenerlas juntas en la misma perola. Lo propio para no poder vivir con sosiego.

El Lentes se incorporó y dio un manotazo sobre los revueltos papeles de la mesa del escritorio. Sus ojos navegaron en las brumas que podían predecirse desde aquel observatorio nocturno de la torre vigía, como si quisieran perderse en la calma misteriosa del bosque, encontrar el sueño en los recovecos.

—En el siete de la calle de Pilares, justo en la esquina de la Plaza Mayor —confesó, exagerando su resignación—, en el segundo piso. Allí me vendieron el bargueño y una sillería. El piso debe llevar deshabitado mucho tiempo. Ahora parece que lo compró uno que viene destinado al Catastro y que lo ocupará después del verano.

—¿De quién es el piso?

—A mí me dio el aviso Emeterio el Lanas, me dijo que querían deshacerse de algunos trastos, mercancía buena y a no mal precio. Yo allí el trato lo hice con una paisana que se llama Rosario, no sé si es la dueña o quién, lo cierto es que ella manda y ordena.

—Ya veis —advirtió Paco Bodes—, a un tiro de piedra de donde don José María vivió. La casa incendiada del ilustre presbítero estaba en el veinte de la Plaza, cerca de la esquina de Pilares.

Don Florín se acercó a Olegario.

—Dices que no hubo modo de conseguirle más cosas a Pacho, documentos, escritos, que era lo que él quería, pero ¿viste algo?, ¿pudiste olisquear a tu gusto por el piso?

El Lentes asintió con el reconocimiento de quien está lleno de pesares.

—Tanto me vieron olisquear que llegaron a recelar, o esa impresión me dio, porque, desde luego, la paisana es muy desconfiada. Había otros muebles que me interesaron, y mucho chisme, género suficiente para hacer una buena oferta al por mayor, a tanto por tanto. Pero se ve que me perdí olisqueando.

—¿Documentos?

—Con el encargo de don Pacho yo iba ciego, directo a todo lo que fuera papel. Vi cosas que vete a saber si le gustarían, pero una sobre todo, una de esas que cuando le echas el ojo difícilmente disimulas, te tiemblan las piernas.

—¿Qué era?

El Lentes acariciaba la botella de orujo. Tras los gruesos cristales adivinaron los cofrades una chispa de codicia como la que alumbra al cazador furtivo ante la presa.

—Un baúl —dijo, deteniendo el recuerdo de un objeto que recobraba, en el olvido del cuarto trastero, la enaltecida fisonomía del tesoro oculto.

Los cofrades no pudieron reprimir el hormigueo de esa misma codicia, como si la figura del baúl materializara el sueño de un maravilloso hallazgo.

—Un baúl —siguió Olegario, abundando en el recuerdo y en el pesar de darlo por perdido— lleno de papelorios, escritos, libros viejos. Justo con lo que a don Pacho le hubiese sacado hasta la hijuela. Pero la paisana no lo vende, no sé lo que pensará que vale, la muy boba.

—Si se lo contaste a Pacho —reconoció Paco Bodes—, a estas horas ya habrá ido a ofrecerle el oro y el moro.

—Ya os dije que en esta casa se guarda el secreto profesional —afirmó Olegario con orgullo—, aunque vosotros me lo estéis perjudicando. Don Pacho sabe lo del baúl porque convenía engolosinarlo, pero no tiene ni idea de quién es el dueño. La verdad es que todavía no perdí la esperanza de comprarlo.

Don Florín cruzó el chiscón hasta la puerta. Sariegos y Benjamín le vieron asomarse como buscando un respiro en el relente del bosque.

Regresó hacia el Lentes con la decisión de quien acaba de determinar algo irrevocable, dispuesto a acorralar a quien se le ponga por delante.

—¿Dijiste que el piso estaba vacío? —inquirió.

—Por lo menos hasta después del verano, que lo ocupe el nuevo inquilino.

—Pues si es así —añadió don Florín, cerrando el puño sobre la mesa—, sólo necesitamos algo que se parezca a una ganzúa.

Ángel Benuza golpeó sus rodillas con el misal que sostenía en las manos, arrojándolo luego al suelo.

—Exacto, Floro, así se habla. Si es la palabra escrita de don José María lo que nos aguarda en ese arcón, ¿qué atadura podría impedirnos ir a rescatarla de su secreto y vetusto sueño? ¿Y quién, en nombre de nada, puede arrogarse su propiedad, ante nuestra acreditada herencia espiritual? Ésta, no lo dudéis, ha de ser una empresa nocturna, urgente, sometida al mismo designio que nos trae y nos lleva por premeditadas lontananzas.

El Lentes se sentó exagerando el gesto esquivo de quien se sitúa entre el susto y la huida. Por un instante percibió la irremediable mirada de los cofrades, presintiendo el acelerado plan de don Florín, cuyo puño golpeaba imperativo la mesa.

—Tú, Lentes, te vienes con nosotros. Eres el único que conoces el piso, el único que sabe con exactitud dónde está el baúl.

—Ni Dios que me lo pidiera —contestó Olegario, apretando las palabras para fortalecer la negativa—. Loco tendría que estar. De todo habrá hecho uno en la vida, pero andar robando. No me enganchéis, de ninguna manera.

Paco Bodes le puso una mano en el hombro.

—Hablamos de un rescate. El baúl nos corresponde.

—El baúl lo tiene esa paisana, y si alguien se lo quita del primero que va a sospechar es de mí. ¿Qué queréis, echarme a perder?

—Nos acompañas —dijo don Florín—. Sólo tienes que guiarnos, no vas a tocar nada, nadie se enterará.

—Perdéis el tiempo —aseguró Olegario.

En el bosque había estallado ese fragor de las nocturnas reyertas, las que rasgan de improviso, como desde la violencia del sueño, el apacible misterio de la espesura.

Jacinto Sariegos se alzó en los peldaños, atento a los improperios y a los sollozos. Benjamín Otero escuchaba el airado rugido de las fieras sobresaltadas.

—De un tiempo a esta parte —comentó don Florín—llevo vistas dos o tres tablas góticas vendidas a buen precio. De una tuve que dar mi opinión y hasta aventurar una cifra para tasarla. Tiré por lo alto, Lentes, no quería perjudicarte. Has vuelto a las andadas y encima quieres hacerte el estrecho con nosotros. Esas tablas cada vez tienen peor maquillaje.

—Yo a nadie engaño, vendo pintura de anticuario.

—El pincel de Herminia, la diestra y tramposa mano de tu cuñada —señaló Bodes—. ¿Qué comedor, despacho o salón te queda, en esta puta ciudad, donde no hayas encalomado una tabla? Pero te vas a acordar, Lentes; de ésta te acuerdas.

—En el negocio del anticuario hay un riesgo grande de error. El que compra lo sabe.

—No hay riesgo ni error en lo que está falsificado —sentenció don Florín.

Un estrépito de muebles desplomados zanjó, por un momento, las voces injuriosas de Toribia y Herminia Alfares. Tras el polvo, que crecía como el humo de la hoguera de los indígenas, en la noche salpicada por la mortecina luz de la bombilla, avanzaron luego las dos hermanas arrastrándose por la inhóspita senda, hacia el claro del bosque.

Olegario el Lentes quiso distinguir, tras los gruesos cristales que apenas aliviaban sus enfermos ojos del vértigo de un pozo muy oscuro, aquella destemplada pareja que regresaba con el más ingrato reclamo.

—Esto que hacéis —reconoció resignado— es la mayor extorsión para un honrado profesional. Pero, tal como se están poniendo las cosas, será preferible arriesgar el pellejo lejos de esta guarida.

—Lentes, entérate —le dijo Paco Bodes, cuando las dos mujeres se plantaban ante el chiscón—, ya no se puede vivir como un moro.

Jacinto Sariegos y Benjamín Otero habían iniciado la retirada. Por la incierta espesura, bajo el pavor de aquella reyerta cuyos ecos se multiplicaban en el impreciso techo del bosque, veían de nuevo removerse las serpientes, escuchaban quebrarse las retamas en el alterado sueño de las fieras.

Antes de alcanzar la puerta, sobre el fondo de un arruinado cortinaje, entre destrozadas cornucopias, marcos deshechos y amontonados pergaminos, distinguió Benjamín el brillo avizorante de un ojo que parecía desbordarse de su cuenca, como un faro oculto.

Atento a la inquieta señal de aquel brillo, sumergido en la extrañeza de su hipnótico reclamo, pudo delimitar las fantasmales huellas de un retrato al óleo: la nariz como el pico de un pájaro exótico, un hinchado brazo que se desprendía hacia el suelo, una mano con dedos de espino. La abandonada y tétrica imagen de alguien que se hubiera mirado en el espejo con la intención de odiar su presencia por los siglos de los siglos.

Benjamín Otero recordó la historia de Orestes Enebro.

5

LA CUEVA DEL TESORO

La noche se cierra como un puño en la calle de Pilares, estrecha y abismal en su escueto recorrido: de la espalda de la iglesia de San Miro, donde los antiguos penitentes daban sus cabezadas contra la piedra de la cruz del santo, hasta la esquina de la Plaza Mayor, donde sucumbe bajo el arco y los primeros soportales. Menos de cien pasos en un angosto meandro que la noche sepulta, sin que la luna pueda rozar los cantos deformes del pavimento, las protuberancias de las viejas casas, desparramadas como lóbregas matronas que el tiempo aplastó.

Jacinto Sariegos camina por ella recuperando ese gesto elusivo de la sabandija que pretende, más que avanzar, discurrir en el cauce soterrado de las sombras, diluirse en su espesura fluvial. Va observando el vacío de la calle, el desolado vértigo del desfiladero, y reconoce, en el extremo desamparo de estas horas que la inundan como escamas de un sueño mortuorio, la inquietud de los parajes del camposanto, la huella de fantasmales pisadas, y el acelerado latir de algún sospechoso corazón durmiente.

—Tú, Jacinto —ordenó don Florín, cuando los cofrades recalaron, con Olegario el Lentes, en la cercana taberna del Miserias—, haces una descubierta, y compruebas si el portal del siete está abierto. Si es así, y no vemos moros en la costa, vamos a ir directos al grano.

Ni moros ni fogatas delatan la rutinaria vigilia del guardián, pero Sariegos presiente el murmullo de la noche como una conspiración de insectos que orquesta su amenaza, algo que se está fraguando tras las cerradas ventanas y los embozados dinteles.

Frente al siete, en el quicio de una puerta aledaña al funeral escaparate de una carbonería, se aposta Jacinto tras una carrera, parecida al sigiloso vuelo del murciélago, y observa la casa con sus dos pisos poco airosos, elevados como el enclenque cuerpo de una cigüeña enferma, sobre dos columnas de madera que desfallecen en sus pilastres.

Nada se mueve en el desmañado semblante del edificio y ninguna sombra fugitiva acecha en los soportales. Anclada en el sueño de la calle, la casa parece uno de esos abandonados cajones que sobreviven a su contenido, plagado el interior de briznas y virutas que no conservan ni el recuerdo de lo que un día cubrieron. Del alero del tejado, que Jacinto puede apreciar en el contraste luminoso de la luna, cuelga el roto canalón como un harapo de hojalata, y hacia arriba se adivina el retorcido cuello de la chimenea.

En el estómago de Jacinto Sariegos vuelven a chapotear los batracios anuros, conjurados en el nocturno de la charca. Sube a la boca el macerado aliento del pimentón, la grasa que rebosa la cazuela exagerando el naufragio de las ancas. Decide entonces, como huyendo de esa amenaza que convoca todo el desánimo de su estómago revuelto, cruzar la calle, adentrarse en el soportal para cumplir el encargo de don Florín.

Es la sensación de abrirse camino entre las tumbas del camposanto, donde una mano crecida en las ortigas puede cogerte el pie y arrastrarte a su cobijo. El temor de verse sorprendido en ese impropio rincón, cuando la oscuridad sólo puede hacer suponer los más sospechosos cometidos.

De columna a columna vuela Jacinto como el pájaro medroso que, en la huida, elige siempre la rama menos apropiada. Esquiva el panorama desabrigado de la Plaza, quieta y lechosa en la penumbra lunar. Se interna en el soportal, apenas rozando los cantos del suelo, y se sostiene un instante, arrimado a la pared, antes de deslizarse hacia el presumible portón que, en la negra bocana del porche, puede ser otra fauce más esquiva y, desde luego, peligrosa.

Sariegos palpa desorientado la aldaba, un frío colgajo que le deja un tacto obsceno entre los dedos, y baja por los peinazos y los claveteados cuarterones hasta la cerradura, que muestra su ojo desnudo y herrumbroso. A la inmediata intención de empujar hacia dentro, de comprobar si el portón se abre, le sucede la alerta ante el posible chirriar de los goznes, ese grito que decapitaría el frágil silencio de los que duermen y de los que velan.

El estómago remueve la vaharada del grasiento pimentón, y considera Jacinto la circunstancia de verse en ese trance, aquejado por las arcadas que pueden sobrevenir en cualquier momento, sometido al riesgo de la encomienda, como esos revueltos luchadores que culminan el combate debatiéndose entre la fiebre y los golpes.

Empuja el portón y nota, con alivio, que la gruesa hoja cede sin lamentos, endurecida sobre los goznes, pesada y firme como una tosca coraza. Queda libre un espacio suficiente para penetrar en la casa y ya, más confiado y decidido, asoma al interior, soportando en ese instante el más recrudecido brote de las ancas indigestas, su ya repugnante chapoteo.

Es un zaguán que la oscuridad invadió con el mismo desprecio con que invade los féretros. Nada percibe Sariegos que no sea la sombra perpetua adueñada del ataúd. Un sofoco de encierro, un saturado aroma de moho y agror. Siente entonces la imperiosa necesidad de respirar aire limpio, pero ya no logra reponerse. Las ranas saltan desatadas en la sopa gástrica, baten las sucias aguas de la charca. Y, ante las ya irremediables arcadas, se inclina Jacinto, procurando desesperado el alivio tras el portón.

—Hostia, Jacintín —comentó Paco Bodes—, andas de espía, que es lo que más te gusta, y vas a echar la pava precisamente en el objetivo.

—A Ovidio —amenazó Sariegos— jamás le perdonaré esa cazuela.

Concentraba don Florín la atención de los cofrades, reunidos con Olegario en una mesa lateral de la casi despejada taberna del Miserias. Benjamín Otero le había hecho sitio a Jacinto, que limpiaba con el pañuelo el frío sudor de la frente.

—Entonces —dijo don Florín— todo está claro. Abierto el portal, lo tenemos más a huevo. Olegario, Jacinto y yo vamos a por el baúl. Paco y Benuza, cada uno a un extremo de la calle, controlando el panorama, sin embobaros ni un segundo. Y tú, Chamín, tú lo mejor es que te fueras para casa. Con tu tía ya las he tenido demasiado gordas y, aunque hace siglos que no nos hablamos, no quisiera más problemas. Una hermana como ésa cae en una de cada cien mil familias.

—Quiero ayudar —dijo Benjamín, decidido.

—Bueno —condescendió don Florín—, te quedas con Ángel, así hay un tercero para que alguno pueda pasear la calle mientras estemos dentro. Eso sí, a la primera alarma, dado el aviso, todos pitando.

—No sabemos la gente que hay en la casa, en el primer piso, ni en la otra mano del segundo —salmodió Olegario, apesadumbrado—. Ni si con esa miserable ganzúa se puede forzar la cerradura. Sólo que nos vamos a meter en un lío de aúpa. Hay que estar loco para estar aquí con vosotros.

—Eres el único que puedes llevarnos al baúl sin necesidad de encender una cerilla.

Olegario se quitó las gafas y las mostró sujetas por la patilla derecha: los gruesos cristales contenían una espiral que parecía tallada bajo su superficie, conducida hacia un punto infinito, como ideado para aquellos ojos humanos que hubiesen perdido ya toda esperanza.

—Sabéis de sobra que casi no puedo defenderme. ¿O pensáis que estos lentes los llevo de adorno?

—Ves lo que quieres, Ole —dijo Paco Bodes—. Y lo que no ves, lo palpas, y lo que palpas ya no lo olvidas. ¿A que no te atreves a jurarnos por tu madre que eres incapaz de ir a oscuras hasta el baúl?

—Lo que podría juraros —confirmó Olegario— es que esto tiene todas las trazas de acabar como el rosario de la aurora.

—Se arriesga la piel por mil ideales mezquinos —aseguró Benuza— y tú mismo te la juegas, día sí, día no, en la greña matrimonial, ¿y vamos a arrugarnos nosotros ante un empeño así, tan de menor cuantía? Un empeño que tiene por cometido, no lo olvidemos, el rescate de la palabra escrita de una de las pocas mentes que aquí hubo. Olegario, a ti lo que te conviene es ir superando el terco horizonte del chamaril. En la vida hay que intentar ir más lejos.

—A lo más que con vosotros puedo ir es al cuartelillo a que me muelan.

Don Florín zanjó las diferencias. En la barra del Miserias, la nieta del dueño se había dormido y los cofrades prefirieron no despertarla, aplazando el pago de la consumición.

—Cada cual a lo suyo —ordenó don Florín—. Que nuestro Padre Gerónides reparta suerte. Y si hay que salir pitando, ya lo sabéis, recalamos donde la Cordera.

Fuera del territorio de su guarida, Olegario el Lentes era como esos animales secuestrados de su enclave, que ven yuguladas las referencias y se quedan quietos, vencidos por el desconcierto y el temor. Cualquier paso distinto al habitual, la más mínima variación en el rastro de su limitada costumbre, desorientaba su camino, y todo a su alrededor se alteraba en el marasmo, como si calles y plazas adquirieran el don de la ubicuidad y lo ejercieran con frenesí.

La noche era para Olegario la culminación del desorden. Un monstruoso desván, que afilaba su codicia de chamarilero, pero que le sometía al miedo más rotundo, como si todos los abismos se conjugasen para hacerle propicia la fatal caída, la misma trampa del vértigo que se sufre en el sueño.

Escoltado por Jacinto y don Florín, que tenían sus recelos ante la posibilidad de una huida sorpresiva, avanzó por Pilares, donde el desorden de la noche era más completo que en ningún sitio.

Paco Bodes les hizo una seña al otro extremo de la calle, cuando rebasaban el meandro por la escueta acera, muy ceñidos a las fachadas. No había moros en la costa. La paz de los durmientes era esa paz sepultada, profunda, que conduce al hoyo a todo el vecindario.

—Nosotros te llevamos, pero tú nos guías —susurró don Florín.

—Soy un prisionero —aseguró el Lentes.

Olfateaba la noche como haciendo ostentación de su desamparo, desfallecido entre los sayones que no tendrían ni el más leve gesto de piedad.

—Allí está el siete —indicó Sariegos.

—¿Os dije el siete?

Se pararon en seco.

—¿Es que vas a dudar ahora de que era el siete? En ese número nos dijiste.

—Lo sería, lo sería —confirmó el Lentes con enfado.

—La casa que tiene dos columnas —dijo Jacinto.

—Sí, sí, el siete —aseguró—, no me atosiguéis encima.

Yo no puedo defenderme como vosotros, no soy un lince.

—Nos la estamos jugando, Olegario —dijo severo don Florín—. Ahora vamos a lo que vamos, las bromas luego.

—¿Bromas? No hay cabeza más amenazada que esta que tanto se mueve. Para bromas tengo el cuerpo.

Sariegos se adelantó infiltrándose en el soportal, mientras don Florín y el Lentes aguardaron su indicación un instante. El portón permanecía semiabierto. Llegaron a su lado. Paco Bodes repetía la seña no muy lejos, cerca de la esquina de la Plaza, desde donde controlaba el abierto panorama tamizado por el relumbre lunar.

—Con cuidado —pidió Jacinto, indicando con fastidio el lugar donde se había liberado de las ranas.

Penetraron en el zaguán. La oscuridad crecía como una tromba de alquitrán en el mar de la noche, y se sintieron perdidos, cubiertos por la ola desorientadora.

—Tú decides, Olegario —reaccionó don Florín—. Ahora sí que vamos donde tú nos digas.

Olegario el Lentes avanzó unos pasos y se detuvo. Intentaba concentrarse en la memoria de aquellos predios, conciliar veredas, superficies, puntos cardinales. El rastro de la huella que ilumina la dirección certera.

—Las escaleras están aquí —observó, señalando a la izquierda.

Le siguieron. Y en ese momento, antes de tantear los peldaños y el pasamanos, tuvo don Florín la sensación de verse comprometido en una de esas reatas de ciegos, en las que el más ciego de todos avanza de lazarillo capitaneando a los más ilusos.

Subía Olegario arrastrando los zapatos, como temeroso de que de pronto los escalones se cercenaran frente al abismo. En el primer rellano perdió el equilibrio y estuvo a punto de rodar por el suelo. Sariegos, que le seguía, pudo ayudarle a duras penas.

—Por Dios, Olegario —suplicó don Florín.

—Es mi ritmo —dijo el Lentes, sin afán de disculparse—. Llevo fija y segura la dirección, pero no respondo de bultos ni esquinazos.

Llegaron al primer piso. Cruzaron presurosos el descansillo, siempre sin perder la línea del pasamanos. El silencio era absoluto, como si la sima de los durmientes se extraviara en el más profundo olvido. Ascendieron hasta el siguiente rellano y Olegario, con más tiento, aflojó la marcha.

—Un respiro —pidió.

—¿No estarás cansado?

—Hay que sosegar los nervios.

—Vamos, vamos, por lo que más quieras —urgió don Florín—. No se puede perder ni un minuto.

Cuando arribaron al segundo piso, el Lentes se abatió sobre el pasamanos.

—¿Qué sucede ahora?

—Tengo que sentarme un rato —confesó—. Esto no es para mí.

—¿Sentarte? —inquirió violento don Florín.

—Sentarme —confirmó el Lentes, dejándose caer sobre el último escalón—. Aunque se hundiera el mundo. Entre los nervios y el esfuerzo noto que se me está saliendo la hernia. Y como se me salga —aseguró— ya podemos darnos por jodidos.

—Ostia, Olegario, ¿pero también estás herniado? —preguntó don Florín.

—De las dos ingles. Y ni el braguero me sirve cuando la hernia se encabrita. Es una dolencia que arrastro desde guaje.

—Fichamos de lo bueno lo mejor.

—Un reposo y se me pasa.

—Danos la ganzúa, que vamos nosotros trabajando —decidió don Florín.

—Quietos, que esa arma no es para novatos. Si me dais un sosiego.

El Lentes se había inmovilizado, extendidas las piernas y apoyada la espalda en el borde de la barandilla. Jacinto husmeó por el descansillo. Un ramalazo de claridad lunar llegaba de un ventano alto, colgado en la dirección que la escalera, ya sin pasamanos, seguía acaso hacia el desván. Don Florín no lograba contenerse.

—Olegario, esto no puede ser, no podemos estar así, esperando a que nos den las mil quinientas. Nos jugamos el pellejo.

—Lo único bueno que tiene esta hernia mía, es que avisa. Y avisando estaba. Si se me saliese, os encontraríais con un impedido.

—Si se te sale te la metemos —dijo Sariegos, contundente.

—Si se me sale hay peligro de que se me estrangule. De una hernia estrangulada murió mi tía Eudosia.

—También aquí pueden estrangularnos si nos pillan. Vamos, Olegario, que ya nos consumiste la paciencia.

Le cogieron entre ambos y, sin hacer caso de sus quejas, le pusieron de pie.

—Como un alma en pena —musitó.

—A lo nuestro —ordenó tajante don Florín. Cruzó Olegario el descansillo y le vieron acercarse a la puerta del segundo izquierda, encogido como una alimaña que huye herida. A su espalda permanecieron atentos a la inspección que iniciaba de la cerradura, olfateándola antes de manejar la ganzúa.

—No sé, no sé —dijo, buscando en el bolsillo trasero del pantalón la gruesa y doblada alambre.

—¿Qué es lo que no sabes? —inquirió don Florín en un susurro.

—Estas cerraduras tan antiguas. Y para mayor inri, que estará revenida de lo poco que se usa.

Palpó el cerco y el hueco de la cerradura.

—Las que no habrás abierto —dijo Jacinto.

—Si jurase que no es ni la quinta no ibais a creerme. Aquí las manos sois vosotros los que me las estáis ensuciando.

—A callar.

La ganzúa penetró y el Lentes comenzó a manipular con cuidado. En el silencio, redoblado por la contenida respiración, se escuchaba el hormigueo del alambre, algo parecido a un tenue rumor de roedores. El rumor se quebró de pronto. La ganzúa se le había ido de las manos al Lentes.

—Dios —juró.

—Manazas —insultó Sariegos.

Había rebotado en la tarima. Jacinto y don Florín se pusieron en seguida a buscarla, rastreando presurosos en la apenas aliviada oscuridad. Jacinto la encontró y se la devolvió al Lentes, que permanecía encogido sobre la puerta.

—Si vuelves a tirarla, te la tragas —amenazó. A Olegario le sudaban las manos. El concierto de los roedores se prolongaba, monótono. Don Florín, que difícilmente podía contenerse, se acercó a la barandilla para comprobar que todo estaba en calma.

—Ya —dijo el Lentes, cuando sintió correr el pestillo.

Guardó la ganzúa, se limpió las manos en el pantalón y empujó con suavidad la puerta, que fue abriéndose sin ruido. Jacinto y don Florín asomaron con él.

Del limitado recibidor partía un pasillo al que llegaba más nítida la claridad.

—Venga, Olegario —requirió don Florín, empujándole.

—No me atosiguéis.

—Vamos, que esto es pan comido. ¿Dónde guardan el baúl?

—En un trastero, al final del pasillo. Dejar que me sitúe, no tengáis tanta prisa.

Quedó entornada la puerta y avanzaron por el pasillo detrás del Lentes, que adelantaba las manos temeroso de chocar con algo. Una ventana, abierta a un patio interior, filtraba el relumbre lunar. El Lentes se detuvo donde el pasillo torcía a la izquierda. Antes había una puerta.

—No sé si es ésta —susurró, vacilando.

—El piso está vacío, no andemos cogiéndonosla con papel de fumar —decidió don Florín—. Abre.

Con mucho cuidado abrió el Lentes y nada más hacerlo, como ampliado en el eco del desfiladero nocturno, se escuchó un desgarrado ronquido. Se quedaron clavados. El ronquido tuvo en seguida una paralela contestación. Era un dúo de agobiadas respiraciones y resquebrajados escapes.

En la tibia penumbra pudieron distinguir una destartalada cama matrimonial, en la que dormían dos ancianos entregados a la más persistente trompetería del sueño.

El Lentes cerró la puerta. Don Florín le zarandeó sin poder contenerse.

—Quieres perdernos —dijo Sariegos con ira—. ¿Dónde nos metiste?

Olegario se recostó en la pared. La filtrada luz de la luna ponía en los gruesos cristales de sus gafas un palor fantasmal.

—Me traéis, me lleváis —dijo suplicante y consternado— y ya ni sé por dónde voy. Si me dejarais.

—Molido vamos a dejarte.

—Es la otra mano —reconoció—. Ahora me doy cuenta de que es la otra mano. Yo no me valgo, os empeñáis, pero, por más que quiera, no me valgo.

—Maldita sea tu estampa.

Regresaron por el pasillo y salieron del piso. El Lentes se dispuso a manipular la cerradura.

—Déjala —le indicó don Florín con desprecio—. Se nos va la noche.

Cruzaron el descansillo hasta el segundo derecha.

—Haz memoria, Lentes —ordenó muy serio don Florín—. ¿Era el segundo, era esta mano? Otro error y podemos despedirnos.

—Sí, sí, puedo apostar la vida. Se me fue el santo al cielo. Entre la hernia y los trajines.

—Pues a lo tuyo. Y cuidado con la ganzúa.

—Necesito trabajar en paz, no os echéis encima, dejarme.

El hormigueo del alambre extendió su rumor de nerviosas raspaduras y, no tardando mucho, se escuchó la contenida queja de Olegario.

—¿Qué pasa ahora?

—El dedo —gimió—, me lo pillé.

Se lo llevaba tembloroso a la boca. Sariegos se dispuso a suplirle. Don Florín volvía a zarandearle.

—Yo no veo ni torta —declaró Olegario, como sumido en el dolor y la desdicha—. Todo el trabajo es con el tacto, palpando, ¿qué queréis?

—Déjame a mí —solicitó Sariegos.

—Yo lo empecé y yo lo acabo —confirmó el Lentes—. Aunque me deje los dedos y se me caiga la hernia en el felpudo.

El pestillo cedió y la puerta entreabierta les trajo el olor de la polvorienta cerrazón. La entornaron y se quedaron quietos en el oscuro recibidor. Fueron hacia el pasillo. La oscuridad persistía porque no había ninguna ventana abierta.

—Por aquí —señaló el Lentes, que no separaba una mano de la ingle.

Llegaron al final del pasillo.

—Hay dos puertas —dijo Sariegos.

—Es una de ellas —aseguró el Lentes—. Encenderé una cerilla.

Lo hizo. De la primera habitación salió un vaho de lanas y borras, un denso tufo de ropa apolillada. Había algunos muebles apilados contra la pared. La segunda era más reducida, atestada de objetos como un sobrecargado trastero.

—Buscar aquí —dijo Olegario, encendiendo otra cerilla—. Es un baúl mediano.

Era difícil aclararse en aquella cueva de enseres y despojos. Jacinto gateó bajo unas tablas y a punto estuvo de provocar un derrumbamiento. Don Florín se internó por una senda de lámparas, maletas y percheros, cegada al final por un derribado armario de luna rota.

—Nada —confirmó.

—Pues aquí estaba —dijo Olegario.

—Hay que registrar las otras habitaciones —propuso Sariegos—. Si lo tenían a mano, no es lógico que lo hayan escondido, lo habrán llevado a otro sitio.

Fueron por el pasillo. El Lentes alumbraba con las cerillas.

—Está cerrada —advirtió Sariegos, accionando la manija de una puerta.

—Doble trabajo —consideró Olegario, apagando la cerilla y sacando del bolsillo la ganzúa.

—No desesperemos —pidió don Florín—. A fin de cuentas hay tiempo y calma. Si trancaron la habitación, será por algo.

—Echar una ojeada a las otras mientras la abro —indicó el Lentes, cediéndoles las cerillas.

El panorama era el mismo tras cada puerta: unos petrificados fantasmas que la mugre y la clausura habían convertido en volúmenes difíciles de delimitar, como si la metamorfosis del deterioro hubiese operado sin piedad sobre tantos objetos algún día cotidianos y reconocibles.

Regresaban hacia el Lentes cuando éste alzó la ganzúa en señal de triunfo. La puerta estaba abierta. Era una de las habitaciones que daban a la fachada principal, a la calle de Pilares. La luna esparcía su tibieza lechosa, como acrecentando el misterio del interior vacío. Sobre la burda tarima, en el centro, reposaba un objeto de tapa convexa y claveteada.

—Helo aquí —dijo Olegario, dándole una patada al baúl.

Don Florín y Jacinto permanecieron ensimismados, como si el hallazgo les embargase con una emoción no prevista. Las palabras de don José María Lumajo tintineaban como doblones de oro removidos por las manos codiciosas en el vientre del cofre.

—Espabilar —ordenó el Lentes.

Sopesaron el baúl y cargaron con él, cogiéndole por las asas laterales. El peso no se correspondía con el tamaño: las palabras de don José María Lumajo eran ciertamente del más preciado metal.

Cuando se disponían a sacar el baúl de la habitación escucharon un ruido en la puerta del piso.

—Quietos —pidió don Florín.

Alguien manipulaba la puerta, tal vez extrañado de encontrarla entornada.

—Dioni, Dionisio —llamó con cautela una voz femenina—. ¿Estás ahí?

Asomó don Florín y percibió los leves pasos de alguien que entraba.

—Dioni, por favor, que como quieras asustarme me voy y me llevo el jilguero —dijo la voz femenina con arrobado y temeroso reproche.

Era una mujer joven que avanzaba por el pasillo. Don Florín apenas distinguió la cabellera suelta, el blanco camisón, la toquilla sobre los hombros.

—No me hagas estas cosas, por Dios, que no me gustan.

El ruido se repitió en la puerta y la mujer se volvió asustada.

—Sita, Sita —llamaba ahora, con igual cautela, una voz de hombre.

—¿Pero no estabas dentro? —inquirió ella.

—No, acabo de llegar.

—La puerta estaba entornada, creí que querías gastarme una broma.

Hablaban con sigilo, como adiestrados en una larga y acostumbrada complicidad.

—Ay, Dioni, ¿no habrá alguien? Mejor nos vamos.

—No seas boba. Se olvidaron de echar la llave.

—No estoy tranquila.

—Voy a mirar.

—Lo dejamos para otro día, Dioni.

—¿Después de seis? ¿No me digas que el jilguero lo soporta? Sita, Sita, yo no puedo vivir sin abrirle la jaula, me consumo.

—Nunca encontramos la puerta así.

—Espera un momento que echo una ojeada.

Don Florín vio a un hombre en pijama avanzar por el pasillo. Cerró la puerta del todo y se recostó sobre ella. Sariegos y Olegario le miraban en vilo.

—Nada, no hay nadie —escucharon muy cerca, al cabo de un minuto—. Y en ésta menos, porque está siempre cerrada.

Don Florín sintió moverse imperceptiblemente la manija.

—¿Te convences?

—Ahora, sí.

—Pues, anda, que voy a echar la llave para estar más tranquilos. Y dile al jilguero que se vaya atusando.

Se oyó girar la llave de la puerta del piso y en ese momento los tres tuvieron la sensación de encontrarse peligrosamente atrapados. Olegario se sentó en el baúl. Los pasos habían surcado de nuevo el pasillo.

—¿Qué hacemos? —preguntó el Lentes, consternado.

—Aguantar.

—De aquí no salimos sanos.

—Igual que entramos. Sólo hay que aguantar. Ésos no van a tirarse toda la noche, vienen más escondidos que nosotros.

—Hay que hacer una descubierta —sugirió Jacinto.

—No podemos arriesgarnos. Mientras más tranquilos estemos, mejor.

—¿Qué hacen? —preguntó el Lentes.

Don Florín abrió la puerta. La pareja se había guarecido en la primera habitación, al final del pasillo. De ella surgía el luminoso temblor de una vela.

—Mira, Dioni, qué bonito. A que te gusta, a que te gusta muchísimo.

—Plumón canoro, ven que te mime, ven a mis manos, peluquín.

Llegaban las voces como joviales tintineos desde el escondite, y Olegario y Jacinto asomaron también a la puerta, apiñados con don Florín, escuchando con la curiosidad y el recelo de los espías.

—Jilguero pinturero que canta en el albero. Trina, peluquín, que me gusta la música celestial. Anda, Sita, déjalo que se expansione.

—No, no me da la gana. Si tanto te gusta, dímelo de veras. Regálame los oídos, anda, pero sin majaderías.

El Lentes se retiró hacia el baúl, con el gesto crispado de quien está a punto de explotar.

—Pero ¿qué hacen, qué coños hacen?

—Calla, que te pueden oír —le reconvino Jacinto.

—Esto no puede ser, así no podemos quedarnos.

—Hay que esperar, no hay más remedio, no te pongas nervioso —indicó taxativo don Florín.

—¿A qué hay que esperar, a que cante ese dichoso jilguero? Me están poniendo a cien, a cien.

—Calla, calla —pidió Jacinto.

Las voces eran más suaves, más lejanas, más secretas y acariciadoras.

—Ay, Dioni, Dioni, que vuela, que vuela. Mira cómo sube, cómo baja, cómo viene, cómo va.

—Piquito de oro, buche de terciopelo. Trina, jilguerillo, trina que te oigamos.

El Lentes se había sentado en el baúl y golpeaba la tapa con ambos puños.

—No se puede aguantar, no hay derecho —se quejó—. Hay que dejarse de chorradas, hay que ir a por ellos y apiolarlos. A ella me la dejáis a mí, que la estupro. Y a él le damos la mayor somanta de su vida. Se comen el jilguero con plumas.

Don Florín fue hacia el Lentes y lo alzó del baúl por las solapas.

—Si te oyen te crucifico —amenazó.

Entonces escucharon algunos melodiosos rumores, dulces gorjeos, el batir de unas alas entre las luces primaverales. Luego un silencio contagiado de suspiros y sonrisas.

En seguida se apagó la vela, y Jacinto pudo distinguir a la pareja que salía de la habitación. Hizo una seña pidiendo absoluto silencio y cerró la puerta. Les oyó surcar el pasillo, extendidas las sonrisas hasta el inicio de alguna contenida carcajada. Volvió a abrir con mucho cuidado y les divisó pasillo adelante. Luego les vio manipular en la puerta del piso, salir, y escuchó cómo se cerraba la puerta y echaban, desde fuera, la llave.

Don Florín todavía mantenía sujeto por las solapas a Olegario.

—Vamos —dijo Sariegos—, que ya va siendo hora.

—Estamos copados —opinó el Lentes—. Yo ya no respondo de la ganzúa.

Se dirigió a la puerta, mientras don Florín y Jacinto cargaban con el baúl.

—La mala sombra de esos pazguatos —rezongó el Lentes—. Mira que echar la llave.

—Aplícate y calla.

Comprobaba que los dedos le respondían con dificultad, como si se le hubieran acorchado, perdida por completo su anterior destreza. Jacinto y don Florín arrastraban el baúl por el pasillo.

—No hay modo —constató Olegario, con desesperación.

—Antes la abriste.

—Pues ahora, ya veis.

Les mostraba la ganzúa con mano temblorosa, como el humillado cirujano que enseña el bisturí reconociendo su incapacidad.

—Déjame, inútil —decidió Sariegos.

—Esto es maña, aquí querer no es poder —dijo el Lentes.

Se afanó Sariegos en la puerta, mientras Olegario era requerido por don Florín para ayudarle con el baúl.

—Esfuerzos no se me pueden pedir. Eso es garrafal para la hernia.

Raspaba la ganzúa sin poder disimular un rumor desorientado. Jacinto acumulaba el creciente nerviosismo, dándose cuenta de que sus dedos iban a la deriva, extraviados en una ciega operación.

—Maldita sea.

—Hay que recobrar la calma.

—Cuando una cerradura se traba, ni la santísima caridad —vaticinó el Lentes—. Nos coparon esos viciosos.

—Habrá que descerrajar —opinó don Florín.

—¿Y dónde está la herramienta?

Sariegos se dio por vencido.

—Anda, Lentes —dijo don Florín—, inténtalo. Tú eres el único que puedes. No vamos a quedarnos aquí toda la noche.

Olegario el Lentes acarició la ganzúa, que Jacinto le ofrecía con el gesto del presuntuoso derrotado. La sostuvo alzada entre los dedos, como si se estuviese concentrando.

—Por mi madre —rezongó, decidido.

El rumor de los roedores volvía a la cerradura, un rumor apacible que alguien podría confundir con el de las termitas devorando las vigas.

La mente de Olegario parecía horadar aquel difícil agujero como si ella fuera, más allá de sus manos, la que de veras buscaba el resorte que, en su punto más exacto, liberaría la trampa. Se concentraba con progresiva delectación, envuelto en el murmullo del alambre que seguía raspando, en la sima de la noche, como un obsesivo pensamiento en la memoria del dormido.

—Por mi puta madre —repitió.

Don Florín y Jacinto, recostados en el baúl, presenciaban ansiosos aquel denodado esfuerzo por encontrar el movimiento del pestillo, la mágica vuelta que dejaría libre la entrada de la cueva.

—Va, va —anunció Olegario, en ese punto álgido en el que la tensión y el esfuerzo se ven recompensados.

—Dios, Lentes, creí que no lo conseguías —confesó don Florín.

El Lentes dejó la puerta abierta y avanzó hacia el baúl llevándose las manos a las ingles.

—La hernia —musitó, con ese resignado reconocimiento del herido que regresa satisfecho de la trinchera—. Se me está saliendo, la muy cabrona.

Le ayudaron a sentarse en el baúl.

—Vete a echar una ojeada —ordenó don Florín a Jacinto— que salimos pitando. Lentes, ahora hay que hacer de tripas corazón. Ya es pan comido.

Sariegos asomó al descansillo y sintió el alivio de la claridad lunar que se filtraba por el ventano. Respiró un segundo con el enardecido consuelo del rescatado, y empezó a deslizarse escaleras abajo, como la atenta sabandija que merodea por los aposentos secretos del castillo.

Antes de llegar al rellano creyó escuchar un ruido de pasos en la tarima, hacia el descansillo del primer piso. Se detuvo y permaneció inmóvil contra la pared. Podía confundirse con algún lamento de la vieja y resquebrajada madera de los peldaños. Se adelantó sobre el pasamanos y observó la negra soledad que se derramaba hacia el fondo.

Cuando alcanzaba el rellano, vio una diminuta pavesa que se movía, sin duda de un cigarrillo, y los pasos se hicieron estremecedoramente reales. Alguien iba y venía por el descansillo del primer piso.

Retrocedió algunos peldaños, aguardó un instante y pudo distinguir, en el único punto en que la oscuridad se paliaba con el rastro lunar, la figura de un hombre que sostenía un alargado objeto bajo el brazo derecho.

El hombre caminaba lento, haciendo el recorrido de un lado a otro, con la impasible constancia del centinela en el puesto de guardia.

Sariegos adivinó, con esa certeza que hiela el corazón en los más temibles descubrimientos, que el objeto que portaba el hombre era una escopeta de caza. Los dobles cañones habían brillado un segundo, como metálicas salvas de un fuego mortal.

Don Florín le vio entrar y arrimar, con sumo cuidado, la puerta tras él, exagerando un gesto de silencio y alarma.

—Se me sale, se me está saliendo —aseguraba quejumbroso el Lentes.

—Hay alguien —dijo Jacinto, recuperando el aliento.

—¿Qué dices?

—Abajo, en el primer piso. Hay un tipo con una escopeta.

—¿Con una escopeta, estás seguro? —preguntó incrédulo don Florín.

—De caza, del doce por lo menos. Podemos caer como conejos.

—Lo dije, lo dije —confirmó Olegario, dolorido—. No podía salir bien.

—¿Y quién dice que viene por nosotros?

—Venga por quien venga, somos la mejor pieza. Igual da que saliera por un jilguero que por un gamusino.

—Hay que avisar a los de fuera —decidió don Florín—. Ahora sí que tienen que echarnos una mano.

6

LA CAZA DEL GAMUSINO

Paco Bodes aliviaba la espera reconstruyendo, apostado en la esquina de la calle y vigilando el panorama de la Plaza, uno de aquellos poemas que su mujer le había destruido, en el trance de sus más duras desavenencias, poco antes de lo que él denominaba el Portazo de la Liberación.

Aurelia Lucillo había hecho desaparecer casi el setenta y cinco por ciento de su obra inédita, por el ignominioso procedimiento de irla tirando en la taza del retrete y en el cubo de la basura. La antigua musa llegó a convertirse en una obcecada vengadora de la desdicha conyugal. Y la lírica, que un día sublimara aquella relación tan predispuesta al infarto amoroso, acaparó todo el odio, como si los versos fermentasen corrompiendo las enaltecidas imágenes, destilando los más rastreros gusanos de la inquina y el desamor.

Era un poema inspirado en la Plaza nevada, escrito bajo el sonámbulo influjo de un nocturno invernal, en el que los endecasílabos enumeraban el blanco sopor de la nieve, la pacificación de su mortal caricia, como si el ánimo fuese propicio a una anciana melancolía, saboreada en el helado esplendor de la noche.

La lechosa claridad de la luna embargaba esa lírica y momentánea ensoñación de Paco Bodes, que no lograba llegar más allá del segundo cuarteto, perdidos los versos siguientes bajo los copos, disueltos en la gélida corteza que cubría el pavimento y la memoria.

Tardó en enterarse del reclamo de don Florín, que asomaba con cautela en la ventana del segundo piso, solicitando su atención. Y cuando fue hacia el soportal de la casa, vio que cruzaban la Plaza, entre voces y aspavientos, dos jocosos borrachos que, fácilmente, le habrían descubierto.

—¿Qué pasa? —preguntaba Ángel Benuza, acercándose preocupado por Pilares.

—No sé.

Los gestos de don Florín eran suficientemente expresivos en su petición de auxilio, aunque no indicaban con claridad la advertencia del peligro. Emulaba a esos náufragos que piden la salvación, y al tiempo intentan ocultar el mensaje de que la isla está llena de boas.

—Tienen dificultades —corroboró Benuza.

Don Florín comenzaba a desesperarse al comprobar que no le entendían.

—¿Qué sucede, qué hacemos? —le preguntó abiertamente Bodes.

Jacinto Sariegos sacó medio cuerpo por la ventana, retirando a don Florín.

—Hay alguien en la escalera. Tenéis que despejarnos el camino. No podemos salir.

Los dos borrachos que cruzaban la Plaza se habían detenido en la esquina de Pilares. Bodes y Benuza reconocieron en seguida las voces de Cirilo Lodares y Turcia.

—¿Qué vamos a hacer? —preguntaba preocupado Ángel Benuza.

—Lo primero quitarnos a ésos de encima.

Desde la ventana, Sariegos y don Florín vieron, consternados, cómo Cirilo y Turcia avanzaban gritando por la calle, con esa excitación del emigrante que acaba de divisar a sus paisanos en tierra extraña.

—Paco Bodes —dijo Cirilo, alzando la mano derecha como para saludar a la multitud—, tú eres un alabardero del lenguaje, un muñidor del adjetivo, un *croupier* de la metáfora. El más ilustre y secreto bardo de esta urbe romanizada. Dale un abrazo a quien tanto admira tu lírico y errabundo pendoneo.

Bodes apenas pudo sostener el peso muerto de Cirilo.

—Y tú también, Angelín, palafrenero de la oratoria, que eres de los pocos que hablan como se escribe, abrázame. Esta urbe romanizada os debe una placa y un título de hijos egregios y cachondos, porque aquí no hay más labia que la vuestra, lo demás es cotorreo y rutina. Abrázame, Angelín, joder, que no se diga que un filósofo peripatético no reconoce, en la noche del pedernal, a un ingeniero de caminos, canales y puertos.

Turcia se había acercado a la pilastra de una columna del soportal de la casa, y orinaba bamboleándose. Don Florín y Sariegos se retiraron de la ventana.

—Hay que reconocer —decía Turcia— que cuando uno está en sus trece, la mejor demostración de placidez y sentimiento se obtiene al hacer aguas menores. Yo os exhorto, en la medida en que os sea posible, a que lo probéis. Ah, hermanos, la mente se esponja con la emoción.

Cirilo se dispuso a secundar a Turcia en la pilastra de la otra columna.

—Sí, sí, querido y venerado compadre, el ánimo se compensa con este fluido episódico. Mead, mead, meemos todos al unísono y de consuno.

—Es bueno y baladí —decía Turcia— como todo lo que resulta inocuo, y no hay mayor regomello que el de sentirse escurrir en esta solvencia del aparato humano. Ah, gota culminante de mi finiquito, ya llegas presurosa.

—Nada, nada en el nocturno etílico —decía Cirilo— es comparable a estos momentos de disolución. Escuchad hermanos, el canto del arroyo, su cremoso discurrir por el cauce de estas piedras venerables.

—Oíd —voceó Turcia— la líquida plegaria del más glorioso instrumento.

—El salmo de la fuente prístina.

—El oratorio de la torrentera.

—El mugido de la cascada.

Benjamín Otero acudió ante aquellas voces, y Ángel Benuza le indicó que se mantuviese en su sitio, a la expectativa. Don Florín volvía a asomarse a la ventana, señalando con grandes aspavientos el inminente peligro, la urgencia de la liberación.

—Hay que llevárselos de aquí como sea —dijo Paco Bodes.

Cirilo y Turcia regresaban cogidos del brazo.

—¿Hacia dónde vais? —les preguntó Benuza.

—A mejorar la noche —dijo Turcia—. La cogimos temprano y, si nos esmeramos, podemos pulirla hasta dejarla como recién estrenada.

—Pero a lo que queda por ahí, sin cerrar, vais a ayudarnos —aseguró Cirilo.

—Otro día será —se disculpó Paco Bodes—. El caso es que ahora tenemos que echar una mano.

—¿Una mano? Joder, Paquín. ¿Y nosotros quiénes somos? Tantas manos como tengamos, aquí están para lo que sea, ¿eh, Turcia? Luego cerramos lo que quede por cerrar. ¿Dónde hay que echarla?

Benuza y Bodes se miraron con el desánimo y la resignación de los fugitivos que, al no encontrar la salida, deciden regresar a la celda.

—Ahí dentro —dijeron.

En la ventana, Jacinto Sariegos gesticulaba las más abruptas amenazas.

—Prepararos, que ya vamos —le indicó Ángel Benuza.

Benjamín Otero merodeaba por la calle, más atento al destino de aquella improvisada expedición, en la que parecía que ni el mando ni los componentes sabían lo que tenían que hacer.

—Floro y Jacinto están ahí metidos y hay que sacarlos —resumió Benuza ante el portón.

Cirilo y Turcia hicieron un esfuerzo para asomar a la superficie desde las sombras etílicas, y asintieron con esa comprensión generosa de quien sigue benignamente inmerso en ellas, pero dispuesto a derrochar la mejor voluntad ante cualquier encomienda.

—Podíais esperarnos aquí —indicó Paco Bodes.

—Jamás —afirmó Cirilo, tajante—. Nadie podrá decir nunca que nosotros, estemos como estemos, no estamos a lo que hay que estar, ¿eh, Turcia?

—Desaira a tus amigos, y despídete de la tutela de los dioses —citó Turcia—. Al unísono y de consuno, iremos a sacar a don Florín del atolladero. Serénate, compadre —voceó—, que aquí llegan los cuatro pares del rey de Oviedo.

Benjamín les vio abrir el portón, cuyos goznes arrastraron un alarido de grillos y pedernales, y vio cómo entraban dispuestos a batirse. Poco a poco se fue acercando hasta apostarse enfrente de la casa, preparado para cualquier emergencia.

Hubo un largo silencio, como el que emana de los más olvidados y solitarios lugares.

La casa era un cofre sellado por la antigüedad y el abandono, en el que Benjamín pretendía adivinar, imbuido por la nocturna fantasía del laberinto, la disposición de sus aposentos, pasillos y corredores, el misterio de ese interior, donde alguna huella oculta indicaba el camino del tesoro, sin duda vigilado por algún guerrero.

Acrecentaba el silencio la sensación de que todo había sido devorado allí dentro, como si un paso más allá de las fauces del zaguán, la gran fosa del estómago de la bestia fuese el reducto insoslayable donde cayeran los ilusos expedicionarios.

Benjamín Otero observó inquieto la fachada, teñida por el lívido ramalazo de la luna: un rastro de fuego blanco que invadía las cocidas superficies del adobe, de las que parecían desprenderse diminutas pavesas de nieve y ceniza.

De pronto tuvo la impresión de que el interior de la casa se derrumbaba. Un desmoronado movimiento de subterráneas erupciones, un trueno que trastorna la oquedad de la cueva, estallando en el centro de la sima más honda. Fue temeroso hacia el portón, aguardando indeciso alguna señal.

Se oyeron voces, ruidos, la mezclada algarabía que, en el desorden, sucede a las eclosiones. Los goznes del portón volvieron a chirriar. Ángel Benuza intentaba abrirlo lo más posible, y Benjamín acudió a ayudarle.

—Rápido, rápido —pedía alguien.

Jacinto Sariegos y Paco Bodes arrastraban el baúl entorpeciendo la salida.

—Vamos, por Dios —suplicaba colérico don Florín. Llegaron al soportal, y Jacinto, sudoroso y sin apenas poder respirar, cayó sobre el baúl.

—No puedo más, no puedo —gemía, derrotado. Benjamín quiso echarle una mano, pero Benuza se le adelantó.

—Venga, Jacinto.

Don Florín salía con Olegario el Lentes y, tras ellos, Cirilo y Turcia coreando voces, gritos e imprecaciones.

—Rapidez y prevención, señores —gritaba Cirilo Lodares—, que ahí arriba amenazan con posta y mostacilla.

—Salgan zumbando —animaba Turcia— que nos persigue por la retaguardia un sargento de regulares.

Una voz furibunda amontonaba las amenazas en el interior, como el despierto dragón que transforma su cólera en fuego y quiere arrasar, desesperado, todos los caminos de la huida.

—Vete, vete —le ordenó don Florín a su sobrino, que iba a coger el baúl con Bodes.

Benjamín ayudó a Jacinto. Benuza y Bodes cargaron el baúl. Olegario el Lentes quería tumbarse en el suelo, suplicando un alivio para la hernia.

—Tieso, Olegario, que zumban —le decía Cirilo.

Abandonaron el soportal para marchar Pilares arriba y, al momento, una de las ventanas del primer piso se abrió con el estrépito de algún cristal roto, y el cañón negro de una escopeta asomó amenazador buscando la dirección de los huidos.

Se escucharon dos disparos, dos explosiones secas y atronadoras que agujerearon la noche, perforando hasta la última cortina del onírico limbo de los durmientes.

—Premio —voceó Cirilo Lodares dando un salto.

Los gritos de Jacinto Sariegos y Paco Bodes certificaban la negra suerte de la diana. Fueron unos gritos de dolor y sorpresa, que en seguida se convirtieron en desgarrados alaridos.

Jacinto cayó al suelo y pataleó llevándose las manos atrás. Paco Bodes soltó el baúl y emprendió una corta carrera antes de caer. Ambos se movían, estremecidos por la incendiaria punzada, como si una misma descarga eléctrica les hubiera sacudido.

—Despejar, despejar —ordenó don Florín, alterado.

Al cabo de unos segundos sólo el baúl permanecía en medio de la calle. Don Florín y su sobrino habían recogido a Jacinto, y Benuza, a Paco Bodes. Cirilo y Turcia también se resguardaban al amparo de las fachadas, tendidos en la acera.

—Un furtivo cazando gamusinos —explicó Cirilo. Olegario el Lentes, más retrasado, avanzaba a gatas por la acera.

—No hay salvación, ahora sí que no la hay —repetía confuso—. ¿Dónde voy, quién me echa una mano?

—Esto es el fin, Olegario —le dijo Turcia, viéndole encaminarse en dirección opuesta, perdido en las sombras de la calle—. Un acto de contrición, y a vivir del cuento en el otro barrio —le gritó.

Dos nuevos disparos hicieron que todos temblaran en sus desabrigados cobijos. Los gritos de dolor de Sariegos y Bodes se paliaron un instante.

—Vamos, hay que salir pitando —decidió don Florín.

Fue Olegario el Lentes el primero en incorporarse como un ciego en plena batalla sobre los parapetos. Y como si la hernia se le hubiese esfumado, ante el peligro, comenzó a correr calle abajo, alzados los brazos en señal de súplica y rendición.

—Yo no fui, yo no fui —gritaba desesperado.

Le vieron perderse, rebasando la esquina de la calle, por la Plaza, que la luna incendiaba entre blancos estallidos, como si tras él corrieran, en centelleante persecución, una manada de fuegos fatuos.

—No puedo más, no puedo —se quejaba Jacinto, secundado por Bodes.

Don Florín le ayudó a incorporarse y Benuza le imitó, sujetando a Paco Bodes, que se sostenía con mucha dificultad.

—El baúl —indicó don Florín.

Cirilo y Turcia saltaron, dispuestos.

—Arrear, que nosotros lo cogemos —dijo Cirilo.

Corrieron hacia el baúl, lo levantaron en volandas y, trastabillando, meciéndose como si el peso les hiciera tirar a cada uno para el lado contrario, huyeron calle arriba.

—Vete con ellos, Chamín, y no te despegues, que están soplados y no me fío. Vamos donde la Cordera —dijo don Florín, sin poder disimular su preocupación.

—Por favor, por favor —pedía Jacinto.

Caminaron penosamente arrastrando a los heridos, que apenas podían poner los pies en el suelo.

—Sangre no parece que haya —había dicho Ángel Benuza.

—Esto quema, abrasa —indicaba Bodes, apretando los dientes.

—Es en el culo —decía Sariegos, con los ojos llenos de lágrimas—, en el mismísimo culo.

—A la fuente, a San Miro —pidió Bodes— a lavar la perdigonada, pero, por Dios, deprisa que reventamos.

Salvaron Pilares y se detuvieron un momento en la cruz de piedra de San Miro, antes de bordear la iglesia para ir hacia la fuente.

—No nos perseguirán —dijo Benuza.

Don Florín hizo una rápida descubierta.

—Nada, no se ve a nadie —informó—. Ni los tiros sacan a la gente de la cama.

—Mejor así —aseguró Ángel Benuza—. Se ve que ese cazador ya cobró las piezas que quería.

La fuente manaba apacible sobre un pequeño pilón, no lejos del atrio de la iglesia.

Don Florín y Benuza ayudaron a los heridos a despojarse de los pantalones y los calzoncillos. A la rala luz de la luna revisaron los tumefactos brotes que laceraban la maltrecha y tierna carne de las nalgas, unos grumos sanguinolentos pegados como costra.

—Sal —certificó don Florín—. Os han metido unos cartuchos de sal gorda.

—Quema y escuece como estopa encendida —dijo Paco.

—Hay que limpiarla y aquí nos va a ser difícil. Tenemos que llegar a casa de Emilia.

—Al menos un alivio.

Se sentaron, flexionando sobre el borde del pilón, auxiliados por don Florín y Benuza, hasta lograr introducir la zona herida en el agua.

—Dios, Dios, esto es un cuchillo de fuego.

Las lágrimas brotaban de sus ojos como un inútil reclamo para amagar el dolor. Era una punzada incendiaria, abrasadora.

—No puedo, no puedo —se quejaba Jacinto, sollozante. Bajaron del pilón.

—Hay que daros algo —dijo don Florín—. Vamos, donde la Cordera tengo ungüento y pomada.

—La ropa no —indicó Paco Bodes—. Sólo pensar que me tengo que poner el calzoncillo me da grima. Dejarme el culo al aire —pidió, haciendo un esfuerzo para caminar.

—A mí también —solicitó Sariegos, quejumbroso—. Aunque me vea medio mundo.

—¿Y el baúl? —preguntó Benuza, como si de pronto viese nublada la noche y hundido el tesoro entre las agolpadas olas de un mar oscuro.

Don Florín suspiró rascándose la calva, en la que sentía el hormigueante efecto de una de sus últimas lociones experimentales.

—Confiemos en Chamín —dijo.

Cirilo y Turcia balanceaban peligrosamente el baúl en la carrera. Cada poco se detenían, tomaban aliento y volvían a correr animados por la exaltación de sus propias voces. Iban alocados, sin dirección ni destino, por la puerta que la noche les abría en la huida y que ellos no reparaban en volver a cerrar, cruzando el dédalo de las callejas como en una persecución en la que el perseguido se persigue a sí mismo.

—Ánimo, muchacho, que no se diga —le gritaban a Benjamín, que les seguía a la zaga, desconcertado por tantas vueltas y revueltas.

Alcanzaron la recoleta plazuela de Don Ares, en la que cuatro escuálidos chopos rivalizaban con una compungida farola, y entraron en ella soltando el baúl, dejándolo deslizarse con el impulso de la carrera sobre el pavimento. El baúl fue a chocar con la farola y ellos cayeron a un lado, sudorosos y jadeantes, con el extenuado alboroto de los náufragos que salvaron sus pertenencias.

—Dios, Turcia, reviento —exclamó Cirilo.

—Hay que repostar. Con este gas se nos secaron las bielas.

Benjamín se había sentado observando el baúl.

A la luz de la farola, la tapa convexa y claveteada tenía algún brillo de ceras pretéritas, la huella de un barniz en la madera escaldada por el tiempo. Era uno de esos raros objetos, toscos y destartalados por su uso pasivo, que acaban muriendo en los desvanes como acobardadas orugas que no se pudieron mover, guardando apenas la mugre del olvido.

—Libramos el gamusino, muchacho —aseguró Cirilo—. Aquí ya no podrá dispararnos ese furtivo.

—Sale uno a enmendar pacíficamente la noche —reconoció Turcia— y, a la primera de cambio, te sacan una escopeta. Éstos son los tiempos que corren y no los que dicen en radio falange.

Benjamín contemplaba los herrajes del baúl, la herrumbrosa cerradura que parecía tener obturado el orificio.

—En fin, Turcia —dijo Cirilo—, que va a ser difícil echarla tan larga como queríamos. ¿Qué será lo que quede más cerca por cerrar? Lo mío debo reconocer que es necesidad imperiosa.

—Melgares —informó Turcia—, ahí, en el Espolón, pero si tiene timba no nos abre.

—Ése es el mayor imponderable de esta urbe romanizada: el naipe se antepone a cualquier otra virtud.

Iban a incorporarse cuando una voz les hizo girar hacia la esquina de la plazuela, que remataba un estrecho y empedrado soportal. La voz llegaba monótona y ensimismada como una plegaria:

—De la noche nace el día, con fatal hegemonía.

—Publio Andarraso —dijo Turcia—. O hacemos un mutis vertiginoso, o que Dios nos coja confesados.

—Anda, muchacho —le indicó Cirilo a Benjamín—, que esto puede ser muy duro de pelar.

De la oscuridad surgió un enorme y bamboleante abrigo, una de esas piezas de paño grueso y vetusto, que semejan amuralladas corazas sustentadas por el peso del metal. De los bajos, que casi llegaban al suelo, sobresalían dos monstruosos zapatos, abiertos, desparramados, que hacían más evidente la mareada línea de flotación de los pies planos. Por las alturas se enroscaba una turbulenta bufanda, acaso acostumbrada a los vientos más tenaces, que caía hacia los lados después de repetir su nudo mortal.

El rostro de Publio Andarraso emergía en las nubes, con la melena aprisionada por la boina, lejano en la distancia sideral de sus pensamientos, como el de una esfinge suspendida en la noche. Su mirada era un faro que orientaba, sin destino, sus impenitentes y noctámbulas singladuras.

—En esta noche triste, sólo el dolor existe —afirmó con los brazos abiertos, alcanzando el centro de la plazuela.

—Hombre, triste o alegre, según quien la baile —le dijo Turcia.

—Murió el pobre Cautivo, y ése es el motivo —afirmó Publio Andarraso, remarcando la noticia—. Todo es dolor, a su alrededor.

—Cierto —asintió Cirilo—. Con Celenque se fue un cacho de la pezuña de cada uno.

—De la pezuña o del rabo —apuntó Turcia.

—Guarda la noche memoria de su atribulada historia.

—Pero ya sabes cómo es la vida, Andarraso, muerto el mulo, la cebada al rabo. Dicen que el olvido es la auténtica justificación del recuerdo. El muerto al hoyo, Publio, al hoyo.

Publio Andarraso movió la cabeza con resignada comprensión, como si las palabras de Turcia varearan sus sentimientos.

—Más triste todavía, si así sucedería.

—Pues no lo dudes.

—Nunca dudé que el corazón humano es duro, caprichoso, cruel y ufano.

Benjamín Otero vio a Turcia guiñarle el ojo, mientras observaba a Publio Andarraso que se había acercado al baúl.

—Bueno, Publio, ¿y cómo está el tiempo, qué se puede esperar en los próximos días?

—Fresca por la mañana, y al mediodía, solana. La noche ya la estáis viendo, con el relente subiendo. Así hasta el veintisiete, que se os mojará el caletre.

—No, pero no me refiero al tiempo barométrico.

Andarraso alzó los ojos y dio un profundo suspiro. Su rostro de esfinge quedó quieto y tenso. Luego alzó los brazos y unió las manos por encima de la cabeza.

—Escucha al Oráculo del Ejido, muchacho —le dijo Turcia a Benjamín.

—Se tramarán sinuosas componendas, por capillas, despachos y tiendas. Un pucelano perderá todo el numerario, en la timba del Bar Ferroviario. La tornera del Hospicio recogerá tres hijos del vicio. Cinco muertos bien contados, de enfermedades minados. Y uno que se suicida, colgándose de la brida. Cien reyertas familiares, con rotura de vasares. Setenta y seis borracheras, de sorchis y calaveras. El arrepentimiento de una fulana, y un agustino que cuelga la sotana. Diarreas sin sustento, en la Jefatura Provincial del Movimiento. Multas de cincuenta mil, del Gobernador Civil. A quién no digo, pues no seré testigo. Nombres no me preguntéis, porque más que yo sabréis.

Andarraso bajó las manos y volvió a suspirar.

—Mira, Publio —le dijo Turcia—, ese muchacho es el sobrino de don Florín.

—Su gusto es mío, como lo es de su tío.

Benjamín hizo ademán de saludarle.

—Había oído hablar de ti, pero, claro, no te conocía, y ¿quién mejor que tú para decirle quién eres?

Turcia volvía a guiñarle el ojo a Benjamín.

Andarraso tendió los brazos y comenzó a caminar de un chopo a otro con andares mecánicos, el cuerpo muy inclinado hacia adelante, como si buscase algo en el suelo.

—Mi nombre es Publio Andarraso, donde nací no hace el caso. Ni me duermo ni me siento, de pie mi vida sustento. Soy oráculo y vigía, de esta ciudad que no es mía. Paso la noche vagando, y oteo lo que va pasando. Nunca me muevo de día, soy una estatua vacía. En cualquier esquina quieto, como guardando un secreto. Mi verbo es fiel pareado, para hablar claro y rimado. Más cosas no preguntéis, porque más que yo sabréis.

Se detuvo y accionó los brazos en cruz durante tres veces seguidas.

—¿Qué te parece, muchacho? —dijo Cirilo—. Esta especie de cigüeño peripatético domina mejor que nadie las noches de esta urbe romanizada, desde hace más de doce años.

—Y el día que te sientes, Publio, qué va a suceder ese día, cuando ya no puedas tenerte y des con el culo en el suelo —inquirió Turcia.

Andarraso alzó la mano derecha y con el dedo índice señaló la luna, oronda como un plato de frutas encendidas.

—De aquel elixir plateado, se alimenta mi costado. Quien del andar hace ofrenda, anda y vive en la leyenda. Segará el paso la muerte, como una caricia fuerte. Estaré quieto y callado, pero no estaré sentado. Más cosas no preguntéis, porque más que yo sabréis.

Caminó hacia el baúl y se detuvo ante él, observándolo con atención.

—Quiero yo preguntar una, que me parece oportuna —dijo.

Cirilo, Turcia y Benjamín se miraron con disimulada curiosidad.

—Pregunta, Publio, no te prives.

—¿Guarda este cofre repleto algún especial secreto?

—Pues la verdad es que no tenemos ni idea —dijo Turcia encogiéndose de hombros.

—Si lo abrimos y lo vemos, acaso nos asombremos.

Andarraso acercó sus manos a los clavos de la tapa. Por su mirada de esfinge cruzó un brillo solapado.

—El baúl no es nuestro —dijo Cirilo, comprobando el gesto preocupado de Benjamín.

—Escuchad esta leyenda, que la entiende quien la entienda.

Alargó Andarraso su mano derecha a lo alto, mientras con el índice de la izquierda señalaba el baúl.

—Cinco cofres escondidos, por cinco dotes tenidos. Los cinco de una heredad, en casas de esta ciudad. Un judío los escondiera, que cinco hijas tuviera. Dos de cinco hallados fueron, los otros aún no salieron. De clavos claveteados, y de doblones colmados. Más cosas no preguntéis, porque más que yo sabréis.

—Le pediremos el tanto por ciento a don Florín, ¿eh, Turcia? El peso de los doblones, pesa en nuestros riñones, que diría aquí el amigo Andarraso.

Publio Andarraso cruzó los brazos, suspiró profundamente y cerró los ojos, como si se recogiera en una honda cavilación.

—Vamos al Melgares —decidió Turcia, incorporándose imperativamente requerido por el señuelo de la taberna—. Tenga o no tenga timba, no va a negar un vaso a dos amigos que acaban de cruzar el desierto.

—Lo mío —confesó Cirilo—, más que necesidad es dolencia. Échame una mano.

—La noche sigue amustiada, en el dolor embargada —clamó Andarraso.

Salía de su recogimiento y, dando tres cabezadas, comenzó a moverse con el bamboleante caminar de sus pies planos.

—Al cadáver del Cautivo, lo coronaron de olivo. No existe mejor sudario que ese símbolo palmario.

Cruzaba la plazuela, alejándose sumido en las siderales brumas de su altura, navegando sobre la estancada superficie de la noche, donde sus pensamientos se mecían con la febril constancia de la ensoñada vigilia, aventados como diminutos fantasmas de su empedernida singladura.

—Donde yace, pace —gritó desafiante.

Cirilo, Turcia y Benjamín vieron la desmoronada sombra del abrigo diluirse en la negra niebla de una calleja como si el amurallado peso del paño se cuarteara en frágiles pedazos, que volaban igual que las plumas de un gran pájaro nocturno.

—Muchacho —dijo Cirilo Lodares, dándole una palmada en el hombro a Benjamín—, ahí te queda el gamusino, o el tesoro del judío, que vete a saber lo que acaba uno cazando en una noche como ésta. Nosotros tenemos que repostar, porque, como hay Dios en el cielo, que existen necesidades mil veces más imperiosas que las específicamente fisiológicas.

—Ya sabes que hasta el propio evangelio ordena la libación para el rito sagrado —advirtió Turcia.

Nosotros somos pecadores, Turcia, no vamos a dárnoslas de inquilinos del santoral. Pero hay que tener en cuenta, muchacho, que allí donde vamos, vamos de buena fe. Ya puede ser al Tropezón, o al Capudre, o al Melgares o al Miserias, siempre de buena fe. Por el camino más recto y con la mejor fe del mundo.

—Y así se sobrellevan los quebrantos y se va tirando. Porque la vida —aseguró Turcia, cogiendo a Benjamín por el hombro—, y perdona el consejo, que tú eres muy joven, la vida como la vemos hoy, en esta ciudad romanizada que dice Cirilo, no está para otra cosa que para vivirla escondida, por el recodo y la esquina y la calleja. Nocturna y solapada, con esta única libertad estrafalaria y beoda. De otra cosa, olvídate.

Benjamín había sentido un leve aleteo de sueño, esa imprevista caricia ciega que salpica repentina, helando los párpados. Se volvió hacia el baúl y lo vio brillar bajo la luz de la farola, dorados los clavos como si la luz los bruñera.

Fue una dolorosa peregrinación plagada de lamentos.

Jacinto Sariegos y Paco Bodes tenían que detenerse cada poco, desesperados por aquel fuego que abrasaba las desnudas lomas. Don Florín y Benuza intentaban aliviar el largo calvario, animando a los heridos. Parecía que la noche cerraba el paso de las calles, de la Canóniga al Castillo y a los Cubos, para desorientar y hacer más penoso el camino de los penitentes, en las sufridas estaciones.

Emilia la Cordera les abrió por la puerta del corral, después de llamar con infructuoso disimulo durante un buen rato. El bar estaba cerrado, pero en el interior se oía el normal bullicio de la clientela de confianza.

La casa de Emilia era un vetusto islote entre la civilización y la jungla, clavada en el inmediato camino de las antiguas alquerías, como un raro bastión superviviente del pasado rural, frente al previsto ensanche de la corona de la ciudad. Se contaba que la Cordera se la había ganado, en una noche de garrafina, a un arruinado tratante, pero ella siempre mantenía que todo su patrimonio había salido de su cuerpo, del duro y cotidiano trabajo, al que habría ayudado el estraperlo, pero en absoluto el juego.

—Saca el ungüento fasgarino, la pomada de lecherinas y prepara un balde de agua tibia con un poco de vinagre —fue lo primero que dijo don Florín, ante los asombrados ojos de la Cordera.

—Pero ¿de dónde vienen éstos con esa cara y esas vergüenzas? Oye, oye, Floro, aquí no me montáis un hospital de sangre, que estoy de vosotros hasta la coronilla.

—Es un caso de vida o muerte, Cordera —dijo Ángel Benuza, tajante—. Estos valientes han estado a punto de entregar la vida en el frente. El personal civil tiene que colaborar. No todo van a ser risas y coñas en la retaguardia. Vamos, rápida, que se nos desangran.

—Échanos una mano, Emilia —pidió Jacinto, lloroso—, échanosla, que la vergüenza la tenemos más que perdida, vapuleada.

—Igual no podemos volver a sentarnos en el resto de nuestros días —advirtió patético Bodes.

—Subirlos a la habitación de Enedina, que está con el permiso del mes —decidió Emilia—, pero esperar, que voy yo abriendo camino, sólo faltaba que se me recelaran los clientes. Además, tenéis hoy algunos de vuestros contrincantes, estáis al completo.

—¿Quiénes? —preguntó don Florín, alterado.

—El trío de don Pacho, pero sin el coronel, que ése pica más alto, si es que alguna vez picó, que lo dudo. Están en el bar Juanito Garfín, Pascual Llombera y Plácido huela. Los tres, mano a mano, tomándose una copa con Benilde y la Curtidora. Ya veis qué coincidencia.

—El enemigo no ceja —masculló Benuza—. Pero hay que rearmarse, Cordera, hay que limpiar las heridas para volver lo antes posible al campo de batalla.

—¿Qué pintarán aquí esos balduques? —se preguntó don Florín.

—Todo el mundo tiene derecho a echar una cana al aire. De eso vive una.

Con el ungüento fasgarino y la pomada de lecherinas, dos de los productos más escrupulosamente logrados por don Florín, en las maniáticas investigaciones de su rebotica, preparó, sin poder disimular cierta avidez de inventor que se dispone a hacer la primera prueba, un emplasto de nata verdosa.

Jacinto y Paco Bodes se habían tendido boca abajo en la cama, y contenían el llanto apretando los puños y los dientes, mientras Emilia les lavaba las nalgas mojando la bayeta en el balde que, a su lado, sostenía Benuza.

—Santo cielo, qué estropicio —decía la Cordera—, qué forma de desperdiciar la sal. Pero ¿dónde coños os metisteis, a quién le fuisteis a enseñar el culo?

—Un ataque a traición —aclaró Benuza—. En esta ciudad todavía queda mucha gente a la que le gusta disparar por la espalda.

Don Florín aplicó el emplasto en los dolientes lugares, que la Cordera secaba con una toalla, y los heridos se fueron aplacando, igual que si una mano milagrosa les hubiese acariciado.

—¿Qué tal? —preguntó, orgulloso.

—Como una malva —reconoció Paco Bodes.

—Bien, bien —dijo Sariegos—, eso hay que patentarlo.

—En algo tenías que acertar —opinó Emilia—, después de media vida de lociones y potingues.

—No es la investigación una lotería —dijo Ángel Benuza—, sino un barómetro de la constancia. Y muchísimo más, la que cultiva en su rebotica, sin grandes alharacas, este heredero de las alquimias botánicas. De Orlando del Piamonte al doctor Farnesio hay, al menos, tres siglos de maceración y cataplasmas. Lo malo es que la sanidad pública se sustenta en el negocio y no en la filantropía universal. Es la industria la que desnaturaliza la farmacopea.

—Mira, Benuza —dijo Emilia—, yo juzgo por lo que veo. Y son más de quince años viendo a este hombre con potingues. Acuérdate de la emulsión anticonceptiva, del caldo renal, del polvo de arcilla para los diviesos, del sulfato de liendres. Todo fiascos. Con el agravante de que Enedina y la Curtidora, ésas como poco, se preñaron haciendo de conejos de indias, y Enedina, para mayor inri, parió mellizos.

—Aquella emulsión ofrecía una dificilísima disyuntiva, que el investigador no lograba solventar, entre lo anticonceptivo y lo fertilizante, derivada, en buena medida, del complejísimo aparato reproductor de la hembra. Un problema, por otra parte, clásico, de coincidencia o concatenación de opuestos. Floro sostuvo gravísimas dudas no sólo fisiológicas, sino también metafísicas, al respecto. Y su decisión de experimentar, a lo que yo le alenté, fue una decisión heroica, la mires como la mires, Cordera.

—Ahora empieza a picar un poco —anunció Bodes.

—Sí, maldita sea —dijo Jacinto.

—Pues no os rasquéis —aconsejaba don Florín, que regresaba de lavarse las manos—. El emplasto ni tocarlo, que tengo fundadas sospechas de que por vía oral puede resultar venenoso. Quietos y aguantaformo.

En el bar languidecía la clientela, abocada a ese tránsito noctámbulo en el que, de repente, el sopor se desmigaja de la noche depositando sus instantes petrificados. Era un local pequeño, con la barra esquinada, en el que subsistía cierto aire de vieja cocina, algunos olvidados objetos del antiguo fogón, un escaño de roble.

Don Florín y Benuza se apostaron en la barra, donde Emilia les sirvió una copa, y verificaron la presencia de Llombera, Garfín y Plácido Iruela, que, con Benilde y la Curtidora, departían en una mesa cercana al escaño.

—No me gusta verlos aquí —dijo Benuza—. Imagina que se presentan Chamín y los otros con el baúl.

—Emilia —requirió don Florín—, tenemos un pequeño problema.

—¿Otro? A mí no me contéis nada que yo nada quiero saber. Ni se me ocurre preguntaros quién les metió esa perdigonada en el culo a esos dos desgraciados.

—Mi sobrino puede llegar en cualquier momento, con un objeto que, de ningún modo, queremos que huelan esos tres.

—Pues lo esperáis ahí fuera, a la fresca, vaya problema.

—Eso va a hacer Benuza —decidió don Florín, indicándoselo—, pero aquí hacía falta un poco más de entretenimiento. No nos gustaría que ésos se marcharan de improviso, y diera la casualidad de que se los topasen. Quiero tenerlos controlados.

—¿Me vas a pedir que cante la Zarzamora?

—Me conformo con que le digas a Catalina que baje.

—Catalina, a estas horas, ya consumió su medio cuartillo de ponche, y tiene la lengua pegada al paladar. Estará traspuesta.

—No hay hora mala para Catalina la Joderica —opinó Benuza—. En el olimpo de su putañera ancianidad, el tiempo ya no existe.

—Sois el azote de esta casa —reconoció Emilia—. Ni el comisario Barrientos, cuando se le encabrita la almorrana, da tanto que hacer.

Ángel Benuza salió para alertar la llegada del baúl.

—Aguardaremos media hora —le había dicho don Florín—, y si no vienen, habrá que ir a buscarlos. Confío en Chamín, pero vete a saber lo que harán ese par de alipendes, tan puestos como estaban.

Catalina la Joderica caminaba con paso de jilguero, sujetándose en una muleta. Su cuerpo diminuto, de arrugada castaña, tenía una movilidad sonámbula, como si los pasos no se depositaran en el suelo, sino en el aire, leves y alterados por una senda inadvertida.

Emilia la condujo hacia el escaño, entre las complacidas muestras de la concurrencia, y Benilde se levantó para ayudarla a sentarse, acercándole un cojín. Se cubría los hombros con un echarpe y llevaba el pelo, de una ahuesada blancura, recogido en un enorme moño. Dejó sobre la mesa la muleta, sin soltarla de la mano derecha, y cabeceó recostada sobre el cojín en el escaño.

En el local había un silencio absoluto, como el que sobreviene cuando alguien anuncia que va a desvelar un gran secreto. Todos miraban hacia aquella figura, frágil y huraña, que permanecía inmóvil, con los ojos cerrados, acaso dormida.

Catalina la Joderica chasqueó la lengua con un sonido pastoso, y abrió los ojos hasta donde se lo permitía la enredadera de las legañas.

—Atender, cabritos —dijo con una voz profunda, dura y rasgada, al tiempo que golpeaba la mesa con la muleta—. Contaré algunas cosas para edificación de los presentes. El que quiera, las escucha, y el que no, se calla. De todo puede sacarse provecho, y algo aprenderéis para mejor gobernar ese torpe pollino que os cuelga entre las patas.

Chasqueó de nuevo la lengua, que se movía en su boca como un animal que quisiese huir.

—Emeterio Carrocera —dijo, como repasando una larga lista—, de la acreditada firma de coloniales Carrocera e Hijos, que tuvieron el almacén en la calle del Portón y lo tienen hoy en General Moscardó, trece, casado con Lucina Ponce, la hija mediana de don Venero, el de la Cámara de Comercio, padre de tres hijas de bastante buen ver y de un hijo faltoso, todas ellas casadas y con mucha prole, falleció aquí, va para treinta años, una noche de junio no muy distinta a ésta. Y cuando digo aquí no digo en esta casa, sino en este cuerpo. Era un pobre cabrito, roñoso y mamón, pero tenía un pollino gracioso, largo y afilado, de cabeza reventona y con una peca en la empuñadura. Cumplía una vez cada quince días, y siempre tirando a la baja, discutiendo hasta la última peseta. Yo no lo había mandado a la mierda por la gracia de aquel pollino y porque, si he de decir la verdad, los clientes que más me gustaban eran los de Acción Católica. Aquella noche fatídica vino descompuesto. Ni sacó a colación el precio ni quiso una copa, que yo siempre tuve esa deferencia con mis cabritos. Fue directo al tajo, hecho un manazas, y, tras la primera acometida, se levantó bufando a la vela, que por aquel tiempo teníamos restricciones, a mirarse el pollino. Esto se acaba, Joderica, se acaba sin remedio, decía desesperado, me castigó Dios. Yo ver veía el pollino como siempre, pero el hombre estaba obsesionado. Pensé que igual era sólo con Lucina, dijo el pobre cabrito, pero ya veo que no, así llevo doce días, es como ir a meterlo vivo y sentirlo ya muerto, tieso y frío como un cadáver. Después de dar muchas vueltas por la habitación, cogió la chaqueta, sacó la cartera y la vació encima de la cama. Cayeron billetes grandes, pequeños, calderilla. Vete a la cocina, me dijo, y súbeme el pimentón, y recoge todo esto que es para ti. A mí me gustaba que los cabritos tuvieran esos prontos, y más los cabritos roñosos, porque, en el fondo, yo me estaba riendo de esa desgracia del pollino, que se portaba como un bicho rebelde que conmigo venía a conchabarse. Emeterio atracó de pimentón al pobre animal, según la moda de los artistas del cine americano, una moda que yo no sé si fue verdadera, porque quien la impuso por aquí fue un extremeño al que llamaban Jarandilla, y jamás vi mayor coraje ni porfiar tanto a un hombre encima de una mujer. Decir si fueron siete o diecisiete no me compete, porque, con frecuencia, y trabajando, tiene una la imaginación en otro sitio. Pero a eso de las cinco y media de la mañana, Emeterio Carrocera daba un coletazo y una pataleta, y se me quedaba clavado encima el muy mamón.

Y entonces sí que era verdad que el pollino se le había puesto, para siempre y sin remedio, tieso y frío como un cadáver.

Catalina volvía a chasquear la lengua y a golpear la mesa con la muleta. Sus ojos no lograban despegarse del todo entre las enredaderas.

—Dos cosas, por lo menos, debíais aprender de este hecho, hatajo de cabritos. La primera, y la más importante, que no hay peor obsesión que la del pollino. La segunda, que cuando se tiene costumbre de disparar con tiempo y espaciado, muchos tiros seguidos pueden volver el arma contra uno mismo.

Un largo silbido salió de sus labios, que se apretaban como para impedir que la lengua se le desmandase.

—En más de un sitio hablan de tiros esta noche —dijo alguien a las espaldas de don Florín, que se volvió con la copa en la mano, sin poder evitar el gesto de sorpresa.

Pascual Llombera cruzaba hacia el retrete. Tenía en el rostro la sonrisa de ardilla lampiña y perfumada.

—¿Qué hay, Floro? —saludó, casi sin detenerse—. ¿Cómo está tu hermana?

—¿Qué tiros dices? —preguntó, molesto, don Florín.

—Ahí contaba, uno que entró antes, que se oyeron disparos por la Plaza Mayor. Será que todavía queda gente que le gusta armarla. Mano dura, Floro, mano dura —advirtió, alejándose.

Emilia la Cordera llamaba a don Florín desde el otro lado de la puerta. Fue a su encuentro tras vaciar la copa, malhumorado y nervioso.

—Ahí está tu sobrino con Benuza. Dicen que salgas.

—¿No trae nada?

—Bastante sé yo lo que trae o deja de traer. Oye, y esos de arriba sólo hacen que lamentarse. Dicen que les pica, que no aguantan.

—Es el prurito del efecto curativo.

—Si se ponen guerreros, los echo a la calle; no estoy dispuesta a que me den la noche.

Catalina la Joderica alzaba la muleta como si enarbolara el mástil de una bandera.

—Contaré ahora —decía—, también para edificación de los presentes, la historia de las absurdas torpezas del pollino de un capataz de minas que se llamaba Eliseo Bernesga, un maldito cabrito que, como tantos otros, dejó a deber a esta servidora una cantidad más que respetable, por aquel generoso defecto mío de trabajar a cuenta. Era el suyo un pollino respingón, virado de remo, muy cariñoso y nada solvente, como su dueño.

—No se me ocurrió otra cosa que esconderlo y venir a avisaros. Con él, yo solo no podía de ninguna manera —explicó Benjamín.

Los tres corrieron hacia la plazuela, temerosos de que los fulgores del tesoro erradicaran el espesor de la noche, ya muy desvaída, y se despertase la codicia de las aves madrugadoras.

—A este gas no llego —se quejaba Ángel Benuza.

Debajo de un poyo de piedra, en la penumbra ya más liviana del soportal, estaba el baúl, tal como Benjamín lo había dejado.

—Bien, Chamín, bien —le dijo su tío, satisfecho.

Entre los tres lo sacaron hacia el centro de la plazuela, donde la luz de la farola y el reverbero lunar se iban contagiando de esa perezosa palpitación que vaticina la esparcida mirada del amanecer, un rumor de párpados en la línea del horizonte.

Quedó el baúl como un cuerpo desnudo, viejo y secreto, al que hubiesen despojado del salitre y el olvido que lo cubría: un objeto extraño que, desde algún ignorado lugar, navegase a la deriva hasta una playa perdida.

Repasó don Florín la cerradura, después de comprobar hasta qué punto la tapa estaba afianzada. Ángel Benuza acariciaba los clavos, sin poder contener la intensa emoción del hallazgo.

—Trae una piedra —ordenó don Florín a su sobrino—, la cerradura es frágil y de un golpe la abrimos.

—Floro, Floro —decía Benuza muy nervioso—, todo, todo confluye, todo se concentra en la coincidencia astral, la noche inquisitiva se ha hecho resolutiva, el cofre llega del sueño y del mito. No sé qué halo, qué aura, fluye en este magnético instante.

—Échame una mano, que le voy a dar el golpe de gracia.

Saltó la cerradura y, por un momento, antes de alzar la tapa, quedaron los tres detenidos, en esa anhelante perspectiva que sólo suspende una recóndita sensación temerosa.

—Cuánto me gustaría que estuviese aquí con nosotros Aquilino —musitó don Florín.

El silencio de los tres fue creciendo, amparado en un patético e inconfesable desánimo, mientras don Florín vaciaba, tembloroso el baúl.

Todo eran libros. Volúmenes y volúmenes de pastas desconchadas y páginas invadidas por humedades y carcomas. Tratados teologales, diccionarios, florilegios, devocionarios, misales, guías de pecadores. Un enjambre de maltrechas piezas coleccionadas en una decrépita colmena.

Las manos de don Florín aceleraban la búsqueda, como guiadas por el desasosiego de lo que ya se estaba convirtiendo en la más profunda decepción, desesperadas ante los libros, que caían alrededor del baúl como secos cadáveres. Benuza y Benjamín apenas se atrevían a mirar, acrecentada su congoja ante la evidencia de aquellos inútiles volúmenes.

Fue el grito final de don Florín, una voz de recompensada sorpresa cuando ya todo parecía perdido, lo que les hizo abalanzarse sobre el ya prácticamente vacío baúl, y descubrir allí, como el último resto de un extraviado patrimonio, un pequeño cuaderno, que una letra menuda signaba en la portada con el título de *Diario de La Omañona,* el nombre de don José María Lumajo, y una fecha difícil de apreciar de un septiembre de mil novecientos veintiocho.

Sostuvo don Florín el cuaderno en las manos temblorosas y lo abrió como quien abre una jaula para liberar el vuelo de quien, por mucho tiempo, estuvo prisionero entre el secreto de sus barrotes.

—*Fons aetatis, fons vitae, fons eternitatis* —leyó emocionado, como si pronunciara una letanía.

II

LA RUTA DE LA FUENTE

7

LA EXPEDICIÓN

La luz salpicaba las hojas del nogal gigante, vencía la verde penumbra y llegaba al ventanal del comedor de la casona, con ese brillo de perlas veraniegas que florecen en la escarcha temprana.

Benjamín Otero contemplaba el destello de los cubiertos de plata, esparcidos ya con el desorden a que los iba sometiendo el uso de los comensales, un efímero resplandor metálico y vegetal, sobre el hilo y los bordados del mantel, que cubría la mesa como la mano de nieve de alguna novia enjoyada.

Recordó entonces la última carta de su antiguo compañero de noviciado Julio Linaza, que había recibido dos días antes de que la expedición de los cofrades partiera hacia La Omañona. Y sintió, con mayor intensidad que nunca, el desamparo del amigo enfermo que aquella letra temblorosa difícilmente podía disimular, la pudorosa confesión de su desánimo ante las intermitentes recaídas y las décimas rebeldes que, al cabo de tantos meses, le seguían minando.

—Me parece —dijo Aquilino Rabanal, que a lo largo de la comida derrochaba las atenciones del anfitrión, olvidándose de probar bocado— que la última vez que vosotros estuvisteis aquí, Floro y Benuza, fue cuando lo del eclipse. Chonina nunca se había dignado, y Paco con eso de que siempre se mantiene en sus trece de homo urbanus, irrecuperable para el placer de la Naturaleza.

—A los vates del asfalto la inspiración nos la disipan las praderas —confesó Paco Bodes, muy atareado con el segundo pichón que volaba del palomar de la bandeja a su plato.

—El caso es que siempre tuve la ilusión de ver convocada la Cofradía al completo alrededor de esta mesa. Por eso les dije el otro día a Balbina y a Jesusa que me orearan los mejores manteles y que no me dejasen vivo ni un pichón ni un capón en el corral. Nuestro Padre Gerónides oyó, al fin, mis plegarias. Bien en deuda estaba conmigo.

Esa luz tan viva y apaciguadora, en la que el comedor se dejaba mecer como si removiera los sueños de su culinaria antigüedad, le llevaba a Benjamín al recuerdo de aquellos días finales con su amigo, en la enfermería del noviciado, cuando ambos, compartiendo la camarilla de los que estaban sometidos a una prudente cuarentena, esperaban el anunciado momento de tener que regresar a casa, aconsejados a recuperar la salud entre los suyos, en un tránsito necesario, como les decía el padre maestro para, una vez más, poner a prueba la vocación.

Vio a Julio con los ojos alumbrados por la fiebre, la rapada cabeza depositada en la almohada como la de un desplumado gorrión, y escuchó aquella voz que temblaba en la carta con el mismo susurro de dolorido pudor, enumerando la mala suerte que lamía su vida desde la infantil desgracia de su orfandad.

—Todas las deudas las ha saldado sobradamente Nuestro Benéfico y Alcohólico Padre —afirmó Ángel Benuza, descuartizando su tercer pichón— con el hallazgo postrero que hace más dichosa esta convocatoria, Aquilino. Y a tus amas hay que felicitarlas, porque jamás se vieron pichones con mejor punto. Hallaremos o no hallaremos el Mágico Venero, pero, como decía Decencio Libelático, ya gozamos bien gozadas las glorias del Palomar.

La amistad de Julio y Benjamín se había ido acrecentando, más allá de las triviales relaciones propias de todos los hermanos novicios, sobre el descubrimiento, pocas veces nombrado, de esa confidencia de huérfanos, que hacía presentir una común y lejana melancolía, acariciada en la pena interior que se comparte casi sin desvelar, como esos secretos que se recubren de la comprensión de quienes los mantienen. La diferencia entre ambos estribaba en el cálido entorno familiar de Benjamín, acogido por sus tíos, y en las distantes atenciones que Julio obtenía de unos parientes, que nunca habían estado muy interesados en recibirle.

—Tragas y divagas —le decía Chon Orallo a Benuza—. No sé yo si el corral de Aquilino será suficiente.

—Corral y bodega para eso están —confirmó Aquilino encantado—. Y conviene repostar a fondo, porque las trochas y los senderos, ya lo veréis mañana, son de cuidado por esos montes.

—En ello estamos, Aquilino —dijo don Florín, trinchando otro pichón—. Si Chonina prefiere guardar la línea, allá ella.

—A Chamín y a Jacinto tampoco los veo muy dispuestos.

Jacinto Sariegos orillaba en el plato la oscura carne desmenuzada entre la encebollada salsa, más atento a reponer el vino en su copa.

—Es que abusé de la ensaladilla rusa —confesó—. Para mí no hay plato igual.

Benjamín recuperó el tenedor y llevó a la boca un trozo de carne. De la enorme fuente, que humeaba en el centro de la mesa, seguía manando el aroma del laurel. Balbina y Jesusa iban y venían de la cocina, en una permanente vigilancia.

—Chamín no acaba de convencerse de que ya no es un convaleciente —dijo su tío—, y eso que buenas pruebas de salud lleva dadas. Casi tuvimos que pasar por encima del cadáver de mi hermana para que estuviera en la expedición. Esa mujer es el castigo de mi vida, Aquilino. Uno se queda soltero y ni por ésas. Son ya demasiados años bajo el mismo techo, sin mediar palabra, excepción hecha del mal gesto y el ocasional exabrupto.

Pululaban los pardales en las ramas de nogal y, de cuando en cuando, se acrecentaba la algarabía, una nota de instantánea estridencia que a Benjamín le acercaba el recuerdo de aquellos cortos paseos primaverales por la huerta del convento, las peripatéticas confidencias del hermano Julio, tan escuálido bajo el vuelo exagerado de la sotana, que presentía la condena de la enfermedad, sin lograr acostumbrarse a esa idea de que de ella había de obtener los correspondientes frutos espirituales. Se detenía a toser, disimulando el acceso, como quien sufre el asalto de algún pariente vergonzante.

—Sale uno de la urbe —decía Benuza, contemplando la copa recién vaciada— y se le expanden peligrosamente las necesidades naturales. No estoy con Paco en lo de la munificencia privativa del asfalto. El campo, como la nieve, inclinan al regocijo.

Chon Orallo se miraba en el espejo del aparador, en la furtiva distancia de la vajilla y las botellas acumuladas como relegados trofeos, y observaba complacida la estricta línea de su peinado, el perfecto dibujo del moño, que aireaba su rostro con esa juvenil limpidez de las estatuas, en las que el mármol suplanta cualquier contingencia.

—Yo no lo niego —dijo Bodes—, ni se me ocurre meterme en esos caducos pleitos de la alabanza de aldea y menosprecio de corte, Dios me libre. Sólo digo que entre el homo rusticus y el urbanus me quedé con el segundo, y defiendo mi derecho de tal. La belleza de un árbol, por otra parte, jamás me pareció mayor que la de una farola, para qué voy a engañaros.

—El equilibrio —dijo don Florín, limpiándose los labios con el pico de la servilleta— consiste en saber congraciarse con cada cosa en su sitio y en su momento, ¿verdad, Aquilino?

—Yo así procuro hacerlo. El verano de La Omañona jamás lo cambiaría por el de Madrid, y el invierno madrileño tampoco por el de aquí. Pero también es cierto que me gustan mucho más los árboles que las farolas.

—Es una discusión bizantina —intervino Chon Orallo, desviando los ojos del espejo, donde el rostro de la estatua se desvanecía entre los objetos familiares del comedor—. Además, Paco y Benuza no tienen razones comparativas. Éstos en su vida olieron otra cosa que no sea el humazo del Capudre.

Benjamín estaba pesaroso por no haber contestado la carta de Julio antes de comenzar la expedición, pero el altercado entre sus tíos por su participación en la misma, que alargaba la batalla de una soterrada disputa con la que su tía Digna quería apartarle de lo que denominaba el depravado ejemplo del pervertido boticario que Dios le diera por hermano, hacía difícil un mínimo sosiego para tomar la pluma.

La imagen de Julio se consumía sobre la blanca superficie del mantel, suavemente incendiado por los reverberos de una nieve antigua, entre el hilo que atesoraba la palidez de las sábanas que envuelven el cuerpo del enfermo, como si el recuerdo invadiera el sueño de su distancia y de su abandono, la despedida de una última línea que desvelaba la amargura.

Balbina y Jesusa despejaron los restos de la prolongada batida, en la que tantos pichones habían sucumbido, y fueron depositando los platos y las fuentes del postre, un doble juego de arroz con leche, bien espolvoreado de canela, y tarta de pastores, con el rezumante efluvio de la mantequilla, las yemas y las migas recién horneadas.

—Mucho camino debe ser el que nos aguarda —dijo Chon Orallo, sin disimular la mirada golosa—. ¿El rancho y la intendencia van a estar así previstos? Aquilino, corres el riesgo de que la Cofradía se instale en La Omañona para la posteridad.

—Bien que iba a gustarme, Chonina, y más teniéndote a ti de amazona rusticana. Podíamos fundar un falansterio o un cenobio libertario, con el único rito del Divino Guarnicionero. Al menos, hasta esquilmar la bodega, que es el mejor legado de mis mayores.

—A eso nos apuntamos todos —decidió Benuza—. Entre la Bodega y la Fontana, más de uno iba a padecer dudas fundamentales.

—Eso es lo malo de vosotros —reconvino Chon, saboreando la tarta—. Nada acaba de ser definitivo más allá de vuestras urgencias corporales. En cualquier esquina podéis rendiros.

—Eso, Chonina, habrá que verlo en los próximos días —dijo Benuza—. Trepando por los riscos a mi lado te quiero.

—Seguro puedes estar de que no vas a dejarme tirada.

—Voluntad y ánimos no han de faltarnos —aseguró don Florín, volviendo a servirse arroz con leche—. Pero esos cuetos y esos pandos no serán pan comido. Aquilino bien advertidos nos tiene.

—Hombre —dijo Aquilino—, no se trata de un paseo, pero tampoco hay para tanto. Luego que tomemos café, y reposemos un rato, vamos a subir ahí cerca, al Teso del Espino, y os haréis una idea. Desde el Teso se ve un panorama muy bueno de la comarca. Al oscurecer, después que ordeñe, quedó en pasarse por aquí Rutilio el pastor. Tengo interés en que habléis con él, porque igual a vosotros se os ocurren algunas preguntas que a mí no se me ocurrieron. Rutilio es ya de los pocos testigos que van quedando de los tiempos del presbítero.

La costra de arroz, con la delicada siembra de la canela, rescató a Benjamín de la escondida soledad de los tránsitos, donde acechaba el frío de la enfermedad como un animal tembloroso, y le llevó muy lejos del noviciado, al recinto de alguna olvidada cocina, en la que era difícil reconocer con exactitud las sombras familiares. No recordaba cuántos años hacía que no había vuelto a probar aquel postre.

—Del Diario —dijo Aquilino, que observaba complacido los honores que los cofrades hacían al arroz y a la tarta— saqué, como ya le advertí a Floro, algunas importantes conclusiones. Ese documento es el mejor regalo que pudo hacernos el Divino Padre que nos tutela. Todas corroboran las investigaciones que yo había hecho sobre los Itinerarios del presbítero, lo que también demuestra que, desde el principio, no andábamos muy descaminados. Hasta me parece que se confirma la presunción de Angelín de que la Fuente mana del suelo, en un ameno lugar, aunque hay una referencia a la umbría de una roca, que bien pudiera ser el umbral de una cueva.

—*Fons Virtutis Nemorosa,* dice don José María en su Tercera Excursión Arqueológica —recordó Ángel Benuza, pasándose la servilleta por la perilla—, y cita ese placer del salutífero manantial que asciende, ésta es la palabra que emplea, en apacible bullición. Si asciende, está claro que del suelo mana, que no baja ni surge ni viene de declive o ladera. Y eso es propio de los veneros que se filtran recoletos, en ensimismado fluir, como él dice. Parecida descripción hay en el Diario, aunque es evidente que el lenguaje del presbítero resulta mucho más simbólico de lo que nos convendría.

—Yo cada vez estoy más convencido —afirmó Aquilino rechazando el arroz que pretendía servirle Jesusa— de que el descubrimiento de la Fuente Virtuosa sumió al bueno de don José María en el mayor desconcierto. De una parte, la lógica exaltación del hallazgo, la constatación del anhelado prodigio. Y de otra, las dudas morales a que, quieras o no, le abocaba su ministerio, los miramientos que todavía le quedaban de su condición de ensotanado. ¿Cómo una mente, preclara como la suya, podía soslayar, sin embargo, tal legado, dejar la Fuente en el olvido, privarnos de su Mito y su Virtud a los acólitos que, sin duda, un día surgiríamos? Pero también, ¿cómo lanzar las campanas al vuelo, si esas aguas del Mágico Venero son las más profanas aguas de la vida, las que en la materia la sustentan, que diría Lucrecio? El ilustre presbítero optó por la discreción que era lo suyo, y nos dejó en sus escritos, con los cifrados elementos de sus metáforas y solapadas indicaciones, las huellas de esa Ruta que conduce al *Locus Nemoroso*. Tales huellas, en las que tanta labor llevamos invertida, confluyen y se desvelan, hasta el límite en que eso es posible, en el Diario de La Omañona. Ese cuaderno, por lo que yo he estudiado, contiene todas las claves y, a mi modo de ver, también evidencia las tremendas zozobras de don José María. No sé si estáis de acuerdo.

—Totalmente —confirmó Benuza—. El estilo del presbítero es, en el Diario, más tortuoso y sincopado que nunca. Hay un continuo quiero decir y no digo, una suerte de velo turbio que encubre la escritura, igual que en esas doloridas confesiones ológrafas de los convictos, que no acaban de resignarse a nombrar lo que hicieron ni el apellido de las víctimas. Me recuerda mucho a los Responsorios Veronales de Horacio Aliste.

Benjamín se sirvió un poco de arroz que quedaba en la última bandeja. Era el sabor de la canela lo que arrastraba su memoria, con más nitidez, hacia algún rincón festivo. El recuerdo coincidía con la estela de un cercano sueño, del que le quedaba la difusa imagen de una celebración familiar, en la que un grupo de niños, con las blancas servilletas al cuello, aguardaban alegres en el escaño de una cocina.

—Lo fundamental —indicó don Florín— era compaginar los datos de las Excursiones Arqueológicas con el Diario, y hacerlo ya, una vez descifradas tantas indicaciones simbólicas, sobre la concreta geografía de la comarca. En el mapa y en el directo paisaje, porque don José María no se para en convenciones cartográficas, él describe al pie del sendero, apoyándose en el propio morral. Sólo tú, Aquilino, que eres el único de nosotros que conoces estos predios, podías aventurar los posibles itinerarios de la expedición.

—Las pesquisas y las notas de Angelín —reconoció el anfitrión, palmeando a Ángel Benuza— me vinieron de perilla. Contrastando lo mío con lo suyo, es como de veras he logrado iluminar, en lo posible, las referencias de don José María. Más os digo, después de la entrevista con el padre Procopio en El Escorial, estaba en un mar de dudas. El agustino, además de las reticencias del plumífero de medio pelo, que es a lo que con mucho llega, me buscó las vueltas, y las pocas cosas que pude sacarle sólo sirvieron para confundirme.

—Nada sano ni verídico puede proporcionar —aseguró Paco Bodes— quien vive empachado de escolásticas y teodiceas.

Balbina recogía los platos y las fuentes y recomponía el mantel, mientras Jesusa preparaba los servicios del café. Aquilino alcanzó del aparador dos viejas botellas y una caja de puros.

—Por tres caminos —dijo, antes de comenzar a servir el licor en las copas— vamos a buscar. En su dirección se concretan, con el lógico margen de error que pueda haber, mis conclusiones. Luego, desde el Teso os lo señalo. Serán tres días con sus tres noches, como ya os advertí, y para el mediodía del cuarto podríamos estar de vuelta. El caso es que haya suerte. Entre el Diario y las Excursiones quedan claros, a mi modo de ver, los tres lugares en cuyo contorno don José María pudo hacer el hallazgo. Esos lugares son la Peña Candín, la Cueva del Raposo y el Pando de la Mustuniella. No están demasiado lejos unos de otros, pero hay mucho que subir y mucho que bajar.

Jacinto Sariegos aspiró el aroma del café que le servía Jesusa, y recordó con rencor las purulentas achicorias que amargaban su estómago en las mañanas municipales. En su copa vio brillar como un diluido rubí el aguardiente de guindas.

—Yo quería —comentó— que luego repasáramos la intendencia y el avituallamiento. De todo lo previsto hay una lista, pero algo pudo olvidársenos. Ponchos, eso sí, ya sabéis que sólo pude conseguir cinco.

—No hay problema —aseguró Aquilino—. El primer día vamos a dormir en Castrocandín, en el pueblo, y luego por las brañas nos arreglaremos. Ahora el tiempo es bueno, y habiendo buenas mantas... Contamos con dos caballerías, dos yeguas mansas, para cargarlo todo e ir aliviados. Hasta Chonina, si se cansa, puede montar en una.

—Otros se cansarán antes que yo —vaticinó Chon Orallo.

—Lo que sí he procurado —informó Aquilino, reponiendo licor en las copas— es mantener cierta discreción, porque ya sabéis cómo son en los pueblos. Aquí sobre la Fuente Virtuosa, ya lo veréis, nadie habla, nadie dice nada, ni siquiera conviene sacar directamente el tema, aunque, más o menos, todo el mundo conoce la historia de don José María Lumajo. Yo he hecho correr la noticia de que sois un grupo de amigos míos, historiadores, arqueólogos, y que venís de excursión por los castros de la comarca. Aquí, a la primera de cambio, piensan que vienes por el Caldero de Oro. Un forastero, sólo por el hecho de serlo, siempre levanta sospechas.

—Hombre, no es por el Caldero, pero sí por el Oro de la Vida —dijo Ángel Benuza, que encendía el puro después de clavarle medio palillo a modo de boquilla.

—Es que el oro fue la gran leyenda de La Omañona —reconoció Aquilino—. Por los altos veréis las marcas de los canales de las extracciones romanas y las calvas de alguna que otra médula.

Balbina y Jesusa habían desaparecido en uno de sus vuelos hacendosos, y en el apacible sopor, que colmaba las copas, se aquietaban los cofrades, mecidos en esa luz que llegaba a rebañar el descampado del mantel, esparcida como un benigno ensueño de migas y diminutos desperdicios.

Chon Orallo volvió a verse en el espejo del aparador, más lejana ahora en la distancia que repetía su rostro, con esa trémula sorpresa de quien se reconoce en el trance de una larga espera. Sintió el rastro de un cercano sueño, que se amoldaba a esa imagen fría del espejo y, sólo por un instante, tuvo la duda de seguir prisionera en él.

—Si después vamos a subir al Teso —decidió don Florín—, yo, con vuestro permiso, me concedo un respiro. Chamín —aconsejó a su sobrino—, ya sabes que una siesta vale lo que no vale una medicina. No hay por qué perder las buenas costumbres.

Chon y Paco decidieron secundar a don Florín, mientras Aquilino le proponía a Benuza repasar los caminos y la toponimia en el mapa comarcal.

—Pues si queréis —les decía Jacinto Sariegos— le damos también un repaso a la intendencia.

La habitación de Benjamín Otero, en el ala derecha del primer piso de la casona, se abría sobre la huerta aledaña, un amplio recinto de nutridos frutales. Sobre la fronda y las tapias, rematadas de herrumbrosas tejas, se distinguían algunas casas del pueblo, en el ribazo que las orientaba hacia el río. A la ventana llegaban los murmullos de la luminosa soledad, ampliados en el sigilo y el vacío de esa hora estival en que todo se detiene, como atrapado por un sueño de doradas canículas.

Benjamín se sentó en el escritorio, ante la ventana, y alcanzó el cuaderno y el lapicero que guardaba entre la ropa en el morral. La melancolía de la siesta podía convertirse en la más amarga caricia, por el destartalado territorio de las camarillas, donde los hermanos novicios iban a guarecerse con el estómago sobrecogido por los garbanzos y la sopa fría, advertidos en su pesadumbre, de la doliente tentación del Diablo Meridiano, a quien el padre maestro achacaba todas las angustias del desaliento y la derrota. Siempre estaban destemplados aquellos paralelos habitáculos de techo común y tabiques cortos, y ni la luz del verano robaba un resplandor en la penuria de los interiores. Benjamín contempló la verde corona de los frutales, el monte que se alzaba en la lejanía como despegado de la canícula del horizonte.

Decidió entonces convertir el diario, que se había propuesto escribir en los días de la expedición, en una larga carta dirigida a su amigo Julio Linaza, y abrió la primera página del cuaderno, encabezándola con la fecha, el lugar y la hora. Querido Julio, escribió, y volvió a ver el rostro enardecido que procuraba huir de la creciente desesperación, las profundas ojeras que detallaban el laberinto de la enfermedad.

Durante cerca de una hora describió Benjamín el viaje hasta La Omañona, el encuentro y los preparativos. No reparaba en ofrecerle a Julio todos los datos que amparaban la aventura, lo tomaba como cómplice interlocutor de lo que había sucedido y seguiría sucediendo, con esa directa confianza de quien ya adivina todos los secretos que uno conoce.

Benjamín comenzó a sentirse más seguro y reconfortado. El lapicero circulaba por las hojas del cuaderno como un liberado caminante que rememora sus andanzas y se escucha a sí mismo con delectación. Sólo un pardal vino a entretenerle en aquel prolongado viaje, acercando hasta la ventana su torpe vuelo. La huerta permanecía clavada en la luz del verano, en el verde murmullo de su extasiada soledad.

Cuando los cofrades se reunieron en el zaguán de la casona, donde Jacinto ordenaba los bártulos de la expedición, se alzaba la tarde en el grato remanso que alborotaban los pájaros.

Aquilino y Benuza se habían sentado en el poyo del portal, bajo la parra que uncía los barrotes del balcón cimero, como una vieja serpiente de retorcidas escamas.

—Cada cosa en su alforja —explicaba Jacinto— y aún queda espacio para algunos morrales. Aunque yo el mío prefiero llevarlo a la espalda.

Chon Orallo, aderezada como una amazona que acaba de refrescarse, observó el amodorrado abatimiento de Ángel Benuza, que sostenía sobre el labio inferior la apagada colilla del puro.

—Aquilino —dijo imperativa, removiendo al anfitrión de algún sosegado pensamiento—, los que vayamos a subir al Teso ya podemos desfilar.

—Ahí desde la cancilla —rumoreó Benuza, molesto— puede Aquilino pintarnos el mismo panorama. No te excedas, Chonina, que el gas para cuando hay que dejarlo es para mañana.

—El gas lo gasta cada cual cuando quiere —dijo Chon—. Y las malas digestiones no tienen por qué alterar los planes. Aviados estábamos. Si no puedes con tu alma, te quedas.

Ángel Benuza escupió la colilla y, al segundo intento, logró enderezarse.

—Vamos a ver quién llega al alto al rabo de quién —apostó.

Tomaron los cofrades el empinado camino que cruzaba hacia el monte al pie de las primeras casas del pueblo, capitaneados por Aquilino, y miraron la casona en la todavía cercana distancia de la vega, erguida en su serena antigüedad de sólidos sillares, la caliza rosa brillando como una franja de terciopelo en los dinteles.

Benjamín se fijó en la ventana de su habitación, y adivinó el cuaderno abierto donde, en las últimas líneas, le había descrito a Julio aquel paisaje inmediato.

—Respira, Paco, respira —animaba Aquilino a Bodes—, que hay que acostumbrar el organismo a estos aires saludables.

—Después de esta experiencia, hallemos o no hallemos la Fuente, no dudo que quedaremos bien purificados. El caso es que podamos contarlo.

—Esto es salud —coincidía don Florín, agitando los brazos—. Todos los efluvios aromáticos de la flora silvestre en su natural inhalación. Nadie, que se sepa, palmó con el pulmón henchido de estas fragancias.

—Bueno —dijo Paco—, hasta ahora tampoco vi yo morir a nadie entre las nieblas del Capudre.

El Teso del Espino era una modesta torre vigía en el centro donde confluían los valles transversales de La Omañona, un pequeño cerro piramidal abierto al panorama de los grandes corredores montañosos, como un privilegiado balcón desde donde podían apreciarse las variadas vertientes de la comarca, y adivinar las fragosidades y las espesuras de los altos y de las brañas. Serpenteaba el camino por su ladera, surcando tranquilo las campas, más arriscado en los últimos tramos, hacia la cima recortada que lo coronaba a modo de atalaya.

Arribaron los cofrades, entretenidos en las sucesivas revueltas, sin perder el panorama del pueblo, apiñado en el vértice de la vega, como un desecado esqueleto de aplastadas pizarras. Y vieron a Ángel Benuza recostado en medio de la escueta pradera, que el aire de verano mecía con su desnuda mansedumbre.

—¿Subiste o te subieron? —preguntó Aquilino, ante el gesto ostentoso, de consumado escalador, de Benuza.

Con la respiración entrecortada, intentando disimular, sin mucha fortuna, su aspecto congestionado, señaló Benuza a Chon Orallo, que llegaba la última con Benjamín Otero.

—Ésa me subió —dijo—. A pelo y a pata coja subo yo esto y lo bajo y lo vuelvo a subir.

—Calla, calla —le dijo Chon—, que va a salírsete el corazón por la boca, y vas a convertirnos la expedición en un funeral.

Se adentraba el atardecer, apagando los vivos relumbres de un sol que iba languideciendo en la seda de los arreboles, que aún bruñía algunos cordales con un puñado de oro, y se sostenía el sereno declive en el que ruedan cuernos y coronas de los altos más perdidos, de las lombas más ocultas, como si se moviesen las cimas alcanzadas por el latido de un mar de acebos y robledales, escoltadas por el último vuelo del águila y del galfarro. Crecía ese vértigo de luces que declinan, fijando en las estancias del monte la soledad que deshace la madeja de los senderos, que anuda el ovillo de las veredas, entre la aletargada maleza donde anidan las primeras sombras.

—Ahí por el valle de la izquierda —comenzó a explicar Aquilino, rodeado de los cofrades—, por donde veis bajar el río, es por donde haremos la primera jornada. Veis dos pueblos, Valduera y Lutarieto, y encima de ellos unos serrijones y aquella peña, la más alta, que sobresale en pico. Ésa es la Peña Candín. Abajo está el pueblo, Castrocandín, que desde aquí no se distingue, donde dormiremos. Todo el contorno de la Peña y el propio cueto del pueblo hay que andarlo mañana. Unos son caminos conocidos y otros hay que adivinarlos sobre el terreno, según los datos que tenemos. Yo le doy especial importancia a la devesa que hay en la lomba derecha de la Peña, aquella mancha que veis de roble y de urcedo. Don José María hizo en ella las excavaciones del que denominó Castro de la Muela.

Todo el norte de la comarca, hacia donde indicaba Aquilino, se cerraba en un amurallado semblante de oscuros riscos hermanados entre desnudos montes, que predecían los amplios pastizales de altura, las campas guardadas en los hondones del puerto y de las brañas. Subían tres valles paralelos, perdidos hacia ese límite final de la serranía, como tres surcos confabulados en una misma dirección.

—Más a la derecha —dijo Aquilino—, por donde, más o menos, acaba la devesa, veis otra lomba más gruesa y más brusca, por allí tenemos que subir y pasar al que llaman Monte de los Faisanes, donde hay un bosque enorme de hayedos, fresnos y pláganos. Y, atravesándolo, nos acercaremos a la Cueva del Raposo. Ése es un lugar que a la gente de estos pueblos no les gusta nada. Luego, cuando hablemos con Rutilio el pastor, ya le sonsacaré yo alguna historia. Pasando la Cueva y sus contornos, que desde aquí no se ve, hay una buena subida a la Brañina del Garueño y por allí dormiremos. Y justo debajo de aquella quebrada, la que rompe, bastante más a la derecha el cordal, donde se aprecia una buena mancha de panes y entrepanes, ocre y amarilla, por allí nos metemos en el mismísimo Pando de la Mustuniella, y ya enlazamos con el otro valle, el de ese río que más parece un arroyo y, sin embargo, es el más truchero de toda la comarca. Esa zona va a gustaros mucho, ahí quedan los Calderones, unas hoces muy estrechas y afiladas de caliza viva.

Seguían los cofrades la descripción de Aquilino, adivinando la ruta en los relieves y recovecos del paisaje, con ese perplejo entendimiento de quien se asoma a la inmensidad del laberinto, seguro de que habrá un guía para conducirle, y que en la espesura, por algún recodo, asomará la definitiva huella, el hilo del que tirar para que el hallazgo se devane como un delgado surco de agua plateada.

—Mucho hay que andar —certificó, pensativo, Paco Bodes.

—Mucho y ligero —dijo don Florín—. No sé yo si lo haremos en tres días.

—Ésta es una expedición de pesquisa y reconocimiento —informó Ángel Benuza—. No se trata de trillar el terreno, sino de constatar algunas presunciones.

Yo lo tengo bastante calculado —aseguró Aquilino—. Todo depende del garbo que le echemos.

Don Florín avanzó unos pasos y volvió a agitar los brazos ante el abierto panorama, que doraba la tarde y llenaban los ecos de algunas esquilas, extraviadas por la vega y los oteros.

—Daos cuenta —dijo, con repentina emoción— que desde este promontorio, ahora mismo, estamos dominando el *Locus*

Nemoroso, que al arrimo de nuestros ojos, en su escondida umbría, nos aguarda y, acaso, también nos contempla: un brillo diminuto de manantial pureza entre tan hermosas fragosidades.

—Sí, Floro —confirmó Aquilino—, éste es el mismo pensamiento que siempre tengo cuando, desde cualquier parte, miro la cresta de estos valles.

Por la vega se arremolinaban las sombras del oscurecer, movidas por la brisa que se alzaba del río, cuando los cofrades regresaron a la casona, entretenidos en el suave camino que bajaba hacia los huertos del pueblo, merodeando alrededor de los corrales. Todavía pasaba alguna vaca rezagada, alguna oveja perdida en la desorientación de los linderos. La casona cedía sus relieves entre el verde oscuro de la vega y la sombra gigante del nogal que la escoltaba, como si sus sillares se diluyesen en un espesor de cenizas pétreas que la brisa tal vez lograra esparcir.

Sentado en el poyo de la entrada les esperaba un hombrecillo, a quien Aquilino se adelantó a saludar.

—Éstos son los amigos de que te hablé, Rutilio —dijo, presentando a los cofrades—. Gente de muchas letras, que andan interesados por las cosas antiguas de La Omañona. Rutilio —les informó—, a pesar de que ya se le quedan cortos los setenta y cinco, no se jubila de pastor. Cuando hay casta y ganas.

—Siendo amigos de don Aquilino, a su disposición me tienen —dijo Rutilio—. Aunque de poco valdrá lo que yo pueda decirles.

—Nada hay mejor que escuchar al que conoce —aseguró don Florín—. ¿Cuántos años lleva usted pastoreando por esos montes?

—A los doce —confesó Rutilio— ya me fui de zagal, para aliviar a mi madre que era viuda y tenía demasiadas bocas en casa. Con los rebaños del Conde del Arancil hice la primera trashumación, y con ellos seguí hasta que hubo que servir al

Rey. Salimos camino de las posesiones cuando amanecía un seis de octubre de mil ochocientos noventa y dos. Por la Peña del Candín se veía venir el temporal.

—Vamos a subir a la galería, que allí estaremos más cómodos —indicó Aquilino—, y así Jesusa nos sirve algo fresco. Porque me imagino que algo de beber sí os apetece.

Benjamín observó el agrietado rostro de Rutilio, en el que los ojos parecían dos brasas a punto de extinguirse. Subiendo la escalera, hacia la galería, le vio tropezar, inseguro, con ese paso desorientado de quien se está quedando ciego. Un indefinible olor manaba de su menuda figura, algo que a Benjamín podía recordarle el aroma de los tomillos y la agria leche de las cuajadas.

Una templada penumbra llenaba la galería, cuya cristalera asomaba a la huerta. Rutilio se había sentado frente al corro de los cofrades que, atendidos por Jesusa, daban cuenta del refrigerio.

—Nunca bebí nada a estas horas —había dicho el pastor.

Ligeramente inclinado hacia adelante, con las manos sobre las rodillas y la mirada abstraída, parecía haber recuperado una postura eterna, de largos inviernos a la lumbre del chozo y lentas primaveras en los campares del puerto.

—Vamos a echar tres días por esos altos —dijo Aquilino— para que estos señores vean lo que buenamente se pueda. Mañana subimos a la Peña, y luego quiero llevarles por la Cueva y por el Pando. Si tú hubieras querido acompañarnos.

—Yo no podía, don Aquilino —aseguró Rutilio—. Ya le dije que se me mancó el nieto en la mina, y no hay a quien dejar el rebaño. Además, usted sabe que por esos caminos que llevan, hay pasos que yo no cruzo y bosque que jamás volví a pisar.

—Con una vida como la suya, siempre en el monte, pocos parajes habrá que no se conozca al dedillo —dijo don Florín.

Rutilio alzó la cabeza y miró hacia las vigas del techo, como si un recuerdo le cayera de ellas. Jesusa había encendido un quinqué y retiraba la jarra vacía.

—En el monte hay variedad como en la vida —afirmó—, aunque la del pastor sea toda una, y casi siempre la misma. De parideras, raboteos, esquilas, herraderos y enfardas está hecha, con las rastras y la impedimenta para arriba y para abajo. Cordel y paciencia y toda suerte de penalidades. Pero en el monte hay sitios donde ir y donde estar, y otros vedados para cualquiera que precie su alma.

—¿Y ésos cuáles son? —preguntó Paco Bodes.

—Sólo el que los anduvo los conoce, y por eso no volvería a andarlos. Aunque a uno le avisaron a tiempo.

—Aquí —informó Aquilino— tienen fama, y dan mucho respeto, ciertos parajes de la Cueva del Raposo.

—Y con razón lo dan —afirmó Rutilio—. Fue en un centenal, no lejos de la Cueva, donde una Culebra Gamona le mamó los pechos a una joven casada, que en la siega dormía la siesta con su hijo recién nacido. Una de la Posada de los Cilleros. Ella no reparó, porque las Gamonas están acostumbradas a secar a las vacas sin que las vacas se espanten, y cuando quiso darle el pecho al hijo, lo que le dio fue el veneno que la culebra dejara en los pezones. Al segundo día de fiebre, murió el infante.

—Dios, Aquilino —suspiró Chon Orallo, con cierta sorna—. ¿No irás a meternos por esos lugares?

—Don Aquilino, señora —dijo Rutilio—, bien advertido está para saber por dónde ir y por dónde no. De los sitios peores me dio a mí cabal conocimiento mi hermano Elpidio, y me lo dio sólo desde donde, de veras, puede darse. Desde la otra vida.

Jacinto Sariegos hizo intención de levantarse, pero Ángel Benuza le retuvo.

—No me gusta el viejo —cuchicheó Sariegos— y no aguanto consejas de difuntos ni animismos.

—Calla —le reconvino Benuza—, que a éste vamos a sacarle algo importante.

—Murió mi hermano Elpidio debajo de la rueda de un carro que se había empozado —contó Rutilio—. Fue un ocho de enero del año que empezó el siglo. Elpidio era el mejor mozo del pueblo y el sostén de mi madre viuda. Bueno como nadie, cumplidor, de los que echan una mano al que lo necesita. Quedamos todos muy apenados, pero mi madre tenía, al menos, el consuelo de saberlo en la gloria de los justos. Desde aquel día empezamos a notar que la leña que mi madre dejaba al pie del fogón todas las noches para, al levantarse, encender y poner el pote, desaparecía. Ni una astilla ni una rama. Y la cosa ya nos fue preocupando. Hasta tal punto que decidió mi madre no sacar la leña de la leñera hasta el mismo momento de necesitarla. Nevó mucho aquel enero, y un día que estábamos cenando oímos un ruido en la ventana. Era un pardal medio arrecido que picaba en los cristales. No pudimos cogerlo, pero sí vimos una gota de sangre que en la nieve quedaba como una huella. Y una y otra noche volvió el pardal y en la nieve dejó la misma gota. Hasta que una mañana, apenas amanecido, lo sentí yo en mi ventana y, con mucho cuidado, pude cogerlo. Escuché entonces a Elpidio que me decía que andaba en pena, desnudo entre el frío y la nieve de los montes, que así tenía que pagar una culpa muy grande que era el secreto de su vida y que, en tanto no la pagara, no hallaría paz en su muerte. Para aliviarse me rogaba que siguiéramos dejando algo de leña en el fogón. Y agradecido, me advertía por qué lugares de los altos aguardan a redimir su culpa esos muertos que todavía no murieron del todo. Sólo a don Aquilino se lo tengo dicho, como también se lo dije a don Aquiano, su padre. Lo que nunca pude fue siquiera sospechar esa culpa tan grande de Elpidio.

El pastor cabeceaba pesaroso, como si el recuerdo fraterno cimentase la más honda preocupación de su existencia. Benjamín distinguía en sus ojos una niebla húmeda, desolada.

—Igual con estas cosas estoy cansándoles —comentó, sin mucho ánimo.

En absoluto —dijo Ángel Benuza—. Todo lo que usted nos cuente nos interesa sobremanera. Nosotros sabemos dirimir, con la holgura y la atención precisa, esos términos de ciencia y tradición por donde zascandilea el auténtico conocimiento de las cosas.

—Estos señores, Rutilio —le indicó Aquilino—, han leído todo lo que leerse puede de La Omañona. Ahora lo que quieren es ver los castros, las médulas, hablar con la gente, ir tomando nota de aquello que puede importarles.

—Es muy curioso —recapacitó don Florín— que haya lugares vedados, que despiertan respeto y temor. Si uno fuese a buscar algo que nadie encontró, empezaría por ellos.

—Ya les dije que más de uno se metió donde no debía —advirtió Rutilio—. Pero ya, de un tiempo a esta parte, ni se siembra por esos altos ni a ellos se echan las ovejas. Otra cosa no, pero cotos boyales y buenos pastos hay donde elegir en los terrenos de estos pueblos. El lobo anda al daño, porque siempre anduvo y es lo suyo, pero más de una vez supimos que la matanza no era suya. Ahí en Valduera todavía vive, y don Aquilino lo conoce, uno que de mozo estuvo con los rebaños de don Teobaldo el Deán. Eliseo Aniego se llama. Pues éste perdió el tino y el gobierno de su persona una noche que en el corral de la majada le degollaron cincuenta merinas. Tanto el pelo de la cabeza, como el de sus partes, se le puso blanco en esa noche, y nunca quiso decir lo que vio, sólo que no era una alimaña.

En la templada penumbra la voz del pastor se adelgazaba hasta el susurro, escurrida en sus labios como en un sumidero. Benjamín le vio huir en el silencio, perdido en la lóbrega soledad del bosque.

—A quien más hemos leído, para enterarnos de las cosas de esta tierra —dijo don Florín—, es a un famoso presbítero, hijo de ella, don José María Lumajo. Por un gran sabio le tenemos.

—Usted, según Aquilino nos ha dicho, lo trató y hasta anduvo con él por esos montes —comentó Chon Orallo.

Rutilio volvió a cabecear y suspirar palmeándose con la mano varias veces la rodilla derecha.

—Don José María —dijo— fue la mayor inteligencia que diera esta comarca. Buena suerte tuve de conocerlo y tratarlo, y aprender de él lo que no pude en la escuela porque jamás tuve ocasión de pisarla. Ninguno de sus libros leí, pero mucho me acuerdo de cómo hablaba.

—Mis amigos conocen el asunto de la Fuente Virtuosa —le informó Aquilino— y es un tema que les interesa mucho.

—Para cualquier investigador, la injerencia del Mito en la roma realidad, es un aliciente —confesó Benuza—. La idea de la *Fons Aetatis* siempre subyuga porque es una idea lírica y, en el fondo, quienes andamos por estos derroteros algo de poetas tenemos. Incluyo, cómo no, a don José María.

—Ése fue el asunto que lo desgració —dijo Rutilio—. Y no hay cosa de la que menos me guste hablar que de ésa.

—¿Tiene usted la seguridad —preguntó Chon Orallo, adelantándose hacia el pastor— de que de veras la encontró?

En el corro de los cofrades hubo un común estremecimiento. Todos miraron a Chon y tornaron los ojos hacia Rutilio, que permanecía impasible, como irremediablemente perdido en el bosque.

—Señora —dijo, al cabo de unos segundos—, sólo don José María podría contestarle.

—Nadie como usted sabe lo que sucedió.

—Puede que también sea verdad.

Alzó el pastor los ojos y descubrió Benjamín en ellos una nublada llama de melancolía, la velada huella que atesora la vejez del solitario y que se enciende con los más intensos recuerdos.

—Fue en el verano de mil novecientos veintiocho —dijo— cuando ese hombre se echó a perder con sus quimeras. El último verano que pasó aquí en La Omañona, en la casa que un día fuera de sus padres y que después compró por cuatro perras su tío Virgilio. Luego ya nunca vino. Andaría por entonces por los setenta, y era yo un cuarentón a punto de quedarme viudo, como viuda quedara mi madre. No se sabe qué desgracia iguala a algunas familias, para hacerlas herederas de la mala suerte. Ese verano acompañé algunas veces a don José María. Por miros, cuetos, cuernos y coronas, que era por donde él gastaba más las botas. Andaba más enardecido que nunca, casi sin sosiego para apuntar las cosas y, más de una noche, por el monte se quedaba. Un día le encontré en un campar no lejos de la Brañina del Garueño, adonde llevaba yo las ovejas. Estaba tumbado boca abajo junto a unas mantas, a la retestera del sol, y tan desnudo como su madre lo echó al mundo. Dormía. Yo me asusté un poco al verlo, pensando que algo malo le pasara, pero en seguida vi que no. Lo despertó la esquila del manso y, al volverse, esa idea me queda de aquel momento, vi un hombre distinto, una persona a la que se le habían caído los años y estaba lozana tal como en la mocedad podía haberlo estado. Casi ni me saludó. Cogió la ropa, la sotana y el morral y se fue como huyendo.

—Conturbado —indicó Benuza—. El Mito le mecía en su sueño, y ése es siempre un sueño secreto, que no admite testigos.

—Yo sospeché —continuó Rutilio— que algo raro había, y, por supuesto, en el pueblo no fui el único en sospecharlo. Don José María cambió mucho por fuera y también por dentro. Tal como en aquel momento lo vi, ya no volví a verlo, ésa es la verdad, pero muy distinto sí, con muchos años que se había quitado de encima. Por aquella dejó de celebrar en la capilla de La Omañona, donde lo hacía con frecuencia, y esquivaba a todo el que quería verle, él que fuera tan dado a pegar la hebra con el primero que encontraba. Antes de que acabase el verano se fue sin a nadie decirle adiós.

—¿Pero no habló usted con él, no volvió a encontrárselo?

—Sí que lo hice —confesó Rutilio—. A don Aquilino se lo tengo contado y a nadie más. Para mí que ese asunto lo desgració. Nada bueno puede encontrar nadie por esos lugares prohibidos.

—Yo te agradecería —le dijo Aquilino— que se lo contases a estos señores.

—Son ya tantas las cosas que uno lleva vistas y escuchadas en esta vida —suspiró el pastor—. Una noche se acercó a mi casa y conmigo se sentó en el poyo del corral, donde andaba yo mazando un rato. No se anduvo con demasiadas contemplaciones. Me dijo que en algún lugar había un manantial virtuoso, y que cuando lo descubrí desnudo por donde el campar del Garueño fue cuando, por vez primera, había bebido y se había lavado en sus aguas.

Éste es un secreto muy grande, Rutilio, vino a decirme, aunque de sobra sé que las cosas por ahí corren sin que ni Dios pararlas pueda. Sólo te pido que a nadie cuentes, oigas lo que oigas, cómo ni dónde me sorprendiste. Y acéptame este regalo, que te lo traigo para que por siempre te alivies los pies. Me dio un frasco pequeño lleno de agua, y ya jamás hablamos nada del asunto ni preguntarle quise. Antes de acostarme vacié el frasco en mis pies, y mano de Santo. Nunca más, y ustedes me perdonen, me cantaron, yo que tenía la desgracia de que hasta los corderos me huyeran.

—Rastrero cometido para tan sagrado líquido —comentó Benuza—, aunque algo lo sublima lo que de rito tiene el pediluvio. Imaginaros lo que sería la Fuente en manos mercenarias.

—Pero esa confesión —aseguró don Florín— sitúa la Fuente en un muy concreto contorno. Donde el amigo Rutilio descubrió a don José María, por los alrededores de ese campar que llamáis Brañina del Garueño.

—Así pudiera parecer —dijo el pastor—, pero ni hablar. No voy a negarles que, visto el efecto del agua y lo que a don José María le pasó, por esos parajes anduve yo mirando cuantos manantiales hubiera. Otros del pueblo igual hicieron, y poco palmo de terreno habrá que no se haya rebuscado. Por estos valles estamos muy acostumbrados a andar tras las pepitas y los calderos, aunque nunca ninguno con un tesoro se hizo rico.

Permanecía la luz del quinqué como un brote azulado en la oscuridad de la galería, donde los cofrades se dejaban llevar por el silencio del pastor, cuya figura se entregaba a esa inmóvil postración del durmiente que habitualmente alcanza el sueño sentado, en la vigilante actitud de una estatua abandonada en el monte.

Benjamín Otero recordó las últimas frases de la larga carta que, en el cuaderno, había iniciado, dirigida a su amigo Julio, el apunte del paisaje que ascendía hasta la ventana de su habitación, invadiendo ese apacible momento en el que, al fin, se había sentido totalmente liberado de la enfermedad, dispuesto a transmitir al amigo ese sentimiento que también pudiera ayudarle.

Pensó en continuar escribiendo un rato antes de acostarse, y escuchó la voz de Rutilio, un ronco merodeo de palabras que parecían regresar de la lejanía del sueño, cuando ya los cofrades atendían la indicación de Aquilino para dar por terminada la reunión:

—Si de algo vale el consejo de un viejo, ténganse ustedes de andar sueltos por esos serrijones, y miren bien dónde pisan y que no los pille la noche solos.

8

SAEPE LEVI SOMNUM INIRE SUSURRO

Al paso paciente de las yeguas, cuyos ronzales sujetaban Aquilino y Jacinto, iban los cofrades por el camino que surcaba el valle, alzado a la vera del río como una arrugada cinta que refrescaba el rocío mañanero, aquietando el polvo de su trazo milenario. Calzada romana para las huestes del Imperio, les había informado el anfitrión, y cordel de mestas para los rebaños trashumantes. La mañana se abría en las calinas, tersa y sonora, en su extendido campanilleo.

—*Fraxinus in silvis pulcherrima, pinus in hortis, populus in fluviis, abies in montibus altis* —citó Ángel Benuza, a modo de virgiliana jaculatoria.

Coincidía el ánimo exaltado de los cofrades con ese floreciente nacimiento de la mañana veraniega, instaurada en su esplendor, como una brillante primicia del tiempo que se detiene en los radiantes derroteros del mediodía, que toma la tarde para perpetuarla en un oro sosegado que perdura hasta la noche en el secreto espejo de la montaña.

Serpenteaba el camino alejando, solo en los declives, el curso recoleto del río, que lamía cantos y juncales y se demoraba en alguna poza, donde podía adivinarse el irisado relámpago de las truchas. Iban los cofrades agrupados, con esa común decisión de quienes se comprometieron en la conjura.

—Tuve esta noche un sueño —dijo Benuza— que no puedo por menos que calificar de premonitorio. Si os confieso que es el primero que tengo en cinco años no vais a creerme.

—Con lo que habitualmente te bulle en la cabeza —aseguró Chon Orallo—, más que sueños tendrás desvaríos.

—No voy a desvelar lo que en él pintabas tú, Chonina. Hay imágenes vestales que sólo admiten el respeto de la intimidad. Soñé que andaba perdido por un camino, tal vez no muy distinto a éste. Pasaban días, meses, años, inviernos, primaveras, lluvias, nieves. En una vuelta me quedé quieto, ya viejo y muy desesperado, y alguien vino hacia mí corriendo o volando, creo que un niño disfrazado de pájaro. Dejó caer un mensaje a mis pies y desapareció. Era un papel donde alguien había dibujado el sello que mi padre llevó siempre en su anillo con el que, por cierto, le enterramos, porque no hubo modo de sacarlo de su dedo artrítico. Entonces, todavía soñando, tuve la certeza y la tranquilidad de saber que aquello era un sueño.

—Cuando se sueña es cuando más intensamente se vive —opinó Paco Bodes—. Es el único trance en el que no hay límite para las emociones. Como bien decía Eutimio Gavela, el sueño es el secreto desván de las secretas intenciones humanas. De su transgresor espacio ordeñé yo algún que otro poema, como tantos asesinados en el inodoro por Aurelia Lucillo.

Sobre un pronunciado repecho, donde el camino mostraba las desgarraduras de la erosión y las torrenteras, vieron los cofrades un roble gigante, erguido con extraño equilibrio, abiertas sus toscas raíces como cercenados y oscuros nervios. Oculto tras su tronco, distinguió Benjamín a un hombre que asomaba y volvía a esconderse. Las yeguas remolonearon inseguras en la subida.

Rebasaron el roble, que el peso iba venciendo hacia el declive del río, y Benjamín miró hacia atrás y vio al hombre que cruzaba el camino en una sigilosa y absurda carrerilla al tiempo que hacía una rara seña con la mano. Los cofrades seguían ahora la marcha paciente de las yeguas por un frondoso robledal tapizado de helechos. Cuando Benjamín volvió a mirar vio al hombre a una prudente distancia, avanzando tras ellos con el paso quebrado. De nuevo alzó la mano para hacerle una seña.

—Alguien nos sigue —dijo Jacinto Sariegos.

—No hagáis el menor caso —solicitó Aquilino, nervioso.

—¿Quién demonios es? —inquirió Benuza, descubriendo la bailarina figura, que parecía celebrar el que se percatasen de su existencia.

—Es Pidio Legaña, maldita sea —reconoció Aquilino—, un capagrillos que puede acabar con nuestra paciencia. Por lo que más queráis, no hacerle caso, o nos condenamos a llevarle al rabo toda la expedición. Vosotros como si no existiera.

Al límite del robledal, donde derivaba el camino atravesando un campar, perdida la compañía del río cada vez más hundido en su lecho, divisaron un generoso manantial que manaba al arrimo de dos piedras bien dispuestas.

—Quietos —solicitó Paco Bodes—. Ya sabéis que yo me juramenté a no dejar sin catar venero, fuente o sucedáneo. Pública u oculta, igual me da.

—Es una sabia medida, Paco —reconoció Ángel Benuza—. El riesgo de que acabemos criando renacuajos en el estómago, sólo con el sagrado líquido de nuestro Beodo Padre podremos arrostrarlo. Y eso está previsto en la intendencia, ¿verdad, Jacinto?

Bebieron Bodes y Benuza y se decidieron a secundarles los otros cofrades.

—Daos cuenta —advirtió Aquilino— de que por la comarca hay censadas más de doscientas fuentes.

La mañana continuaba desperezándose entre el murmullo de las esquilas, y Benjamín se dejaba llevar por la placentera sensación que irradia la felicidad del paisaje. Sólo la recóndita pena de Julio venía a paliar aquella alegría expresada casi a flor de piel. Por las vueltas del camino observaba, con disimulo, a Pidio Legaña. De su figura, exageradamente bamboleante, destacaba la blanca cresta del pelo y la desproporcionada chaquetona que le envolvía como una manta roñosa. Venía por la linde del camino, manteniendo siempre la misma distancia, atento a la mínima novedad del grupo.

Las casas de Valduera se apiñaban a la falda del otero, crecidas sobre la vegetación de sus huertas familiares, formando un bloque irregular de ahumadas paredes y tejados de pizarra y paja. La estrecha calleja, que partía el pueblo en dos, peregrinaba hacia arriba con el suelo sembrado de resecos excrementos. En el caño que manaba sobre un derruido pilón, a la entrada del pueblo, volvieron a beber Benuza y Bodes.

—Desde aquí —informó Aquilino, señalando a los altos que amparaban el otero— ya poco vamos a hacer que no sea subir. Primero a Lutarieto y luego hacia las Fuentes del Cirueña y la Peña Candín. Por arriba nos aguardan los milanos y las águilas zapiqueras que, como dicen por aquí, son quienes con menos trabajo vagan y vigilan.

Coronaba el pueblo, en la medida distancia de los últimos pajares, una destartalada casona, rodeada por un muro que, en algunos tramos, se había desmoronado, dejando a la vista el esqueleto de los frutales, la huella decrépita de una huerta en la que el abandono acumulaba el escombro de las estaciones, con el único recuerdo de cuatro berzas fosilizadas.

Vieron los cofrades a un hombre escondido en la derruida esquina del muro, cerca de la portalada que enseñaba la lepra de su antigua clausura, espiando el interior con ese gesto de acecho temeroso de quien tiene bien evaluado el peligro. Según se fueron acercando les descubrió el hombre, que apenas hizo un rápido movimiento para recobrar la compostura.

—Es un asesino —dijo, con voz llorosa y aflautada—. Un asesino que me quiere clavar el espolón.

—¿En qué desgracia te entretienes, Domingo? —preguntó Aquilino Rabanal.

El hombre observó al grupo y fue hacia Aquilino, intentando variar el gesto pesaroso. Las carnes gotosas se movían fofas, en su cuerpo desmesurado, como derramadas en el holgado interior de la camisona y el pantalón de franela. Llevaba al cinto, arrastrándola, una espada de larga empuñadura y hoja herrumbrosa.

—Es un bicho vicioso que se me hizo gigante y me quiere desahuciar —confesó—. Pero ¿quiénes son estos señores? —preguntó con el timbre más zalamero de la flauta.

—Unos amigos que traigo de excursión. Están interesados en recorrer los castros de La Ornañona. Domingo es el dueño de esta casa solar.

—De los García Priaranza —informó Domingo— y no saben el gusto que tengo en saludarles —aseguró, ofreciendo la mano a los cofrades—. Otro linaje de mayor abolengo no existe por estos valles, aunque en lo que queda es difícil imaginar el esplendor de lo que el solar fue. Pero Aquilino ya les habrá contado. Uno con paciencia y devoción ha hecho en la casa un pequeño museo familiar, que ya verán cómo ha de gustarles. Una copa y unas pastas será lo poco que pueda ofrecerles.

—Andamos con el tiempo muy justo —se excusó Aquilino.

—¿No me digas que traes gente entendida, y la dejas pasar sin que me vean el museo? —inquirió Domingo, con la voz ahogada en un sollozo.

—Por Dios —intervino Benuza—, otra cosa podremos pasar por alto pero no lo que nos ofrece aquí este buen amigo, haciendo honor a su hidalguía. ¿Va usted armado a modo de defensa personal o en cumplimiento de alguna leyenda heráldica?

—Por ambas razones y por el gusto de portar esta tizona, que abrió más de una brecha en Las Navas de Tolosa. Fuera de mi solar sólo tengo enemigos, gente que quiere quemarme la sangre. En estos pueblos jamás se respetaron los privilegios de la casona, un día quieres regar las berzas y te quitan el agua y otro te cortan la luz del molino y hasta te niegan carburo para el candil. La de por aquí es una tropa. Pero, con todo, sigue uno fiel a lo que en el escudo de armas, que luego les enseño, se lee: De García arriba nadie diga, De García abajo ni caso.

Aquilino había atado los ronzales de las yeguas en una anilla de la portalada.

—De veras que no andamos sobrados de tiempo —repitió.

—Otra de las razones de llevar la tizona —confesó Domingo, apesadumbrado— es por el bicho. Cuando le da la alferecía es el peor asesino. Poco a poco me va ganando terreno y está haciendo del solar el corral. El día que se me meta en la casona.

Los cofrades vieron cómo Domingo tomaba la espada con una repentina y exagerada resolución.

—Usted, señora —le dijo a Chon Orallo—, no se asuste y, para no herir su sensibilidad, quédese atrás y no mire.

Avanzó Domingo hacia el lugar donde antes acechaba, blandiendo la espada, y desde allí les indicó que le siguieran. Aquilino les hizo a los cofrades un gesto de resignación.

—Es una bestia lúbrica —dijo Domingo, apostado—. Van a ver ustedes como no exagero. Imposible que exista otro ejemplar igual.

Un gallo de altiva planta, rojo y lustroso, con la cresta y los espolones enhiestos, se paseaba nervioso entre media docena de gallinas, alteradas a su alrededor.

—Vean, vean —señalaba Domingo—, las va llevando donde el tilo, a esa sombra que ya me tiene requisada. Miren cómo las corta el paso, cómo cerca a esas infelices.

—Hombre —dijo Benuza, muy interesado—, es un espectáculo nupcial de contundente poligamia. Un bello ejemplo para la cristiana continencia.

Domingo apuntaba con la espada, que temblaba insegura en su mano.

—Ahí las tienen —musitó, con la desafinada flauta—en fila, tal que si las colocaran ante el pelotón de fusilamiento. Y el verdugo, ahora van a verlo, ta-ta-ta-tá, disparándoles sin compasión, una tras otra, con su galladura del nueve largo. Tan ufano y soberbio, el muy vesánico.

Hay noches que no consigo dormir, pensando que pueda echárseme encima en la cama.

Caminaron los cofrades tras Domingo, que alzó la espada como dispuesto a batirse en un duelo temerario.

—Éste es el momento —les había dicho, saltando por el derruido muro para cruzar hacia la casona—. La *tristia post coitum repetito* es lo único que aplana a ese maldito animal. Véanlo ahí, espelurciado y hundido en la miseria, pagando sus excesos. Aunque yo de él jamás me fío, y nunca le doy la espalda. Anden, vayan pasando, que les cubro la retaguardia.

Tenía la casona dos desmoronados cuerpos, uno de ellos torreado, y atravesaba la fachada un pasadizo de arcos que conducía a un gran patio. Los descarnados lienzos mostraban los armantes de madera y piedra toba, la persistente inclinación de una estructura en hundimiento, que combaba los dinteles y las jambas.

—Allí ven —señaló Domingo— el escudo de armas del linaje, que antes les decía. Dos cabezas afrontadas, cuatro serpientes, dos leones también afrontados, los nueve escaques y la leyenda. Garcías y Priaranzas mezclaron sangre y hacienda por el año de gracia de mil quinientos cuarenta y uno, aliados contra los concejos de estos valles que ya de aquélla se envalentonaban y discutían foros y pechos. Hubo un don Abilio, entre los más arriscados señores, que cuentan que de sus mismas partes se colgó el badajo de la campana del concejo, para que los paisanos vieran en lo poco que estimaba sus razones. De ese don Abilio guardo yo en el museo un rizo de su barba bermeja.

El hedor de una tumba vacía, en la que los siglos disiparon el polen de la muerte, permanecía en el interior de la casona, entre los humores del abandono y la podredumbre de la atmósfera enclaustrada.

—Hay que subir por esta escalera de mano —indicó Domingo— porque por ésa los peldaños no son de fiar. Aquí lo que se cae ya no hay quien lo levante.

Treparon los cofrades hasta salir por el hueco de un pasillo del primer piso, cuya tarima estaba llena de agujeros, reventada hasta los bordes de las carcomidas vigas.

—Vengan con mucho cuidado —ordenó Domingo—, bien pegados a la pared, que estos suelos son como de papel.

—Oye —le dijo Paco Bodes a Aquilino—, aquí podemos jugárnosla, esto a la primera de cambio se va a pique.

—Camina y no respires.

—No se preocupen que ninguno de ustedes pesa tanto como yo, y ya ven que no me hundo. La sala tiene el piso más arreglado.

Cruzaron por el pasillo ante las desoladas habitaciones, donde muebles y objetos se consumían en su propia herrumbre, entre jirones de antiguos rasos y escamas polvorientas de las desportilladas paredes.

—Mírenlo ustedes —dijo Domingo orgulloso, esperándoles a la entrada de una enorme sala, cuyo balcón abierto dejaba colar la luz como la lluvia brillante en una sima—. En cada cosa puse su letrero, y en las de más mérito, una explicación.

Había un escueto mobiliario, algunos sillones frailunos, dos largas mesas, un desvencijado bargueño. En una esquina, una armadura incompleta, sostenida con dificultad. Las tarimas del suelo dejaban ver, en las holgadas junturas, la penumbra del piso bajo.

—Aquí no hay cuidado —advirtió Domingo—, pueden andar a su gusto. Yo voy a por unas copitas.

Indecisos, siguieron los cofrades el ejemplo de Aquilino y se acercaron a las mesas, donde estaban ordenados algunos objetos, que flanqueaban dos mohosas colecciones de periódicos provinciales.

Volvió Domingo con una bandeja y seis copas diminutas.

—No sé si las pastas estarán demasiado duras, pero el licor ha de gustarles, es un licor café que hacía mi mamá, la pobre, cuando tuve la dicha de que todavía me viviera.

Benjamín observó cómo Domingo se limpiaba una lágrima con la manga de la camisa.

—Es un museo misceláneo —reconoció Ángel Benuza, antes de acercar el licor a los labios, y comprobar el agriado sabor de los peores jarabes de su infancia.

—Misceláneo y verídico, porque cada cosa o tiene su historia o tiene su leyenda. Ahí ven fíbulas del castro del otero del pueblo, y cerámicas, todo sacado por mí con la azada. Esa daga a un caudillo árabe, de los que vinieron con Almanzor, se la quitó un don Benito Priaranza, ya ven el mérito de la guarnición y los gavilanes, que son de plata pura. El valor, ni se sabe. Y ese vaso tan delicado, de cristal de roca, fue el lacrimatorio de doña Eudosia, la señora de don Cebrián, que allá por el mil setecientos noventa y pico mató a su marido de un golpe desgraciado, en los embelecos de la coyunda nupcial.

—¿No sería por estrangulamiento? —inquirió, curioso, Benuza—. Hubo en ese final de siglo unas prácticas amatorias cortesanas furibundas, en las que perecieron muchos nobles mancebos. Dicen que las importó un lego agustiniano de las misiones del río Bongo.

—Lo de doña Eudosia fue contra el dosel del lecho —aclaró Domingo—. Y lo malo es que le nació un hijo, que heredó el espanto de la infausta coyunda.

—Oiga —consideró Paco Bodes—, pues eso sí que es morir disparando.

—Aquí, en esta caja —indicó Domingo, señalando y abriendo una caja de puros—, guardo los restos de la ejecutoria del linaje, lo que queda del documento original.

—Hombre —dijo Ángel Benuza—, no está nada mal elegida la caja, porque parece mismamente tabaco de picadura.

—Por una reliquia lo tengo.

—Cuide las corrientes cuando la abra, no vaya a pasarle lo que a los frailes de San Cerecino, que un aire les llevó las cenizas del fundador.

—Señores —ordenó Aquilino Rabanal—, hay que ponerse en marcha, que es mucho lo que nos queda.

—¿Para qué tanta prisa, si de lo que van a ver nada es comparable a lo que aquí hay? Éste es el rizo de la barba de don Abilio, que antes les dije. Y esta la pañoleta de una señora que se llamaba doña Guisanda, una santa mujer a la que su esposo, don Fromerico, condenó a no salir jamás de la cocina, ofuscado porque una noche le sirvió la sopa fría. Y por veinte años allí la tuvo encerrada a la pobre.

Aquilino fue rescatando a los cofrades. Salieron al pasillo y encabezó Jacinto Sariegos la difícil marcha hasta el hueco de la escalera.

—Para mí el mayor honor —le decía Domingo a Benuza— es que se quedaran ustedes a almorzar. Si me echan una mano le retorceremos el pescuezo a ese bicho monstruoso, y lo preparo en pepitoria.

Un extraño aleteo surcó el techo del pasillo y los cofrades presintieron el vértigo de los murciélagos descolgados de alguna pesadilla. Chilló Chon Orallo y perdió el equilibrio Sariegos, avanzando dos pasos sobre la podrida tarima.

—Son golondrinas, no se asusten —dijo Domingo.

Jacinto tuvo la instantánea conciencia del explorador que se interna en las arenas movedizas. Sintió cómo el suelo se hundía a sus pies con un sordo estrépito de légamos y carcomas, y se vio colgado, pateando en el vacío.

—Descuiden ustedes —decía Domingo, intentando aplacar a los cofrades y al accidentado explorador.

Regresó a la sala y volvió con una soga.

—Déjenme pasar, y usted sea valiente, hombre, que no se diga.

Le tiró la soga a Jacinto con la destreza del que repite por enésima vez el salvamento. Sariegos se agarró a ella con la desesperación del ahogado.

—El último que metió la pata —comentó Domingo— fue un Ingeniero de Montes que se llamaba don Ubaldo. Sólo que a ése no hubo medio de sacarlo.

Rezongaban las yeguas cuando Aquilino liberó los ronzales. Paco Bodes se hizo cargo de la que antes llevaba Jacinto, que se dolía de sus riñones. Por el camino vio Benjamín correr delante de ellos a Pidio Legaña. Domingo les decía adiós desde el balcón, agitando la tizona en la mano derecha. Un punzante cacareo arrebataba el corral de la casona.

—Ahí dentro está claro quién manda —dijo don Florín.

—No corren, a lo que se ve, tiempos heroicos para la hidalguía serrana —opinó Benuza.

—Domingo —informó Aquilino— ni es García ni es Prianza. La casona se la compró para él y para su madre, hará diez años, un hermano que hizo fortuna en Buenos Aires y que allí murió. Con la manía del museo le resulta más fácil inventarse el pasado.

—Un museo —aseguró Benuza— es siempre una estancia no para perpetuar el olvido, sino para festejarlo.

Subieron los cofrades a la zaga de las yeguas por las vueltas trepadoras del monte. El relumbre de la media mañana abrillantaba las hondas vertientes del valle, el bosque de hayedos, la dehesa del robledal, la calva caliza de las peñas cada vez más altas.

Dejaron abajo, en el borde de la ladera, esparcida hasta unos esquilmados centenales, un pueblo de contadas casas, todas de tejados de paja, en el que sólo sobresalía el inclinado campanario de la iglesia.

—Lutarieto —les indicó Aquilino—. Por esa cuerda, sin cansarnos demasiado, vamos a llegar a las Fuentes del Cirueña, allí, en las faldas del Candín. En cuanto alcancemos aquel miro ya las vemos.

—Estará previsto un refrigerio —sugirió Benuza.

—En la pradera, para reponer fuerzas antes de subir a la Peña.

Volaba un milano en lentos y sostenidos círculos, y rumoreaban los rebaños por los pastizales, entre el careo intermitente de los pastores. La quietud y el clamor de la mañana se fundían en la ampliada resonancia del valle, con un ritmo de silencios solemnes y lejanas algarabías, ecos perdidos que arrastraban voces, trinos, campanas.

—Allí tenéis las Fuentes —señaló Aquilino, cuando alcanzaron la rocosa atalaya que se adelantaba como una proa en el desfiladero de los piornales.

Las verdes sombras de las praderas resaltaban en las estribaciones de un aupado bosquecillo de alisos, entreverados de floridos saúcos y avellanos. De su centro rompían las Fuentes, como brazos manantiales que cavaban unos surcos líquidos, zigzagueantes y caprichosos. A la caída de la pradera, en el borde de su pronunciada pendiente, se juntaban todos los brazos en el arroyo originario del Cirueña, al que en seguida alimentaban otros. Superado el bosquecillo, crecía la falda de la Peña Candín, con sus variados manchones de urces, helechos y negrillos, hasta la descarnadura blanca y afilada de la caliza, la cresta que el viento azotaba entre el sigilo de las águilas.

Arribaron los cofrades a la pradera y buscó Jacinto alivio para sus maltrechos riñones en las altas y mullidas hierbas, mientras Paco y don Florín disponían el refrigerio. Chon Orallo, Aquilino y Ángel se sentaron al arrimo de una de las rumorosas fuentes.

—*Saepe levi somnum inire susurro* —citó Benuza, entrecerrando los ojos y sorbiendo el aroma de las húmedas florestas.

Benjamín Otero condujo las yeguas el cercano pastizal y vio a Pidio Legaña sentado encima de un tronco. Le estaba haciendo señas con ambos brazos.

—No le hagas ni caso —ordenó Aquilino.

—A ese tío no vamos a quitárnoslo de encima —dijo, contrariado, don Florín.

—Como si no existiera.

Comieron los cofrades las lonchas de cecina que cortaba Paco Bodes y le dieron repetidos tientos a la bota.

—No creáis que me olvido de catar todas estas fuentes —dijo Paco.

—Hasta la corona de la Peña, que es hasta donde más o menos subiremos, ya tenemos que ir atentos —indicó Aquilino, extendiendo el mapa donde había anotado los itinerarios—. Por aquí pasamos luego al cueto de Castrocandín, y éste es el camino al que se refiere don José María. Ya todo lo que veamos lo tuvo muy repateado el ilustre presbítero. Si para el mediodía diéramos cara a la otra vertiente, sería lo justo para almorzar y descansar un rato. Ahora, mientras antes nos movamos, mucho mejor.

Rastreaba el sendero la loma, bifurcándose en algunos altos, a veces casi cubierto por las urces leñosas y otras avasallado por el tamiz de los helechos. Benjamín caminaba el último, a corta distancia de las yeguas, interesado en la merodeadora vigilancia de Pidio Legaña que, sin acercarse mucho al sendero, bajaba y subía en rápidas y difíciles carreras, saltando en las retamas, como para demostrar su agilidad.

El sol iba concentrando su peso incandescente, extinguida la brisa del alivio mañanero, y soportando los cofrades ese fuego que se desploma desde el desierto de las cimas, que envuelve la plenitud del monte.

Se internaron en un bosque de negrillos y dio Aquilino el alto, agradeciendo la sombra. Benuza y Bodes sudaban copiosamente. Chon Orallo estaba muy sofocada.

—Ahora sí que empezaron los trabajos de la expedición —reconoció don Florín.

—Por ese reguero —señaló Aquilino, limpiándose la frente— vamos a un manantial, y no hay más remedio que inspeccionarlo aunque nos desviemos. Luego volvemos a buscar el sendero.

—¿Y no sería más fácil que alguno se destacase y los otros esperaran? —propuso Benuza.

—Ángel y Paco de voluntarios —afirmó Chon.

—Yo creo que es mejor no disgregarnos —dijo don Florín—. La expedición debe avanzar siempre con todos sus efectivos al unísono, y más cuando llegue el delicado momento de descubrir un venero.

—Pues entonces no le demos más vueltas —decidió Aquilino.

—Pero antes, por Dios, que corra la bota —suplicó Paco Bodes.

Siguiendo el curso del reguero que, por momentos, parecía extraviarse en la fronda enmarañada de las retamas, ascendieron los cofrades, abandonando la sombra beneficiosa del bosque. Todas las dificultades se juntaban en el pronunciado repecho, y hasta las yeguas refrenaban el paso como dispuestas a no seguir.

—Arrearlas —gritó Aquilino.

Benjamín Otero se detuvo un instante para contemplar la loma tendida a sus pies, por donde se dibujaba, como un hilo, el sendero que habían seguido desde la pradera de las Fuentes. Estallaba en ella el fulgor de un verde espejo, que multiplicaba el fuego de las florestas encendidas.

El venero manaba en un oculto lecho de retamas y espinos, hacia el que fue costoso orientarse. Aquilino y don Florín se abrieron paso armados con sendos palos, vapuleando la maraña. Fluía el agua en un lento borbotón, remansada en el inicio de su nacimiento, abierta luego en el humilde reguerillo.

—Es como descubrir a una doncella entre sus virginales mantillas —comentó don Florín.

—Todo lo puro propende a preservar la virtud de su pureza —dijo Aquilino—, y no hay mayor celo, en ese aspecto, que el de la Fuente Virtuosa. Sólo con ver manar estas aguas, Floro, ya estamos hollando algo de ese secreto y de esa virtud.

Paco Bodes llegó tras ellos.

—Dejadme que sea yo quien primero beba en sus líquidos senos —solicitó.

—Hagamos las cosas bien, Paquín —dijo Aquilino, sacando de su morral un pequeño frasco con una etiqueta colgada al cuello—. Vamos a tomar antes la muestra con la correspondiente anotación. Hay que cumplir al dedillo los aspectos científicos de la expedición porque si no, al final, si te he visto no me acuerdo. Daos cuenta de que de lo que nada sabemos es del trance que preludia los efectos virtuosos, si de algún modo antes se manifiestan. No hay medida de nada, aquí todo tiene que ser especulación y experimentación fáctica, por eso el orden me parece necesario para corroborar los hallazgos.

—Como en el hecho poético, tal como yo lo concibo.

Acercó Paco Bodes los labios al agua, después de que Aquilino tomase la muestra y sellara el frasco, mientras don Florín le ayudaba a redactar la escueta y expresiva anotación geográfica de la fuente.

—Especular coordinando la mente con la fáctica experimentación de los sentimientos y de las palabras —explicó Paco Bodes, entre sorbo y sorbo—, ése es el pulso de mi lírica libertaria, propicia a las palpitaciones del abismo, de las que habla el maestro William Blake. Luego, consumado el desorden en el fiero vendaval del verso, conviene apaciguarse, para corroborar si aquello tiene la enjundia y la belleza necesaria. No hay poetas más malos que aquellos que no aprendieron a leerse a sí mismos.

Hasta retomar el sendero, que serpenteaba pausado hacia los pastizales de altura, anduvieron extraviados los cofrades, bajo el golpe cada vez más duro del sol. Pidio Legaña les vio pasar, sin que ellos lo advirtieran, derivados en la mala orientación de Aquilino. Y les vio luego regresar abatidos para enderezarse, sendero arriba, cuando ya el mediodía estaba cercano.

En los campares que limitaban con el cuello de la Peña, después de rastrear, sin resultado, otras dos fuentes, decidió Aquilino que era el momento de preparar el almuerzo, descansando a la sombra de un solitario negrillo y al arrimo de un generoso manantial.

—Ahora es cuando uno añora al homo urbanus que defiende Paco, ¿eh, Chonina? —convino Ángel Benuza, desatando las botas y dejándose caer en la hierba.

—Yo ni en la ciudad ni con el campo me quedo —aseguró Chon Orallo, repitiendo las abluciones—. Encerrada en casita y asomada, como mucho, a la azotea. Habiendo buenos libros y buenas madejas.

—No os quejéis —pidió Aquilino— que aquí está todo previsto para que haya alivios y compensaciones —y les mostró dos botellas de champán francés que iba a enfriar en las aguas del manantial—. Además, todo lo que se sube luego se baja.

Benjamín ayudó a Sariegos y a su tío, que descargaban las alforjas de las yeguas y tendían el mantel, depositando las hogazas y las tarteras. En la media distancia del campar y los amurallados brotes de la Peña, les observaba Pidio Legaña.

—No sé yo si ése traerá algo que llevarse a la boca —dijo don Florín.

Comieron con la molesta sensación de quien se siente vigilado, sin lograr que los variados guisos de Balbina y Jesusa, las aves y las truchas escabechadas, la mechada ternera, los pimientos rellenos, recibieran el liberado y gratificante cumplido, como en la mesa donde impone su presencia, temida y acusatoria, un lóbrego convidado de piedra, o alrededor de la cual corren lastimeros los más tristes mendigos.

—Maldita sea su estampa —rezongó Aquilino.

Las explosiones del champán hicieron que Pidio Legaña se incorporara, alterado, y corriera hasta perderse por las escarpaduras de la Peña.

Los cofrades bebieron el café, que Jacinto sirvió del termo, y se demoraron con el coñac, hasta sentir las benignas cabezadas del sopor y el cansancio. Don Florín había extendido algunas mantas y el murmullo del manantial fue creciendo sobre las lánguidas conversaciones, entre la brisa suave que mecía las hojas del negrillo, a través de las cuales Benjamín Otero alcanzó a ver el sol primaveral de la huerta del noviciado, con Julio sentado a su vera, muy fatigado tras el rápido paseo de la sobremesa.

Cerró Benjamín los ojos, y el aroma del perfume de Chon Orallo, que se había tendido a su lado, cierta rara fragancia de menta y romero, llegó a su nariz, como el lejano efluvio de un sueño del que había olvidado las concretas imágenes, algo relacionado con el turbio y dulce esplendor de una fugaz desnudez, en cuya contemplación se iba consumiendo, mientras su cuerpo se vencía sobre sí mismo para, sin salir del sueño, verterse en una dicha tan efímera como intensa.

Paco Bodes caminó por el campar, alejándose de sus soñolientos compañeros. Pacían las yeguas en un extremo, sin apenas moverse. El sol se aplacaba entre la brisa, dispuesto a ceder su fuerza, alineado en el descenso donde nacería la tarde.

Bordeando la erguida muralla de la Peña se ocultó Paco Bodes en un recodo y, bajándose los pantalones, se dispuso a aliviarse.

—Es esta la única postura donde todos somos iguales —dijo alguien, no lejos de él.

—Paco hizo intención de incorporarse.

Quieto, mancebo, quieto, no te interrumpas, y dale al vientre lo que es del vientre, que lo mismo hago yo.

Sobre un saliente de la peña, a su derecha, estaba en cuclillas una anciana, desplegado su amplio faldamento, en la beatífica y resignada actitud de quien ya no tiene tiempo que robarle al tiempo.

—¿Cómo viniste tan lejos a posar la huella? —le preguntó.

Paco Bodes permanecía indeciso, a medio camino entre el sobresalto, el recato y la urgencia. La anciana llevaba colgado a la espalda un abultado fardel y fumaba un tosco cigarro con visible delectación.

—Por estas campas del Candín es difícil avistar al género humano —afirmó, rematando el gesto baldío de un esfuerzo.

Paco volvió a su postura, comprobando que ya le quedaban pocas probabilidades.

—Si eres tardo y perezoso, voy a darte unas hierbas que te harán ligero y aplicado. Doradinas con panes de pajarín y flor de saúco. A mí ya no me entonan porque hay baterías que por mucho que quieras, ya no se cargan. Lo mío es aguantar y quedarme pasmada las horas muertas, con un buen cigarro de hoja de roble picada con candelas y milramas. Éste es el vicio del estreñimiento. Otros peores hay en la vida, qué caray.

Paco decidió dar por terminado el intento. Se incorporó y se ajustó los pantalones.

—De todo lo que yo tengo vivido, mancebo —dijo la anciana expulsando unas perfectas arandelas de humo—, que son ya más de ochenta castañas, lo que pasé pensando es lo que a este menester corresponde, ni un minuto más ni un minuto menos. Y esto es moneda corriente en nuestra condición, pues somos muy dados a ir y venir, a no tener sosiego para hacernos una idea certera de nosotros mismos. De vieja el tiempo se te queda más quieto y, a lo mejor, hasta quieres pensar más de la cuenta, pero esa calma es el engaño del instante definitivo. No esperes encontrar en la vejez los mejores pensamientos, mancebo, lo que de ti no sepas ya no vas a saberlo, y si el ánimo te falla, cosa que yo no puedo decir, ahogarte de penas y temores, que de eso es de lo que de veras se muere uno cuando se tienen tantas castañas que ya ni hay conciencia para saber contarlas.

Paco Bodes observó a la anciana, que cabeceaba como reafirmando sus conclusiones, alzando el cigarro en su mano derecha. Tenían sus ojos un brillo oscuro y movía la brisa su blanca melena, desordenadamente sujeta con algunas horquillas.

—Todas las razones universales se resumen en dos —dijo abstraída—, la del entendimiento que del alma viene, y la del placer que en el cuerpo mora, cuando le dejan la enfermedad y la fatiga.

Mantuvo el cigarro en los labios y, antes de escupirlo, se incorporó componiendo la falda y el reforzado mandil, que ocultaba una profunda faltriquera.

—Poco hicimos, mancebo. Nunca más de lo necesario, y casi siempre menos de lo preciso.

Aseguró el abultado fardel a la espalda, después de recoger del saliente de la peña una cayada.

—Si bajas a Castrocandín, llevamos igual camino.

—Estoy aquí con unos amigos, señora. Andamos de excursión por estos parajes.

—Pues, nada, enséñamelos, que conmigo vais a aprender por lo menos tanto como veáis. Estos parajes que dices, una vez que oscurece, no son buenos para quienes no los conocen. El monte es un animal dormido que se despierta por la noche.

Paco Bodes vio cómo la anciana saltaba por la peña con rara agilidad.

—Te veía más joven desde allí —le dijo, al llegar a su lado—. ¿Estás soltero o ya te echaron la zarpa?

—Estoy solo en la vida —aseguró Paco.

—Pues ven esta noche a mi casa —susurró la anciana—, que te preparo esas hierbas que te dije, y te muestro el prodigio de una moza triscadora.

Aquilino Rabanal fue el primero en percatarse de la compañía de Paco Bodes.

—Manuela Mirandolina —dijo, con absoluto desánimo—. No está de la mano de Dios que esta expedición llegue a feliz término.

—¿Quién es? —preguntó don Florín.

—Harían falta seis o siete volúmenes para explicarlo. Como poco, una vieja tronada que puede convertirse en nuestra sombra. Si no había bastante con Pidio.

Saludó Manuela a los cofrades y aceptó el café que le ofrecía Chon Orallo. Jacinto y Benjamín cargaban las yeguas.

—No supuse que estaba Aquilino en esta encomienda —decía Manuela— y menos con gente de tanto postín. A este mancebo lo divisé, huido en sus entelequias, como si al monte hubieran subido para vérselas con su destino. Con el mío trajinaba yo, en idéntico trance. Pero ustedes me dirán en lo que una servidora puede ayudarles.

—En nada, Manuela —dijo Aquilino—. Por donde quieren ir, les llevo yo sin problemas.

—No me puedes privar de tan importante compañía.

Bajaban con la tarde, prendida en la ruina dorada del sol, por la falda más limpia de la Peña, y en la distancia de siempre les seguía Pidio Legaña. Se entreveraba el verde de los campanares con algún arruinado centenal y las matas perdidas de los arándanos.

—Hay que asomar bajo esos cuernos —le dijo Aquilino a don Florín— porque ahí está el castro de La Muela, que excavó don José María, y puede que corra algún manantial. Avisa a Paco que entretenga a la vieja mientras vamos tú y yo.

—Es ella la que trae entretenidos a Benuza y a Chon.

Paco captó la indicación y Aquilino y don Florín se alejaron hacia el castro. Las yeguas pacían agradecidas. Jacinto y Benjamín se acercaron a escuchar a la anciana, que había encendido otro voluminoso cigarro.

—Yo lo que digo, mancebos, es que la vida no es lo que es en sí misma, sino lo que uno imagina que es. Y en darse cuenta de ello, es donde el hombre decide su sentido. Hay que zascandilear mucho para no perderse en las miserias diarias. Yo jamás hice lo que vi que hacían los otros, sólo lo que me dio la real gana.

—¿Y nunca sintió la necesidad de marcharse de aquí? —le preguntó Chon.

—Sería la peor ventolera. Quien se marcha es por el azogue o la locura de buscar lo que en ningún sitio se encuentra. Lo que aquí hay es lo que hay en todas partes, quitando los engaños que sólo ve quien engañarse quiere. Esto es el mundo, manceba —indicó Manuela, haciendo un gesto expansivo con el cigarro en la mano—, todo y él mismo, entero y verdadero. Igual lo veo mirándolo desde este alto que desde el ventano del retrete de mi casa.

Aquilino y don Florín regresaron al cabo de un rato, con el decepcionado gesto de la búsqueda infructuosa. Hicieron señas para que la expedición continuara. Manuela tiró el cigarro y volteó la cayada.

—El monte siempre tiene algo escondido —dijo—. Mil veces que subas y bajes, y siempre hay algo que no encuentras. El monte es mayormente como la vida, de ahí que guste tanto.

Un estirado cueto sucedía a las frescas praderas, donde la falda de la Peña tenía el confín. Corría la tarde con el tibio regalo del sol hundido, esparcida la luz de brillantes cenizas. Tornaban algunos rebaños en un demorado regreso, con los pastores entretenidos.

—¿Al cueto vais a subir? —preguntó Manuela extrañada ante el decidido paso de Aquilino.

Son los castros lo que a estos señores les interesa. Tú vete tranquila, que luego se te puede hacer tarde con tanto rodeo.

—Castros, fuentes, flora —informó don Florín—. El ancestro histórico y la naturaleza fenomenológica, que decía Pisán.

—En todo el cueto sólo hay una fuente, y seguros pueden estar que en estos contornos ni tres almas la conocen, contándome a mí. Tiene fama de fuente mineral, pero venenosa, porque en su venero dicen que se juntan ciertas ponzoñas de piritas y cinabrios. Yo sé de alguno que quiso cegarla y no pudo.

—¿Entonces nadie beberá en ella? —preguntó don Florín, muy interesado.

—Nadie que sepa y esté en sus cabales.

—Pues será muy interesante para nosotros tomar una muestra de sus aguas.

—Cada cual debe saber cómo perder el tiempo —aseguró Manuela—. No hay pájaro que no vuele más de lo debido ni enredadera que no crezca más de la cuenta.

Por la rampa del cueto los riñones de Jacinto comenzaron a resentirse. Benjamín cogió el ronzal de las dos yeguas que subían lentas, emparejadas en su amorosa mansedumbre. Manuela había tomado la iniciativa de la expedición y los cofrades la seguían, apurando un esfuerzo cada vez más penoso.

—La ley del tiempo, mancebos —decía, volviéndose hacia ellos pero sin detenerse—, es que tanto el mundo como nosotros estamos hechos de instantes fugitivos. Nada de lo que somos y de lo que veis permanece, todo huye.

Era difícil seguir aquella marcha. Jacinto y Benjamín se quedaron rezagados. Chon Orallo respiraba sofocada, sin perderle el paso a Benuza. Paco Bodes observaba, confundido, los pies de Manuela Mirandolina, que parecía moverse a saltos, enfundados en las toscas abarcas. Aquilino y don Florín se esforzaban para que cundiera el ejemplo.

—Hay quien dice —aseguraba Manuela, alzando hacia ellos el dedo índice de la mano derecha— que se es menos feliz cuanta más conciencia se tiene. Puede que sea verdad, mancebos, pero la mayor desgracia me parece a mí ese limbo en el que viven los inocentes. Yo prefiero al sabio pendón que al tonto santificado. Y cuando os canséis, avisad, que hay que administrarse para evitar el peligro de las hernias inguinales.

Hubo un momento en el que la anciana estuvo casi perdida en la distancia de su ventaja, colgados los cofrades en la serpenteante subida de un sendero, cada vez más difuminado. El atardecer se alargaba en la rosada hoguera de los arreboles.

—Bajáis hasta aquellas zarzamoras y allí veréis un reguerín. Hay un morrillo blanco y debajo está la fuente —indicó a los primeros en alcanzarla.

Aquilino, don Florín y Paco Bodes miraron la sima del barranco sudorosos y consternados.

—Otra fuente más secreta no hay por estos parajes —dijo Manuela—. Pero cuidaros que el agua ni os salpique. Antes de echarla el morrillo, había siempre en el barranco aves y alimañas muertas.

—Vamos —decidió don Florín—, que me da el pálpito que estamos más cerca que nunca del soñado venero.

Manuela Mirandolina les vio descender con temeroso equilibrio. Cuando el resto de los cofrades la alcanzaron, les mostró con la cayada el hondón del barranco.

—Dios hizo al hombre menguado de entendimiento y corto de habilidad, si con los animales lo comparamos —comentó—. Esos mancebos lo prueban. Bajan por el sitio más difícil y más largo. Será curioso ver si son capaces de subir luego.

Se esparció el oscurecer apagando la brasa consumida de las últimas lejanías. Benjamín y Jacinto miraban las manchas pajizas y terrosas de las casas de Castrocandín, abigarradas en el lecho del cueto, como si se encogieran y apretaran para defenderse.

—*Et iam summa procul culmina fumant marioresque cadunt altis de montibus umbrae* —declamó Ángel Benuza, que, sentado con Chon Orallo, agradecía el demorado reposo, mientras Manuela permanecía abstraída y silenciosa, quieta y de pie como una olvidada estatua.

Había cuajado la noche cuando los cofrades llegaron al pueblo, maltrechos y cansados, al paso monótono y triste de las yeguas, en las que Chon y don Florín se habían negado a montar, a pesar del consejo de Aquilino, que veía el desencajado semblante de Chon y la progresiva cojera de don Florín, que había rodado sobre los zarzales en la sima del barranco.

—Ánimo, amigos, que a punto tenemos el cobijo y el refrigerio —anunció el anfitrión—. Y bien merecido, por cierto.

—Yo aquí me quedo —dijo Manuela—. Tengo que subir a esa casa antes de encaminarme a la mía. Hay un rapaz que no come ni calla y me dieron aviso para que lo espantara. Si oyen gritos y llantos no los tomen en consideración. Más se amarga el que silencia que el que implora.

Se despidieron los cofrades y apuntó Manuela a Paco, que venía rezagado con Benuza, con la cayada.

—A ti, mancebo, ya sabes lo que te dije. A mi casa se llega por ese camino. Las hierbas te han de aliviar, y el prodigio de la moza no es cosa que pueda verse todos los días.

—¿Qué prodigio, Paquín? —preguntó Ángel Benuza muy interesado, cuando Manuela se fue.

—El de una moza triscadora. Vete a saber a lo que esta vieja se refiere.

—Fácil se me hace sospecharlo. Eso de ninguna manera podemos perdérnoslo. La somanta que llevamos encima es de categoría, pero yo te juro que lo que no he podido olvidar es la escena del gallo casanova. Fijo me queda en la memoria cada disparo. Por triscar, aquí entre nosotros, yo renunciaba a la mismísima Fuente del presbítero.

En la casa donde se albergaron les recibieron con la mesa puesta. Todo estaba a punto, según las previsiones y las órdenes de Aquilino. Paco y Benuza compartieron la habitación, al igual que Jacinto y Benjamín. Todos buscaron el alivio de un barreño para meter los pies en el agua caliente, que la dueña de la casa les proporcionaba en sucesivos pucheros dispuestos en el fogón.

Cenaron y Aquilino les comunicó que, a la vista de la dura jornada, había mandado aviso para posponer para el día siguiente una visita a don Basilio Candemuela, uno de los pioneros de la minería comarcana, con el que juzgaba muy interesante hablar.

—Buena idea —convino don Florín—, porque hoy ya no estamos para más trotes.

—Esos caminos son muy criminales para el que no está acostumbrado —decía la dueña de la casa.

Benjamín Otero sacó el cuaderno de su morral, cuando Jacinto se retiró a la habitación, dispuesto a continuar la carta diario dirigida a Julio. Quería contarle el destino de aquella expedición que peregrinaba por el monte, persiguiendo un misterio del que el padre espiritual podría abominar, pero que él consideraba tan profano como religioso.

Éste, Julio, escribió, es como un ideal de aquellos en pos de los cuales iban los misioneros por las taigas y las junglas, sólo que en él no hay ánimo ni pretensión evangelizadora, sino la búsqueda de una especie de Santo Grial, tan hermosa como imposible. Después de tanta soledad, y tantos sufrimientos, empiezo a sentir la dicha de la vida y del esfuerzo de la misma, y se me quitan las ganas de rezar y perdí la costumbre de la meditación, aquellas obsesiones de cuando estaba enfermo. No sabes, Julio, lo que deseo que tú también te cures lo antes posible.

Ángel Benuza y Paco Bodes salieron por la calleja hacia el camino que había indicado Manuela Mirandolina. Estaba el pueblo sumergido en la noche, como si las sombras lo rociaran con su limo negro.

—¿Te enteraste dónde vive?

—En un molino, a cien metros de la última casa.

—Se pone frío, Paquín, teníamos que habernos echado algo encima.

Tras la última casa había unos desvencijados pajares y tenados y, a la vera del camino, corría silenciosa el agua de una presa, en la que se reflejaba la claridad lunar. Bajo un gigantesco castaño divisaron una semiderruida construcción.

—Tiene que ser ahí —dijo Benuza.

Manuela Mirandolina estaba sentada en el poyo, a la puerta, comiendo una cazuela de sopas de ajo.

—No hay mejor compañía que la de uno mismo —comentó—. Cunden más los pensamientos que las palabras, de ahí que los más sabios sean los más solitarios. Si queréis sopas, en el pote sobran.

Terminó su cazuela y encendió uno de sus voluminosos cigarros.

—Las hierbas preparadas las tengo ahí en un fardelillo, pero la moza no trisca hasta la media noche, justo cuando la luna está encima del pradín de la vega, que es donde le gusta.

—¿Y dice usted que es un prodigio? —inquirió Benuza.

—Un prodigio, mancebo, porque del monte viene y al monte vuelve, una vez complacida.

—¿No es del pueblo? —se interesó Bodes.

—¿Dónde se vio que en un pueblo habitara una moza cristalina, cuyos cabellos de oro son su única vestimenta, y que tiene plateada la piel por la luna de tantas noches primaverales y veraniegas? Estáis ciegos, mancebos. No sé yo si con ese punto de vista tan simple estaréis preparados para ella.

—Nosotros, señora —confesó Benuza—, siempre hemos sido muy partidarios de triscar, y toda la pleitesía posible a las mozas triscadoras se la rendimos. Lo que pasa es que aquí Paco, desde que Aurelia Lucillo lo dejó, trisca poco porque lleva muy mal el abandono. Y yo, debo confesar que por mucho que trisque nunca trisco todo lo que se me antoja. Para mí, una de esas mozas cristalinas que usted dice sería un auténtico regalo de los dioses.

—Ay, mancebo —dijo Manuela, expulsando el humo hacia las ramas del castaño—, qué fácil es ambicionar lo que conseguir no se puede, y qué difícil conformarse con las limitaciones de nuestra condición. Nada la trucha en el río y en el aire vuela el galfarro, y está el hombre prisionero en la tierra con sus maquinaciones y ansiedades. Los pájaros y los peces son más libres y felices que él.

Ardía la luna entre las ramas, esparcida la helada llama por el cuenco nocturno, y se escuchaba, palpitante, el silencio de la vega con el pausado discurrir de la presa. La brisa movía las hojas del castaño, que temblaban como si el blanco fuego las consumiera.

Manuela Mirandolina escupió el cigarro y se sacudió las faldas.

—No hagáis ruidos ni comentarios —advirtió—, una brizna en el agua es suficiente para asustar a los peces. La siguieron al interior del molino.

—Con cuidado vais a subir detrás de mí hasta aquel ventano del altillo. No podéis moveros. Hay que andarse con los mayores miramientos, porque esos prodigios son tan secretos como los sueños.

Subieron por una desvencijada escalera, a tientas en la maltrecha oscuridad donde se espesaban los polvorientos olores del molino, la agriada mezcla de arpilleras, salvados y resecos cadáveres de ratones. Caminaron a gatas por los tablones del altillo, esquivando con dificultad las desmoronadas vigas. Manuela alcanzó el ventano, que filtraba un brote humilde de claridad lunar.

—Quedaos ahí —les indicó—, que ya os digo yo lo que hay.

Ángel Benuza y Paco Bodes se acomodaron en el suelo. El rostro de Manuela se iluminó en el ventano.

—Escuchad, escuchad —musitó.

Parecía la brisa en las sebes y en los castañales una música huida que acariciaba la hierba de la vega.

—Ya viene la galana —anunció Manuela Mirandolina—. Por el coto boyal viene, corre que corre, vuela que vuela, dos lobos la guardan y por las matas huyen asustadas las garduñas. Ay, si la vierais, mancebos, si verla pudieseis.

Ángel Benuza intentó incorporarse y se golpeó con la cabeza.

—Quietos, quietos —pidió Manuela—, que ya está la galana en el pradín y en su sitio la luna. Nunca vierais Moza Cristalina con semejante empaque. De oro los cabellos, de plata la piel. Relumbra la galana como si el corazón tuviese encendido. Y allí vigilan, aguerridos, los lobos que la guardan.

Los cofrades avanzaron con cuidado.

—Ay, mancebos —suspiró Manuela Mirandolina—, ya empieza a triscar la Moza. Ahora oiréis el canto de la felicidad que la posee, su voz de manantial. Cómo trisca, rediós, cómo trisca y travesea.

Se adelantó Ángel Benuza hacia el ventano. El blanco fuego de la luna ardía en el centro de la vega, como si el pasto se hubiese transformado en un brillante espejo que atesoraba todos los fulgores.

—Es un sueño, Paquín —confesó Benuza, desazonado—. Un sueño que confunde los sentidos. Trisca la Moza para mayor gloria de nuestra miseria.

—No os ceguéis, mancebos —dijo Manuela—, no vayáis a cegaros queriendo ver más de lo que se puede y se debe. Es cierto que el prodigio es como un sueño que alimenta el deseo de lo que a cada uno le queda de su juventud, si algo queda cuando como yo tantas castañas se tienen. En la galana me veo bien guardada por esos lobos, pero ¿qué otra vida vale sino la que se desea y se imagina?

Paco Bodes logró asomarse al ventano cuando ya Benuza se retiraba. La vega era un lago helado en una noche invernal.

—Andar listos, mancebos —indicó Manuela Mirandolina—. No vayáis a romperos la crisma, y no os olvidéis de coger el fardelillo de las hierbas.

9

JARDÍN CERRADO

Don Florín se despertó con ese sobresalto que rasga el sueño, como si una cuchilla lo seccionara desde el interior de su propio abismo. En la cama de al lado dormía Aquilino, con el beatífico gesto de quien no se ha movido en toda la noche. Por las rendijas de las contraventanas cerradas entraba la luz en brillantes láminas.

Don Florín comprobó que ya era la hora prevista para levantarse, pues la visita a don Basilio Candemuela estaba fijada para muy temprano.

—Nos recibe nada más que ordeñen —había dicho Aquilino—. Este hombre es muy mayor y muy mirado para sus costumbres.

Flotaban por la cabeza de don Florín las aturdidas imágenes de aquel sueño, en el que se veía perseguido por los senderos del monte hasta el borde de un precipicio, mientras cacareaban alocadas las gallinas, y una multitud de hormigas se le colaban por la pernera del pantalón y las sentía subir como un rumoroso enjambre, cuando al pie del precipicio, sobre el que volaban las águilas, no podía gritar para que el perseguidor no le descubriera.

Aquilino se encargó de llamar a Ángel Benuza, al que fue muy difícil rescatar de su disipado sueño, a pesar de la ayuda de Paco Bodes, y organizó la intendencia, contando con Jacinto y Benjamín, que irían ordenando las tortillas y los guisos que preparaba hacendosa la señora de la casa, dispuestos para el más adecuado acomodo con los equipajes en las alforjas.

—No vamos a echar más allá de un hora —aseguró Aquilino, cuando acababan de desayunar—. Si lo tenéis todo a punto, con las yeguas ya cargadas, a las nueve estamos de camino.

Quina Candemuela, la hermana de don Basilio, salió a recibirles a la cancilla del corral. El humo mañanero se despegaba perezoso de la chimenea de las hornas, ceñido a los tejados como si no quisiera aventar su aroma de leña y paja. Las primeras voces animaban la salida de los rebaños.

—Ay, Dios, Aquilino, el tiempo que hace que no te vemos.

—Ni tres semanas llevo en La Omañona.

—Yo lo que quería es que hubieras cenado en casa con estos señores amigos tuyos. Pero a ese hombre ya no hay quien lo saque de ahí. Antes era sólo dormir, pero ahora se aposentó y no se mueve. No saben ustedes el gusto que tengo en conocerles.

Saludaron los cofrades a la mujer y la siguieron por el corral hasta la parte trasera de la casa.

—Cuiden no resbalarse —advirtió— porque esto está limpio hasta lo que se puede.

Entraron tras ella en la cuadra. Era un amplio local sumido en una benigna penumbra, con un largo pesebre en el centro, a cuyos lados rumiaban una docena de vacas y algunos terneros. Al fondo había otro pesebre, donde los cofrades pudieron distinguir la yacente figura de un hombre, arrebujado entre la hierba y las mantas. Pendían del techo, entre las vigas requemadas y los desiguales tablones, melenas de hierbas y telarañas, polvorientos racimos del viejo pajar.

—Mira, Basilio, es Aquilino y esos amigos —anunció Quina—. Ya ven ustedes en lo que este hombre vino a parar.

—Calla, deslenguada —dijo don Basilio, incorporándose—, calla y arrímales unos taburetes para que se sienten. Si son amigos de Aquilino, son de confianza. Aquí están en su casa, caballeros. Y tú, barbián, ¿dónde coños te metes, tan lejos está el Castro para subir a pegar la hebra un rato?

—Este año me entretuve en Madrid más de lo debido, don Basilio —se disculpó Aquilino—. Ya le decía a Quina que no llevo en La Omañona ni tres semanas.

—Tráeles a estos caballeros unos vasos de leche —ordenó don Basilio a su hermana—. Aquí hay que probar la leche cruda, luego ya pueden echar millas por esos caminos.

Se acomodaron los cofrades y se sentó don Basilio, apoyado en la esquina del pesebre, bien cubierto con las mantas. Un continuo temblor estremecía un esquilmado cuerpo, un temblor que también alcanzaba su mandíbula, que se movía inquieta.

—No vayan a pensar —dijo, después de un escalofrío— que vivo aquí en la cuadra, por el gusto que pueda darme la compañía de estas suizas tan lecheras. Aunque es verdad que muy agradecido tengo que estarlas. Es esta temperatura, tan propia del calor animal, la que me ha traído. El enfermo siempre busca el alivio que puede.

—Don Basilio —informó Aquilino— padece desde antiguo esta dolencia, un enfriamiento pertinaz.

—Eso mismo padeció —dijo Benuza— el emperador romano Galieno, a quien en sus últimos días templaban con sangre de pichones.

—A mí me ayuda este ambiente —reconoció don Basilio— y este jato que ahí ven, un bicho tierno y noble que ya tiene aprendida la costumbre.

Señalaba don Basilio a un sombreado ternero que reposaba al extremo del pesebre, y que miró a los cofrades con el gesto modoso del pariente agradecido.

—Lo malo es que lo mío no viene de una enfermedad, sino de un accidente, y no hay remedios ni medicinas. Yo, como Aquilino ya les habrá dicho, anduve haciendo, desde muy joven, calicatas por estos montes de La Omañona, porque la minería la llevaba en la sangre, heredada de mi padre. Todas las explotaciones del Valle Manjarino, al norte de la comarca, fueron mías. Unas malvendidas luego, y otras requisadas y con pleitos. Y en un pozo del Valle, en la que fue después La Furada, la mina de mejor antracita que jamás se viera en La Omañona, allí tuve el accidente, con un barreno que explotó cuando no debía, y que en el pozo me dejó sepultado. Cinco días con sus cinco noches, con ambas piernas quebradas, sin poder moverme, y el agua helada de un manantial cayéndome por el cuello y el pecho. No se crean que fue ni el dolor ni el hambre ni la angustia de verme imposibilitado, lo peor fueron aquellos temblores, aquella maldita humedad que me corroía los huesos, la mojadura que hasta el alma me encharcó para el resto de mis días.

Los cofrades observaron que don Basilio se crispaba con un violento y persistente escalofrío, como si intensificara el recuerpo la amenaza de su mal.

—Morico, Morico —llamó, revolviéndose en las mantas hasta lograr que sus pies desnudos asomaran por encima del pesebre.

Quina Candemuela, que había repartido los vasos de leche, le ayudó a acomodarse y vertió sobre los pies de su hermano un puñado de sal. El ternero avanzó sin separarse del pesebre, acercó con mansedumbre su cabeza a los pies de don Basilio y comenzó a lamerlos con fruición.

—Ay, Morico, qué bueno y generoso eres —decía don Basilio, recuperándose—. ¿Qué haré sin ti, cuando de novillo tengas que abandonar esta cuadra? Fíjense ustedes a lo que puede llegar la querencia de un animal. No hay nada que me alivie tanto.

—Desde luego —reconoció Benuza— se trata de un hecho notable. Habría que recurrir a los fabulistas para encontrar algún ejemplo de parecida abnegación.

Quina retiró los vasos que los cofrades vaciaron complacidos, y don Basilio volvió a recostarse, reconfortado, en la esquina del pesebre.

—Alguna vez hablé yo con usted —dijo Aquilino— de don José María Lumajo, el famoso presbítero, comentando aquellas Excursiones Arqueológicas suyas, ¿se acuerda?

—De que habláramos no me acuerdo —reconoció don Basilio—, pero de tal personaje y tales excursiones, sí. Poca gente habrá en La Omañona que de él no tenga idea.

—Estos amigos han estudiado con detenimiento la obra de don José María, que a mí también me interesa mucho. Y andamos ahora, más por el placer de la excursión que por otra cosa, recorriendo los castros, comprobando esos yacimientos arqueológicos de que da noticia. Pasando el rato y tomando el aire serrano, que buena falta nos hace.

—Coño, si necesitabais una excusa, la idea no es mala. Pero ese presbítero, a quien yo conocí de joven, y que con mi padre tuvo alguna que otra agarrada, tengo entendido que por diferencias de dogma y deudas de juego, no debía de estar del todo bien de la cabeza. Que fuera o no fuera un sabio, no sé, ni de sus escritos quiero juzgar. Estos señores sabrán más, si lo estudiaron. Lo que les digo, y tú, Aquilino, más de una vez lo habrás oído, es que el tal presbítero, entre otras muchas cosas que de él se dicen, salió una vez con el cuento de que había encontrado una Fuente virtuosa y, coño, allá de setentón tiró de sotana y, según los rumores, empezó a hacer vida de mozo calavera.

—Muchas cosas debieron contarse de don José María —señaló Aquilino—, pero, más que nada, porque era un cura que se parecía poco a los otros curas. Ya sabe usted la lengua que hay por estos pueblos.

Tiritaba don Basilio como una hoja en una rama desabrigada, y crecía y decrecía su temblor, sin que en ninguna postura encontrase un razonable sosiego.

—Lo de la Fuente, como tantas otras hazañas, no fueron habladurías, Aquilino —aseguró—. No es que yo tratara mucho a aquel hombre, pero mi padre y mi tío Alipio sí. Con don Cosme el notario y don Severino el de la serrería, armaban unas timbas de campeonato. El naipe era el vicio secreto de ese personaje, que más de una y cien veces fue con las cartas, en el bolso de la sotana, a decir misa de madrugada, para luego volver a la partida.

—La tal Fuente en ninguno de sus escritos la menciona, al menos de forma directa —dijo Ángel Benuza.

—Coño, coño —musitó don Basilio, dibujando una forzada sonrisa entre el castañeteo de sus dientes—, ya sería el colmo que a tanto llegara. Pero que no fueron habladurías lo sé yo mejor que nadie. Fue él quien se lo contó a sus camaradas de timba, y mi padre y mi tío Alipio se quedaron con la mosca detrás de la oreja. Don Cosme y don Severino eran menos dados a hacer caso a esas patrañas. Luego el presbítero, aquel verano se fue de La Omañona y jamás volvió. Algunas habladurías sí corrieron entonces: que en la capital había colgado la sotana, que vivía con una y con otra, que lo había suspendido el obispo. También se comentó que había cruzado el charco, y estaba establecido en un país de Centroamérica.

—Demasiadas figuraciones para un pobre presbítero —opinó don Florín.

—Seguro que sí, pero el hombre, hablar daba que hablar, eso no lo duden ustedes, porque no era de los que hacen por pasar desapercibidos —aseguró don Basilio—. Aquella Fuente virtuosa manaba unas aguas que a quien las bebiera, le devolvían la juventud. Ya me dirán si la ocurrencia no era disparatada, y mucho más en boca de un clérigo.

—Nunca se sabe, don Basilio —dijo Benuza—, nunca se sabe. Hay quien opina que en el mito es donde se encuentra la verdad más verdadera. Pero nosotros lo único que buscamos es entretenernos por estos montes, y el agua fresca de cualquier fuente la agradecemos más que nada.

—Yo también la agradecía hasta que el accidente me dejó como me ven. El caso es que mi padre y mi tío Alipio, sobre todo mi tío, se empecinaron con ese asunto, y no pararon hasta que el presbítero les dijo dónde demonios estaba la dichosa Fuente.

Los tres cofrades se miraron sorprendidos, como si de pronto se encendiera la alerta de una revelación para la que no estaban preparados. Don Basilio se removió inquieto bajo las mantas, y con cierto esfuerzo volvió a sacar los pies desnudos por encima del pesebre.

—Morico, Morico —llamó, quejumbroso y estremecido.

Regresó paciente el ternero y comenzó a lamerle los pies.

—¿No estará usted insinuando —inquirió don Florín, asombrado— que don José María les desveló el secreto?

—Háganme el favor —pidió don Basilio, señalando el paquete de la sal—. A este bendito le gusta tanto. Basta con que me echen un poco por el empeine.

Obedeció Aquilino y mugió agradecido el ternero.

—No sé yo si por mucho secreto lo tendría —continuó don Basilio—. Una persona medianamente lista sabe de sobra hasta dónde se puede llegar con un cuento así.

Ángel Benuza se había puesto de pie, mientras Aquilino acariciaba nervioso el lomo del ternero. El anciano se inmovilizaba, relajado sobre la esquina del pesebre, como si la húmeda y cálida lengua lograse, al fin, borrar el pálpito helado que invadía su cuerpo.

—Fuimos a la Fuente —dijo—, coño que si fuimos. Mi padre, mi tío Alipio y mi primo Serapio, que era de mi edad y tenía un mal en la sangre del que, el pobre, murió, con la mayor pena que morirse puede, consumido de tristeza. No se crean que era fácil encontrar el venero, el cura tuvo que hacerle un plano a mi tío y, eso sí, les juramentó para que nada dijeran a nadie. El efecto del agua se producía misteriosamente, no se trataba de un puro milagro, así lo advirtió. Como en esos cuentos de hadas en que unos viven y ven lo que otros no pueden, porque, según parece, estas cosas funcionan de modo caprichoso. Vamos, que no hay mayor capricho que el de la consabida quimera en que uno se empecina.

—¿Pero llegaron a descubrirla, a beber de ella?

—Trabajo costó, pero así lo hicimos. Entre el Monte de los Faisanes y la Cueva del Raposo estaba, en una hoya perdida de ortigas y zarzales. Un venero que afloraba como una güérgula del propio suelo, apenas manando un hilillo que se esparcía y se acababa en el encharcado lecho. Coño, coño, casi hasta es exagerado decir que era una fuente.

—Tiene que darnos una descripción lo más exacta posible —solicitó don Florín— porque ésa es una curiosidad que no podemos soslayar.

—Según la sitúa —confirmó Aquilino— coincide con nuestros datos. Esa zona de las inmediaciones de la Cueva es la más referida por el presbítero.

—No os hagáis ilusiones —ordenó Benuza—. Yo mantengo muy fundadas reservas. Pero lo mejor es escuchar a don Basilio.

—La curiosidad ya no podrán satisfacerla —dijo el anciano, que había vuelto a guarecer los pies en la manta—. De esto que les cuento ya ni se sabe los años que hace, yo no pasaba de diecisiete. Aquella hoya hace también mucho que ya no existe. La anegaron los arrastres de las torrenteras. El cura no pudo elegir fuente peor, por muy virtuosa que la quisiera.

—¿De eso está usted completamente seguro?

—Tanto que el lugar, como tal, sería completamente irreconocible. De suyo ya lo era las últimas veces que lo vi, échenle no menos de treinta años.

—¿Todos ustedes bebieron de aquellas aguas?

—Mi padre y yo menos, pero mi tío Alipio y mi primo no dejaron de beber todo el tiempo. Se ve que mi tío alimentaba, el pobre, alguna ilusión de que aquello fuese bueno para la dolencia de Serapio. Recuerdo que merendamos en una pradera cercana.

—¿Y todo fue normal? —preguntó tímidamente don Florín.

—Coño, coño, a ustedes también les va el cuento, no me digan que no. Aquilino, a estos señores donde tenías que llevarlos es a cazar gamusinos debajo del puente del Cirueña.

—La personalidad de don José María les interesa tanto como su obra —dijo Aquilino—. Y este asunto de la Fuente es de lo más chocante y enigmático que de él se sabe. Además, siempre queda la sospecha de que se tratara de un venero medicinal.

—Miren ustedes —advirtió don Basilio—, esas cosas son propias de almas cándidas o de espíritus averiados. De ese cura por estos pueblos se liarían a contarles y no pararían. La dichosa Fuente, virtuosa o como quieran llamarla, para lo más que servía era para calmar la sed, que ya es bastante. Aquel día volvimos para casa igual que nos habíamos ido. Y mi padre, que nunca fue muy religioso, porque en esta familia siempre nos gustó más palpar que creer, recuerdo que me dijo: nunca olvides que las peores quimeras son las que procuran las gentes tonsuradas. En la Fuente, antes de irnos, había derramado lo que quedaba de la bota de vino, y en ella hizo aguas con igual desenfado que si mease en una pila bautismal.

Quina Candemuela volvía a la cuadra con el criado que iba a desenganchar las vacas para llevárselas. Se despidieron los cofrades, y requirió don Basilio de nuevo al paciente ternero, que mostraba su lengua como una espesa y correosa bufanda.

—No pierdan el tiempo por el monte —les dijo—, si algo bueno quieren beber para la salud. Nada encontrarán comparable a la leche de estas suizas.

Por el escarpado camino que abandonaba el pueblo se puso en marcha la expedición, apiñados los cofrades en el comentario que les obsesionaba después de aquella visita. Chon Orallo, Paco Bodes, Jacinto y Benjamín fueron sucintamente informados, y era difícil disimular un cierto desánimo, del que sólo Benuza parecía liberarse.

—El presbítero usó una estratagema para preservar el secreto de su descubrimiento —decía—. Estoy convencido de que tendió más de una pista falsa. Es lo propio de una mente simbólica: alimentar las suspicacias sembrando la confusión. Sólo debemos guiarnos de nuestros datos y de nuestras conclusiones. El principio para orientarse en el Laberinto, ya lo decía Criselio en su Cenobio Etrusco, es el de las propias percepciones.

—¿Pero qué pudo mover a don José María a mentar siquiera el asunto de la Fuente? —preguntó don Florín—. ¿No era más lógico no decir nada, callarse como un muerto?

—Ésa, Floro, es una de las pruebas de los efectos del venero, que el presbítero experimentó. Hubo sospechas, observaciones problemáticas, las clásicas comidillas, cuando los más curiosos, o las más curiosas, empezaron a considerar que sus setenta años ya no eran tantos ni mucho menos. Echar a correr el rumor de la Fuente fue como darles a probar la verdad como la mayor mentira, el colmo de la confusión, y algo muy propio de esa mente simbólica elevada en el misterio del prodigio, tan lejana de la roñosa realidad.

—Ángel tiene razón —confirmó Aquilino—. Hay que centrarse en nuestras indagaciones y olvidar añadidos. Aquí está bien decidido el itinerario, después de todo lo que hemos evaluado —indicó, mostrando el mapa que llevaba en la mano—. Por aquella garganta vamos a meternos en el Monte de los Faisanes, y para el mediodía podremos estar en la Cueva del Raposo. Eso sí, por estos lugares ya no hay umbría ni campera que el presbítero no haya pisado.

—No perdamos la conciencia de lo que esta aventura tiene de peregrinación —dijo Benuza—. Para saciar los afanes mostrencos nos basta con la excelente vitualla que hay en las alforjas. La Ruta que llevamos tiene en ella misma su meta sublimadora. No puede haber motivo de desánimo, contando como contamos con esa iluminación mistérica de nuestro gremial destino, bajo la sombra del Padre que nos cobija.

Quedaba perdido en la hondonada Castrocandín, encendidos de plata y de oro sus tejados de losa y paja como terciados espejos en el fulgor naciente de la mañana, y se esparcía la metálica señal de las esquilas en los variados rumbos de los rebaños. Jacinto y Benjamín portaban el ronzal de las yeguas, que abrían pesarosas la senda expedicionaria con la carga supletoria alzada en la grupa.

—Mirar quién está allí —dijo Jacinto, señalando a Pidio Legaña, que les aguardaba sentado en una piedra a la vera del camino.

—Yo creí que ya nos había dejado —aseguró don Florín.

—Otro más terco jamás lo habréis visto —dijo Aquilino.

Hasta el paso de la garganta, cortada en la blanca muralla de la caliza, subieron y bajaron los cofrades, encarados al abismo, que perpetuaba la sombra eterna de una hoya profunda en el fondo del desfiladero. Más allá de la muralla se adivinaban las crestas de los serrijones, punzando en el añil del cielo, del que ya se habían escurrido hasta los últimos brotes de las calinas.

—Repostemos —solicitó Paco Bodes, alcanzando la bota con la temblorosa mano del sediento.

—Un esfuerzo y estamos en la garganta —pidió Aquilino.

—Pásala, Paquín —dijo Benuza—, que no hay promesas más vanas que las que uno se inventa para ir tirando. Toma, Chonina, seamos tan consecuentes con el cuerpo como lo somos con el espíritu.

—Yo bien derecha voy, Angelín, no me van a doblar estos aires. Allá cada cual con sus necesidades.

A la sombra de la garganta, entre las piedras desmoronadas que formaban un desordenado corredor, encontraron los expedicionarios el alivio de la media mañana, probando los fiambres y las tortillas. Dos águilas marcaban su acecho en las quebradas torres de la caliza. Algún seco graznido rasgaba el silencio, como si un agudo lamento estallase en el abismo. Por el paso de la garganta se había perdido Pidio Legaña.

—Hasta seis fuentes hay contabilizadas en el Monte de los Faisanes —indicó Aquilino sobre el mapa.

—Y seguro que de todas bebió don José María —dijo don Florín.

—Un peregrino ambicioso no cejaría hasta enredarse en la mismísima senda sagrada del laberinto —comentó Benuza sin soltar la bota—, pero cualquiera más recatado se conformaría con seguir modestamente la huella establecida. Seis o seis mil, qué más da. El hallazgo tiene mucho que ver con la inspiración, porque la inspiración es siempre una iluminación. ¿O tú, Paco, no estás de acuerdo?

Paco Bodes aguardaba la bota con las manos tendidas.

—Lo estoy, Ángel, lo estoy, y mucho más lo estaré cuando de una puta vez sueltes la bota y nos dejes echar un trago.

La loma del Monte crecía, con su profundo espesor vegetal, como una atestada selva, en la que es difícil predecir los caminos interiores. Ante el abierto panorama que la descubría, con el sol lamiento las copas apelmazadas, se quedaron indecisos los cofrades. Del interior del bosque, cristalizado en los verdes destellos del común ramaje, surgían musicales clamores, rotos aleteos, rumores de escondidas pisadas.

Aquilino avanzó decidido, loma arriba, como si supiera con exactitud adónde dirigir cada paso, y todos le siguieron.

Por el hayedo se filtraba la luz depositando un glauco resplandor en las sombras sumergidas. Benjamín sintió la germinal caricia que se expande en el recoleto misterio del bosque, un aliento de bocas vegetales que supuran el frescor de los brotes, la sequedad de los espinos, el aroma templado de las solitarias flores silvestres que mueren enfermas de juventud. Pensó en Julio, en las sudorosas sábanas que albergaban su cuerpo frío, y le invadió el temor de la muerte, como si en la apacible y submarina soledad del bosque, su mensaje viniera en el mismo susurro germinal, en el fragor sumergido de su sueño de ramas y corrientes.

—Jardín cerrado, inundación de olores —recitó Ángel Benuza, que caminaba junto a Chon Orallo—, fuente sellada, cristalina y pura, inexpugnable torre, do segura de asaltos, goza el alma sus amores.

—Intactas guardas tus hermosas flores —siguió Paco Bodes—, matas la sed, destierras la secura, ostentas majestad, y desa altura penden trofeos siempre vencedores.

—El verdor tuyo nunca el lustre pierde, ni se enturbia el candor de tu corriente, firme está tu invencible fortaleza.

—Que es el jardín cerrado siempre verde, es siempre clara la guardada fuente, y es propio de la torre la firmeza.

Don Florín se había vuelto hacia ellos, mientras Aquilino bordeaba un calvero de húmedos yerbazales.

—Firmeza, cofrades —les dijo—, firmeza y paciencia. Ésas son las mejores disposiciones para llegar a la guardada Fuente que cantó, como bien rememoráis, la lusitana Bernarda Ferreira de la Cerda.

Chon Orallo tuvo la sensación de que el bosque se había convertido en una campana de cristal esmeralda. Los irisados fulgores del cristal llameaban, como luminosos barrotes de una cárcel arrancada del sueño. Se vio abandonada en aquel interior, perdida en la profundidad radiante donde nadie podría encontrarla, y apuró el paso para no ceder la compañía de Ángel Benuza. En el rostro de Ángel, alargado en la rala perilla, reencontró Chon el lastre de algunos de esos sueños que se olvidan en el pudor de la mañana, que envuelven un ácido y secreto placer, donde la vida discurre fuera de la voluntad y del tiempo.

Hasta tres fuentes descubrió Aquilino por la vereda montuosa de los Faisanes, el cerrado bosque que, en sucesivas manchas, colmaba la loma de fresnos y pláganos, tras el hayal. Una que borboteaba en un monótono hervor, sepultada en los helechos; otra que manaba bulliciosa sobre la frente arrugada de una peña, esparciendo la melena de limo y musgo, y otra que surgía al cobijo de un tronco derribado, como un hilo de savia a punto de extinguirse.

—Tres de las seis —reconoció Aquilino, sin ocultar cierto desánimo, cuando alcanzaron la collada.

Respiraban agitados los expedicionarios, y arribaban las yeguas con dificultad.

—Quítate de la cabeza la tentación de las cantidades —le dijo Benuza—. No vamos a discernir ahora el tanto por ciento de lo evidente y de lo oculto.

—Guardada Fuente —musitó don Florín, observando desde la línea de la collada el espeso mar vegetal—, ¿dónde moras, dónde te recreas, tan ajena a esta inquietud que a tu favor nos mueve?

Brillaba la multitud del bosque, prisionera en su nutrido territorio de verdores, y de su piélago inescrutable, por aquel difícil interior donde todos los pasos estaban sellados, ascendía una música de vuelos rasos y cantos compungidos de amor, la música encelada del faisán.

Hacia el mediodía avistaron la Cueva del Raposo, después de extender, sin resultado, un abanico para fragmentar la expedición y cubrir una línea más amplia de terreno, de acuerdo con las anotaciones de Aquilino y Benuza.

El sol reventaba en los piornales, y la sombra que amparaba la fresca pradera, en las inmediaciones de la bocana de la Cueva, fue acogida con gratitud por todos.

Liberaron las yeguas de la carga y las dejaron pacer a su antojo, después de que abrevaran en un cercano arroyo, donde Aquilino puso a enfriar dos botellas de champán.

—O exploramos la Cueva o comemos —propuso a los cofrades.

—Dios, Aquilino —dijo Paco Bodes—, no sé ni cómo se te ocurre preguntarlo.

—La Cueva es pequeña y no nos va a llevar más allá de media hora. Luego podríamos reposar tranquilos y alargar la siesta.

—Es lo mejor —decidió don Florín.

Aquilino volvía a mostrar el mapa.

—Por esos cotos no vamos a tardar ni dos horas en llegar a la Brañina del Garueño. Al primer pastor que le echemos la vista, le encomendamos que nos avíen uno o dos chozos. Aquí, justo en este contorno de la Cueva, o en la Cueva misma, es donde insinúa el presbítero el *Locus Amenus,* la umbría y la roca, ¿verdad, Angelín?

—Desde luego la Cueva tiene mucha importancia en sus divagaciones —aseguró Benuza—. Aunque, como ya sabemos, en el lenguaje simbólico de don José María es difícil dirimir la ratio arqueológica y la impronta meramente especulativa, donde entremezcla el dato solapado y la disquisición. Cierto que el paraje se acomoda a lo que deducimos.

Decidieron que Benjamín permaneciera vigilando las yeguas y la impedimenta y, una vez cebados los candiles de carburo, se fueron los cofrades a la Cueva, cuya bocana estaba atestada de ortigas y espinos. Les vio abrirse paso, y despedirle con los brazos en alto. Formaba la Cueva una enquistada ranura en la base de una peña enorme. Por los alrededores se mezclaban las urces y las matas de los arándanos con los frutos morados.

Se tumbó Benjamín en la pradera y miró el cielo bruñido de espesos añiles, entre el aire nítido que transportaba los aromas montaraces de la genciana y del tomillo. Cerró los ojos y sintió el pacífico regalo de una libertad, que borraba todo lo que en la conciencia pudiese atar el compromiso y la norma, la ciega obediencia, el rigor y la disciplina. Una libertad que le sumía en el reverberante ensueño del monte, en la felicidad del paisaje, donde todo eran lejanías y acallados placeres, conjuntadas emociones abiertas a flor de piel. Sobre la hierba fresca sintió de nuevo Benjamín el pálpito de la salud en el transido hormigueo que acariciaba su cuerpo, y le fue difícil regresar al recuerdo de su amigo.

Al abrir los ojos divisó a un hombre que caminaba hacia él por la pradera y pensó en Pidio Legaña, pero en seguida se dio cuenta de que no era Pidio.

—A las buenas soledades —le dijo, cuando estuvo a su lado—. ¿No habrá visto usted por aquí a dos mocitas?

Benjamín se incorporó, negando con la cabeza. Era un hombre de corta estatura, extremadamente delgado. Las desmesuradas barbas y el alborotado cabello invadían su rostro, en el que apenas resaltaban unos ojos ocultos en la maleza. Vestía con una mezcla de harapos, estameñas y melotas y llevaba al cuello una arrugada chalina.

—Andan tan libres y tan dichosas, que ni del tiempo toman razón. Son mis hijas, ¿sabe? Dos de las nueve que tengo. Las otras apacientan hoy con su madre.

Benjamín se había levantado.

—¿No habrá venido usted solo por estos altos?

—Somos un grupo de amigos, estamos de excursión. Los otros fueron a explorar la Cueva.

El hombre movió la cabeza con un gesto ambiguo.

—Siento que no me pidieran permiso, aunque tampoco sabrían que tenían que hacerlo. Dentro nada hay y nada van a encontrar. Lo más, que satisfagan la curiosidad de escolumbrarla.

—¿Es usted el propietario?

—En la medida en que lo soy de mis pensamientos —dijo el hombre, señalando los alrededores de su cabeza con la mano derecha— y en la proporción en que esos pensamientos necesitan, para sustanciarse, sus propios lugares, su paisaje y terreno. No en vano me separé del mundo y de su irrisoria sociedad.

—Lo último que se nos ocurriría sería venir a molestarle.

—No, no, por favor, molestia ninguna. Al contrario. Yo sólo pido respeto para que, quien atraviesa las lindes de mi Filosoferio, sepa guardar las formas y no turbar mi morada. Diríamos que nada se haga que sea contrario a la inteligencia. Pero con esta cháchara ni llego a presentarme. Soy Belisario Madruga, ex miembro del Magisterio Español por mor de la depuración y el atrabilario signo de los tiempos podencos que corren. Retirado, ya le dije, del mundo y de su irrisoria sociedad. En estos parajes vivo feliz, ya va para seis años, con mi esposa y mis nueve hijitas.

No había transcurrido ni media hora cuando los cofrades asomaron en la bocana de la Cueva.

Belisario se había sentado con Benjamín y agradecía el ofrecimiento de la bota, a la que tentaba con evidente pericia.

—Lo más que vimos —informó Jacinto— fue el lecho de una fuente seca.

Presentó Benjamín a Belisario y le invitaron los cofrades a compartir la comida que, rápidamente, se dispusieron a preparar.

—¿Y dice usted que vive feliz en estas soledades? —preguntó Ángel Benuza, muy interesado.

Sobre el mantel, sujeto en el suelo con cuatro piedras, asomaban las tarteras y las marmitas con los guisos, los fiambres y los escabeches, y se enardecían los ojos de Belisario, sorprendidos ante el multiplicado espectáculo.

Feliz, ésa es la verdad, aunque la continencia vegetariana que practico es, por lo que ahora veo, una disciplina que no logra asegurar unas convicciones definitivas. Pero eso es muy secundario, para lo que usted pregunta. Una vida feliz es una vida liberada, en la que se concuerdan las razones y las pasiones, en la que se mantiene el equilibrio perfecto del pensamiento y del sentimiento. Así es la mía, según creo.

—Una especie de estado de gracia natural, que diría el eremita Barrientos.

—No en lo que lo natural tiene de inocente, pues la extrema inocencia a mí me parece la extrema tontería, una suerte de idocia santificada. Mi pretensión es alcanzar, y creo que lo voy logrando, un paréntesis luminario presidido por la inteligencia, para que este tránsito biológico, que es la vida, obtenga su plenitud en esa ecuánime medida de la razón y el sentido. Esto es de todo punto imposible en el mundo propiamente dicho, con su irrisoria sociedad. Sólo puede intentarse con un cabal retiro, en el que, además, conviene establecer lindes para preservar tan paciente ejercicio, pues la soledad nunca debe pretenderse inmensa, sino mensurada. De otro modo, uno está abocado a la disipación o al disturbio.

Se aplicaban los comensales y corría la bota, que Sariegos se encargaba de rellenar vertiendo el vino de la garrafa, mientras Belisario alcanzaba indeciso algún pimiento, cada vez más atónito ante la ofrenda obsesiva de las tarteras, que iban y venían de un lado a otro del mantel.

—O sea, que tiene usted demarcado su retiro —le dijo don Florín, tras devorar un muslo de pollo.

—Mi espacio de retiro y pensamiento es lo que yo llamo mi Filosoferio. Calculen ustedes dos kilómetros a la redonda con el centro subterráneo de la Cueva, que acaban de escolumbrar. En ella me cobijo para las mayores abstracciones uno de cada seis días, en horas vesperales. A la vuelta de aquel miro, tengo mi hogar, en otra cuevecilla más guardada, y van a hacerme luego el honor de venir a conocer a mi familia.

—Queremos hacer noche en la Brañina del Garueño y nos interesa avisar a algún pastor —dijo Aquilino.

—Mi hogar de camino lo tienen y, por supuesto, que tanto yo como mi esposa y mis nueve hijitas, muy honrados estaríamos de que en él pernoctaran. Grandes comodidades no hallarían, pero disposición la que quisieran.

—Pues igual honor nos haría usted si probase estas viandas —le animó Chon Orallo, acercándole una marmita—. Alguien que vive y procura ese equilibrio perfecto en su existencia, no puede andarse con zarandajas y vanos respetos a un pusilánime código vegetariano.

Belisario sonrió, complacido.

—Cuánto tiempo hacía —reconoció— que no escuchaba observaciones tan cargadas de razón. Tenga usted en cuenta, señora, que viviendo en el monte conviene sublimar lo más posible los imperativos del estómago, porque no son muchas las ocasiones de acallarlos cabalmente. El vegetarianismo es, en estas circunstancias, un acto extremo de consolación.

Sintieron entonces los cofrades que una inusitada y ancestral fuerza se abría paso en el cuerpo de Belisario que, después de liberar el estorbo de los harapos que dificultaban el movimiento de sus brazos y de sus manos, se abalanzó sobre las tarteras como un desatado vendaval, tras reducir a escombros la marmita que le ofrecía Chon Orallo.

Durante unos minutos se quedaron todos inmóviles, como si aquella fuerza arrasadora que lo mismo diezmaba las empanadas que saqueaba los pucheros, necesitara para saciarse hasta las últimas tajadas que ellos se habían procurado.

Aquilino abrió las botellas de champán y, en el efímero frescor de las burbujas, encontró Belisario un fugaz intermedio para culminar el acoso.

—Uno desconocía ya el sabor de estos manjares —confesó al final, ahuyentando de la barba las migas como si espantara un rebaño de moscas remolonas.

Benjamín y Jacinto repartían el café del termo, y Paco Bodes se apropiaba la botella de licor, dispuesto a racionar las dosis. Benuza y Aquilino habían encendido unos puros.

—Ni de lo uno ni de lo otro —rechazó Belisario, muy comedido—. Nunca me aficioné ni al tabaco ni al café ni a los licores. Lo saludable ahora sería un vasito del agua virtuosa.

A Jacinto se le derramó el termo.

—¿Qué agua es ésa? —preguntó don Florín, atragantado.

Belisario observó satisfecho a los cofrades y sostuvo con dificultad un regüeldo.

—El agua más preciada de cuantas manan en mi Filosoferio —dijo—. Un manantial de efectos medicinales que depura el organismo, reactiva las glándulas y, lo que es mejor, elimina las mismísimas legañas de la memoria.

Apenas había terminado la frase, vieron que la cabeza se le vencía hacia adelante, como truncada por un imprevisto golpe interno, y en pocos segundos, sin que su cuerpo hubiera modificado la posición, escucharon unos abismales ronquidos.

—Otro notorio ejemplo —afirmó Ángel Benuza— de que la felicidad sólo se completa en el estómago. Ése fue el baldón del eremita Barrientos: la insatisfecha urgencia que, en las naturalezas entecas como la suya, suele ser más poderosa que el propio impulso genésico. Y así se le festeja en el santoral de la tebaida, como el primer ermitaño suicida, víctima del horror de sus desconsuelos gástricos.

Guardaron los cofrades silencio, como si la durmiente efigie de Belisario, cuyos ronquidos resbalaban entre la silbante respiración, impusiera ese respeto de las estatuas aposentadas entre la maleza del jardín abandonado, de las que alguien advirtió que un día tuvieron vida. Sólo Chon Orallo decidió, al cabo de un rato, alejarse con una manta por la pradera.

—Hay que despertarle —decidió don Florín convencido de que ninguno alcanzaría la plácida duermevela de la siesta, entre la discordante música y la curiosidad por aquellas aguas virtuosas a las que se había referido.

—Yo creo que ni aunque le diéramos un tarterazo —dijo Benuza.

—Dejármelo a mí —pidió Paco Bodes.

Se acercó a él por la espalda y le musitó algo a su oído. Belisario rezongó, cabeceando.

—La persistente vida solitaria —informó Bodes— le hace a uno muy sensible a lo que pudiéramos considerar la voz de la conciencia. Esta tesis la mantenía Fernandito Cavero, el inspirado autor de la Oda Carpetovetónica. Su padre, oficial de prisiones, la tenía probada con los reclusos. También se puede experimentar con borrachos que no hayan pasado de la primera instancia.

Durante unos segundos se mantuvo Paco Bodes pegado al oído de Belisario, y vieron los cofrades cómo el durmiente alzaba la cabeza y asentía sin abrir los ojos, entrecortada la respiración y progresivamente tensó el cuerpo.

—¿Qué le cuentas, Paquín?

Bodes pidió silencio a Benuza.

De pronto Belisario se puso de pie y, en un trance intermedio entre el sueño y la vigilia, comenzó a hacer aspavientos. Abrió luego los ojos, sacudió la cabeza, y miró a los cofrades con el asombro del que regresa a la realidad desde una remota ficción.

—También reconozco y confieso —masculló, con el indigente gesto del reo— que es el mío un ente rudimentario y republicano.

Chon Orallo encontró a los expedicionarios dispuestos, cargadas las yeguas, y atentos a las indicaciones de aquel hombre que parecía escurrirse bajo las melotas y las estameñas, como si sus carnes se disiparan en el amasijo. Cedía el sol y supuraba serena la brisa con el templado aliento de la tarde. Chon había logrado adormecerse y sentía el lastre, incómodo, del sueño, contagiado por la necesidad de una detenida ablución.

Les guió Belisario hacia su hogar, prometiendo acompañarles luego al manantial de las aguas virtuosas, que discurría por una estrecha garganta, al amparo de un bosquecillo de abedules, no lejos del camino de la Brañina.

En un escarpado promontorio, de difícil acceso, sobre el corte deforme de una peña, en cuya cresta colgaban unos arbolillos con las raíces descarnadas, avistaron la cueva de Belisario.

—Hay un senderín para subir, no se preocupen —advirtió, ante el gesto poco decidido de sus invitados.

Jacinto se ofreció para vigilar las yeguas, y los demás fueron trepando penosamente tras el paso vivo de Belisario, que ascendía como quien retorna los acostumbrados peldaños de su vivienda.

—Mucho van a alegrarse de verles a ustedes, las pobrecitas. Es tan raro que alguien venga por aquí.

Se alejó Belisario en el último tramo, cuando la entrada de la cueva ya era visible.

—Berrenda, Berrenda —llamó, alborozado.

Los cofrades escucharon el balido estentóreo de una cabra, a la que, en seguida, vieron aparecer en el límite del sendero.

—Berrenda —le dijo Belisario, mientras los cofrades se miraban, atónitos—, traigo unos invitados, ¿dónde están las niñas?

Un tropel de cabritillas saltó al sendero y Belisario comenzó a acariciarlas.

—Quietas, quietas, mocitas, ¿qué van a decir estos señores?

—No nos arredremos —pidió Benuza a sus compañeros—. Puede que el ejemplo familiar que nos aguarda sea mucho más edificante que otros que hemos conocido, y acaso hasta padecido en nuestras propias carnes.

Belisario abrió los brazos, mostrándoles complacido el bullicioso y escueto rebaño, humedecidos los ojos que brillaban bajo la maraña de sus cabellos.

—Soy un esposo feliz y un padre orgulloso, no puedo negarlo —aseguró, con la voz tomada por la emoción—. Berrenda se asemeja, en sus cualidades, a aquella perfecta casada de fray Luis. Es una compañera modesta y discreta y una madre ejemplar. Y mis hijitas, ya lo ven, me adoran, las pobrecinas. Bien puedo decir que no hay mayor gloria ni es posible mayor dicha para un honrado padre de familia.

Durante el camino, más largo de lo previsto y en una dirección no del todo coincidente con la que tendrían que seguir para llegar a la Brañina del Garueño, fue Belisario hablando de su familia. Benjamín no podía olvidar aquella imagen de Berrenda y su prole, asomadas en el límite del promontorio, mientras ellos bajaban y aquel hombre las despedía entre domésticas recomendaciones. Al discordante balido de la cabra se unía el bullicioso berreo infantil.

—No quieren que su padre se vaya, las pobrecinas —decía Belisario.

Discurría el manantial en la honda y estrecha garganta, bajo el secreto de los abedules, y confluían sus tres brotes, por distintos brazos, hacia un modesto arroyo que, en los remansos de su caída, llegaba a formar algunos pequeños y límpidos pozos, en los que el agua exhalaba con mayor proliferación sus termales vapores.

Se lo mostró Belisario desde la frente de aquel declive, en el que el bosquecillo parecía cerrarse como una compacta mancha verde, que albergaba un túnel de misteriosas penumbras.

—Hay que bajar por esta senda, hasta el mismo lecho —les había indicado.

Bebieron los cofrades el agua del arroyo, tras comprobar su alta temperatura, y ninguno disimuló su decepción.

—Unas caldas —dijo don Florín.

—No existe ni la más leve referencia a que así sean las aguas de la Fuente de don José María —señaló Benuza. Belisario trepaba hacia el borde de los veneros.

—Beban y tomen un baño —les gritaba, animándoles—. Son virtuosas.

—¿Pero por qué las llama usted así? —preguntó Aquilino.

—Por la virtud que tienen. Depuran y alivian y son superiores para el riñón y el reuma. A mis hijas las traigo a que abreven una vez al mes, y Berrenda no falta después de cada paridera.

—Es el manantial más improbable de todos los que llevamos vistos —confirmó Ángel Benuza.

—Aquí verán los brotes —les reclamaba Belisario—, y hay un cobijo muy apropiado para las inhalaciones. Berrenda curó la tos.

Se fue Chon Orallo arroyo abajo, provista de todo lo preciso para un higiénico y reconfortante chapuzón. En un recodo, más cerrado entre los árboles y la retama, encontró un pozo casi del tamaño de una bañera. Brillaban en sus nítidas aguas las blancas calizas, y se esparcía una luz dorada y verde entre el sosiego de los abedules. Chon comprobó con el pie desnudo la cálida temperatura.

Paco y don Florín se bañaban, mientras Jacinto y Ángel vigilaban las yeguas y Aquilino y Benjamín acudían al reclamo de Belisario.

—Vamos, Benuza, decídete, que lo que está asegurado es la virtud para curar la roña y la borisa.

—Antes me gustaría conocer la composición mineral. Hay caldas que procuran ciertas disfunciones venéreas. El doctor Formigones dice que en algunos balnearios se reduce hasta en un setenta por ciento todo tipo de actividad amorosa.

En el plácido remanso, después de las detenidas abluciones, se acomodó Chon Orallo, sumergido el cuerpo en el agua que lamía la piel como una caricia ardiente que se va paliando en la costumbre, reposada la cabeza sobre la piedra, y entrecerrados los ojos al amparo de la luz que se difuminaba en las ramas.

Sentía Chon crecer la paz del bosque en algunos trinos cercanos, y enaltecerse esos líquidos placeres que compaginan el secreto de la naturaleza con el más modesto de uno mismo, la recoleta desnudez en que uno se reconoce abierto a las más inmediatas palpitaciones del paisaje, como si todo se fundiera en una acordada respiración de elementos comunes, entre los que el propio cuerpo se evade por las simas húmedas y vegetales de un sueño que se apodera de la memoria.

Distinguió al cabo de unos minutos unas ramas que se movían frente a ella, debajo de un abedul, en el no lejano declive. Y todavía tardó unos instantes en tomar conciencia de que alguien la espiaba. Entonces gritó sobresaltada, con todas sus fuerzas, doblando el cuerpo para guarecerse, después de ver cómo un hombre se levantaba tras aquellas ramas, alzando los pantalones, y emprendía una torpe huida.

Ángel Benuza corrió por el arroyo, ante el grito de Chon. Por un momento se vio despistado, como si hubiera perdido la dirección de aquel grito. En seguida divisó el recodo del pozo y se adelantó hacia él.

—Por allí, por allí —indicaba Chon, nerviosa.

Sobre la blanca pendiente de la caliza, ante el agua que corría serena y se demoraba en el remanso, observó Ángel Benuza a Chon Orallo desnuda, agitado su cuerpo por el estupor como si la placidez de su sueño y de su memoria hubieran estallado en una absurda e imprevista tormenta.

Saltó hacia donde ella le indicaba y entró en el bosquecillo, apartando las jaras y la retama, poseído por el inesperado furor de quien trata de vengar una afrenta. Durante cerca de media hora recorrió, de un lado a otro, la incierta penumbra de los abedules. Sofocado, se dejó caer en el suelo, antes de regresar a donde Chon y el resto de los cofrades le aguardaban.

—Seguro que ha sido ese botarate de Picio Legaña —decía don Florín.

—No —aseguraba Chon—, no era él.

—Un pastor, cualquier paisano —dijo Belisario—. A veces invaden mi Filosoferio y espantan a mis niñas.

Caía la tarde cuando reemprendieron el camino.

Benuza se había retorcido un pie y disimulaba avanzando el último, tras la reposada marcha de las yeguas. Una fugaz iluminación se posaba en su memoria para delimitar, con esa obsesiva insistencia de las imágenes prohibidas, el perlado desnudo de Chon con sus tiernas y recónditas floraciones y oscuridades.

10

LAS AGUAS VIRTUOSAS

Lo primero que percibió Benjamín al despertar fue la mezcla de aquel ahumado deterioro, la acritud de las carbonillas y de la acumulada ceniza, con el humo que salpicaba una hoguera reciente, y que se filtraba al interior del chozo por las rendijas de las piedras y de las losas, como un aroma vivo en la atmósfera de un sepulcro.

En el incómodo refugio, un chozo abandonado al que llegaron con la noche, tuvieron que buscar acomodo sin muchos miramientos, cediendo a Chon el único camastro, amontonando la impedimenta para poder tumbarse todos en el exiguo espacio del suelo. Con el cansancio, nadie se decidió a hacer uso de los ponchos de campaña. Cualquier lugar techado serviría para amparar un sueño reparador.

A la extrañeza de sentirse en un lugar ajeno, que remotamente coincidía con el fúnebre cobijo, por donde había vagado en la desazón de una persistente pesadilla, le sucedió la reconfortante certeza de que la mañana sorbía con sus calinas y su luz bienhechora las huellas secretas del monte, depositadas en alguna fantasmal persecución.

Nadie parecía rebullir entre los cofrades, arrebujados en las mantas como fardos en una sala de espera. Reptó con sumo cuidado hacia la puerta y, a gatas y sin quitarse siquiera la manta de los hombros, logró abrirla y salir. El sol era tenue, como arrecido por la brisa que en los picos levantaba algunas nubes frágiles.

Jacinto Sariegos preparaba el desayuno, ayudado por Pidio Legaña, que acarreaba y partía la leña con el gesto sumiso y agradecido de quien, al fin, recibe la encomienda que con tanto afán procuró.

—¿Dormiste?

Benjamín hizo un gesto dubitativo.

—Yo no pegué ojo —reconoció Sariegos—. Mejor hubiera sido apañarse con los ponchos, pero ¿quién tenía ánimo después de la caminata? Esta expedición, Chamín, lleva todas las de perder, por mucho que porfíen Aquilino y Ángel. Es ya demasiado trote.

Se sirvió Benjamín una taza de café y le acercó Jacinto la caja de galletas. Pidio seguía atizando la ordenada hoguera, risueño y zalamero.

—Me ha dicho que lleva sin probar bocado desde que salimos de La Omañona —informó Jacinto—. Ahí le dejé que cogiera lo que quisiese.

—No como, no cago —dijo Pidio, alzando los hombros, con la sonrisa a punto de convertirse en una carcajada.

—¿Y sabes dónde durmió? Al raso. Éste sí que no necesita guarida. Roncaba junto a aquella peña, pringado por el rocío de la cabeza a los pies.

—Si no cago, eso ahorro.

—Toma más café —le ofreció Jacinto—, que no vas a espantar la tiritera en todo el día.

—Dámelo con leche —solicitó Pidio—, que me quita el dolor de barriga.

—¿Te duele?

—Cuando me duela.

—No sé si es un inocente o un iluso.

Desfilaron los cofrades con el rostro descompuesto y el cuerpo molido, y en un cercano arroyo siguieron el ejemplo de Chon, que fue a acicalarse antes de desayunar.

—Ya pegaste la hebra, ¿eh, Legaña? —le dijo Aquilino a Pidio, que se afanaba en servirles.

—Usted, don Aquilino, mande, que mientras más mande, yo más obedezco.

Benuza cojeaba y Chon se prestó a vendarle el pie.

—Lo tienes algo hinchado.

—Más se me hincha el corazón, Chonina, y no con menos dolor.

—Anda, que te levantas guapo.

—Es que si un sueño valiera lo que un recuerdo.

Con el desayuno comenzaron a equilibrar el ánimo y a mirar la mañana con esa renovada disposición de los expedicionarios, que necesitan alimentar el cuerpo antes que el espíritu.

Aquilino desplegaba el mapa mientras Pidio, atento a las órdenes de Sariegos, iba a recoger las yeguas que pastaban en la pradera.

—Ya que no llegamos anoche a la majada, vamos a hacer una cosa —propuso Aquilino—. Cubrimos toda esta zona, y encargamos la comida a los pastores, una buena caldereta y una buena chanfaina para entonarnos. Por la tarde nos metemos en el Pando de la Mustuniella y, o bien volvemos a dormir a la majada, o nos apañamos con los ponchos, o que nos indiquen otro chozo que, a ser posible, esté en mejores condiciones que éste. ¿Qué os parece?

—No hay mejor plan que el que conlleva la idea de comer caliente —dijo Paco Bodes—. Y más, tratándose del compango pastoril. El que la Fuente dé o no dé la cara se hará más llevadero.

Pidio Legaña regresaba montando una yegua al trote. Aquilino le recriminó.

—Éste, sólo problemas va a traernos, ya lo veréis. Una cosa es la inocencia y otra la cabeza de chorlito.

Merodeaban las nubes en los altos, sin romper ese apego que las pierde con el fulgor de la mañana, como si las emparentase con las tediosas calinas que no acaban de alzar el vuelo. El puerto se extendía como una ondulada vega que iba creciendo con sus pastos lechosos, abierto hacia la collada, continuando en la soledad serrana, entre las intermitentes fracturas de los pasos en las vallinas recónditas.

—Tú, Pidio —ordenaba Aquilino—, cualquier fuente que conozcas nos la enseñas, que nos gusta verlas todas.

—No bebo, no meo.

—Nadie te va a obligar a beber.

—Le gusta más el agua de la bota.

Chon se acompasaba al ritmo lento de Ángel Benuza, que había rechazado montar en la yegua.

—Si no fueras tan terco —le recriminó—. Se te puede llegar a hinchar de tal manera que ni puedas moverte.

—Con tal que tú me lo encañes.

Una campana repicó en el fondo de la pradera, que estrechaba sus vertientes sobre un cuenco de fresnos y abedules tras el paso de la collada. Retumbaba el tañido en la profundidad de la vallina, como un raro y desarticulado aleteo de bronces antiguos y maltrechos.

Por un momento les fue difícil a los cofrades determinar de dónde procedía el repique. Sariegos indicó la cresta triangular de lo que podía ser la torre de un modesto campanario en el bosquecillo.

—Nunca desatendáis una señal sagrada, dice Nicéforo —citó Ángel Benuza.

—¿Qué santo veneran por aquí, Legaña? —inquirió Aquilino.

—San Tino en La Omañona, San Roque en Valduera, San Segundo en Lutarieto, la Virgen de la Zarza en el Castro y Todos los Santos y Fieles Difuntos donde el cura llega para pasar el bonete.

—Me refiero a esa ermita.

—Será que haiga otero de pastores, santo no veo. Yo ya cumplí con pascua, ya me dieron la hostia. Todas las que me dan en casa las guardo, entre las hojas de un misal que era de mi madre. El día que me muera las como, para mi salvación y la de las benditas ánimas del purgatorio, que en paz descansen.

—Vamos —decidió Aquilino—. Le haremos caso a Nicéforo. Si hubiese otero de pastores, nos ahorrábamos el llegar a la majada, aunque no se ve ahí abajo mucho movimiento precisamente.

La ermita alzaba sus derruidas paredes en un calvero que la vegetación había ido invadiendo. Un enjambre de ortigas viciosas devoraba su entorno, apenas liberado bajo el hundido tejadillo del atrio, que dejaba libre una peligrosa entrada sembrada de tejas y cascotes.

En la esquelética torrecilla saltaba la campana prendida por una cuerda que alguien accionaba desde el interior, y al ritmo desarticulado de su repique se agrietaban los ajustes y temblaba todo el paramento.

—Esta que toqué es la tercera y última, señores —dijo el hombre que salía de la ermita, y al que los cofrades tardaron unos instantes en divisar—. No creo que haya peor desplante para el santo que acudir tarde a la celebración. ¿O es que acostumbran a llegar al segundo plato o al postre a la casa donde les invitan?

Un fraile asomaba al atrio y les señalaba con el dedo, en un gesto admonitorio que denotaba su mal humor.

—Lo mismo que andáis ligeros para las ocupaciones mundanas, debíais andarlo para los negocios divinos. No se puede fiarlo todo para el último acto de contrición. Confiaros, y ya veréis cómo las gastan allá arriba.

Vestía el fraile un hábito que, más que consumido por el deterioro del uso, parecía devorado por los ratones, y calzaba unas sandalias que no lograban amparar los deformes dedos, heridos en las sendas del monte. La barba le bajaba por el pecho como una curtida telaraña, en contraste con la oronda calva, en la que no era difícil apreciar algunos ralos intentos de dar a su contorno un aire de tonsura.

—Andar para dentro —ordenó, imperativo—, que empieza la misa. Si alguno quiere confesar antes, que lo diga. En el confesionario no me gusta estar papando moscas. Tú —señaló a Sariegos—. ¿Cuánto hace que no descargas la conciencia?

Sariegos alzó, nervioso y cohibido, los hombros.

—Ahí te espero —le indicó, con un gesto casi vengativo—. Os hacéis llamar cristianos, pero es mucha la palabrería y pocos los hechos. Allá arriba no se van a andar con contemplaciones, no. El pecado o se lava o se paga.

Volvió hacia la ermita y dio un manotazo en una de las columnillas del atrio, que rechinó sobre la incierta base.

—Entrar vosotros —decidió Aquilino—. Floro y yo nos vamos con las yeguas para no perder más tiempo. Pidio os guía luego hasta la majada.

—¿A oír misa? —inquirió Benuza.

—No echáis más de media hora, y ese fraile se queda satisfecho. Igual, con tiento, se le puede preguntar luego algo de la Fuente.

—Ya me voy con vosotros —suplicó Jacinto—. Quiere confesarme, ya lo oísteis.

—¿Y qué más te da?

La voz del fraile tronó en el interior de la ermita acompañada por el estrépito de algún cascote:

—Estoy esperando, señores.

Sólo por un enrejado ventano, a la derecha del altar, llegaba la luz, como vertida a través de un cendal que la difuminaba entre el polvo de los derrumbes. Por el suelo de la ermita, sobre los bancos desvencijados y los destartalados reclinatorios, se acumulaban las tejas y los cascotes. En la techumbre se apreciaban las combadas heridas de un progresivo hundimiento, como si todo el armazón aguardara para desprenderse, con las vigas ya astilladas, el soplo definitivo de la próxima tormenta.

Los cofrades apenas distinguieron la humilde filigrana del retablo, con el santo en el centro, ladeado en la incierta peana. Era una pequeña imagen comida por la lluvia, en la que se podía adivinar el semblante de un rubio doncel, a cuyos pies se enroscaba la sardónica figura de un diablo con cara de mico.

Avanzaron hacia el único banco que se sostenía derecho y, antes de que se decidieran a sentarse, se abrieron violentas las ventanas de un confesionario, anclado contra la pared izquierda como un túmulo desmembrado y rechinante. El fraile asomó amenazando con el brazo enhiesto a Sariegos:

—Ven aquí de una vez, mal cristiano —le llamó—. ¿Es que no necesitas vaciar el saco, no te pesan tantas afrentas? La vergüenza hay que sentirla antes de cometerlas. Ahora demuestra que eres hombre y que sabes impetrar el perdón y cumplir la penitencia.

Jacinto Sariegos miró a sus compañeros con el consternado gesto de quien solicita una ayuda imposible. Pidio Legaña se había arrodillado frente al altar con los brazos en cruz.

—Vete y demuéstrale lo que es un pecador solvente —dijo Benuza.

—Vete tú, Ángel, por favor.

—Es a ti a quien reclama, Jacintín. Te echó el ojo a los granos, no le defraudes.

Jacinto fue recibido en las ruinosas penumbras del confesionario, y los cofrades escucharon el gorgoteo de una voz que resonaba en la profundidad de una gruta, áspera y monótona. El banco se había desplomado cuando intentaron sentarse en él.

—Somos bobos si aguantamos aquí —dijo Chon Orallo.

—Misa más, misa menos, Chonina. El caso es que Jacintín, como dice el fraile, limpie la conciencia. Seguro que no había vuelto a intentarlo desde que hizo la primera comunión.

En la gruta se escuchaba un golpe seco y el gorgoteo se hacía más virulento.

—Le hará perder la paciencia —aseguró Benuza.

—Tenías que quitárselo de encima —opinó Chon.

Las ventanas del confesionario volvían a abrirse y la voz del fraile tronaba airada:

—Ese vicio nefando, ése y no otro, es el que te llena de inmundicia y sarpullidos. No lo hay peor.

—¿Pero qué le estará contando ese infeliz?

Cedió la portezuela del confesionario, y vieron cómo el fraile se alzaba y mantenía a Jacinto cogido por la oreja con la mano izquierda, mientras que con la derecha hacía la señal de la cruz al tiempo que le daba la absolución.

—Así los quiere Dios —gritaba el fraile, dándole un tortazo—, arrepentidos. Y quítate de ese vicio porque se te va a envenenar la sangre y a pudrir la piel como al leproso.

Jacinto regresó con los cofrades acariciando temeroso la oreja lacerada.

—La penitencia te la impuso por vía natural —le dijo Benuza—, lo que me hace pensar que profesa en alguna de aquellas órdenes que arraigaron en el medievo.

El fraile fue hacia la puerta de la ermita y, con cierto esfuerzo, logró atrancarla. Buscó después en la faltriquera que escondía bajo el hábito y sacó un enorme candado que encajó y cerró en las armellas. Los cofrades observaron inquietos la operación.

—Tú que pareces el más espabilado —le dijo a Pidio Legaña, que seguía arrodillado ante el altar— vas a ayudarme a decir misa.

—Ad Deum qui letificat inventutem meam.

—Y usted, señora —señaló a Chon—, cúbrase la cabeza al menos con el pañuelo, si velo no tiene. En casa de Dios se guarda respeto, aunque una no se respete ni a sí misma.

—Chamín —dijo Benuza, cuando el fraile y Pidio desaparecieron en la sacristía—, tú que tienes más conocimiento de causa, ¿crees que un hombre con este gas habrá recibido más órdenes que las menores?

—Por lo menos la de ostiario no podemos dudarlo —afirmó Paco Bodes, indicando la clausurada puerta.

Pidio Legaña salió con una jarra de leche, a modo de vinajera, en una mano, y una esquila en la otra. Depositó la jarra en el altar, dejó la esquila en el suelo, encendió una cerilla y, con bastantes dificultades, logró encender dos cirios roñosos.

A la puerta de la sacristía le aguardaba, revestido, el fraile. La mugre cubría la casulla con ese herrumbrado color que asola los esmaltados tejidos, en los que los hilos de oro arañan, desgarrados, la podredumbre.

Cuando Aquilino y don Florín avistaron la majada, al abrigo de una peña, en las más serenas praderas del puerto, la media mañana se agrietaba en las nubes rotas, crecida la brisa que no podía paliar la picadura del sol.

Llegaban cansinas las yeguas y habían sudado ellos por las destapadas vertientes, los miros y las coronas, desorientados en alguna ocasión, en el trance dudoso de seguir la huella de un manantial, entre los matorrales y las carquesias que albergaban el lecho húmedo.

Les recibieron dos pastores que en seguida se ocuparon de descargar las yeguas, y que aceptaron encantados la encomienda de prepararles la comida.

—Aquí otra cosa no, pero una borrega a punto siempre se encuentra —dijo el que se había presentado como rabadán—. La que no se desgracia por los riscos se muere del susto al ver el lobo. Pocas veces hay que sacrificar de propia mano un animal para tener carne fresca.

—¿Y cuántas apacientan por estos puertos? —preguntó don Florín.

—No bajan de los diez millares las que por estos contornos puedan ver. Son los rebaños de don Isaac Pariente, el conde de los Galanes.

Balaban en el cercano corral con la lastimosa queja de la orfandad, y merodeaba por los chozos un mastín cojo.

—Querrán caldereta, fritada y chafainas —afirmó el otro pastor, a quien el rabadán había llamado compañero, después de atizar la lumbre.

—Y unas migas de aperitivo, si puede ser.

—¿Cuántos comensales?

—Siete por nuestra parte. Los otros cinco se empeñaron esta mañana en quedarse a oír misa, ¿verdad, Floro? Quién iba a suponer que hasta por estos altos tiene la Iglesia su jurisdicción.

Los pastores se miraron inquietos.

—¿No se habrán quedado en la ermita?

—Sí —dijo Aquilino, extrañado—. Allí, en la ermita de la vallina, nos recibió un fraile que dijo que iba a celebrar. La verdad es que a todos nos quiso meter para adentro.

El rabadán se había puesto de pie.

—Señores —aseguró—, sus amigos están en manos del Fraile Tronado, y como no vayan a por ellos no van a venir.

Aquilino y don Florín se miraron con esa difusa mala conciencia de quien vislumbra que no fue precavido.

—No hay tiempo que perder —decidió el rabadán—. Aquí el compañero irá preparando la comida. Ir a por ellos, rescatarlos y traerlos, nos va a llevar unas horas.

—Pero, oiga, ¿qué historia es ésa?

—Háganse a la idea de que sus amigos están encerrados a cal y canto en la ermita, sin posibilidad de salir. Fray Priscilo no los suelta hasta que acabe la misa y el sermón. No menos de cinco horas. A los últimos que cogió, dos matrimonios excursionistas, los retuvo desde las doce de la mañana hasta las nueve de la noche, que los rescatamos.

—Eso sí, cumplen con el sagrado precepto para toda la campaña. Aunque hay quien dice que la misa no vale porque en vez de vino la celebra con leche.

—Cuéntaselo tú, Eulogio —dijo el rabadán—, que voy a ponerme las abarcas para ir más ligero.

El mastín cojo se había acercado al pastor, que le acariciaba la cabeza después de atizar la lumbre.

—Este fraile —dijo— llegó a Sayuego, un pueblín que queda ahí, donde las Médulas de Rosales, hará ocho años. Del coche de línea lo vieron bajar los paisanos un día de marzo, con una capa encima de los hábitos y poco más que un morral de equipaje. Dicen que preguntó a los que allí estaban si aquel pueblo era Sayuego y, al decirle que sí, se postró en tierra y besó el suelo dando a Dios gracias por haberle permitido regresar al lugar que le viera nacer. Nadie, ni los más viejos, supieron de qué familia podía ser, y ninguno recordaba un hijo del pueblo de aquella orden que hubiese ido a misiones, pues de misiones venía el fraile, de allende los mares, de convertir indios por unas tierras que llamaba amazónicas.

—¿Y nadie sabía nada de él ni de su familia? —inquirió don Florín.

—Ése es el caso, tal como les cuento, sí señor. En Sayuego le dieron cobijo hasta que, no tardando mucho, unos y otros vieron las cosas raras que hacía. Siempre paseaba con un lagarto grande, que llama caimán y que tiene disecado y con cuatro ruedas. Y pronto echó sermones de dos horas y empezó a amenazar a la gente en el confesionario. Ya cuando todos vieron que estaba tronado, le fueron haciendo la caridad para mantenerlo, pero sin hacerle más caso. Por entonces subió a la ermita de San Pelayo y allí es donde ejerce, como él dice, su ministerio.

—¿Y nadie dio cuenta al obispado?

—Por estos pueblos nadie tiene ganas de enredos y como hijo del pueblo se le aceptó. Fray Priscilo, si no encuentra feligreses, como ahora sus amigos, a nadie perjudica. El día lo echa en rezos y en monsergas por esos picos, y de noche baja al pueblo a dormir.

El rabadán regresaba dispuesto a emprender la marcha.

—Pues mira que tuvimos suerte —suspiró don Florín.

—Un día —siguió el pastor— hará tres años, cayó por el pueblo un forastero, y alguien le contó lo del fraile. Ese hombre fue el que dijo que había un Sayuego en la Ribera, un pueblín que se llamaba como éste. Y fue cuando supimos, ya tarde para todos, que el pobre fraile se había equivocado cuando vino aquí, tan tronado como andaba después de las penalidades que habría pasado en misiones. Nadie quiso ya mover eso. A fin de cuentas, si familia le quedara, muy doloroso tenía que ser verle como está. Y, además, ¿quién iba a explicárselo a él?

—No hay tiempo que perder —insistió el rabadán. Aquilino y don Florín le siguieron, resignados.

—No puede decirse que la expedición tenga hoy el mejor destino.

—El caso es que podamos librarlos antes de que nos den las mil quinientas.

—De eso no se preocupen, que yo sé cómo hay que tratar a fray Priscilo. No es el primer salvamento en tantos años.

Las quebradas nubes limaban la luz en sus intermitentes desprendimientos, esparcidas como flotantes lienzos que iban a agolparse, arrugados, en el cuerno de los serrijones.

El enrejado ventano de la ermita se apagaba como un ojo sobre el que el párpado se cierra, y una rala penumbra llenaba el interior, apretando el tiempo hasta deshacerlo, como si la insistente molicie acrecentara los escombros hasta colmar su inundación. Se habían apagado los cirios del altar y apenas podía adivinarse una efímera raya luminosa por las resquebrajaduras de la techumbre.

Los cofrades permanecían sentados en el suelo, sobre las tablas del banco desvencijado, y Pidio Legaña aguantaba de rodillas. Fray Priscilo se mantenía, con un milagroso equilibrio, encaramado en el vacilante púlpito, al que le habían visto subir a pulso, trepando con la energía del marino que asciende a la cofa.

—Y cuando el padre Arrallán —gritaba el fraile, izados los brazos con dramática crispación— vio venir hacia él aquella bestia famélica, de rodillas cayó y a Cristo Nuestro Señor dijo, al tiempo que en el pecho se golpeaba: sea alimento de ella como alimento de todos Tú eres sacramentado, sirva de banquete a la fiera y con mis prietas carnes se solace, para humilde ejemplo de lo que fue Tu sacrificio. Eso, hijos míos, dijo el padre Veremundo Arrallán, a la orilla del Igarapé, acosado por la bestia que ya lanzaba su primera dentellada. Y se contuvo la bestia y, como mansa lagartija, la vuelta dio para, mohína, tornar a las aguas. Y abrió los ojos el padre Arrallán y escuchó la voz del Salvador que le decía: por prez de misioneros te tengo, Veremundo, y mucho de ti y de tus hermanos combonianos espero. Nunca alimento seréis ni de saurios ni de batacanes. Ve tan santo y humilde como viniste, y bautízame a toda la indiada, que por cada cabeza que cristianicéis ganáis un día de gloria en la gloria.

Ángel Benuza miró a sus compañeros, que observaban atentos el equilibrio del fraile en el púlpito.

—Dos horas y cuarto —indicó—. Quién iba a imaginar que lo que esta mañana nos aguardaba era un viaje por el Amazonas, ¿eh, Paquín?

—La única posibilidad que nos queda es que se desmorone de una vez —dijo Paco Bodes.

—No caerá esa breva, este fraile navegó en las peores chalupas. Además, yo tengo la impresión de que si se cae el púlpito se desploma toda la ermita. Ese adminículo y su somera columnilla son el pilar de la edificación.

—Sería lo mejor que podría sucedernos —afirmó Chon Orallo.

—No lo veas tan negro, Chonina, que nunca tuviste oportunidad de aprender tanto sobre misiones.

Fray Priscilo extendía los brazos como si solicitara la pacificación a las aguas tormentosas.

—Es el misionero dignatario del Señor entre la muchedumbre gentil. Adalid de la fe, donde la fe permanece enterrada. Proa de la cristiandad, en los parajes exóticos donde la inocencia se conjunta con la superstición, el candor con el concubinato y la virtud con la ciénaga. Misión, hijos míos, es empeño, cometido, penalidad, largueza. Misión es profusión y amor y temor de Dios, para que su Santo Nombre prolifere. Y, ay de quien no escucha la llamada y no la atiende. Un caso voy ahora a relataros, hijos míos, que ayuda a comprender el tamaño del sacrificio y el honor del misionero. Por los pagos del Yapura aconteció.

Escucharon los cofrades unos violentos golpes en la puerta y se estremeció toda la ermita.

—Al fin —suspiró Benuza.

Fray Priscilo alzó la cabeza como si el ruido hubiese sido un trueno en el cielo tormentoso de la selva. Una voz repetía su nombre, con ese imperioso acento de los requerimientos urgentes.

—Fray Priscilo, fray Priscilo —gritaba el rabadán, sin dejar de golpear la puerta.

—¿Quién osa turbar así la paz de este recinto sagrado?

—Un moribundo, fray Priscilo, un moribundo.

Dudó el fraile un instante y en seguida se decidió a bajar del púlpito, descolgándose con cierto riesgo.

Un moribundo que solicita confesión —decía el rabadán.

—¿Dónde?, ¿dónde?

—En Sayuego, dese prisa, por los clavos de Cristo.

—¿Es cristiano o infiel?

—Cristiano de toda la vida, fray Priscilo, aunque reconocido pecador.

—Qué fácil resulta acordarse de Santa Bárbara cuando truena —dijo el fraile a los cofrades.

Corrió hacia el altar y, con la ayuda de Pidio, recogió el cáliz, la patena y la jarrra, mientras culminaba los rezos. Antes de dirigirse a la sacristía se volvió para dar la bendición. Los cofrades se habían puesto de pie.

—Ustedes esperen aquí —les dijo—. Habida cuenta de que es un moribundo el que me reclama, no hay más remedio que atender esa caridad. Pero la misa la hemos dejado a medias, y luego se la completo, estén tranquilos.

Vieron correr al fraile por las campas mientras les contaba el rabadán que, cuando llegase a Sayuego y preguntase por el moribundo, cualquier vecino estaría dispuesto para improvisar el trance y la confesión, treta ya establecida para solventar los problemas que acarreaba fray Priscilo.

—Aquí ya se le tiene esa querencia y ese respeto que es debido a los hombres de Dios y a los inocentes. El día menos pensado se le caerá una teja de la ermita en la cabeza y se acabó. Porque el gran peligro que corrieron ustedes ahí dentro es ése, que la ermita se viene abajo pedazo a pedazo.

Volvieron hacia la majada. Aquilino, don Florín, Jacinto y Paco Bodes comentaban el desperdicio de la mañana. El rabadán les había hablado de algunas fuentes, y ahora, en el camino de regreso, inspeccionarían las que quedaran más a mano. Benjamín iba con el rabadán, que le daba noticia de los rebaños distribuidos por las praderas del puerto, algunos visibles por las vertientes de los altos, como manchas esparcidas entre el eco de los silbidos y de las chuecas.

Ángel y Chon caminaban rezagados y, tras ellos, rondaba Pidio Legaña, que se detenía al descubrir alguna mata de arándanos.

—No sé si a ti también te pasa, Chonina —decía Benuza—, pero en tres días por estos montes se libera uno de esas formas tan constreñidas de lo civilizado. Como si el cuerpo y el espíritu flotaran más a sus anchas, sin duda recobrando el ejemplo de sus funciones y vivencias más originarias.

—A mí, si te soy sincera, el monte me desconcierta y me impone.

—Decía Roldán Benares que la Naturaleza es el pasado del hombre y que en el Bosque, el Monte y la Selva se esconden sus terrores más ancestrales. Yo, desde luego, no estoy dispuesto a cambiarla por la Urbe, lo que me parecería un acto atávico y reaccionario, pero algo hay de experiencia sublimadora en esta vuelta que damos.

—No lo sé, Angelín. A lo mejor es que se sienten con más intensidad algunas cosas, que son mayores algunos requerimientos. Está una como más desnuda y más desamparada.

Benuza observó el gesto ruboroso de Chon que, por un instante, parecía ceder a la confidencia.

—Ese desamparo, Chonina, le acerca a uno a cierta añoranza amorosa.

Pidio les alcanzaba y le mostraba a Chon la palma de la mano derecha llena de arándanos.

—Pica que están dulces.

—Oye, Pidio —le dijo Benuza—, ¿tú conoces o no conoces bien estos parajes?

—Yo sé lo que buscáis —afirmó, bajando la voz.

—¿De veras lo sabes?

Pidio guiñaba un ojo y alzaba, risueño, los hombros.

—Sabe el que vale.

—Dínoslo, anda, dinos lo que buscamos, no te hagas el interesante —le requirió Chon.

Avanzó Pidio unos pasos delante de ellos y regresó después de comprobar la distancia de los que les precedían.

—Sé lo que buscáis y sé dónde está lo que buscáis —les confesó riendo.

Ángel y Chon se miraron con un gesto de sorpresa y complicidad.

—Sabe el que vale y el que no se calla.

De nuevo correteó hacia una mata de arándanos, llevándose un dedo a la nariz para solicitarles silencio.

—Estaría bueno que desde el principio hubiésemos tenido con nosotros al auténtico guía.

—Hay que seguirle la corriente, Angelín.

—Chonina, volviendo a lo de antes —dijo Benuza, reteniéndola—, ¿no será que padecemos el mismo desamparo?

—Anda, no te pongas pesado —dijo Chon—, y mira por dónde pisas, ¿o es que ya no te duele el pie?

Pidio Legaña volvió a alcanzarles cuando Aquilino y los otros, que les habían tomado bastante ventaja, les indicaban que se diesen prisa.

—Yo os llevo —les prometió Pidio—. Venís conmigo esta tarde y, desde la majada, os llevo. Pero hay que callar la boca para que no lo sepa más que el que lo sabe.

A Benito el rabadán y Eulogio el compañero les ayudaba un muchachillo que, según contaron, era el segundo año que andaba de zagal. Los demás pastores no regresarían a la majada hasta el oscurecer.

—Ustedes, si quieren —les había dicho Benito—, vuelvan aquí a dormir, porque acomodo les buscamos, aunque muchas comodidades no haya. En otro caso, ya les indicaremos un buen chozo por el Pando, si les peta más hacer allí la noche.

Manaba de los calderos un aroma profundo y se espesaba la ronda de los comensales, abastecidos por el zagal que, en ningún momento, dejaba quieto el cucharón, entre la fritada, la chanfaina y la caldereta. Iba de boca en boca la bota de vino y corría la hogaza troceada en amplias rebanadas.

—La pena es no haber podido hacerles la tarta —se disculpaba Eulogio—, pero la horna la tenemos averiada.

—Ahí vienen dos o tres frascos de frutas en almíbar —indicó Aquilino—, si hay algún valiente que, después de todo esto, se atreva con el postre.

—Yo a lo que me atrevo —dijo don Florín— es a echar una buena siesta. Con tanto ir y venir, estoy molido.

—Ésa es la mejor idea, Floro —aseguró Aquilino—. Nos vamos a soplar esas botellas de champán, y luego ya veremos lo que la tarde da de sí.

—Por como pica el sol —vaticinó Benito—, tendremos nube.

—Pues con que lleguemos hasta el Pando ya habremos hecho suficiente. Volver aquí a dormir no va a pagarnos el tiro. ¿Hay muchos manantiales por esas campas?

—El más famoso —informó Eulogio—, el de la misma Mustuniella, en mitad del Pando. Aquí llamamos mustuniella a lo que en otros sitios llaman comadreja. Ese manantial es de un agua que corta, de tan fina y tan fría. Y tiene su fábula, porque por él apostaron una mustuniella y un sapo, y como en aquella otra de la tortuga y la liebre, el más astuto ganó al más veloz.

—Entre el Pando y la Quebrada, luego que avisten las que llaman Médulas de Rosales —señaló Benito—, encontrarán las Seis Fontaninas y la Fontaniecha. Son siete veneros que manan por la misma llomba y que parecen una madre con sus hijas. Ahí van los rapaces del contorno, a beber el día de Jueves Santo, un trago de la última, que es la benjamina, dos de la siguiente, tres de la otra, hasta siete de la Fontaniecha. Son los rapaces que andan rondando ya la edad de hacerse mozos, y desde ese día como a tales mozos se les respeta.

—Para la siesta pueden ustedes disponer de los chozos —ofreció Benito—. Aquí el compañero, el zagal y yo vamos a acercarnos ahí, a la cabida del llano, a llevar unas bolas de sal y a recoger unos corderos. Luego baja el zagal con ustedes hasta el Pando.

—Antes hay que dar cuenta de esas botellas. Pidio remoloneaba cerca de Benuza. Le guiñó el ojo izquierdo, moviendo la cabeza en el mismo sentido.

—Sabe el que vale —dijo.

Rechazó el champán que Ángel le ofrecía y caminó por la pradera, hasta desaparecer detrás de unas matas.

—Ése nos reclama, Chonina.

—Pues no queda más remedio.

—Legaña —le dijo Benuza a Paco Bodes— sabe algo y quiere decírnoslo a Chonina y a mí. Vamos a dar un garbeo con él.

—No os arriendo las ganancias.

Volvían a recomponerse las nubes, rotas y desperdigadas sobre el cielo apretado de añiles, como un extraño asador que expandiera su fuego enfermo. Suavizaba la brisa, cada vez más insistente, el azogue de esa picadura. Un violento silencio colmaba las estancias del puerto, donde el rumor de los rebaños, el aviso de los pastores, el graznido de las águilas y de los gaviluchos, se habían extinguido, como si sorbiera el monte hasta la más diminuta palpitación.

Pidio corría por la zanja de una torrentera y Ángel y Chon le miraron desanimados.

—No sé yo si merecerá la pena.

—Hay que intentarlo, Angelín. Ese hombre tiene más conchas de las que parece.

Les aguardaba al pie de un roble que un rayo había partido al medio.

—Oye, Legaña —le atajó Benuza—, nosotros no estamos para trotes. A ti te puede gustar andar de la ceca a la meca, pero a nosotros no. ¿Adónde vas a llevarnos?

—Poco vale lo que buscáis, si tan poco empeño ponéis.

—Vale más de lo que puedas imaginarte —le dijo Chon.

—Pues yo os llevo, que lo sé. Ni está tan lejos ni está tan cerca. Yo os llevo y os traigo.

—De acuerdo —asintió Benuza—, pero sin carreras.

—Corre el perro, corre el hombre. No tiene por qué ser menos el amo que el can.

—Pues corre y despéñate tú, pero a nosotros mantennos a nuestro ritmo, ¿no ves que acabamos de comer?

—Detrás de ese tojo muevo el vientre. Rápido vengo.

—¿Ahora se te ocurre?

—El que no caga no corre.

—No sé, Chonina —dijo Benuza—. Me parece que con éste no hay nada que rascar. Mejor hubiéramos dormido la siesta.

Se cerraban las campas en un abrupto corte, que abría un profundo desmonte hacia un bosque de acebos. Pidio caminaba delante de ellos, con la enorme chaqueta bailando en su cuerpo enclenque, al ritmo de su paso saltarín. Por el desmonte bajaron entre las urces, advirtiendo Benuza a Pidio para que fuera más despacio. La picadura del sol se suavizaba en la profundidad y, cuando llegaron al bosque, resultaba grato evadirse de aquel fuego enfermo.

—¿Por dónde seguimos? —preguntó Ángel.

—No hay pérdida, todo recto —señaló Pidio—. Se sube a la collada, se baja al campón y a los robledales. Como andar por casa.

—Ten en cuenta que hay que volver a una hora prudente.

—Si para cuando se vuelva se encontró lo que se buscaba, igual da más pronto que más tarde.

El bosque era más extenso de lo previsto y se acrecentaba su espesura, haciendo difícil el camino entre las ramas abatidas.

—¿No me digas que no hay un paso mejor?

—Dándole la vuelta.

—Yo no sé si tú conoces esto todo lo bien que dices.

—Con la de horas que tengo echadas. Tantas de rapaz como de mozo. No habrá árbol donde no haya orinado.

Tras el bosque tomaron un sendero que iba por la apacible loma de una collada y, hasta el paso de la misma, volvió el sol a castigarles. En la cresta de los serrijones seguían agolpándose las nubes, remendados sus retazos como si se apretaran desde la distancia de su orfandad.

Se renovaban los pastizales en las frescas ondulaciones del campón, y a la derecha, bajo una cuerda de peñas altivas, fortificadas como una muralla, se extendía un frondoso robledal.

—Bajar es mejor que subir —dijo Pidio, sin detenerse.

—No me digas que hay que ir hasta allí.

—Más roble no se vio. Leña la que se quiera.

—Chonina —dijo Benuza—, este botarate está dispuesto a llevarnos al infierno, ¿le echo el alto?

Chon Orallo se limpiaba la frente, sofocada.

—Hay que seguirle —decidió.

Se esparcía el robledal como una mancha seca y parda propiciando una agreste penumbra que parecía nacer del suelo, del alfombrado declive donde los árboles más añosos iban vertiendo pacientemente el lastre de una vejez sellada en las cortezas, en los enmohecidos racimos que, como telarañas, pendían de las ramas.

Vieron a Pidio ir y venir, perderse por los recovecos, salir a los claros que, de cuando en cuando, abrían un limitado círculo, casi siempre donde algún roble había sido derribado por el rayo.

Benuza le llamó, increpándole. Se daba cuenta de que el bosque les estaba envolviendo como una desorientadora maraña en la que, poco a poco, uno tiene la impresión de verse perdido.

—Ven aquí —gritó.

—Ni vengo ni voy —contestó Pidio—. Lo encuentra el que busca.

—Que vengas ahora mismo, y ni se te ocurra dejarnos.

—Todos quieren el oro —gritó Pidio—. El tesoro del moro. El oro que caga el moro.

Y comenzó a correr.

—Este tío, Chonina, nos la arma.

—Más oro que el moro cago yo —seguía gritando. Benuza salió tras él.

—Vuelve aquí, desgraciado.

Más rico es el que más caga.

Ángel corrió con dificultad hasta el recuesto por donde Legaña huía. Chon se apuró hasta alcanzarle.

—Hemos sido bobos, Chonina. Este tío está como una regadera.

—Lo mejor es esperarle aquí.

—Si vuelve.

—Es la única manera de que pueda encontrarnos.

—Maldita sea su estampa.

Aguardaron casi una hora, voceando el nombre del huido, moviéndose en círculo para no alejarse de aquel último punto de referencia. En el silencio de la espera, cada vez más desalentada, sólo escucharon el impulsivo rumor de la brisa en la copa de los robles y el canto, tendido como un eco en la espesura, del cuclillo.

—Es muy tarde, Chonina —decidió Benuza—. Hay que intentar volver a la majada antes de que oscurezca. Ése ya no viene por nosotros.

Caminaron hacia atrás, intentando retomar la senda por donde habían venido, aunque ambos tuvieron en seguida dudas de que aquélla fuese la dirección exacta. El robledal mostraba su cerco de repetidas figuras, en la parda umbría que su antigüedad había petrificado.

Un claro mucho más amplio que los anteriores que habían visto les vino a confirmar que caminaban en otra dirección. Lo invadían dos enormes robles derribados y una espesa maleza que dificultaba el poder atravesarlo.

—Hay que salir de aquí —dijo Benuza— por el lado que sea, pero salir. Fuera ya nos orientaremos.

Chon Orallo seguía ligera el paso de Ángel, decidida a no separarse ni medio metro de él. Sabía que el tiempo se iba, desperdiciado en tantas sendas inútiles, que la amenaza del oscurecer les llevaba sin remisión al desamparo y al olvido del monte, que ella tanto temía. Ángel la miraba con gesto alentador.

—Ánimo, Chonina, que como dijo Celerio Alpino, a la puerta del bosque te aguarda el sueño.

—¿Y para qué lo queremos, Angelín?

—Nosotros para soltarlo, cuando salgamos.

—Nadie podría convencerme de que esto sólo es un mal sueño.

—Malo para mí yendo contigo, tampoco.

—Te juro que jamás me vi tan perdida.

—Es una experiencia, Chonina. La perdición le hace pensar a uno que el mundo se acabó fuera de donde está, que ya no hay nadie en ningún sitio.

Hasta alcanzar el límite del robledal, vagaron sumergidos en esa desconfianza que corrobora la desorientación, como si pudiera sospecharse que alguien ha urdido una trampa en la que cada paso incrementa el laberinto.

El cielo estaba oscuro sobre la blanca atalaya de la caliza, la mellada crestería de unas peñas enormes, con las que las nubes contrastaban su vientre tormentoso. En el remate de la falda, donde terminaba el robledal, se tendía una aterciopelada pradera. De la celda del bosque, en la que Chon estaba ya a punto de desfallecer, atribulada por la angustia de la clausura, a ese abierto remanso, sintieron el alegre sosiego del que despierta.

—Ahora sí —confesó Chon, dichosa, tumbándose en la pradera al lado de Ángel—, ahora igual me da que el mundo se haya acabado de veras más allá de estos riscos.

—Hazte a la idea de que así es. Nos hemos quedado solos para confirmarlo.

—¿Y qué hacemos?

—Pues una cosa nos queda, Chonina, y no hay más vueltas que darle —aseguró Benuza—. La única que un hombre y una mujer pueden hacer para empezar algo o para acabarlo. Isis y Osiris inspiran el instante de esta soledad cósmica, de la que nos hemos convertido en protagonistas, no lo dudes.

—No lo dudo, Angelín, pero si dejas de echar a volar la imaginación podrás percatarte de que empieza a llover.

—Es lógico que lo que se creó con fuego, con lluvia se culmine. Al menos, así lo tiene previsto Silvino en sus discursos Apocalípticos.

Caían unas gruesas gotas y un relámpago estalló como una fulguración vertiginosa, seguido de un trueno.

—Dios, Angelín, esto sí que me impone.

—Hay que buscar una guarida, Chonina. No queda más remedio que ir pensando en pasar la noche por nuestra cuenta.

Corrieron por la pradera a refugiarse bajo las ramas de un frondoso negrillo. Arreció la lluvia y en seguida volvió a parar. Otro trueno repicó en la lejanía.

—Vamos a ir hacia allí —indicó Benuza—. Por ese desfiladero alguna cueva habrá.

Un camino armado de piedra, desfigurado por los arrastres de las peñas y las descarnadas torrenteras, enfilaba el cerrado valle que apretaba la caliza. Fluía un arroyo por la misma línea, con esa infantil precipitación de la que arrancan los ríos.

Ángel y Chon se internaron por el desfiladero. La blancura de las peñas aliviaba la velada penumbra de aquel lecho perdido en el fondo del abismo, un encajonado paso abierto como una honda herida, que, en algunos momentos, llegaba casi a estrangularse, como si las compactas moles lucharan hasta la extenuación por lograr de nuevo cerrarla, tras la violenta ruptura que rasgaba sus entrañas.

El rumor del arroyo les acompañó durante un rato, ampliado en la resonancia de la sima. Luego sólo escucharon el silencio, apenas quebrado por las lajas que se deslizaban o alguna piedra insegura que cedía a su paso. El arroyo se sumió en un curso subterráneo, como tragado por una boca hambrienta.

—¿Dónde nos metimos, Angelín?

Serpenteaban las hoces en su corte irregular, y el paso era difícil en algunas ocasiones, pues los desprendimientos taponaban el camino, dejando apenas un limitado hueco en la angostura.

Cuando llegaron a la salida, las nubes y las sombras anticipaban hermanadas el oscurecer, y una brisa húmeda arrastraba el aroma agreste hasta el preservado dintel, desde donde descubrieron la bocana de una cueva, a la que el acceso no parecía difícil.

—Ése puede ser un buen sitio, Chonina. Estaremos a cubierto y más resguardados.

Treparon por la pendiente que formaba un granado terraplén de calizas deshechas, y algunas gotas volvieron a caer y tembló en la distancia el eco de un trueno.

—Dame la mano, Chonina, no te me vayas. Tenía la cueva una bocana bastante alzada y un saliente, a su entrada, alfombrado de musgo.

—No habrá algún bicho —dijo Chon.

Ángel saltaba al saliente, dispuesto a inspeccionar el interior.

—No hay nada —avisó—. Esto tiene poco fondo pero parece muy abrigado.

Sólo el seco temblor de los truenos removía la noche, que se avecinaba con su espesor de abismo. La lluvia cesó por completo.

Ángel y Chon sintieron esa común seguridad que alienta la aventura del perdido, cuando se convence de que ya no hay peligro alguno y que, como tal aventura, será siempre algo que pueda recordarse por encima de todas las otras cosas rutinarias.

Encontraron acomodo en la parte más alta, hacia el fondo de la cueva, cuyo suelo era muy irregular y, salvo en esa zona, bastante húmedo.

—Hay que hacer de tripas corazón, Chonina, no queda más remedio —dijo Benuza, resignado.

—No me importa nada pasar la noche aquí —confesó ella.

—Haya vuelto o no haya vuelto el botarate a la majada, nos estarán buscando.

—Bueno, el caso es que nada podemos hacer. Ojalá se les ocurra esperar a que amanezca.

—Mira, me quedan tres cerillas en esta caja —mostró Ángel, después de rebuscar en los bolsillos—. No sé si podremos siquiera hacer algo de lumbre. La leña por ahí estará muy mojada.

—Frío aquí dentro no hace. Yo me encuentro la mar de bien.

—Menos hará mientras más juntos estemos.

—¿Es que de veras estás convencido, Angelín, que ahí fuera se acabó el mundo?

—Para mí, Chonina, contigo se acaba, si tú quieres. Yo, tal como se han puesto las cosas, nada veo ni nada me imagino más allá de ti. Y estate segura de que hasta aquí no llegamos por casualidad. Ese botarate era un mensajero en manos del Destino. Y el Destino, al menos el tuyo y el mío, lo gobiernan Isis y Osiris. En este avatar hay una determinación paralela a la de esos rayos venturosos que soliviantan la noche.

—No deja de ser curioso vernos como nos vemos. Esta cueva no me impone, me atrae, me gusta. Hay un ambiente misterioso pero apacible.

—Nunca nos vimos ni nos veremos juntos, tan cerca de nosotros mismos, Chonina. Así, guardados del mundo y de la realidad, sin que medie el tiempo, como si en el lecho de nuestros más primitivos ancestros nos hubiéramos metido.

—¿Y ese rumor?

Ángel alzó la cabeza.

—¿No me digas que no lo escuchas?

—Sí, pero es aquí mismo, en la cueva.

—Calla un momento —pidió Chon.

Antes de que otro trueno perturbara el silencio en la lejanía, escucharon un delicado discurrir, una líquida caricia que parecía rozar alguna secreta turgencia.

—Es un manantial —exclamó Benuza, sin poder contener la emoción.

En el límite de la cueva, a la derecha de donde se habían acomodado, descubrieron el brote de un venero que manaba dulcemente, con un hilillo de agua que vertía sobre el surco fraguado en la caliza. Benuza encendió una cerilla que casi le abrasa los dedos.

—Mana del suelo —dijo exaltado, acercando el rostro al agua—. Dios, Chonina, en toda la expedición no hemos visto nada que se ajuste tanto a las descripciones del presbítero en el Diario de La Omañona. El *Locus Amenus* en la secreta umbría, no podía ser de otro modo. Por mediación de ese botarate, de ese inocente, se está cumpliendo el designio. El azar es siempre limitado y azarosa resulta ya la búsqueda, no nos engañemos, hasta que tú y yo recibimos la señal.

—No cantes victoria antes de tiempo.

—Es como la Predestinatio de Eliodoro Dusantes —exclamó—. El determinismo sustanciado en la divina encomienda, con que Eliodoro cumplió a la centenaria edad en que la fuente varonil ya no mana, y pudo engendrar los siete bigardos que fundarían la Comuna Romañola. Es igual, Chonina: un designio que orienta y sublima nuestra naturaleza. Son las Aguas Virtuosas.

—No te excites, Angelín, por favor.

—Tú vas a ser la primera en libarlas, Chonina, y juntos, tan lejos del mundo como ahora estamos, vagaremos en el sueño dorado de la Juvenalia.

Ángel encendió otra cerilla.

—Anda, Chonina, bebe, no seas tímida.

—No sé si es la emoción o el temor, Angelín —confesó Chon—. No sé lo que me pasa, pero es que, en el fondo, lo que no quiero es dejar de ser quien soy.

—Vamos, Chonina, la virtud del agua es la de hacernos recuperar los instantes biológicos en que más feliz puede ser el humano. Los más intensos, los más imposibles.

Chon Orallo acercó los labios al agua.

—Liba, liba —la animaba Ángel—, que ya siento el esplendor de tu cuerpo perlado, tan desnudo y glorioso como el de Isis en la solana del Nilo.

—Dios, Angelín —reconoció Chon, después de beber—, creo que tienes razón. Nunca sentí nada parecido. Es como si fuera a despegar en las nubes.

—Espérame.

Ángel hundió el rostro en el agua. Bebió con la codicia de quien sorbe la propia vida para huir de la muerte.

En la oscuridad de la cueva palpitaba el corazón de la fuente, un arpegio de sinuosa música desgranada en el recóndito fluir, como la emanación de un aliento secreto que se extiende en el sueño.

Abrazados volvieron al cobijo, tanteando las sombras, y encontraron el acomodo tendiéndose en el suelo, fuertemente cogidos, como para que la virtud de las aguas no pudiera deslindar aquella común emoción que les embargaba.

Era difícil saber si el tiempo discurría o aguardaba, agazapado, en el camino de la noche.

La claridad de un rayo les hizo descubrir fugazmente, más allá de la certeza de las profundas caricias en su silenciosa e interminable propagación, ese brote templado de la desnudez, que fundía las imágenes de la realidad y del sueño, de la ternura y del deseo.

El abrazo se consumaba en el amoroso forcejeo, que alcanzaba su culminación cuando un trueno desgarró la techumbre nocturna haciendo temblar las hoces.

—La galladura, Chon, la galladura —gritó Ángel Benuza en el éxtasis.

—Ay, Angelín —suspiró Chon Orallo—, que me vuelvo loca.

11

GALOPINES PASADOS POR AGUA

La voz que les llamaba podía provenir del sueño, como un grito de alerta o de angustia que en el sueño resuena, traído por el eco de sus oscuras moradas, de sus nebulosos precipicios. Repetía la voz sus nombres, con el urgente clamor que solicita la respuesta como una ayuda y, cuando fueron conscientes de aquella solicitud, percibieron, a la vez, la claridad que entraba en la cueva como la mano que palpa en el escondrijo.

Era difícil desprenderse en seguida de esa costra que con el sueño invade la memoria, de esa masa nocturna amparada en la subterránea grieta de la caliza, que ahora, al despertar, promocionaba la irrealidad del recuerdo, la incertidumbre de esa alcoba que inundaba la mañana con sus aromas húmedos y agrestes.

La voz retumbó más cerca, en el dintel de las hoces, cuando Ángel Benuza y Chon Orallo se incorporaron apenas repuestos del sobresalto, decididos a contestar la llamada. Por un instante les dominó la confusión de quien siente el riesgo de verse, más que encontrado, descubierto.

—Son ellos —dijo Ángel.

Capitaneaba Eulogio el compañero una partida en la que venía Paco Bodes, don Florín y su sobrino. Desde la bocana de la cueva les saludó Benuza y celebraron el hallazgo gritando alborozados su nombre.

—Vamos, Chonina —urgió Ángel.

Benuza le tendió la mano, pero ella salió sin aceptarla. No parecía dispuesta a demorarse en aquella oquedad, que albergaba la exaltación de los fervores comunes, en el tránsito de un sueño cuyas apasionadas imágenes resultaban todavía cálidas y turbadoras. La vio descender delante de él y sintió la certeza de su cuerpo, el renovado impulso de una ardiente emoción que la noche apaciguaba en el vacío, un rastro de segura nostalgia que venía a diluirse en la obsesiva figura del abrazo.

—¿Pero cómo demonios pudisteis hacerle caso a ese botarate? —preguntó don Florín.

—Nos engatusó —reconoció Benuza—. Y por ahí nos trajo, subiendo y bajando, hasta dejarnos abandonados. ¿No volvió a la majada?

—Ni volvió ni vuelve. Aquilino le leerá la cartilla cuando lo pille.

—Viniendo por estos Calderones —dijo Eulogio, señalando las hoces— tuve la idea de que podían haber dado con la Cueva de las Cristalinas. No es la primera vez que alguien se guarece en ella para salvar la tormenta, a pesar de lo que la leyenda dice.

—Llevamos la noche prácticamente en vela —aseguró don Florín—. Al oscurecer estuvimos ya seguros de que ese botarate os había perdido. El rabadán os busca con Aquilino y Jacinto. Tenemos que volver a la majada. ¿Tú estás bien, Chon?

—Lo que se puede estar.

—Es que hay que repetir la caminata.

—Si no queda más remedio.

—Al menos tuvisteis suerte de encontrar esa cueva. La noche fue toledana.

—Un tentempié sí que traemos en el fardel —ofreció Paco Bodes—. Desde ayer a mediodía no probasteis bocado. Démonos todos un alivio antes de volver.

Paco repartió pan, queso y fiambres e hizo correr la bota.

El cielo estaba limpio, lavado el añil y aventadas las calinas. Empezaban a encenderse las crestas de las calizas, como si la luz las rociara con su bruñida salpicadura. Por los altos volaron dos águilas, que Benjamín Otero siguió con la mirada hasta verlas perderse en un saliente de la peña, donde acaso tuvieran el nido.

—En la Cueva hay un manantial —informó Benuza—, que convenía que vierais.

—¿La noche la pasaron tranquila ahí dentro? —preguntó interesado Eulogio el compañero, mientras partía con la navaja un taco de cecina.

A Chon Orallo se le cayó la bota, derramando el vino que bebía con dificultad.

—Sí —dijo Ángel Benuza, lacónico.

—Pues la Cueva, ya les comenté, tiene su leyenda. El agua del manantial es superior, pero hay pastores que prefieren aguantar la sed antes de entrar a probarla.

—¿Es una fuente conocida? —quiso saber Benuza, que observaba cómo Chon se limpiaba, molesta, el vino que había manchado su blusa.

De las más conocidas del contorno —confirmó Eulogio—. En la Cueva dicen que habitan las Cristalinas, metidas en el manantial, porque en el agua es donde ellas se albergan, ya que por las venas de los veneros viajan y van y vienen para hacer sus fechorías, aunque a flote sólo salen tres días de cada año, que nunca se sabe cuáles son. Aquí la Cueva es, como si dijéramos, la casa madre que tienen. Y según esto, todas las fuentes de La Omañona se comunican y por esas venas subterráneas a todas pueden asomar, aunque la querencia a ésta se la tengan, de ahí el respeto a beber de sus aguas.

—¿Es que producen algún mal?

—Enredos —dijo Eulogio, que tomaba la bota y ya no parecía decidido a dar más información.

Jamás oí hablar de esa especie —confesó Paco Bodes—. Serán una variante de las ondinas, las nereidas o las janas. Las que más y las que menos enredan con el hilo de oro de sus cabellos al incauto enamorado.

—Picias y trastornos de esos todos los que se cuenten son pocos —afirmó el pastor—. Y lo malo es cuando pillan a un hombre solo, porque, antes que otra cosa, son desvergonzadas. De lo que hacen casi ni hablar se debe. Por eso, les preguntaba aquí, a estos señores, si la noche la pasaron tranquilos ahí dentro.

—Yo no soy nada devoto de esas mitologías —dijo Benuza.

—¿Y tú, Chonina? —preguntó Bodes—. Igual estuvisteis expuestos a cualquier cosa.

Yo lo único que digo es que si tenemos una caminata tan larga por delante, no sé a qué esperamos.

Las águilas volvían a volar, desprendidas de las peñas en un abierto círculo que Benjamín siguió hasta que la partida se puso en marcha. Eulogio, Chon y don Florín caminaban abriéndose paso por las hoces, que permanecían sin recibir la luz en el cauce de su angostura, clausuradas en ese silencio de esquivas resonancias en el que se aplaca la profundidad. Paco Bodes y Ángel Benuza iban los últimos.

—¿Qué le pasa a ésa?

—No lo sé, Paquín. Esta expedición se nos torció. Del designio pasamos al desánimo.

—Es que estamos todos muy trallados.

—Es mucha naturaleza para unos espíritus urbanos como los nuestros. Y eso que, por un momento, yo estuve seguro de haber bebido las aguas virtuosas.

—¿En la Cueva?

—No hay otra fuente que se parezca más a la que describe don José María.

—A mí este mito, te lo juro, ya se me cayó del pensamiento. No te puedes imaginar lo que echo de menos las nieblas del Capudre.

—Uno recuerda a veces la piel de un sueño —dijo Benuza como hablando consigo mismo—, y con eso tiene para toda la vida.

Cuando a media mañana llegaron a la majada les esparaban, nerviosos y consternados, Aquilino y Jacinto, que, con Benito el rabadán, habían batido las vertientes opuestas de los puertos. A la alegría del encuentro se unía el cansancio y el desánimo de la expedición. Sariegos se encontraba muy resfriado.

—La mojadura fue de aúpa —reconoció, estornudando—. Y alguna décima no hay quien me la quite.

—Si ya el primer día hubiéramos corrido a ese mequetrefe de Pidio —se quejó Aquilino—. Se te posa un cuervo a la espalda y no te trae peor suerte. ¿Adónde diablos quiso llevaros?

—Es mejor que lo dejemos —dispuso don Florín—. Nada se adelanta con lamentaciones. De lo que se trata es de hacer los planes oportunos.

El zagal repartía café.

—No hay más plan que echar camino adelante —señaló Aquilino—. Por el Pando y la Quebrada, hasta coger el Valle de Majarino y por él bajar a La Omañona. Sólo que lo que íbamos a hacer con tiempo suficiente para seguir nuestras pesquisas, vamos a tener que hacerlo sin más miramientos. A no ser que nos sintamos tan cansados, que decidamos alargar otro día y echemos hoy el resto por aquí.

—Mientras antes nos vayamos, antes llegamos —afirmó Chon—; conmigo no contéis para otra cosa.

—Yo digo lo mismo —opinó Paco Bodes—. Lo previsto eran tres jornadas y hay que ajustarse al calendario, haya habido mejor o peor fortuna. En la casona sí que podremos descansar de veras.

—Pues si así lo veis, la cosa está clara.

—Hombre —apuntó don Florín—, lo peor es que rematemos la expedición con este desánimo. Eran muchas las ilusiones y se había trabajado seriamente.

—Habrá que reflexionar, Floro —dijo Aquilino—. Habrá que volver a los textos y seguir investigando. Tampoco hay que ver las cosas más oscuras de lo que están. El trabajo de estos días no fue en vano. La tarea, está claro, que es más difícil de lo que presumíamos.

Aquilino había abierto el mapa y repasaba las anotaciones.

—Yo diría —afirmó— que la ruta que determinamos la hemos seguido al pie de la letra y, desde luego, lo más importante es lo que llevamos recorrido. El mapa y el monte, ya lo sabéis, son como la imagen y la realidad de un laberinto donde está el secreto, y uno puede sentirse, con toda la razón, confundido y defraudado, en la medida en que las ilusiones del hallazgo no se cumplieron. Pero hay que sobreponerse, tenemos que continuar. Esta noche en la casona, tranquilos y sin el polvo y el sudor que llevamos encima, valoraremos las conclusiones. Y una cosa os prometo: Jesusa y Balbina se esmerarán de tal modo que la cena no vais a olvidarla en lo que viváis.

La expedición se puso en marcha, siguiendo al zagal que llevaba la encomienda de conducirles hasta el Pando de la Mustuniella. Todavía Eulogio y el rabadán les acompañaron durante un rato, pues iban en la misma dirección a recoger unos corderos. Benjamín le seguía el paso a Jacinto Sariegos, que no dejaba de estornudar.

—Con éste, Chamín, remato el verano. No hay catarro que me dure menos de dos meses. Y veremos si no me deriva en pulmonía. No hay nada peor que una mojadura nocturna. Y luego estos aires serranos que son fatales para los que tenemos los pulmones hechos al ambiente del Archivo.

Observaba Benjamín el silencioso caminar de los cofrades, tras las yeguas, cuyos ronzales llevaba el zagal. Cruzaron las últimas praderas del puerto para entrar en un bosquecillo de avellanos y salir, por la abrupta ribera de un arroyo que traía turbias las aguas de la tormenta nocturna, a un camino de tierra. Por él fueron un buen rato hasta que el zagal indicó un atajo para llegar más rápidos al Pando.

—Luego allí —le decía a Aquilino— ya les enseño por dónde coger otra vez este camino forestal, que es el que baja al Valle. Con el atajo nos quitamos las remolinas.

Uno a uno fue considerando Benjamín a los cofrades, que vagaban aislados en ese esfuerzo que sume al expedicionario en la inconsciencia de la marcha, como si sólo el paso fuera el reflejo vivo, más allá de toda intención, de todo recuerdo o idea.

Vio sus desperdigadas figuras como ajenos bajeles que el viento podía llevar a mares distintos, aunque sintió que era difícil deslindar cada rostro, cada gesto, separarles de sus mutuas referencias, desarticular la trama de la Cofradía de modo que se disiparan los sueños comunes, y cada cual surgiera con su relativa imagen de razones y pesares.

Tuvo entonces Benjamín esa iluminada sensación del testigo que, por un momento, es dueño de lo que a los demás les sucede, que se apropia de sus actos con el conocimiento que ellos en ese instante no pueden tener de sí mismos, y se vio determinado a decidir si él se encontraba dentro o fuera de aquella línea que les unía en un círculo común, tan cerrado como secreto, al que le habían dejado asomarse con total generosidad.

Sariegos le rescató de lo que en seguida empezaría a considerar como una sarta de absurdos pensamientos, equivalentes a los que le asediaban en las meditaciones vespertinas del noviciado, cuando en la capilla todos los hermanos sucumbían en el tedio y hasta el padre maestro se dejaba arrastrar por una soñolencia culpable.

—De pulmonía murió mi abuelo Eloy, Chamín, de una pulmonía doble derivada del típico catarro mal curado. Y yo tengo la mala suerte de haber heredado sus pulmones. Si una corriente me pone a la deriva, fíjate una mojadura.

En el Pando comieron las ya no muy apetecibles provisiones, antes de que el zagal se despidiese. Segaba el sol las onduladas y desnudas praderas con su filo candente, sólo suavizado por la brisa que alentaba un fresco aroma de gamones y gencianas. Las almenas del puerto se alzaban sobre la collada por donde habían cruzado, brillando más blancas que nunca, como erguidas enseñas de un pabellón que surca el marino firmamento.

—No hay tiempo para reposar —dijo Aquilino—. Aunque estos cuatro bocados tampoco requieran mucho miramiento.

Tenían que bajar el Pando para encontrar el camino forestal, que ya sería la ruta segura y definitiva. Paco y Ángel tomaron los ronzales de las yeguas. Chon iba tras ellos y, a corta distancia, Aquilino y don Florín seguidos por Benjamín y Jacinto.

—Si este hombre tiene en casa eucaliptos —dijo Sariegos—, voy a tomar unos vahos. Si te digo la verdad, hasta me está empezando a doler la barriga. No sé lo que tu tío trae en el botiquín, porque de ungüentos y pomadas nada quiero saber. Prefiero aguantarme.

Por el camino, la marcha se hizo más cómoda, aunque ya se resentían los expedicionarios, lastrados por la larga jornada y la incertidumbre de no poder contabilizar con exactitud lo que les faltaba.

—Ahí hacemos un alto —anunció Aquilino, con el beneplácito de todos—. Aquéllas son las Médulas de Rosales, y por esa llomba manan las siete Fontaninas y la Fontaniecha que nos dijo el rabadán. No es el agua virtuosa, pero seguro que nos quita la sed.

Surgían las Médulas como desplumados testigos sobre la verde sombra del matorral espeso, crecidos los descarnados pináculos que mostraban sus terrosos cuellos, la violenta erosión que les había minado, el golpe de las aguas desatadas que horadaban el vientre montuoso, hasta reducirlo a un extraño esqueleto de altivas y fantasmales figuras.

—Esos romanos —comentó Paco Bodes señalando las Médulas—, más que el oro de la vida vinieron a buscar a estos parajes el oro de la muerte. No sé yo el metal precioso que de ahí se llevarían, pero nada más fúnebre pudieron dejar.

—Robaron lo que el monte guardaba —dijo Aquilino— a base de reventarlo.

—Es lo que queda de una gesta de urracas —sentenció don Florín.

A media tarde alcanzaron la ribera del Majarino. Un endeble puente cruzaba el río, cuyas aguas se amansaban en la reverberante tablada. Seguía el camino la línea espaciosa del Valle cada vez más abierto.

—Antes de que la noche se nos eche encima —prometió Aquilino— estamos en la casona. A no ser que os rindáis.

—Como no sea Chon la que se rinda —dijo Bodes.

Chon Orallo había rebasado a las yeguas y avanzaba la primera, a bastantes pasos del ya más apiñado grupo de los expedicionarios.

—No sé de dónde saca tanto gas.

—Aquí Angelín no debió atenderla bien esta noche. Cualquier cosa que se le dice, pega un bufido.

—Benuza —opinó Aquilino— siempre tuvo mano con las mujeres.

—Mano y tiento —reconoció Paco Bodes—. Pero de un tiempo a esta parte se le ve muy desentrenado. Ángel Benuza tiraba del ronzal.

—Habláis mucho —dijo.

El polvo era denso por el sosegado camino que, casi durante todo el tiempo, acompañaba el curso del río. Sariegos se fue quedando rezagado, y Benjamín se entretuvo en adivinar el salto de las truchas que se cebaban en los remansos.

Poco a poco, con la laxitud del atardecer, amortiguado el cansancio en ese punto en el que se diluye la conciencia del esfuerzo, fueron los expedicionarios recobrando el ánimo, ante la alegre certeza de la llegada.

Volvían a oírse, entre la contenida respiración vegetal del Valle, los ecos de las voces que arreaban a los rebaños en el regreso, y las pacientes señales de las esquilas. Se doraba el horizonte, contagiado en su fulgor extremo por la seda de los arreboles. Y hasta la mansa superficie del río llegaba, como brotando de la corriente, un cárdeno relumbre de fugaces destellos. El oscurecer se desprendía de las embadurnadas cenizas del firmamento.

Benjamín esperó a Jacinto. Saltó una trucha en el centro del río y su ágil cuerpo de plateadas irisaciones se elevó en el brinco hasta una milagrosa altura, como si el impulso excesivo la llevara a perderse en un vuelo imposible. Al seco chapoteo de su caída le siguieron otros sobre la superficie abierta en vertiginosas arandelas. Una íntima emoción había llenado aquel instante, como si en el fervor estival del valle hubiese vislumbrado Benjamín el más hondo latido de todas sus secretas criaturas.

—Tira, Chamín —suplicó Sariegos—, que si me paro un segundo no llego. La barriga me trae doblado.

Divisaron el pueblo todavía en las prolongadas vísperas nocturnas, recogido bajo el Teso del Espino, como al amparo de las devoradoras sombras que en manada bajarían de los altos.

Chon Orallo se detuvo en la revuelta, ante la vega donde las sebes marcaban el límite de los prados y de los primeros corrales. Sentado en un muro derruido había un hombre que tardó unos segundos en descubrir.

—¿Cagó o no cagó el moro? —preguntó Pidio Legaña. Se acercaban el resto de los expedicionarios. Pidio se puso de pie sobre el muro y comenzó a batir palmas.

—Cagó el moro, cagó el moro.

—Es ese maldito mequetrefe —dijo Aquilino, corriendo hacia él.

—Déjalo —pidió don Florín—. Ya tiene de sobra con esa cabeza de chorlito.

Aquilino increpó a Pidio y le ordenó que bajase.

—Yo nada hice —se disculpaba Pidio—. Yo sólo voy y vengo. Si caga o no caga, allá el moro.

—Vamos, Aquilino, que no merece la pena.

—Es que aparte de armárnosla, habrá alborotado a todo el pueblo.

—¿Y quién le hace caso?

—No es por lo que dice, sino por lo pelma que se pone.

Cruzaron la vega. De nuevo Chon se adelantó, como si tuviese la imperiosa necesidad de llegar la primera. Pidio

Legaña había saltado el muro y les seguía a una prudente distancia.

—El oro yo sé quién lo tiene —les decía—. Aquí en el pueblo vive el que lo tiene. En doce pucheros como los doce apóstoles.

—Lo peor de todo es tener que aguantarle —reconoció don Florín.

—Es que, además, lo que pretende es que le demos de cenar —aseguró Aquilino.

—Tales pucheros con sus correspondientes cagadas. Y escondidos los tiene en un pozo del huerto.

En el poyo de la fachada de la casona, bajo la parra, distinguió Chon un objeto de niquelados brillos que en seguida asoció, a pesar de la extrañeza, con una de las bicicletas de su hermano Ovidio. Aceleró el paso intrigada y ya no tuvo la menor duda. Era la bicicleta preferida de Ovidio, una máquina que el ciclista mimaba y que sólo en excepcionales ocasiones solía usar.

—Dios —dijo Chon—, algo ha pasado. ¿Qué pinta éste aquí?

Ovidio salía de la casona con Balbina y Jesusa. Chon le reconoció, vestido con las prendas deportivas que solía ponerse para sus más largas excursiones ciclistas, con las que mantenía aquella vieja afición que en la juventud le había proporcionado algún trofeo.

Ovidio tranquilizaba a su hermana cuando el resto de los expedicionarios, tan extrañados como ella de encontrarle allí, llegaron a la casona, con Pidio a la zaga.

—Madre mía, la que traen encima —dijo Balbina, asustada—. ¿Hasta dónde llegaron para venir como vienen?

—Espantar a ése —ordenó Aquilino nervioso, señalando a Legaña— y haceros cargo de las yeguas.

Balbina y Jesusa obedecieron. Todos los expedicionarios, menos Benjamín y Jacinto, se sentaron en el poyo después de saludar a Ovidio. Por un momento parecían dispuestos a reconocer el desaliento final, ese límite del esfuerzo tras el que nada cuesta mostrar la rendición.

—¿Cómo te dio por venir a esperarnos? —preguntó don Florín al ciclista—. Mira que tienes moral para hacer tantos kilómetros por esas carreteras. A éste, Chonina, no hay quien le cure la afición.

—Me parece que no vino por gusto —dijo Chon.

—Es cierto —reconoció Ovidio, que mantenía con poca seguridad esa piadosa cautela de quien trae una noticia y no se anima a darla.

La estampa de los cofrades le recordaba la de los descolgados compañeros de equipo que, en plena carrera, se quedan abatidos, con los pedales pesándoles como plomo.

—El caso es que ayer —dijo, no muy decidido— el *Afán* publicó un artículo, que lo mejor es que lo leáis.

—¿Tanto interés tiene?

—Por los comentarios que levanta, parece que sí. Sobre todo, teniendo en cuenta que se refiere a vosotros.

—Hombre —apuntó Paco Bodes—, contadas son las ocasiones en que uno se ve en tan imperial letra impresa. La última, si mal no recuerdo, en la lista de multas gubernativas hará dos o tres años.

—No te andes con rodeos —ordenó taxativa Chon a su hermano.

La curiosidad vencía al cansancio de los cofrades, ante los que Ovidio se fue transformando en ese esforzado mensajero que saltó las líneas de la plaza sitiada.

—El artículo ahí lo traigo —indicó—. Lo firma Mucio Petavonio.

—Pacho Robla —confirmó don Florín— no tiene la mínima imaginación para cambiar de seudónimo de vez en cuando.

—Os lo voy a enseñar —decidió Ovidio, temeroso.

—Dinos de una vez de qué va —volvió a ordenar su hermana.

—Pues el caso es que —comenzó el ciclista— se refiere a esta excursión vuestra. «Galopines pasados por agua» se titula. Dice que con un simple cebo metido en un baúl se puede conseguir que piquen los bobos que se las dan de listos, los fatuos que se tragan las historias más descabelladas. Sobre todo cuando esos bobos son visionarios de medio pelo que, después de alimentarse del tufo y del vino peleón de las tabernas, se convencen de que hay un agua milagrosa que le devuelve la juventud al que la cata.

—Pero, coño, Ovidio, ¿qué es eso? —inquirió Aquilino, extrañado.

—Lo mejor es que lo leáis —decidió el ciclista.

Los cofrades se miraban atónitos. Ovidio regresó en seguida con el arrugado recorte del periódico en la mano. Se lo entregó a don Florín, que buscó la menesterosa luz de la bombilla del porche, que Aquilino había encendido.

—Galopines pasados por agua —leyó, con visible preocupación—. Andan estos días por los equívocos caminos de nuestra bella comarca de La Omañona, unos desvariados galopines que igual se las dan de estudiosos que de plumíferos, no pasando nunca de beoda pandilla a la que es más habitual ver en el chigre que en la biblioteca. De un zumbado boticario, del que el Ilustre Colegio abomina, a un poetastro que nunca supo rimar más allá de sus narices, a una escaldada profesora que más le valiera conjugar mejor la docencia con la decencia, y un astroso archivero al que en el Consistorio debieran atar más corto, más un filosófico perillán que dilapida un honorable apellido entre la retórica y el lenocinio, y hasta un ingeniero que de la Villa y Corte a su casa solar viene de temporada en temporada para, con los otros, calentarse los cascos. Toda esta jarca, queridos lectores, anda estos días por La Omañona —atención, paisanos, que no hay tiña buena— en pos, no me lo van a creer ustedes, de una milagrosa fuente, que de carcamales los vuelva adolescentes, y, sobre todo, les cure el hígado, y les remedie el flato y la casi imposible diarrea mental.

—Dios, Floro —interrumpió Aquilino, indignado—, esto es de juzgado de guardia.

—No tiene por qué cogernos de sorpresa —opinó Benuza—. De ésos podíamos temernos cualquier cosa en cualquier momento.

—¿Un ataque así, insultante, injurioso?

—Contra Pacho y los suyos, Aquilino, la guerra hace tiempo que la tenemos declarada —reconoció don Florín—. Ellos andan siempre con la escopeta cargada. Nunca hubo otra cosa que no fuera la insidia y la puñalada trapera. Y ahí todos ellos son iguales, lo mismo Pacho que Iruela, que Llombera, que Juanito Garfín. Toda la junta directiva del Casino, si me apuras.

—Digáis lo que digáis, algo como esto yo nunca vi —reafirmó Aquilino—. Todas las diferencias y reyertas que queráis, pero un ataque público en el periódico y con pelos y señales. Esto, Floro, es de juzgado. Aquí no hay más solución que ésa, o que ir a por ellos.

—Lo malo, que no sé si caéis en la cuenta —dijo Ovidio—, es el gato que os metieron. Porque, eso sí que tengo que decíroslo, por más de un sitio sois el hazmerreír; de otra cosa no se habla.

Don Florín había seguido leyendo el artículo. Los cofrades revoloteaban desesperados.

—El cebo del baúl —repitió Paco Bodes, dando un golpe en el aire—. Qué miserable jugarreta.

Chon le quitó el artículo a don Florín, que no podía salir de su indignación y de su asombro.

—Cómo demonios pudieron organizarlo —decía—, cómo pudimos picar.

—Ésa fue la jugada —dijo Ovidio— y ahí tuvieron conchabados a Melendres y a Olegario el Lentes. Yo no sé lo que le pagarían a Olegario, porque ése nada hace si no es por dinero. Y el dichoso cuaderno no os creáis que se guardan de contar que fueron Juanito y Llombera los que lo prepararon. Y más os digo, en la casa de la calle de Pilares los que dispararon también fueron ellos. Eso no lo dicen, pero podéis estar seguros. Aquella noche, todos, menos Pacho Robla, os esperaban allí.

—Dios, Dios —se quejaba Aquilino—, no hay mayor oprobio, no lo hay.

—El ladilla de Melendres —increpó Benuza— y el siniestro chamarilero.

—Hay que juramentarse —propuso Paco Bodes—. Si existe una venganza necesaria, una obligación de devolver la afrenta multiplicada por cien, éste es el caso. Imaginaros con qué cara volveremos al Capudre.

Sariegos estornudó tres veces seguidas.

—Yo —dijo, cariacontecido— confieso que me dejé llevar por aquella maldita noticia del epistolario de don José María. A Melendres lo usaron para enredarme. Si alguno pecó de bobo, yo fui el primero.

—Pasados por agua —leyó Chon Orallo, que mantenía el recorte en la mano, imponiendo su voz—, después de tantos años de estar pasados por el vino de su tabernaria existencia. Pero no hay aguas milagrosas que curen la pendencia ni la irracionalidad, no hay milagro posible para las extraviadas mentes que, tan fácilmente, van embaucadas en su torpe locura, sin saber distinguir lo falso de lo verdadero, la razón de la quimera. Ya ven ustedes, queridos lectores, a lo que conducen las que algunos llaman libertarias divagaciones de la resaca. Por los montes de La Omañona, entre las cabras, pueden estos pobres galopines encontrar, como mucho, al resto del rebaño.

Chon dejó caer el recorte, que voló hasta el suelo como una pluma sucia. El silencio concentraba el estupor de los cofrades, volcados en ese pozo donde se hunde la ira y la derrota. Regresaron Balbina y Jesusa, anunciando que servirían la cena en seguida.

—Todo lo preparamos según lo convenido —le dijo Jesusa a Aquilino—. Y hay agua templada para que puedan asearse.

Se fueron hacia la cocina.

—Yo me voy a arreglar —decidió Chon—. Sucios y deprimidos estaremos mucho peor. No sé si es sólo de bobos y de fatuos de lo que hemos pecado, puede que de bastantes cosas más. Ahora hay que prepararse para pechar con el ridículo.

—Necesitamos afianzar la Cofradía —indicó don Florín—. Hay que estar a las duras y a las maduras, aunque un tiempo hará falta para remontar este golpe.

—Lo más gordo de todo —añadió Chon Orallo— es no haber sospechado lo más mínimo del dichoso Diario de La Omañona. Que nos hayan dado así gato por liebre. No es raro que con eso, y si el resto de las investigaciones anduvieron así de acertadas, hayamos hecho la expedición que hemos hecho.

—No seas tan dura, Chonina —pidió Aquilino—. Ángel y yo investigamos con la mejor voluntad y el rigor debido. El cebo era demasiado bueno para no picar, dadas las condiciones.

—Con el baúl eligieron una metáfora perfecta —reconoció Ángel Benuza—. Ahí sí que estuvieron acertados. La llave del sueño guardada en el cofre. Era una idea que ni robada al propio presbítero. Parecía imposible que no fuera verdad. Yo reconozco que en ningún momento albergué la menor duda.

Chon se había ido. Los cofrades volvieron a sumirse en un silencio pesaroso.

—Habrá que cambiarse y cenar —decidió Aquilino.

El rumor de la noche cercaba la casona. Una aliviada atmósfera parecía crecer de la soñolienta vega, que surcaban los regueros derivados de la presa. Revolotearon en el cercano nogal los pardales que se acomodaban en las frescas ramas.

—Chamín —llamó Ovidio—, me dieron para ti una carta en la botica, ya casi me olvidaba.

Desfilaron los cofrades y aguardó Benjamín al ciclista, que buscaba la carta en la reducida mochila donde transportaba todo su equipaje.

—Creo que llegó al día siguiente de iros —dijo, entregándosela.

No era la letra de Julio Linaza, aunque venía de su pueblo. Garabateaba el remite un nombre de mujer. Benjamín se sentó en el poyo. La carta quedó unos segundos detenida en sus dedos, como el objeto de un viejo presentimiento.

Abrió el sobre con mucho cuidado. Ciertamente, no era la letra de Julio: aquellas apretadas líneas que parecían propias de un miniaturista. Ni el agolpado calor de sus melancólicas palabras, que tan bien recogían el tono de su voz pausada, teñida de ausencias y orfandades.

El mensaje detallaba, escueto, el suceso, casi como lo hacen esas voces oficiales habituadas a repetir la misma noticia.

Era una prima de Julio la que le comunicaba su fallecimiento, tras la crisis de su enfermedad, muy agravada en los días anteriores. Cumplía así el encargo del amigo que, con tanta insistencia, le había recordado en los últimos momentos. Hoy mismo, finalizaba la carta, comunicamos también la triste noticia al padre maestro del noviciado, que por la salud de Julio se estuvo interesando días atrás.

Del blanco excesivo de la cuartilla, que la letra apenas llenaba hasta la mitad, surgía ese vacío en el que Benjamín veía la muerte, como una mano de nieve que se posa en la frente afiebrada.

El rostro de Julio tomó la claridad de la mañana invernal en las heladas galerías, aquella claridad de centelleantes reverberos que estallaba en las cristaleras, mientras ellos hacían, ateridos, el paseo de la oración matutina. Una luz fuerte sobre la congelada fila, en la que Julio caminaba iluminado, como entre el sueño de su imaginación más devota y la tiritera que envolvía sus pasos de pájaro arrecido.

Dobló Benjamín la carta y la devolvió al sobre.

La noche no aventaba nada que no fuese quietud, ningún misterio parecía poseerla. Su respiración, entre el rumor escondido de los regueros en la vega y el frágil sueño de los pardales en el nogal, se esparcía como el pulso de un durmiente sereno y feliz.

III

LA FLOR DE INVIERNO

12

LAS JUSTAS

Hasta que sonó el teléfono fue consumiendo Jacinto Sariegos los minutos como una termita en su insaciable cobijo. El tiempo huía sobre la esfera descascarillada del reloj del Archivo, que era el espejo donde Jacinto veía transcurrir su vida, colgada de las torcidas manecillas.

Repicó en la estancia con su metálico temblor de averiada chicharra, y sufrió Jacinto ese absurdo sobresalto de quien se sorprende en la espera. A uno y otro lado de su mesa se amontonaban los expedientes, y sobre ellos tuvo que saltar para llegar al teléfono.

—¿Sariegos? —inquirió una voz, premeditadamente neutra.

—Dime.

—Resuelto —afirmó, sin la más leve emoción—, Tilo, el conserje, lleva ahora mismo la comunicación del fallo.

—Por fin —suspiró Jacinto.

—Esto ha costado sangre —afirmó la voz—. Lo que se dice sangre. En otra igual no me meto, ni aunque Aquilino me lo pida de rodillas.

—¿Podemos verte?

—Ni hablar. Lo de esta noche, por supuesto, que no me lo pierdo, pero ahora, en una temporada, ni se os ocurra dirigirme la palabra. La cosa ha estado muy dura y ha hecho falta toda la artillería. No sabéis hasta qué punto me la he jugado. En fin, todo sea por la amistad y por la justicia poética.

—Te estamos muy agradecidos, Pepín.

—Ya podéis, ya. Felicita a Paco de mi parte y olvidaros de que existo. A Aquilino le veré en Madrid la semana que viene, que tengo que ir a un asunto.

—Unas copas sí que nos gustaría tomar contigo.

—Lo único que me faltaba es que éstos pudieran sospechar. Yo me lavo las manos, Sariegos. Y diles a Floro y Benuza que si te he visto no me acuerdo. De veras, que la cosa fue muy sangrienta.

—Es un débito que tenemos que saldar, Pepín.

—Ya, ya, pero a mí se me pueden quemar las pestañas. Por lo menos, espero que la fiesta sea de categoría.

—De eso no te preocupes —aseguró Jacinto, orgulloso—. Difícil será olvidarla.

El viento rastrero, que como una sabandija se colaba en el subterráneo, batía las polvorientas resmas de los expedientes, atados por los balduques con los dobles nudos y las generosas lazadas. Los rotos cristales del tragaluz estaban parcheados con cartón. Por aquel ojo maltrecho miraban tenaces las estaciones, con sus fuegos y tempestades, como si pretendieran descubrir un secreto en el abismo del Archivo.

Jacinto marcó un número y esperó, resguardándose tras el perchero donde colgaba, solitario, su abrigo. El viento arrastraba una mota invernal, una huella de hielo.

—¿Chamín? Soy Jacinto, dile a tu tío que se ponga.

La voz de Benjamín Otero también llegó aterida.

—Ha dicho que no le moleste nadie bajo ningún concepto. Se cerró en la rebotica.

—Es muy importante.

Don Florín compareció al cabo de un rato.

—No me queda tiempo, Jacinto —indicó, molesto—. La fórmula no era buena y no acierto con la mistura adecuada. O me dejáis en paz o se va a ir todo al garete.

—Llamó Pepín. Ya dieron el brazo a torcer. Tilo lleva el comunicado del fallo.

—Contábamos con que así sería. No tenían otra alternativa, por mucho que hayan querido retrasarlo. Ponte tú al habla con Paco y Benuza. Yo no puedo perder un minuto.

—Es que hoy tengo guardia. Vienen la paloma y el gavilán. Ángel espera en el Capudre.

—Pues arreglaros como podáis —decidió don Florín—. Yo voy a tener que recurrir a la solferina y a la jalapa, ya lo estoy viendo. Y lo malo es el problema de la licuación.

—Es que el tiempo se nos va a echar encima.

Colgó Jacinto y cuando cruzaba hacia su mesa volvió a sonar el teléfono. Por el maltrecho ojo se derramaban algunas lágrimas veniales, esparcidas como semillas.

—¿Llegó? —inquirió una voz opaca.

—Todavía no, don Servando.

—¿No había quedado a las cinco y media?

—Faltan diez minutos.

—Avisa en seguida, que don Resti tiene hoy despacho en el Gobierno Civil. Y aliña un poco la leonera, que la última vez aquello estaba imposible.

—Ese sitio, ya usted sabe que no da más de sí. Por mucho que uno se esmere.

—Se valora más la discreción del lugar que la comodidad, pero todo lo que pueda aliviarse.

—De veras, don Servando, que se hace lo que se puede.

—Llama sin perder un segundo.

Recogió Jacinto la llave que guardaba en el cajón de la mesa. El viento sopló sobre los expedientes con esa inclemencia que hiela los sueños administrativos. Cuando abrió la puerta del depósito, tronaron algunos desajustados ventanos. Una voz clamó en la oscuridad:

—Cierra, cierra, que están arrecidas.

Tras comprobar que una bombilla estaba fundida, avanzó Jacinto, al amparo de la siguiente, por la inhóspita senda que se abría entre las repletas estanterías.

—Lino, Lino —llamó—, ¿acabaste? La paloma está al caer. O sales o te escondes.

—No sé qué les pasa —dijo la voz, compungida—. Tan mustias jamás las vi, y hoy no llegan ni a la media docena.

Lino Ferreras permanecía al final del túnel, en el centro de la rotonda, sentado en un taburete, ante las jaulas donde revoloteaban con torpeza una docena de gallinas.

—No sé si me harán el invierno —comentó, consternado, mostrando los cuatro solitarios huevos recogidos en una caja de zapatos.

—Échales la manta y esfúmate —ordenó Jacinto—. ¿Viste a Verdiales?

—Allí, donde los muretes, escardando los champiñones. El caso es que comprometí un pedido de media docena con Lucio el de Fomento. Mañana a primera hora tenía que entregarlo.

—De aquí a mañana, algo más pondrán.

—Quiá. O están mustias porque están arrecidas o andan guardando alguna enfermedad.

—Cambia el gallo.

—Si es más joven que ellas.

Jacinto le ayudó a cubrir las jaulas con unas mantas cuarteleras.

—Quítame a Verdiales del medio, que no quiero líos.

—Avísanos cuando se vayan.

Por un túnel lateral, donde las estanterías quedaban vencidas bajo el peso de los legajos, que se derramaban como una masa polvorienta, llegó Jacinto a una recóndita habitación. La abrió y encendió la luz. Un arcano diván salpicaba el rojo sobado de su terciopelo en la carcomida atmósfera. Dejó la puerta abierta y la luz dada y, cuando regresaba por el túnel, escuchó una voz que surgía de la sima y se alzaba hasta la bóveda de la rotonda como una maldición.

—Te lo he dicho una y mil veces, Sariegos, nunca lograréis enajenar mis bienes ni hollarme el patrimonio. Por mucho que lo queráis no vais a darme el finiquito. Siempre fuiste un funcionario mendaz, conchabado con la ralea que gobierna encima de estos muros, entre sacrilegios y purgaciones. Pero sólo Pastor Verdiales, jefe del negociado de propios, manda aquí, sólo él promulga los edictos, los bandos y los exhortos.

—Hazle callar —voceó Jacinto, corriendo—, Lino, Lino —gritó—, por lo que más quieras, quítalo del medio.

—Que nadie ose pisar mi plantación —increpaba Verdiales—, que nadie arremeta con lo que no es suyo. Y tú, Jacinto Sariegos, tente te digo, porque abomino de ti, de tus tretas y artimañas. Sólo mis champiñones se salvan de esta ruina y de esta degeneración.

—Le dio la alferecía —se excusó Lino Ferreras, forcejeando para llevarse a Verdiales.

—Sí, Sariegos, sí —decía Pastor, ya algo más calmado, señalando a Jacinto con el dedo índice de la mano derecha—. Alzadas, reposiciones, contenciosos, inmundicias. De ti abomino y de toda la ralea plenaria y lujuriosa.

Lino había logrado encerrar a Pastor con él.

Jacinto regresó por la más inhóspita senda, en la que se concentraba el agrio aroma de los cultivos. Creyó escuchar un sordo revoloteo, un espasmo de plumas amortajadas. En el silencio del depósito rebullían las más oscuras conciencias de los pleitos municipales.

Eloína aguardaba sentada en la silla que había enfrente de la mesa, con el aplomo de su mirada desafiante. Jacinto distinguía, a la vez, aquella figura que exageraba el orgullo profesional, el desprecio ante su atención, y el penetrante perfume que anidaba sobre su memoria como un fuerte chasquido lleno de intensas emociones.

Era un aroma imposible, casi absurdo, en aquel rutinario paisaje de libros, legajos y anaqueles. Un perfume que acarreaba las inciertas noches, ya tan perdidas, en que Jacinto había conocido a Eloína Puente o, al menos, a alguien que se parecía mucho a ella.

—Lo menos que se pide es que la reciban a una cuando llega. ¿Ya se perdieron las buenas maneras en el Consistorio, o es que nunca las hubo?

—El camino lo sabes de sobra, Eloína. Si quieres que salgan los maceros, se lo dices a don Resti.

—Con que estés tú me basta, Jacintín. No sabes el gusto que me da verte aquí.

—Yo no puedo decir lo mismo.

—Tú siempre fuiste un poco misántropo, y algo creído. Estás tan raro con ese guardapolvos.

Sariegos cruzaba hacia el teléfono. Eloína le detuvo con la punta del zapato.

—Don Resti tiene despacho en el Gobierno —dijo Jacinto, nervioso.

—¿Y a mí qué me importa?

—Anda, que voy a llamar.

—¿Cuándo vas a venir a verme? No me digas que me tienes olvidada, porque eso no te lo consiento.

—Picas muy alto, Eloína.

—Lo malo de ti, Jacintín, es que nunca sabrás echar un cuarto a espadas, caiga quien caiga.

Eloína se levantó y caminó hacia la puerta del depósito. Jacinto descolgaba el teléfono.

—Ven a verme —le dijo ella, alzando el bolso en un gesto de despedida—. Además de hacer algo bueno por ti, te repaso las mangas de ese guardapolvos que están que dan pena.

Marcó Sariegos mientras de nuevo aspiraba el efluvio del perfume que, por un instante, parecía trastornar todos sus recuerdos.

—¿Don Servando?

—¿Qué hay?

—Sólo decirles que la paloma ya está en la leonera.

Ángel Benuza vio entrar desde el altillo del Capudre a Paco Bodes, que se sacudió el remendado abrigo antes de cerrar la puerta. En la media tarde estaban varadas las nieblas, suspendidas bajo la superficie de las mesas, donde se alargaban algunas partidas de dominó.

—¿No habíais dicho a las cinco? —se quejó Benuza, apurando la copa de orujo.

—Yo no podía moverme de casa hasta que me comunicaran el fallo. Estando las cosas como están, hay que hilar fino.

Bodes se quitó el abrigo y sacó de un bolso de la chaqueta un sobre que tiró sobre la mesa.

—Ahí tienes la rendición —indicó, orgulloso—. Por más que quiera, ya nunca podré disimular la vitola de poeta laureado.

Ángel leyó el papel en el que el secretario del jurado, nombrado por la Junta Directiva del Casino para conceder la Flor de Invierno en las Justas Poéticas, comunicaba a don Francisco Bodes Pellejero la obtención de dicha Flor, por su poema Alba Lumina, presentado bajo el lema Aldebarán.

—Trabajo costó —consideró Ángel—, pero en este papel más que la rendición firmaron la sentencia.

—No hace ni media hora que me lo trajo Tilo, el conserje. Apuraron hasta donde pudieron. Pero el trabajo de Pepín tuvo que ser fino.

—Si no dan el brazo a torcer, se meten en un escándalo. No tenían salida. Y el poema era el mejor de aquí a Lima, eso no hay quien lo discuta. Ahí Pepín lo tuvo fácil. Lo malo es cuando abrieron la plica y vieron de quién era.

—¿Qué más se sabe de Pepín?

—Ahí viene Jacinto, que es el que podrá contarnos algo —señaló Benuza.

Sariegos cerraba la puerta del Capudre y hacía un gesto de triunfo como animoso saludo a los cofrades. Subió al altillo sacudiendo el abrigo y solicitando una ronda.

—Un abrazo, Paco, un abrazo. La Flor de Invierno ya te la veo en el ojal. Y lo cara que les va a costar, de eso no tienen ni idea. ¿Dónde está la notificación del fallo?

Le dieron la carta.

—De tiempo andamos muy apretados —opinó, tras leerla.

—Como que citasteis a las cinco —se quejó Benuza.

—A mí se me complicó la vida. Además de la guardia, se metieron la paloma y el gavilán.

—¿Qué pasa, que don Resti anda cada día más necesitado? Hay que ver, desde que lo operaron de la próstata. No se recuerda otro prepucio municipal con mayor presupuesto.

—Es por temporadas —convino Jacinto—. Y luego esa Eloína que puede acabar con cualquiera. No saben el riesgo que corren con ella.

Bebieron brindando por la Flor.

—¿Qué contó Pepín? —preguntó Bodes.

—A Pepín hay que olvidarlo durante una buena temporada. Quiere evitar cualquier sospecha. Al resto del jurado se lo llevó al huerto a la primera de cambio, ya os lo podéis imaginar con la labia que tiene y siendo la materia prima lo buena que era, porque ese poema, Paco, te salió bordado. Me dijo que te felicitara.

—Está escrito para lo que está. Si fuera de los verdaderos jamás lo habrían premiado.

—Ni Pacho Robla ni nadie del jurado puso la mínima objeción, a todos los convenció Pepín y votaron por unanimidad. De no haber sido así, la cosa se habría torcido luego. Sólo surgió el compromiso de dar accésit a un chico que, al parecer, es sobrino de Iruela. Pero cuando abrieron la plica, aquello fue la *debacle.* Dice Pepín que entre los gritos y los sofocos parecía que se incendiaba la Sociedad Recreativa.

—Ésa es tu gloria, Paco —dijo Ángel Benuza—. La del bardo cuyo solo nombre conmociona e indigna. El rostro del poeta convierte de pronto la belleza del verso en metralla.

—Desde ese momento —siguió Sariegos—, aquello fue una batalla campal, con Pepín defendiendo la votación y el fallo, y el resto del jurado, con Pacho dando voces, queriendo dar marcha atrás. Yo creo que si Aquilino no fuerza a Pepín, éste da el brazo a torcer. La llamada de ayer por la noche fue decisiva, porque las presiones ya podéis figuráoslas. Sólo con la amenaza de armar un escándalo, y habida cuenta de lo que significa el nombre de Pepín Villamañán en las letras provinciales, pudo sacar adelante esta Flor que, eso sí, en la vida olvidarán. Y ya veis, unas horas más discutiendo y frenando el fallo y tienen que suspender la fiesta de esta noche. Apuraron hasta el último minuto.

Se movieron las nieblas llevadas por el viento invernal que, con los clientes, se colaba en el Capudre, y se despegó una bruma de ralas cenizas que fue rociando los zócalos. Dos o tres bombillas se encendían como ocultos faros en la penumbra de los rincones.

—Parece que Floro tiene problemas con la pócima —informó Jacinto—. Lo que haya que hacer, de nuestra cuenta corre. De tiempo, ya veis cómo estamos.

—Poco habrá que hacer que no sea ajustar el plan y ponerse de acuerdo —opinó Benuza.

La fiesta empieza a las once. Al menos a esa hora te convocan —dijo Jacinto a Bodes, mostrando el sobre de la notificación—, porque de la cena nada te dicen, con lo que queda claro que no estás invitado.

—A tanto no iban a llegar. ¿Te imaginas a toda la plana mayor, con sus costillas, poniendo cara de circunstancias? Se les podía cortar la digestión en los entremeses.

—La digestión se les va a cortar de todos modos —aseguró Benuza.

—Así nos lo ponen mejor —convino Jacinto—. La fiesta es lo que importa, y el plan para ella está concebido. Supongo que en el Salón, con la Reina y las Damas muy compuestas en su Corte, procederán a leer el fallo del jurado: la Reina te pondrá la Flor en la solapa y os echaréis el vals. Dadas las circunstancias, ni habrá Mantenedor ni nadie pretenderá malgastar medio discurso. De ahí en adelante, ya cada cual con su cometido. Floro nos dará las instrucciones técnicas. Y en el momento oportuno se producirá la fatídica llamada. No sé si me dejo algo.

—Bueno —señaló Bodes—, yo no voy a despreciar la ocasión, por mucho que les moleste. Voy a concederme la tradicional licencia que, en tal evento, a todo poeta laureado se le debe. Voy a echarle un madrigal a Tina Robla. Y se lo voy a echar por dos razones con las que seguro estaréis de acuerdo:

porque es la Reina y, como tal, se lo merece, habida cuenta de lo buenísima que está, y por ser la hija de quien es. Pacho, si me ve tirar de madrigal, puede pasar uno de los trances más duros de su vida, allí, ante la acojonada clientela de la Sociedad Recreativa, haciendo de tripas corazón. No se le puede privar de ese trago.

—No, Paquín —animó Benuza—, no se le puede, sería pecado. ¿No me digas que ya tienes escrito el madrigal? Vamos, no nos dejes con la miel en la boca. Somos todo oídos.

—Ése, Angelín, es un secreto que sólo puede revelarse ante la persona debida. Como poeta laureado voy a respetar las reglas del juego, ya que en otra igual nunca me volveré a ver.

Sariegos pagaba la ronda.

—Voy a acercarme a la botica —dijo— a ver qué pasa con lo de Floro. ¿A Chon quién la avisó?

—Nadie, que se sepa —indicó Ángel—. Yo hace días que no la veo.

—Pues la llamada es ella quien tiene que hacerla. En eso quedamos.

—Habíamos dicho que, a última hora, en su casa rematábamos el plan.

—Yo lo que sigo —reconoció Paco— es sin solucionar el asunto del traje.

—¿No dijiste que te valía el mío?

—Nada, no me vale, no me hallo con él.

—Pues eso, Paco, es imprescindible —aseguró Jacinto—. Te presentas allí sin el terno adecuado y son capaces de hacerlo valer como disculpa para que no entres. A Tilo de cancerbero lo tienen bien adiestrado, y hoy le darán órdenes para que reviste a fondo.

—El único traje negro que usé en mi vida fue el de la boda.

—Pues con uno de ésos te casas y entierras a todos los deudos y, con un poco de suerte, hasta lo aprovechas en tu propio funeral. No me digas que lo malgastaste.

—No, ni cinco veces lo pondría —dijo Paco—. Pero, como todo lo que había en casa, se lo quedó Aurelia Lucillo. Daros cuenta que cuando rompimos, yo me fui con lo puesto. Y lo puesto, bien lo sabe todo el mundo en el barrio de Maraña, era una camiseta de felpa, un calzoncillo, y el paraguas con el que salí defendiéndome.

—Seguro que Aurelia no te lo niega para una ocasión tan señalada. En tal caso, podía ir Ángel a pedírselo de tu parte.

—Negar, no sé si me lo negará, pero tendría que ir yo personalmente. Después de tres años sin hablarnos, es mucho sacrificio.

—No te queda más remedio, Paco. Ya sería el colmo que por un detalle así se fuera todo a pique, después de lo que llevamos bregado.

—Todavía puede molerme.

—El tiempo cura todos los espantos.

—El tiempo es un aliado para la mala sombra de Aurelia. La única vez que no supe guardarme del amor, fui a caer en las redes de una bruja.

Bajaron del altillo y observaron entre las nieblas sueltas los solitarios corros del Capudre, que languidecían después de las partidas. Un rumor de apaciguadas olas batía la superficie de las mesas, los fríos mármoles donde reposaban las fichas del dominó.

—Quedamos luego donde Chon —propuso Jacinto.

En el rincón de los Lisiados, Nazario y Avelino el Manco parecían dos estatuas que habían sido retiradas de sus pedestales y permanecían postradas en la perplejidad de su abandono. Los cofrades se detuvieron ante ellos.

—¿Qué más sabemos? —preguntó Benuza.

Avelino alzó los ojos, acariciando la manga vacía de su chaqueta.

—Con suerte, mañana podremos enterrarlo —dijo—. A estas horas le estarán haciendo la autopsia si, al fin, el forense se decidió. No hay mayor crueldad que ésta de no poder velarlo. Sobre el cemento del depósito, el cadáver de Eloy Sesma está más solo de lo que jamás Eloy estuvo en vida.

—Echaros un trago —ofreció Nazario.

Ángel y Paco acercaron dos banquetas. Jacinto se despidió.

—Ya veis en lo que queda la Peña —dijo Avelino—. Diezmada y a punto de liquidación. Es la desgracia la que se ceba con nosotros. Y aquí Nazario y yo nos hemos convertido, más que en dos supervivientes, en dos forzados testigos de tanta ruina y tanta muerte. Pelines, Feito, Sesma, Toribio, amén de aquella penosa figuración que, al cabo, para todos fue Orestes Enebro.

—Tampoco hay que verlo tan negro, Avelino —alentó Benuza.

—En lo que a los Lisiados nos falta se ve que es donde a los que no lo sois se os alberga la cordura. Nuestra carencia se refleja en un cierto desentendimiento que nos lleva a ver la muerte más fácil y cercana, más propia y necesaria, como si de ella fuéramos ya un poco por anticipado, lo que es verdad, pues eso que nos falta ya ella lo tiene. De ahí esa facilidad para el suicidio. Y es que la nuestra es una condición mucho más trágica que la de los Mutilados, por poner un ejemplo entre quienes pudieran parecérsenos. Ellos se arrastran por la vida enaltecidos por la engañosa aureola de la heroicidad, en ella alimentando su respeto y sus pensiones. Para nosotros no hay coartada. En nuestra condición, ya el destino jugó su baza de antemano, y el sentimiento de nuestra inacabada existencia va sin remisión socavándonos. Además, a los Mutilados siempre les queda el recuerdo de cuando estaban enteros.

—A Eloy no se le veía mal últimamente —opinó Bodes.

—Eloy —informó Nazario— desde que terminó su novela siempre dijo que ya tenía hecho el testamento. Esas dos mil cuartillas, que todos sus amigos hemos sobado, dicen todo lo que él quiso decir.

—Tampoco hay que olvidar el resto de su obra —aseguró Paco—. Ciertamente que nada alcanza la ambición y la altura de El Lobo del Desván, pero los Cuentos y las Prosas Alternas, ¿quién puede imitarlos? Aquí jamás hubo una pluma como la del Chato de Cirugedo.

—Eloy estaba peor mientras mejor estaba —dijo Avelino alcanzando la jarra que acababan de reponer—. Cuando le veías alegre, andaba reconcomido, y cuando estaba triste o melancólico, es que había tenido alguna satisfacción. De tales contradicciones está hecha su vida y su obra, y a ellas también responde su muerte.

Llenó Avelino los vasos y hasta el rincón de los Lisiados se alargó la niebla como una mano fantasmal.

—De aquí salió anteayer, a eso de las nueve y media. Nazario puede confirmar lo bien que Eloy estuvo, muy por encima del ánimo que, de un tiempo a esta parte, reinaba en la Peña, pues éste, desde que se le murió Toñina, tampoco es el mismo.

—A un bicho se le puede tener igual querencia que a una persona —se disculpó Nazario—. Sobre todo siendo un bicho amaestrado.

—Se despidió como siempre y nada hacía sospechar que aquel hombre no iba a hacer lo de cada día: irse por los soportales de la Plaza, recalar lo justo para tomar la espuela donde el Miserias, encender el hornillo para freír el sexto huevo de la media docena diaria que tenía por dieta, terminar la cuartilla de cada jornada.

—Sesma, después de todo, era un hombre de costumbres —apostilló Nazario—. Buenas o malas, pero costumbres.

—Lo cierto es que nada de eso hizo. En vez de por la Plaza tiró para arriba, para la Colegiata, y la espuela fue a tomarla en el Centeno. Luego se metió en el solar que hay donde las Esclavas, se sentó en una piedra, echó un pito y, todavía con la colilla en la boca, se disparó en el pecho. Allí lo encontraron caído, la pistola en la mano, y la colilla que le había quemado los labios.

—A mí no sé qué me da —dijo Nazario— pensar que mientras aquí, con nosotros, bebía y charlaba, acariciaba la pistola en el bolsillo.

—Algo no muy distinto —comentó Paco Bodes— hace aquel personaje de El Lobo del Desván, Cifuentes Bendaño, que se limpia las uñas con el cuchillo con que luego liquidará a Doradía.

—El hecho es que la Peña está diezmada —dijo Avelino el Manco, mirando de soslayo la manga vacía de su chaqueta, hacia la que Ángel y Paco dirigían, inconscientes, sus ojos, como si también al final de aquella manga, enfundada en el bolsillo, presintieran algún objeto destructivo—. Y los que se fueron tiran de los que quedamos, porque el más consecuente ejemplo de sus vidas son precisamente sus muertes, ya que más de la muerte que de la vida fuimos siempre los lisiados.

Paco Bodes se cobijaba en el abrigo con la determinación del harapiento al que le ofrecieron una capa. Desde la esquina porticada sintió el cierzo que rugía por la rúa como un bicho desalmado que huye después de cometer sus fechorías.

Alzó el cuello y se percató de los rotos y descosidos que arruinaban la endeblez del paño. Guardó las manos en los bolsillos y palpó los forros desharrapados. Decidió entonces que empeñaría la Flor para comprarse, antes que nada, un abrigo nuevo.

Los tres primeros versos del madrigal dedicado a Tina Robla sobrevolaron su imaginación, bajo el sueño de la Reina tendida en la blanca pradera donde él, antes del amor, le besaba los pechos.

Sumergido en el frío desánimo de la calle, emprendió el camino hacia la casa de Aurelia.

En el barrio de Maraña se encrespaba el aguanieve. Centelleaban las heladas púas esparcidas en el viento, como diminutas brasas desprendidas de la hoguera glaciar. Con las precipitadas sombras venía un pardo sopor de invierno, de antigua y congelada devastación.

Ante la carbonería, en los bajos de la casa, el carro y el caballo del reparto del carbonero soportaban la intemperie, salpicados por el negro chorreteo que iba supurando hacia la calzada como una fúnebre disolución.

Bodes sintió el desagrado de aquella suciedad que tan obsesivamente había invadido sus días, como la mancha que se apodera del doméstico paisaje en el que discurre la inspiración y que, por un tiempo, llenó de carbonilla sus versos.

Enfiló la acera con la cautela del merodeador que no quiere ser reconocido. La calle estaba vacía. Sólo al alcanzar el portal pudo ver la figura de Tano el carbonero, que se llevaba la mano derecha a la boina, con el gesto indeterminado de quien saluda o se despide.

—¿De dónde vienes? —preguntó Aurelia Lucillo al abrir la puerta y ver a Paco tiritando.

—Necesito el traje negro, Aurelia —dijo, sin sacar las manos de los bolsillos—. El de la boda. Me premiaron unos versos y tengo que ir a recoger el premio. Luego te lo devuelvo.

Hace más de tres años que ni miro ni repaso ese traje. Algo tendrá que zurcir, por mucho que en esta casa se vigile la polilla.

—Como esté, seguro que me vale —afirmó Paco.

—Para ir hecho un adán, sí, pero para ir como hay que ir, de ninguna manera.

—Es sólo por cumplir la formalidad de la etiqueta.

—Siempre fuiste un haragán, Paco —dijo Aurelia Lucillo—. No te creas que he podido olvidar aquellos calzoncillos que llevabas la noche de bodas.

Ángel Benuza subió por la Costanilla y fue cumpliendo las sucesivas estaciones para reponer su ánimo averiado. De copa en copa se paliaba la mueca mortal de Eloy Sesma, tirado en el suelo con la colilla en los labios y la pistola en la mano, como un extraño objeto que le hubiese robado a alguno de sus personajes.

Recordaba Ángel las palabras de Eloy, acompasadas a aquel gesto tan suyo de acariciar la botella con la mano derecha, al tiempo que con la izquierda se hurgaba el cuenco de la nariz, el irremediable vacío que deformaba su rostro como si alguien se lo hubiese aplastado.

En la ficción quise encontrar el refugio de mi vida, decía el Chato de Cirugedo, invadido por la rara melancolía de los primeros vasos, pero ya en ella no logro esconderme, porque al fin, en todos mis personajes me he descubierto, como si hasta la saciedad me repitieran a mí mismo, como si ninguno tuviese sustancia propia: todos surgidos en el espejo de lo que yo soy, abrumado con tanta repetición de mi penosa existencia. El refugio de la ficción se convirtió, a la postre, en un sueño vanidoso y estúpido, porque de todas las cosas que hay en el mundo nada aborrezco más que a mí mismo, a quien con la ficción estuve perpetuando más que olvidando. Ojalá el Lobo subiese de veras al Desván a devorarme.

La rota imagen de Eloy vagaba en la oscuridad invernal y Ángel Benuza le vio salir del Miserias, tan huraño y solapado como en aquellas ocasiones en que no quería hablar con nadie, embutido en la escuálida gabardina, dos o tres tallas más pequeña de lo preciso, con el rumbo huido de quien ya definitivamente no necesita refugio.

Casi sin conciencia de ello comenzó Ángel a caminar tras aquella imagen rota que sobrevolaba el espacio vacío de las callejas, donde sepultaba la noche el helado hervor de sus semillas, la palpitación de la nieve que, tras el cierzo, aguardaba el instante de mayor quietud para desprenderse.

Iba Benuza como si el rastro todavía incipiente del alcohol atrajese las figuraciones del sueño, entregado a la melancólica memoria de aquellos sumergidos y desheredados territorios donde la liviana gabardina de Eloy era una inútil enseña, enarbolada en el olvido y el desamparo, la enseña de un padecimiento, de una derrota, la sábana que había envuelto el cuerpo de un eterno ahogado.

Cuando Ángel se percató de que la imagen se había disuelto en la esquina del Cebedeo, sintió la urgente necesidad de entrar en el local, donde sólo dos ferroviarios bebían con paciencia en la barra, y pedir otra copa. Por el sendero de los Cubos llegaría en seguida a la buhardilla de Chon Orallo.

La lucerna apenas templaba la oscuridad interior. Era un ojo enfermo en la cima de las escaleras. Ángel subió apesadumbrado, como si el acoso de algunos turbios pensamientos doblegara todavía más su ánimo, sobre el que las copas resbalaban sin ningún efecto.

Se detuvo un momento en el descansillo final, antes de llamar a la puerta de la buhardilla, y con cierto temor se asomó al abismo, que envolvían las sombras en su rastro de caracol. Una vertiginosa vacilación le hizo retroceder. Por un instante había sentido Ángel la mortal caricia del vuelo, el filo de la caída en aquel foso donde los más deformes animales del sueño le aguardaban para devorarle.

—¿A estas horas quedamos? —preguntó Chon, contrariada, al abrir la puerta.

—No lo sé, Chonina —confesó Ángel—. Los otros vendrán luego. A Paco ya le notificaron el premio. La fiesta es a las once. Si me dejas pasar. Estoy arrecido.

—Pasa, pasa y quítate ese abrigo, que estás pingando. Pero, por Dios, no me mojes el suelo. Cuélgalo allí.

—¿No está Ovidio?

—A ése los viernes, a estas horas, no lo encuentras en otro sitio que no sea el Club Ciclista. Van a organizar una vuelta de veteranos para la próxima temporada. Quemada me tiene la sangre.

—Pues no sabes lo que me alegro de que no esté, Chonina.

Chon Orallo se había sentado a su mesa de trabajo, sobre la que tenía encendido un flexo.

—No empecemos —dijo muy seria—. No me hagas echarte otra vez, porque a la próxima en la vida vuelves a poner los pies aquí.

Ángel Benuza se acercó a ella.

—¿Tienes mucho que hacer?

—Tengo que corregir todos estos exámenes.

—Quería hablar contigo, a ser posible con cierta tranquilidad.

—¿Como la última vez?

—La última vez —reconoció Benuza—, los hechos se me imponían a las palabras. Recuerda lo que decía Sem Baruk: pierde razón la voz del hombre, cuando urge la caricia su alimento.

—No me andes con citas.

Ángel se sentó en una silla junto a Chon, que había vuelto a su trabajo.

—No me dejes en la estacada, Chonina. Eres la única que puedes echarme una mano.

—¿Qué pasa, que tienes la triste?

—Ando a la deriva, la verdad. Ni imaginarte puedes lo hundido que estoy en la miseria. Cualquier día, como Eloy Sesma.

—Has bebido y hueles a lo que bebes. Anda, quítate para allá, no me interrumpas.

—Me da miedo ir por ahí solo, Chonina. Si el Chato temía al Lobo que todos llevamos dentro, yo temo a un bicho peludo que a veces me mira desde el fondo de la cama.

—Vete, Angelín —dijo Chon, poniéndose de pie.

—Chonina —suplicó Benuza, acercando su mano a la de ella—, me huelo que tú y yo estamos hechos el uno para el otro. Por más que quieras disimularlo.

—Lo peor de ti es lo fácil que haces el aprecio cuando, como dices, andas a la deriva. ¿Pero por dónde te metes el resto del tiempo?

—Alguien tendría que salir a buscarme.

—Yo no salgo a por nadie, no necesito ir a por nadie ni que nadie venga.

—A nosotros nos tienes, Chon. Poca cosa seremos.

—No mezcles las cosas ni me vengas con subterfugios. La amistad es el bien supremo de la Cofradía. La amistad es lo único que está por encima de todo.

—¿Y piensas que no hay manera de que, sin rebasarla, tú y yo hagamos la vida que nos apetezca?

—¿Qué vida, Angelín, qué puñetera vida es la que te apetece? ¿La de ir y venir cuando te dé la gana, y que yo aquí esté siempre dispuesta?

—Isis y Osiris, Chonina. Si de veras fuésemos consecuentes con nuestros dioses y con nuestros mitos. Yo te juro que cada día me convenzo más de que estamos hechos el uno para el otro.

—Deja esa canción y vete, Ángel, porque es que, además, me sacas de quicio, no puedo remediarlo.

Chon se había vuelto a sentar y regresaba a su trabajo. Benuza caminó hacia el perchero, donde su abrigo colgaba como una piel sucia. Se lo puso y sintió su húmeda aspereza, contagiada de un olor vaporoso a humo de estufa y serrín. Cuando iba a salir sonó el teléfono. Chon lo cogió y le hizo una seña para que no se fuera.

—Es Jacinto —dijo—. Quiere hablar contigo.

La voz de Sariegos mezclaba el sigilo y la preocupación.

—¿Está ahí Ovidio?

—No.

—Lo necesitamos, pero mejor que no se entere Chon. ¿Podrás encontrarlo?

—Sí.

—Ven con él lo antes posible. Tenemos un problema. Floro no sale del atolladero. Recuérdale a Chon lo de la llamada, dile que luego nos reuniremos ahí a ultimar detalles. No tardes, por favor.

—¿Qué pasa? —preguntó Chon, cuando Ángel colgó.

—Floro no acaba de atinar con la pócima. Quieren que vaya a echar una mano. Después vendremos para repasar el plan. No olvides que tú tienes que hacer la llamada.

—Mira que sois pesados.

—Hasta luego, Chon.

—Aquí no vuelvas solo, Angelín. Cualquiera de las pupilas de la Cordera entenderá mejor tus asuntos que yo. Más allá de la amistad, en esta casa no hay nada.

—Llegué a pensar que aquella noche en la Cueva no había sido un sueño —dijo Ángel Benuza.

—Fue un sueño aquella noche y fueron un sueño las tres veces que aquí te me colaste en la cama —concluyó Chon Orallo.

El bar Valderas estaba vacío. Desde su ventanal se alumbraba la calle manchada por el aguanieve, que volvía a caer arrastrado en el viento como un tropel de heladas deyecciones. Ángel se fue sacudiendo el abrigo hasta llegar a la barra.

—¿Están los del Club, Piri? —preguntó al camarero, que pasaba aburrido las hojas de un periódico.

—Todos. Celebran plenaria.

—Tengo que hablar con Ovidio Orallo.

—Da tres golpes en la puerta antes de abrirla. No les gusta que los cojan desprevenidos.

—¿Tan graves son los asuntos que se traen entre manos?

Desde que Doro, el panadero, es el presidente, eso no tiene nada que envidiar al mismísimo Consistorio. Y luego, que no les presta que cualquiera los vea con el vestuario.

—Entre tanto, vete poniéndome un vaso.

En el reducido reservado, al que se llegaba bajando unas empinadas escaleras, el humo permitía apreciar con dificultad el apretado círculo de los ciclistas, sentados en las banquetas, todos perfectamente pertrechados con sus camisas, calzones y gorras de competición. Las exaltadas voces que precedían a una votación se apaciguaron cuando Ángel Benuza abrió la puerta.

—¿Cómo demonios unos deportistas como vosotros podéis aguantar este tufo? —inquirió—. Menudo ejemplo para la afición.

—No estamos para bromas, Angelín —dijo Doro, muy circunspecto—. Tenemos hoy una sesión de mucho trabajo.

—A una vuelta de veteranos igual hasta yo me apunto, si el concepto de veterano se delimita como se debe.

—Un veterano no es un jubilado —dijo alguien—. Hasta ahí puede que todos estemos de acuerdo.

—Un veterano, federativamente, es un profesional que se retiró —dijo otra voz.

—Eso habría que aquilatarlo.

—El que lo es, lo es por años y por afición. Ni profesional ni gaitas.

—Veterano es el deportista maduro que aún está para trotes, pero que ya no compite porque, por edad, no puede compararse.

—Ahora no es este el tema —advirtió Doro—. Yo os ruego que sigamos con el orden del día y hagamos de una vez la votación. Y tú, Benuza, por favor, déjanos.

—Venía a por Ovidio.

Ovidio Orallo salió del humo mientras las voces volvían a enzarzarse.

—No puedo moverme de aquí, Ángel —aseguró Ovidio—. Soy el secretario del Club y tengo que levantar acta.

Les llevaba el viento entre las desbocadas sombras que esparcía la noche como mojadas carbonillas. Ángel miraba las esqueléticas piernas de Ovidio Orallo, en las que los músculos quedaban constreñidos en la rugosa y salpicada piel, mientras le alzaba el viento la gabardina y ponía al descubierto su frágil indumentaria de ciclista. Nada más salir del bar Valderas, la gorra le había volado.

Alcanzaron la botica de don Florín por los soportales del Espolio. Ovidio tiritaba.

—Además de echar a perder la sesión, pillaré la gripe —se quejó, estornudando.

Sonó la campanilla de la puerta al entrar en el vetusto local, contaminado por el aroma de las hierbas y cocciones. Tras la cortina de la puertecilla del fondo del mostrador asomó Jacinto Sariegos.

—Ya creíamos que no veníais.

—El tiempo no da más de sí.

Pasaron a la rebotica. En el escaño que hacía esquina ante la mesa camilla estaba tumbado Felipe el Mancebo, a quien atendía con una toalla Benjamín Otero. Les miró con ojos vidriados y llorosos. Tras la recortada cristalera, que albergaba el laboratorio, se movía presurosa la figura de don Florín.

—Quítate eso, que vienes pingando —le dijo Jacinto a Ovidio.

—¿Qué pasa, para qué me queríais? —inquirió el ciclista.

—Floro te lo dice. Él te lo explicará. Es sólo colaboración, Ovidio, tienes que echarnos una mano.

Felipe el Mancebo comenzó a quejarse y se incorporó urgido por una arcada. Le ayudó Benjamín. En el suelo había una palangana.

—¿Qué tiene Felipe? —preguntó Ovidio.

El Mancebo se recostaba abatido en el escaño. Sudaba, con el rostro desencajado.

—Se le cortó la digestión —informó Sariegos—. ¿Verdad, Felipe?

El Mancebo asentía bamboleando la cabeza, como un muñeco al que se le hubiese roto el cuello.

Ángel Benuza entró en el laboratorio. Don Florín, embutido en su batín blanco, agitaba un pequeño frasco en la mano.

—Creo que ahora sí —afirmó—. Creo que ahora la mistura está en su punto.

—¿Qué pretendes, Floro?

—Una experimentación in bípedo, Angelín, algo tan habitual que está sancionado por toda la práctica farmacopea desde su desarrollo decimonónico. El preparado ha de funcionar como una auténtica bomba de relojería, y requiere una comprobación compaginada de efecto y tiempo. Ésa ha sido la mayor dificultad. ¿Ovidio está dispuesto?

—¿No fue suficiente con Felipe?

—No dio un resultado enteramente satisfactorio. Si queremos que todo vaya bien, la exactitud es fundamental. Ahora juraría que lo tengo ajustado.

—Será difícil convencerle.

—Donde acaba la razón empieza la fuerza, Angelín. No hay coartada más contundente que la científica. Desde Emisario a Veronal son sobrados los ejemplos de cobayismo altruista, algunos más solapados y reticentes que otros. Dile a Ovidio que pase.

Ángel llamó a Ovidio, que entró seguido de Sariegos y de Benjamín Otero. Don Florín le mostró el pequeño frasco que todavía agitaba en la mano.

—Mira, Ovidio —le dijo—, aquí hay un inofensivo preparado que tenemos que compulsar, porque vamos a emplearlo en la fiesta de los pendejos del Casino de esta noche. Necesitamos saber el tiempo en que su efecto se produce, y el talante que acarrea. Todo está perfectamente medido y controlado y, por supuesto, garantizada su inocuidad. Tú vas a hacernos ahora el favor de probarlo en una dosis rebajada, aunque mezclado, eso sí, con un brebaje más o menos parecido al que el barman del Casino ofrece en tales ocasiones, uno de esos caps remilgados, más propios de señoritas que de otra cosa.

—Yo no bebo, Floro —confesó Ovidio, receloso—. De sobra sabéis que soy abstemio.

—La bebida aquí no cuenta. Es el preparado.

—Ya se lo disteis a Felipe, ¿verdad? Está así porque lo tomó.

—A Felipe se le cortó la digestión —aseguró Sariegos—. ¿No te lo acaba de decir él mismo?

—Sabéis de sobra que yo ando muy mal de salud, cualquier cosa puede perjudicarme. No contéis conmigo.

—Ovidio —dijo Sariegos—. En lo que estamos metidos es un asunto que nos afecta a todos los cofrades. Esto no es un capricho, es parte de un plan.

—El único parentesco mío con la Cofradía es por vía fraterna. Yo propiamente no estoy metido.

¿Y crees que para esta prueba no contamos con tu hermana? —dijo Benuza—. Ella está al tanto de todo.

—Cuánto me extraña.

—Ella fue la que me encaminó al Club Ciclista para pescarte allí.

—Ni aunque me lo juréis podía creerlo.

Don Florín vertió parte del contenido del frasco en un vaso donde había otro líquido.

—Vamos, Ovidio —dijo, ofreciéndoselo—. Estamos fatal de tiempo y no podemos andarnos por las ramas. Yo te juro por mi decoro profesional que esto es más inofensivo que un jarabe contra la tos.

—¿Por qué no lo toma uno de vosotros?

—¿Y quiénes te crees que los hemos estado chupando estos días?

—No —negó Ovidio con resolución, dispuesto a salir del laboratorio—, no lo tomo de ninguna manera. Jacinto Sariegos se interpuso en la puerta.

—Si no hay más remedio —dijo— tendremos que hablar con Chon de tus andanzas por los urinarios de la Plaza del Pinto.

Ovidio se quedó un instante quieto, con los ojos clavados en el suelo. Luego, sin alzarlos, fue hacia don Florín, le cogió el vaso y bebió de una vez todo su contenido.

—Piensa que, además —le animó el boticario—, haces una verdadera contribución científica.

—Os juro por mi madre que nunca volveré a invitaros a comer ancas de rana. Acabáis de perder un amigo.

Chon Orallo terminaba de corregir los exámenes que iba apilando en dos montones, el más exiguo el de los aprobados, cuando llamaron a la puerta. Comprobó que eran cerca de las diez y pensó que, como siempre, los cofrades llegaban con retraso a la cita. Tras el ventanal, sobre el inmediato espacio de la terraza, el aguanieve iba fraguando una blanda masilla que tardaba en diluirse.

—Creí que llegabais todos —dijo al abrir la puerta y ver a Paco Bodes.

—¿No me digas que todavía no están esos pesados? Paco sacudió con mucho cuidado el abrigo.

—Atenta, Chonina —pidió—. Atenta al terno del vate laureado. Dime dónde viste cosa igual.

Colgó el abrigo en el perchero y se volvió dando unos pasos por la buhardilla, mientras se ajustaba la chaqueta del traje.

—Dios, Paco, estás hecho un brazo de mar —exclamó Chon—. ¿De dónde lo sacaste?

—Con él me casé, Chonina. Es un detalle de Aurelia Lucillo, que ha sabido preservármelo. Huele un poco a alcanfor, pero de eso sólo se va a enterar Tina Robla cuando nos marquemos el vals. Porque a Tina voy a amarrarla como nadie la amarró,

Chon, no se puede perder una ocasión como ésa. Y Pacho allí estará de cuerpo presente, sudando la gota gorda. Ya esta noche soñé más de lo debido. ¿Le queda o no le queda planta a un poeta maldito?

—Así no hay Reina que se te resista.

Volvieron a llamar a la puerta.

—Ahí estarán.

Don Florín entró como una flecha.

—¿Sabéis qué hora es?

—Tarde, tarde —dijo don Florín, nervioso—, y todavía no hemos podido ir a casa a cambiarnos.

—¿Pero dónde están los otros? —preguntó Chon.

—Ahí suben. Traemos a Ovidio, Chonina. Viene un poco malo, no te preocupes, no es nada. Un corte de digestión o cosa parecida.

—¿A Ovidio?

Ángel y Jacinto alcanzaban la cima del rellano, medio arrastrando a Ovidio sobre sus hombros.

—Pero, ¿qué le pasa, dónde lo encontrasteis? —preguntó Chon, alterada.

—No te excites, Chonina. Una copa lo revolvió. Hay que acostarlo, y verás cómo en seguida espabila. Le llevaron hacia su habitación. Ovidio gemía.

—¿Qué le hicisteis? —quiso saber Chon, cuando los cofrades se derrumbaron en los sillones, después de haber dejado al ciclista en la cama.

—El preparado —confesó don Florín—. Alguien tenía que darle el definitivo visto bueno.

—Cafres.

Chon iba y venía de la habitación de su hermano con una palangana y una toalla. La ayudaba Benjamín Otero.

—Os habéis fijado o no os habéis fijado en el terno —requería Bodes a los cofrades, pavoneándose.

—Perfecto, Paco.

—Pues aquí donde lo veis es el causante de que se hayan reverdecido viejas glorias conyugales. A su albero, Aurelia y un menda rememoramos esta tarde nuestra primera parada nupcial.

—No cabe duda de que hoy es tu día, Paco.

—Veremos cómo responde Tina Robla.

—La Reina en todo Juego Floral es la amada simbólica del poeta galardonado —aseguró don Florín—. Pero concretemos, que hay que espabilar.

—Está todo bastante claro —señaló Ángel Benuza—. Con Paco va Jacinto como acompañante del poeta premiado. Tilo, por muy cancerbero que se ponga, no puede negar la entrada a un invitado del poeta. A mí nadie me puede discutir mi condición de socio familiar, aunque como tal pertenezca a la categoría del garbanzo negro. No en vano mi abuelo Onofre llegó a presidir la Sociedad, aunque prácticamente la llevase a la bancarrota. Y tú, Floro, con Chamín, lo mismo.

—Temo a mi hermana —dijo don Florín—. Sería fatal que fuese.

—Dale el preparado en casa.

—Es importante que no lleguemos juntos y que, al menos al principio, nos mantengamos en la fiesta discretamente separados. Tú, Floro, darás luego la orden para proceder con los frascos.

—Sí, estudiaremos primero la situación de las fuentes del cap. Esa operación hay que hacerla sobre el terreno. Si el efecto, como hemos visto, se produce hacia la media hora, yo creo que la llamada de Chon debiera ser pasada la una. Poco antes vaciábamos los frascos.

—De acuerdo.

Ovidio Orallo gemía en la habitación. Benjamín acababa de cerrar la puerta y venía hacia ellos.

—¿Cómo está?

—Ya no echa nada, pero sigue con el dolor de vientre.

—Hay que darle las instrucciones a Chonina, y tenemos que irnos.

Chon Orallo salió de la habitación de Ovidio y se les quedó mirando.

—Cafres —repitió con rabia—. Queríais envenenarlo.

—Chon —la atajó don Florín, contemplativo—. Era una situación desesperada. O sabíamos lo que daba de sí el preparado o íbamos a ciegas.

—Y encima le dijisteis que ibais de mi parte.

—Había que ganar tiempo. De veras que no quedaba otro remedio.

Alzó la mano derecha y les indicó la puerta.

—Marcharos. No quiero volver a veros. No volváis a poner aquí los pies.

—El asunto está completamente programado, Chonina —dijo don Florín—. Sabes lo difícil que fue todo. Volvió a entrar en la habitación de su hermano.

—La hemos hecho buena —dijo Sariegos.

—Paco —decidió don Florín—. A ti te toca hacerla entrar en razón. Fíjate cómo estamos de tiempo.

—Aguardar un momento.

Siguió Paco Bodes a Chon Orallo y escucharon los cofrades el rumor de sus voces, entre las que también se mezclaba la de Ovidio con algún gemido alternativo. Cuando Bodes salió, todos le miraron con la expectación de quien espera un resultado problemático.

—¿Cuántos frascos hay? —preguntó.

—¿Frascos?

—Del preparado.

—Ocho. Seis para emplear y dos por si acaso.

—Chon se queda con uno.

Los cofrades se miraron extrañados.

—¿Para qué lo quiere?

—Para que mañana aquí, en presencia de ella y de Ovidio os lo toméis vosotros dos, Floro y Angelín. O accedéis a ello o no quiere saber más de vosotros de por vida.

Don Florín y Benuza compartieron un gesto de forzada resignación, mientras el primero sacaba un frasco del bolso del abrigo y se lo entregaba a Bodes.

—Si es así como se aplaca un espíritu vengativo —comentó Ángel.

—Está fuera de toda ortodoxia que el propio científico se preste al cobayismo —dijo don Florín—. Pero, dadas las circunstancias, yo me eximo de cualquier responsabilidad profesional, porque éste es un típico caso de coacción.

13

EL MADRIGAL

En el gran salón de la Sociedad Recreativa del Casino las lámparas de araña multiplicaban la dorada pedrería en sus reflejos cristalinos, como si un incendio de luces amarillas fuese asolando los techos, derramando sus llamas como lenguas centelleantes que lamieran los arabescos estucados.

Benjamín Otero apenas podía sustraer la mirada a aquel luminoso esplendor, que cernía su corona sobre el salpicado bullicio de quienes por el salón se iban distribuyendo.

Un cerco de sillas, alineadas contra las paredes, remarcaba los amplios espacios libres dispuestos para el baile. Por las salas adyacentes, que comunicaban por sendos arcos laterales con el salón, se movían presurosos algunos camareros, retocando manteles y ordenando cristalerías.

Benjamín se vio envuelto en un persistente aplauso, y su tío le dio con el codo para bajarle de las nubes. Mecánicamente se puso a aplaudir también.

Hacia el estrado, que se levantaba como una mediana proa a modo de reducido escenario cuajado de flores, caminaban la Reina y sus Damas. Los aplausos continuaron hasta que fueron tomando asiento: la Reina en su trono, alzado unos peldaños, y las Damas ordenadamente dispuestas a su vera.

Benjamín distinguió un vertiginoso cabrilleo de diademas, un fuego blanco de vibrátiles lenguas en el paisaje de la instalada Corte.

—Queridos socios, amigas y amigos —dijo el secretario de la Sociedad, después de solicitar la palabra a la Reina y hacer una profunda reverencia—, hoy, como cada año en esta fecha, celebramos los Juegos Florales con los que el Casino festeja el advenimiento del Invierno, y que son como una primicia de esta temporada más casera y menos deportiva, más propia para el disfrute del *confort* de nuestros salones, pero en la que, por supuesto, no han de faltar las fiestas y los bailes, que adquieren, como bien sabéis, su mayor lustre en nuestros muy ponderados cotillones navideños. Siempre con la aquiescencia de nuestra Reina, yo, que en esta ocasión cumplo con el agradable cometido de maestro de ceremonias, aunque parco sea mi magisterio, voy a ceder la palabra a don Afrodisio Campano, secretario del jurado designado por la Junta Directiva para la concesión de la Flor de Invierno en estas justas poéticas ya tan tradicionales, para que él sea quien pública y oficialmente dé a conocer el fallo del mismo. Pero antes, queridos socios, amigas y amigos, vais a permitirme que, aunque sea con mi también parco verbo, agradezca en nombre de todos la belleza y la simpatía de esta Corte que nos preside. Belleza, simpatía y juventud de esta Reina y estas Damas que con su gracia iluminan la noche poética y floral. Todas ellas fueron presentadas en sociedad en estos salones en los pasados meses. Todas tienen familiares, honrosos y entrañables apellidos que a todos nos enorgullecen. Gracias por lo que sois y por cómo sois —remató el secretario, dirigiéndose directamente a la Corte—, Tina Robla, Carmenchu Pacín, Angelines Soto, Nila Fontecha, Mamen Soldevila, Cuca Alfageme y Tere García.

Los aplausos repicaron en el salón como un volteo de campanas, y Benjamín observó admirado a las siete muchachas que, al unísono, se habían puesto de pie, transfiguradas por la misma sonrisa, como si el hada madrina hubiese tocado a todas con su varita mágica.

—No te embobes, Chamín —le dijo su tío al oído—; las despojas del ornamento y apenas tres de ellas valen un real, salvando, eso sí, a la hija de Pacho, que es una auténtica nereida. No te dejes engañar por la pupila, que hay más farfolla que resultado. No es condición privativa de hermosura la de niña bien, ni muchísimo menos.

Afrodisio Campano leía a trompicones el acta del jurado, y cuando finalizó requirió el secretario al poeta galardonado, sin que apenas brotasen unos tímidos aplausos.

Don Florín veía complacido el constreñido gesto de la Junta Directiva, Pacho Robla y su esposa al frente, apiñada en el centro del salón. Paco Bodes ascendió los escalones hacia el estrado con las manos en la espalda, como un altivo reo que sube al cadalso más para ejecutar que para recibir la sentencia.

—Don Francisco Bodes Pellejero —dijo el secretario— leerá a continuación el poema premiado con la Flor de Invierno, que, como ya han oído ustedes, se titula Alba Lumina, y fue presentado bajo el lema Aldebarán. A continuación, la Reina impondrá la Flor al poeta galardonado, y seguidamente ambos abrirán el baile, una vez que la orquesta ocupe este estrado.

Paco Bodes hizo una ligera inclinación ante la Reina y las Damas. El silencio se espesaba en el salón. Con gesto cadencioso llevó la mano derecha al bolsillo interior de la chaqueta y sacó dos folios que tardó en desplegar.

—No estoy acostumbrado, señoras y señores —dijo—, a participar en actos de esta índole, pero conozco perfectamente las reglas del Juego Floral y, al animarme a concurrir al presente, decidí, si llegaba el caso, cumplirlas con absoluto miramiento. Así, antes de dar a conocer el poema premiado, voy a dedicarle un madrigal a la Reina, que es lo propio en estos casos, y para este requiebro lírico solicito su venia.

Tina Robla hizo un gesto reverencioso y desconcertado. Don Florín vio cómo Pacho y los suyos se miraban con angustiada expectación. El silencio rozaba el vacío, como si los salones hubiesen sido arrasados por un viento homicida.

—Ahí tienes, Chamín —dijo don Florín al oído de su sobrino—, el abismal poder de la lírica, entre el boato y la ramplonería. Ven en las manos de Paco una cuchilla con el peligroso filo de las palabras. No les cabe la camisa en el cuerpo.

Bodes declamó dirigiéndose a la Reina, con voz sonora e íntima.

—Bajo la dulce mirada aguamarina, y la mies de tu pelo, sostiene el día su vuelo, hasta alcanzar su gloria vespertina. Roza tu piel el sueño del poeta, por donde Venus late misteriosa, y en tu centro la rosa abre los labios de su sonrisa más secreta. En la nube templada y ambarina, la sábana del sueño se derrama, envuelta en el candor la llama de tu encendida belleza matutina.

El silencio sólo quedó roto por los aplausos cuando Paco Bodes se adelantó hacia la Reina, le ofreció el madrigal y le besó la mano. Tina Robla disimulaba con dificultad la emoción.

—Este Bodes —comentó don Florín— no puede ocultar que la tiene entre ceja y ceja. El onirismo, Chamín, es metafóricamente una suplantación bastante ingenua. Ese madrigal, es ante todo, el resultado de una polución nocturna.

El poema premiado lo leyó Bodes exagerando el tono declamatorio, como buscando que las forzadas imágenes estallasen entre las lámparas. Era un largo poema plagado de reverberaciones y de estrellas que se deshacían en el alba, carcomidas por los residuos de su propia luz. Por los techos estucados ardió el fulgor sideral, como si un impostado firmamento hubiese crecido sobre las cabezas del auditorio. La noche y la mañana se fundían en un río de cristales.

Los aplausos sonaban ahora más entregados. El secretario de la Sociedad le ofrecía a la Reina el abierto estuche con la Flor de Invierno grabada en oro sobre un liviano prendedor. Paco avanzó hacia ella, que se había puesto de pie con toda su Corte escoltándola. Arreciaron los aplausos y la Reina cumplió el trámite de prender la Flor en la solapa de la chaqueta del poeta galardonado.

—Gracias, Tina —dijo Paco Bodes, llevando morosamente la mano de la Reina a sus labios.

—Gracias —musitó ella, complacida.

El corro de espectadores fue abriéndose con las primeras notas musicales. La orquesta había ocupado su sitio.

Ángel Benuza merodeaba por el salón lateral, donde los camareros iban completando las mesas para servir la bebida. Asomó por la sala de juego hacia el bar y comprobó que nadie servía en la barra. Regresó al salón.

El vals de la Reina y el Poeta se había iniciado con algún desafinamiento de la no muy entonada orquesta. Más allá de las calvas atentas, vio Benuza a Paco Bodes volando como un águila con la paloma entre los brazos.

En seguida comenzaron a animarse las parejas y la orquesta alargó el vals, hasta que en los danzantes empezaron a apreciarse las primeras muestras de abandono.

Olfateó Benuza los más cercanos corrillos. Poco a poco se distribuían los grupos en animados coloquios y un bullicio risueño bandeaba con sus olas, de un lado a otro, los confines del salón.

La orquesta atacaba su repertorio con el estricto orden de los esmerados profesionales que en la música encontraron sus horas extraordinarias, afinando con mayor claridad a medida que las piezas se sucedían.

Había tres muchachas junto a la puerta principal que comunicaba el salón con el vestíbulo. Dos de ellas estaban siendo requeridas por dos jóvenes que intentaban sacarlas a bailar, y la tercera, bastante mayor, permanecía ajena, como buscando a alguien con la mirada.

Ángel sintió el acuciante recuerdo de aquel rostro y, por un momento, tuvo la intención de evadirse, pero en seguida decidió que lo mejor era hacer todo lo contrario. Avanzó hacia ella por entre los nutridos grupos y cuando llegó a su lado se la quedó mirando.

—Ángel.

—Bea.

—¿Pero qué haces tú aquí?

—¿Y tú?

—Estoy con Lina Ferreras y con Toya Carmona. Llegué ayer de Oviedo.

—Yo vine con mi amigo el poeta.

—Es el último sitio donde pensaba que podría verte.

—¿No me digas que todavía lo pensabas?

Beatriz Sama movía la cabeza con un gesto burlón y divertido. De su repintado rostro destacaba la respingona nariz.

—Hombre, después de lo que por ahí puede oírse de ti. Pero ya sabes que una es muy emprendedora y no se arredra por nada. ¿Qué haces, qué es de tu vida?

—Por ahí ando, Bea. Más o menos como siempre. ¿Y a ti cómo te va?

—Bien, bien. Ya sabes que decidí a tiempo dedicarme a disfrutar del patrimonio, con orden y concierto, como quería mi tío Fernando.

—Una decisión inteligente.

—Hombre, si además hubiera conseguido echarte a ti el lazo, que era lo que de veras quería —dijo Beatriz, mientras cogía del brazo a Benuza y casi estallaba en una carcajada—. Pero tienes que reconocer que lo ponías muy difícil, Angelín. Eras tan golfo. Aunque ya te digo que no me arredro, ¿eh? Yo soy de las que no dan el brazo a torcer. Pero ¿estás bien de veras? No sabes lo que me alegra verte.

—Bien.

—Como cuentan que llevas una vida tan tirada, y la cara de golfo ya no hay quien te la cambie. ¿Es verdad que vives en una pensión de mala nota y que andas empeñando los trastos que te quedaron de la casa de tu madre?

—En algún sitio hay que vivir, Bea —dijo Benuza, palmeando el brazo de Beatriz Sama—. Y habida cuenta de que uno no tiene ni oficio ni beneficio, no queda más remedio que ir vendiendo lo que te quieran comprar.

Beatriz le miraba con una sonrisa de antigua complicidad, en la que reencontraba Benuza su más lejano recuerdo, la juvenil iluminación de aquel rostro en el que nunca la simpatía había logrado derrotar a la fealdad, por mucho que lo había intentado.

—Con lo que yo te admiro Angelín —confesó Beatriz Sama—. Esto hacía tiempo que quería habértelo dicho, y te lo digo ahora que no nos oye nadie. Si en vez de mujer hubiese sido hombre, puede que estuviera haciendo lo que tú haces, llevando la vida que tú llevas. La desgracia es que la diferencia resulta abismal entre lo que supone ser un golfo y ser una golfa. Yo siempre tuve debilidad por vosotros, por los más barandas. Y anduve pero que muy enamorada de Quino Alonso y de Gelo Contreras y de Pipe, que ya ves cómo terminaron todos. Y por ti fue por el que más perdidos tuve los huesos. Porque tú eras el mayor flete, Ángel.

—Y tú la mejor de aquella panda de estrechas y mentecatas, Bea.

—Pero me teníais localizada entre los loros, Angelín. Y los más golfos andabais siempre intentando picar lo más lejos posible. Yo lo pasaba mal. Me volvían loca vuestras barrabasadas.

Regresaban las acompañantes de Beatriz con sus jóvenes bailarines.

—No te me escapes, Angelín —le dijo ella a Benuza, que se disponía a emprender la retirada.

—Por donde haya algo de beber, me pillas.

—No estaría bien que se nos pasara la noche sin que movamos un poco el esqueleto.

—No, señora —dijo Ángel—. No lo estaría.

En las salas laterales habían comenzado a servir la bebida. Las talladas fuentes de cristal contenían un líquido afrutado, que ofrecían los camareros en las anchas copas.

Benuza vio a Jacinto Sariegos que salvaba una improvisada aglomeración y emergía con la copa en la mano.

—Abrevemos, Jacintín —le dijo, alzando la suya—, antes de que por la boca muera el pez.

—Hay que tener bien claras las que se purgan y las que no se purgan. El cap está de campeonato y conviene reservar, al menos, dos fuentes para nuestro servicio.

—Convence a Floro, que cada vez lo veo más decidido a un exterminio masivo.

—De eso nada. Dos fuentes de reserva son imprescindibles. ¿Qué haríamos nosotros en el dique seco, Angelín, mientras este ganado ofrece el fatal ejemplo del espasmo y la diarrea?

Flotaban por el salón los voluntariosos bailarines y se derramaban las espontáneas tertulias, hechas y deshechas al ritmo improvisado de los encuentros, de los saludos, de las contemplaciones. El creciente rumor cercaba la angosta línea que podía marcar la pista, un imaginario círculo que sólo los más contumaces se encargaban de desbaratar, echándole imaginación a las cándidas o desaforadas melodías de la orquesta, y emprendiendo el vuelo con su pareja.

Moteaban las Damas el paisaje con las nacaradas fulguraciones del satén y el estrellado brillo de las diademas. El dorado fuego que llovía de las lámparas secaba su esplendor en los macilentos zócalos, donde el polvo había acumulado una sombra secreta.

Benuza se evadió y Jacinto buscó un hueco donde beber tranquilo. En la media distancia pudo apreciar, entre suaves compases, la solapa de Paco Bodes, en la que la Flor de Invierno lucía como una mariposa ensartada.

—Por animación no podéis quejaros, ¿eh, Sariegos? Pepín Villamañán también venía con una copa en la mano.

—No podemos, Pepín —dijo Jacinto—. Están todos con todas.

—Muy fino el madrigal del vate. Aún no he tenido ocasión de felicitar a Paco. ¿Tanto le tira la hija de Pacho?

—De vez en cuando a Bodes se le cruzan los cables.

—Pues el papá de la moza está con la mosca detrás de la oreja. Y su señora madre, no digamos. Fíjate con qué cara les miran.

—Complicaciones propias de estas justas del floripondio, Pepín. Paco cumple a rajatabla con el protocolo. El Poeta y la Reina se solazan líricamente, unidos por el himen de la Flor. Al menos eso le oí yo decir a don Tristán Celada un año que hizo de Mantenedor en los Juegos Florales del municipio en el teatro Principal.

—¿No sería aquel año que tuvieron que desenchufarle el micrófono?

—Exactamente. Don Tristán entró en detalles, más naturalistas que retóricos, respecto a los adornos frutales de la Reina y su Corte. En la cuantificación de las medidas de lo que él llamaba la belleza clásica, el hombre era un tanto disparatado y obsesivo. Comenzó a hacer cábalas sobre talles, caderas, bustos, comparando lo que la Corte ofrecía a ojo de buen cubero. Aquel año todas las Damas eran hijas de concejales.

—En fin, Sariegos —dijo Pepín Villamañán elevando la copa que llevaba en la mano y haciendo un gesto indicativo hacia su contenido—, que os cunda.

—Va a cundirnos, no lo dudes.

—Yo aprovecho ahora para repostar, porque esta noche me tengo prometido a mí mismo declararme abstemio.

—Cuídate y evita las malas compañías.

—Las pocas plumas nobles que vamos quedando, Sariegos, andamos solos por la vida.

Benjamín Otero había perdido el rastro de su tío. Cruzó hacia el vestíbulo, donde algunos grupos se habían adueñado de los sillones. Dos muchachas le observaban detenidas entre las parejas que, por el vestíbulo, brindaban con las copas del cap. Benjamín se percató de que hacía rato que le espiaban. Las había visto antes merodear por el salón, como si en algún momento hubiesen estado dispuestas a abordarle. Siguió hasta la sala lateral donde se aprovisionaban los bebedores. Su tío estaba hablando con uno de los directivos del Casino.

—Aquí ya ves que contemporizamos con lo que sea, Floro —decía Pascual Llombera—. No nos andamos con tiquismiquis. Bodes gana la Flor y todos encantados, aunque yo, para qué voy a negártelo, era el último que pensaba que podía ser. Lo que es cierto es que nadie puede decir que no sea un buen poeta. A mí particularmente lo que no me gustó fue el madrigal que le dedicó a Tina, me sonó raro, recovecoso.

—La lírica es otro lenguaje, Pascual. Lo que pasa es que aquí no estáis acostumbrados.

—Tú es que no vienes. El último jueves de cada mes hay velada poética. Y no falta una buena rapsoda, aunque sea aficionada. ¿Cuándo oíste recitar a Minines la de Viloria?

—No se puede confundir la lírica con el bardolismo, Pascual. Una rapsoda, por buena que sea, sólo hace que castigar las orejas. A Minines ni me la imagino. La lírica es un lenguaje secreto, que no admite ostentación ni retórica.

—¿Y entonces qué pinta Bodes en el Juego Floral?

—Habría que preguntárselo a él. Puede que hoy haya comenzado a prostituir su estro. A lo mejor se cansó de ser un poeta maldito. O más sencillo, igual está enamorado.

—¿De quién?

—Coño, Llombera, un poeta tiene el corazón fácil. A mí el madrigal que le echó a Tina Robla me pareció de perlas.

—No digas tonterías, Floro.

—Les veo bailar y me parece un cuento de hadas. Los poetas y las reinas son distintos al resto de los mortales.

—Ella es una cría.

—Con no menos de dieciocho primaveras. Pacho y doña Amparo no cabe duda de que, al menos, tuvieron una noche soberana.

—No te pases, Floro.

—No seas mentecato, Pascual. Nada hay más decente que festejar y propagar la belleza. Y la mejor manera de hacerlo es apropiándose de ella en lo que uno buenamente pueda. La belleza está hecha para la contemplación y el disfrute.

Benjamín asomó al salón, atraído por la bulla de los danzarines que acogían excitados el anuncio de un chachachá. Contempló desde la puerta el ruidoso meneo, que la orquesta expandía con sus cuerdas cortantes y su viento estrangulado, y, cuando se dio media vuelta, vio a las dos muchachas merodeadoras sonriendo a su lado.

—Tú eres el sobrino de Digna, ¿verdad? —preguntó la que parecía más avispada.

—Sí.

—Mira, yo soy Queta Valero y ésta es Lola Millán. Como no hay nadie que nos presente hemos decidido presentarnos solas. Si a ti no te parece mal.

—No. Encantado —dijo Benjamín, dándoles la mano con cierta torpeza.

—Es que a tu tía no la hemos visto. Ella es muy amiga de mi madre —aclaró Queta.

—Vine con mi tío.

—Pues aquí, en el Casino, antes nunca se te había visto.

—No.

—Oye, pues hay una regla que aquí se lleva a rajatabla. Nadie que pisa por primera vez estos salones puede aburrirse.

—No me estoy aburriendo, de veras.

—Te vamos a echar una mano. Pero me parece que no nos dijiste tu nombre.

—Benjamín.

—¿Ya probaste el cap?

—No.

—¿Y no bailas?

—Es que no sé.

—Pues mira, esta noche no te vamos a dejar que pierdas el tiempo —dijo Queta, decidida.

Don Florín le vio acercarse escoltado por las dos muchachas, con el retraído gesto de alguien a quien acaban de detener.

—Chamín —le llamó.

Fue hacia él mientras ellas le aguardaban.

—Coño, no se te puede dejar solo ni un minuto. ¿Adónde demonios te llevan ese par de callos?

Paco Bodes había cedido a Tina Robla, requerida insistentemente al final de cada pieza por un grupo de obcecados bailarines.

—Que no se hagan ilusiones —le comentó al oído—, que en menos que canta el gallo vuelvo a por ti. No te he dicho ni la mitad de lo que quiero decirte.

—Lo que más me gusta es que me recites el madrigal.

Viró a la izquierda y, según caminaba entre las parejas, llevó la mano a la culera del pantalón, comprobando el amplio descosido que presintió cuando bailaba el último mambo.

—Coño, Paquín, qué raro que abandones —le dijo Sariegos, que bebía apostado en el arco de la sala. —Hace falta carburante. Anda, cédeme esa copa. Jacinto se la dio y en seguida volvió con otra.

Ya ves lo bien que luce la Sociedad. Todos los corderos con todas las corderas y algún que otro castrón. Vamos a brindar por la puta madre que los parió.

—¿Cuántas llevas? —inquirió Paco, alzando la copa.

—Menos que apóstoles tuvo Cristo. Floro no quiere preservarnos una fuente y, llegado el momento, se acabó el abrevadero. A ver si lo convences. Luego la noche ya no va a ser lo que es, porque este cap, Paquín, está como Dios.

—En la barra del bar también sirven.

—Pero no dan este elixir, que es el que a mí me encandila.

—Bebiendo siempre fuiste un melindres. Éste es un brebaje cabezón, que por saber hasta sabe a canela.

—A mí me hace volar, te lo juro. Volando me veo por estos techos como un murciélago que acabase de fumar una faria.

—No olvides que estamos de servicio.

Sariegos metió la mano en el bolso de la chaqueta y la sacó con el puño cerrado.

—Aquí hay lo que hay, Paquín, y no voy a ser yo el que falle a la hora de encender la mecha. Oiremos balar desesperados a los corderos y a las corderas, y los castrones verán que se acaba el mundo.

—Por eso es mejor que no te embales.

—No hay cuidado —dijo Jacinto, llevando de nuevo la mano al bolso.—. Puedes estar seguro que la venganza me va a pillar con la cabeza fría.

—Y ensopada si no la vigilas.

—El murciélago vuela hasta que yo diga que se pose —aseguró—. Ya ves la Sociedad, Paquín, un mar de perlas y brocados que anega la sentina maloliente. El mundo es lo mismo.

Al fondo del salón divisó Paco a don Florín, que le hacía señas. Por el centro, cada vez más nutrido en la ronda ahora lánguida de un fox, la diadema de Tina se extinguía como una estrella sumergida.

—¿Por qué no mueves un poco el esqueleto?

—La media que llevo esta noche —dijo Sariegos— es de tres bailes y seis pisotones. A mí en la danza me gusta el virtuosismo, Paco, igual que en la cama. Nací así de escogido.

A medida que Bodes se fue acercando a don Florín, se dio cuenta de que estaba en un grupo con Pacho Robla, Juanito Garfín y Plácido Iruela. Las mujeres hacían un corro algo más alejado, atendidas por un solícito camarero. El fox había templado el bullicio del salón, reduciéndolo a un murmullo de frágil soñolencia. Por el vestíbulo y las salas adyacentes se ampliaba el ruido de las conversaciones, la risa entrechocada con el cristal de alguna copa rota.

—Aquí nos hacías falta, Paco —dijo don Florín—. Porque era de tu obra de lo que parlamentaba con esta gente. Al fin vislumbró el Casino algo de la auténtica lírica, como antes le decía a Llombera.

—Lo que Bodes luce en la solapa es el reconocimiento que esta Sociedad hace a quien lo merece —aseguró Pacho Robla.

—Nadie pone en duda el valor superior de la poesía —dijo Garfín—. La Flor de Invierno también es un símbolo de nuestras inquietudes. Lo que pasa es que los que no frecuentáis estos salones, no estáis al tanto de lo que en ellos sucede.

—No somos aves de corral, Juanito. El pensamiento y el estro nos gusta más pasearlo por ahí. De ideas y sonetos de salón, estamos hasta la coronilla.

—Lo tuyo, Floro —dijo Pacho Robla— es enfermizo. Todo tienes que verlo con la mirada casquivana del que jamás se aviene a la seriedad de las cosas. Y así te pinta.

—Coño, Pacho, cualquiera que sin conocerte te oyese pensaría que lo único serio es lo que tú consideras. Como si para ganar esa razón bastara con haber llevado gorra de plato.

—Si es para dar pie a una discusión —intervino Paco Bodes—, prefiero volver al baile. La Reina, aquí con el permiso de su progenitor, tiene la noche comprometida. Yo debo corresponder a ese reconocimiento que me hace la Sociedad.

—Espera un poco, que nadie discute —le ordenó don Florín—. Si la Reina es consecuente con los dictados del Juego Floral, te guardará las ausencias.

—Es mejor no darle ocasión a que tenga que guardármelas durante mucho rato. El salón está atestado de moscones.

—No hay protocolo que comprometa a la Reina en esta clase de justas —afirmó Garfín, alterado.

—Vamos, Juanito, no seas mentecato. Y tú, Pacho, relájate. ¿Quién va a libar un sueño juvenil con más solvencia que un lírico en plena posesión de sus poderes? Paco esta noche tiene todas las bendiciones del Parnaso.

—Mira, Floro —dijo Pacho Robla—, no estoy para bromas. Tú y yo jamás pudimos mantener una conversación normal, y seguro que tienes el mismo interés que yo en que todo siga lo mismo. En estos salones no va a faltar la cortesía, pero más no vamos a dar de sí.

—Hay que estar a la duras y a las maduras, Pacho. A veces la mala uva te devuelve la ironía de un rejo clavado en la espalda. Por supuesto que nunca podremos mantener una conversación normal. En esta urbe emputecida están ya tan podridas las voces como los silencios. Aquí el mundo sí que es de veras el sueño mugriento de un dios envilecido, que dijo Sesma.

—Habría que contarte las copas, Floro. Con el alcohol y la inquina se te escapan las metáforas más penosas.

—Todas te pertenecen, Pacho, porque todas se inspiran en lo que tú eres y representas. De quien viene galopando con los cascos puestos, nada puede esperarse que no sea el brillo del sable y el relincho. Por mucho seudónimo latino que use para graznar.

—Vamos a dejarlo, por Dios —zanjó Plácido Iruela—. O se está a la altura de la fiesta o se va uno para casa. No sé si os percatáis que hay más de un mirón.

Juanito Garfín avisaba a un camarero.

—No digo que haya necesidad de reconciliarse, que ésas son palabras jesuíticas —afirmó—, pero guardar las formas no cuesta nada. Cuánto más nos valdría a todos estar echando unas piezas con nuestras respectivas.

—Tienes razón, Juanito —dijo don Florín, que alcanzaba una copa de la bandeja que ofrecía el camarero—. Aunque yo debo reconocer que el panorama femenino que ofrece la Sociedad no es de los que elevan el ánimo a cualquiera. Salvo las excepciones de rigor, que esas bien a la vista de todos están.

—Hombre, Floro —comentó Iruela forzando la sonrisa—, cuando uno tiene ya en la mano todos los triunfos del carcamal, no puede dárselas de escogido.

—Las últimas bazas son las que hay que jugar a degüello. Eso los que os disteis prisa en ahorcaros, ya no lo podéis entender. El que ama la vida es el que perpetúa hasta el límite la libertad de seguir amándola. Que el colofón sea un tiro en el pecho o una gota de semen solitario en la taza del retrete, es igual.

La orquesta se había concedido un respiro y los bailarines iban amotinados a las salas laterales, en busca de la copa reparadora.

Sariegos cruzó el salón con el leve aleteo del murciélago que vira entre las luminosas guirnaldas. Cuando llegó al centro se sintió extraviado, como si le hubieran dejado solo en una lejana explanada. Del estrado de la orquesta bajaba el último músico, que vio a Sariegos girar con el desconcierto de quien de pronto no sabe adónde dirigirse.

—¿Pero qué pintas tú aquí? —inquirió el músico al reconocerle, avanzando hacia él.

—Tellerín —dijo Sariegos—, o afinas un pelo o es mejor que te aguantes en el negociado de acopios, aunque las extras te las paguen a real. Al Consistorio le debemos un respeto filarmónico.

—Es que lo mío, Jacinto, es la bandurria. Con el clarinete reconozco que todavía estoy verde. Pero, bobo, aquí se fijan más en el ruido que en las nueces. ¿Y a ti quién te invita a estas galas de postín?

—Yo llevo una vida simulada, que es la manera de llevar muchas, Tellero. Lo mismo se me ve de sargento de cocina que de hermano lego o de jefe provincial del Movimiento. Hoy me tocó olisquear por este establo. No creas que las únicas vidas mundanas son las del cinematógrafo. Algunos no damos abasto.

—Suerte que tenéis. Para los padres de familia numerosa no hay posibilidades.

—Un premio de natalidad como el que tú ganaste, Tellerín, honra más que cualquier medalla o encomienda. ¿Quién de todos estos zánganos ha contribuido como tú a la grandeza de la nación? Tal como decía el camarada Llamazares: por la vía genésica y el imperio hacia Dios. Ahora, eso sí, tienes que afinar.

—Dame tiempo, Jacinto. Con esta orquesta sólo llevo tres semanas. Ya viste adónde llegué con la bandurria.

—A mí me parece que en el Consistorio lo que de veras tocamos bien es la gaita.

—Siempre con el sudor de la frente.

—Sí, Tellero, sí —afirmó Sariegos, palmeando al músico—, con el de la frente y el de la almorrana municipal y espesa.

Ángel Benuza alcanzó a Jacinto cuando pretendía sentarse en una silla, no lejana a un animado corro de señoras que espolvoreaban el ambiente con su picoteo de emplumadas gallinas. Iba a posarse el murciélago tras su vuelo por los entorchados estucos. El gusto del cap rememoraba en el paladar de Jacinto un viejo sabor de perfumadas reposterías que aumentaba su ansiedad golosa.

—Floro va a dar la orden, Jacinto —le dijo Benuza—; cada cual a su puesto.

—Ahora están todos libando.

—Cuando vuelva a atacar la orquesta, repondrán las fuentes, y ése es el momento.

—Entonces vamos a soplar la última.

—No te pongas nervioso. Ya hemos convencido a Floro para que dejemos sin purgar una fuente de cada sala. Así el servicio está asegurado.

—Era lo que yo decía. La noche es nuestra, Angelín, y no hay por qué sacrificarse. A estos pendejos y a estas pendejas lo mismo vamos a machacarlos. No podíamos quedar sin carburante.

—¿Has visto a Chamín?

—No.

—Pues hay que buscarlo. Tiene que echarnos una mano para vigilar mientras procedemos al vertido. Da una vuelta —le indicó— y nos veremos en el vestíbulo, que por allí anda Floro.

Jacinto intentó sin resultado tomar una copa en la sala cercana. Fuera del salón, los grupos se diseminaban, detenidos en los pasillos, acomodados por los alrededores de la barra del bar. En una esquina comían un bocadillo los músicos.

Ángel estaba con don Florín cuando Jacinto llegó a su lado.

—A Chamín no lo veo —dijo.

—Se lo llevaron dos loros —informó don Florín, contrariado—. No sé dónde puñetas pueden haberlo metido.

—¿Y Bodes?

—Corrió a pescar a Tina para que no se la birlen. El numerito tiene que montarlo con ella en brazos, que es como queda bonito. Juró que vamos a ver a un actor de verdad. Pacho revienta, seguro que revienta. Están que no pueden. Si estos cabrones supieran la que se les viene encima.

Don Florín apretaba el puño de la mano derecha contra la palma de la izquierda, mientras dirigía una mirada furibunda a los alrededores. El bullicio de la fiesta se esparcía con la placidez de un tiempo que todos deseaban alargar, como si la noche pudiera quedar atrapada en la alegría de los salones.

—A tus órdenes estamos, Floro —dijo Sariegos.

—Comprobar el armamento —indicó don Florín—. El tapón ya veis que puede quitarse fácilmente.

—Comprobado —afirmó Benuza, después de manosear sus dos frascos en los bolsos de la chaqueta.

—Comprobado —añadió Jacinto.

—Pues la estrategia del vertido está clara. En cada mesa de cada sala, como habéis visto, hay cuatro fuentes de cap. Dejaremos sin purgar las colocadas más a la derecha de cada mesa. En las otras, que son seis en total, vamos a echar un frasco en cada una. Había pensado medio, pero dado el tamaño de las fuentes y la cantidad de hijos de puta que aquí hay concentrados esta noche, hay que ser generosos. Que no nos quede luego mala conciencia de habernos comportado como unos pardillos. Va a dar la una menos cuarto. Si Chon llama entre la una y la una y media, ya es el momento. Una vez cumplido el trámite, avisamos a Paco para que inaugure la función. Chamín nos hacía falta, pero como no aparece, obraremos sin su ayuda.

Desinflaba el bolero los lánguidos fuelles de la orquesta en un penoso arrastre de notas desafinadas. Los bailarines habían regresado en tropel. Ardía ahora el salón con el brío renovado y se espesaba la marea, batiendo los zócalos hasta hacer temblar las lámparas.

Los tres cofrades asomaron a la sala, donde dos camareros acababan de reponer las fuentes del cap. Sariegos mostró con disimulo el puño cerrado de su mano derecha.

—Ya quité la espoleta —susurró—. Guardarme la espalda que voy en picado.

Ángel avanzó con él mientras don Florín vigilaba. En un instante, Sariegos vació el frasco en la primera fuente. El camarero se acercaba a servirles y le hicieron una seña rehusando. Benuza vertió en seguida el suyo en la segunda fuente. Don Florín avanzó y ellos se quedaron a ambos lados. Jacinto pedía una copa de la última fuente y don Florín vaciaba su frasco en la tercera. Poco a poco, la sala volvía a estar concurrida. Los camareros batían el cap con los cazos que llenaban las copas. El líquido salpicaba su aroma frutal.

—Alegre y confiada está la Sociedad —dijo Sariegos cuando salieron al salón, donde el ajetreo de los danzantes se empastaba con el meloso rechinar de la orquesta—. Es el momento de echar una pieza —decidió, animado, después de beber la copa.

—Calma, Jacinto, que nos falta la segunda tanda —dijo Benuza.

—Primero la obligación y luego la devoción —ordenó don Florín.

Bordearon el salón dirigiéndose hacia la otra sala, donde los camareros atendían a una nutrida clientela.

Paco Bodes les vio perderse al fondo del bosque, entre la algarabía de los bailarines desatados. Tina acercaba el rostro a su hombro y él sentía su aplastada fragilidad.

—Roza tu piel el sueño del poeta —susurraba Paco—por donde Venus late misteriosa, y en su centro la rosa, abre los labios de su sonrisa más secreta.

—Eso es lo que más me gusta —decía Tina Robla, mientras Paco forzaba el abrazo atrayendo su cintura.

—Y a mí.

14

LA LLAMADA

Bailaban los cofrades en la caverna del gran salón, que vislumbraba Jacinto Sariegos con el reclamo visionario de aquel néctar antes frutal y ahora ponzoñoso, como un reducto subterráneo donde se congregase la tribu entre el júbilo y la amenaza.

El metal de la orquesta hacía estallar las lágrimas de las lámparas, que reventaban como sordas gotas de lluvia monzónica, y Jacinto alzaba los ojos, amarrado al ritmo de su pareja que iba a sucumbir en el despiadado trote, y sorbía gustoso el delirio del cristal, esa húmeda caricia de vibrátiles reflejos que alcanzaban en su nublada memoria lejanos fuegos de artificio, vertiginosas llamaradas de embriaguez.

—Písame, paloma, no tengas cuidado, que si la noche es pródiga hasta que se apague la hoguera nadie podrá pararnos.

—Dios me libre, si es usted el que me tiene breada.

—Trátame de tú, que no hay cosa que me guste tanto como que me pierdan el respeto.

—Desde luego, lo que tienes de simpático lo tienes de mal bailarín.

—Es mucho lo que hay que rodar conmigo para apreciar mis dotes. De todas formas, paloma, con este bollo tampoco se puede pedir demasiado.

—Es que hacía tiempo que en la Sociedad no se veía ta bochinche.

—Será que ésta es la última noche que nos queda. Acaso ya no hay mañana, como decía el padre Vilariño.

—No lo digas ni en broma.

—Tú aplícate, querida, que no hay instante inútil si por gozoso se tiene. Y eso sí que no lo decía el padre Vilariño.

—Procura no descalzarme, que da la impresión de que gastas un cuarenta y cinco con jardinera.

—Otras prendas me cobrara, que no fueran tus zapatos.

—No te pases, que está muy alto el pabellón para un calvo como tú.

—Sin enfadarse, paloma. A prendas más amables me refiero, a las que en el alma albergan las doncellas bondadosas.

—Hablas como el poeta premiado.

—La labia no es patrimonio de los bardos.

Una ola alteró la visionaria contemplación de Jacinto, que se vio transportado en el expansivo abrazo de su pareja y de todas las parejas circundantes. Se oían algunos gritos con más sorpresa que preocupación. La orquesta batía su propio récord, engolfada en las cimas del bolero. Fueron precisos unos minutos para que se apaciguase el salón, y un mínimo corro quedara abierto en el centro, ya con algunas voces severas solicitando calma y compostura.

—Aire, aire, no se amontonen, por favor.

Desde la cima del bolero se precipitó la orquesta en el vacío.

Tina Robla se inclinaba sobre Paco Bodes, sin apenas superar el desconcierto. El Poeta Galardonado se había ceñido a su cuerpo en un convulso arrebato que había estremecido a la Reina, temerosa por un momento de que las lavas del madrigal se desbordaran, y luego se había desmoronado llevándose las manos al estómago como si un imprevisto fuego le hiciese arder las entrañas.

—Un médico, un médico —pedía alguien

—Hay que sacarlo de aquí.

Cuando se abrió un pasillo suficiente, del centro del salón al vestíbulo, todos pudieron ver al Poeta ejecutando un número de arriesgado contorsionismo, perfectamente ilustrado con los ahogados gritos de quien soporta el dolor hasta el límite de lo imposible.

Los asustados espectadores observaron, entre los inciertos comentarios que ya llenaban el salón, el confuso trasiego de algunos miembros de la junta directiva, el nerviosismo creciente de la Reina, los desatendidos requerimientos de un médico. La virulenta demostración del Poeta hacía difícil su traslado. Los más cercanos podían distinguir, además de la desarticulada culera de su pantalón, la ajada Flor en la borrosa solapa.

—Paso, paso —pidieron Benuza y don Florín.

Pacho Robla y Pascual Llombera llamaban al doctor Cifuentes, y una voz, que no podía disimular un cierto tufo alcohólico, contestaba desde el fondo del salón que había sido requerido para operar una fimosis.

—El doctor Beraza también se fue hace un rato.

—¿Pero qué le ha pasado a Paco? —inquiría don Florín.

—Hay que llevarlo a la Dirección —decidió Pacho Robla.

—Es como un ataque —opinaba Llombera.

Benuza echó una mano para cargar al Poeta, que se revolvía entre violentas arcadas.

—Ni Cifuentes ni Beraza —le comentaba Pacho a don Florín—. ¿Pero este hombre es epiléptico o sufre algún trastorno?

—Jamás vi a Bodes ni con un catarro.

—Pues la fiesta nos la chafa —comentó Juanito Garfín.

—No liemos más las cosas —ordenó Pacho—. Decirle a la orquesta que siga. No hace falta que nadie deje de divertirse, para que atendamos a este hombre como se merece. ¿No habrá bebido más de la cuenta?

—Aquí hoy todo el mundo ha bebido más de la cuenta.

—Pero unos saben administrarse mejor que otros, a la vista está.

Casi en volandas llevaron a Bodes, pasillo adelante, al despacho del presidente. En el mismo pasillo, la Reina fue rescatada por su madre y el grupo de amigas revoloteadoras.

—Te vas a comportar, Tina, te vas a comportar, que me estás agriando la noche —masculló doña Amparo, sujetándola.

—Tengo que saber lo que pasa.

—¿Qué le va a pasar? Que no tiene sentido de la medida, que es un golfo.

Despegaba la orquesta de nuevo, y un multitudinario grito de júbilo volvía a estremecer el salón.

Jacinto Sariegos cruzó el vestíbulo. Había abandonado a su pareja entre la multitud. Lejos de la lluvia de ardientes cristales que enardecían la visionaria melopea, tuvo la sensación de navegar, bamboleante, entre la niebla parda. Hizo un esfuerzo para recobrar el timón y se encaminó por el pasillo que conducía al despacho del presidente, por donde ya sólo algún desperdigado grupo comentaba el suceso. Tuvo que abrir tres puertas hasta acertar con la del despacho. En dos de ellas percibió una oscuridad, salpicada de entrecortadas risas y cuchicheos.

—¿Qué le hicieron? —clamó al ver a Paco, derrumbado en el sillón con el gesto perdido.

—Ya parece que se entona algo —dijo Llombera—. Después de ir tres veces seguidas al retrete poco cap le quedará en el estómago.

—Un vate inconmensurable —dijo Sariegos, alzando los brazos— reducido a esa calamidad humana. ¿Qué hostias le han hecho al único poeta insigne que amamantan las escuálidas ubres de esta ciudad romanizada?

Pacho Robla golpeó la mesa con el puño.

—Aquí espectáculos no voy a consentir —aseguró—. Ya tenemos bastante con lo que tenemos.

—Mira hasta dónde levantas la voz, Pacho —dijo don Florín—, que hay un enfermo, y los que vinimos con él vinimos sólo por amistad, porque, por otra cosa, jamás aquí nos veríais.

—Vamos a tomar las cosas con calma —pidió Juanito Garfín.

—Paco, hijo —le decía Sariegos a Bodes, palmeándole la cara—, ¿qué te pasó? ¿No será que no naciste para poeta laureado, que ni una noche de gloria, aunque sea tan pedestre como la que puede proporcionar esta puta Sociedad, te permiten los dioses?

Bodes movía los labios y Ángel Benuza acercó su oído a ellos.

—Dice que tiene la sensación de haber tragado un escarabajo.

El teléfono repicó en la mesa del presidente.

—Por fin Cifuentes o Beraza —dijo Pacho—. Para una vez que los necesitas aquí.

Los cofrades afinaron el oído. Paco alzó la cabeza masculIando atento.

—Soy yo —dijo Pacho Robla, sujetando el auricular con un gesto de fastidio—. Sí, sí, soy el presidente de la Sociedad Recreativa. ¿Pero cree usted que éstas son horas de andar llamando?

—¿Quién es, qué quiere? —inquirió Garfín.

Pacho había enmudecido. Según escuchaba se estaba poniendo de pie, e intentaba dar la espalda a los presentes.

—Oiga —dijo finalmente, con un esfuerzo tembloroso—. Oiga —repitió, ya con la certeza de que habían cortado.

—¿Pero qué pasa, Pacho, por Dios?

Colgó el teléfono y durante unos instantes quedó sumergido en esa ausencia adonde conduce la repentina y brutal contrariedad, para la que no existe una réplica inmediata capaz de contenerla.

—Nada, nada —musitó—, no pasa nada.

Accedieron los cofrades a que Bodes, que daba alguna muestra de recuperación y pedía que le dejasen reposar tranquilo, quedase en el despacho, a la espera de que fuese localizado alguno de los médicos, y se marcharon Pacho, Llombrera y Juanito Garfín.

—Cifuentes o Beraza tienen que estar al caer —repitió el presidente, que difícilmente disimulaba su preocupación.

Jacinto Sariegos hizo un gesto de amenaza cuando cerraron la puerta. Don Florín consultó el reloj.

—Hay que reconocer que Chonina estuvo a punto —dijo.

—¿Os gustó el numerito? —quiso saber Bodes.

—Perfecto, Paco. A la Reina debes tenerla hundida en la miseria.

—Ya sonó la hora —gritó Sariegos—. Una nube de veneno revienta en los estómagos de la Sociedad.

—Calla, Jacintín, que la que tienes encima no es ni para contarla.

—Ángel, éste es nuestro momento. Ahora que poco a poco irá cundiendo el pánico y la guadaña del fin del mundo empezará a segar orejas. Hay que emborracharse de modo y manera que todos sientan envidia de la locura alcohólica, la única salida para los sentenciados.

—Sí, Jacinto, vamos a incendiar la Sociedad.

—Ahora, queridos cofrades —dijo don Florín—, ya no hay compasión para nadie. Cada baja que tengan es una víctima inmolada en el altar de Nuestro Padre Gerónides. Ay, si pudiera verlo Aquilino.

—Se lo contaremos, Floro —dijo Benuza—. Le diremos cómo a media noche tronó la voz anónima de Chon Orallo, anunciando el veneno devastador que, para esa hora, ya saciaba las barrigas protervas.

—Decirle a Tina que aquí la espero dando los últimos coletazos —pidió Paco Bodes—. Que venga a ver morir a un poeta que intentará morir matando.

—Paco —afirmó Jacinto—, la Fuente no la hallamos, pero el puñal de la venganza debe ser como el cipote de obsidiana de los indios motilones.

Rebosaban las parejas en el salón y buscaban en el vestíbulo espacio donde airear la rumba. Podían apreciarse ciertas composturas alteradas y un hervor creciente que expandía el lastre de una antigua polvareda. Parecía que de las tarimas a los estucos, de los tapetes a los cortinajes, las viejas arrugas del caserón de la Sociedad fueran vaciando la ceniza de sus entresijos, como si el galope de los bailarines promoviese un temblor en sus vísceras decrépitas.

—Verlos así —dijo Benuza— tiene algo de vandálico.

—La mayor curiosidad ahora es saber cómo reaccionan Pacho y los suyos —señaló don Florín—. No tardando mucho iré a incordiarles. La plana mayor estará dirimiendo lo que de broma macabra pueda tener la llamada.

—Hasta que no empiecen a caer los suyos, nada van a decidir, ya lo veréis.

—A mí, todos éstos —dijo Jacinto, señalando a los rumberos— ya se me figura que están tocados del ala. ¿No veis qué caras?

—Disolvámonos —ordenó don Florín—. Hay que estar en contacto, pero es mejor que no nos vean juntos. Y avisarme si le echáis el ojo a Chamín, que no me gusta un pelo en manos de quien anda.

Sariegos merodeó por el vestíbulo. El ritmo de la rumba batía las estrelladas aguas de su imaginación, que el alcohol iba desbordando en una frondosa cascada. Se apoyó en una columna y comenzó a seguir el ritmo con las manos. La cascada inundaba el Archivo, anegaba los legajos, sacaba a flote por un momento, destripados, los más recónditos expedientes, cuyas hojas desaparecían ahogadas.

—Perdóneme usted, señora —dijo Benuza a su complacida pareja, cuando el fox devolvió al salón un momentáneo reposo—. No puedo moverme con soltura porque estoy herniado.

—Pero si baila usted divinamente.

—Es una hernia inguinal que, divisada a contrapelo, semeja la más indecente protuberancia. No se puede imaginar lo que acompleja un padecimiento de esta índole.

—Por Dios, qué cosas me cuenta, qué franco es usted.

—Me disgustaría que pudiera pensar, dada mi poca soltura, que soy un tullido que hace esfuerzos para llegar más allá de donde debe o, lo que es peor, que mi ineficacia como bailarín está muy por debajo de los buenos modales que en sociedad se exigen.

—Pero qué dice usted, si da gusto lo bien que lo hace.

—Yo le agradezco sus buenos sentimientos, señora, pero nada incrementa más mi complejo que la inocente obra de misericordia.

—Le prometo que soy totalmente sincera.

—Dios se lo pague. Suelo pasar muy malos ratos, porque cuando mi pareja no está advertida puede pensar que me agarro con desfachatez, cosa totalmente incierta. Necesito bailar, si a esto mío se le puede llamar así, muy agarrado, en prevención de que la hernia se me salga.

—¿Y cómo no se la opera?

—El temor a la castración. Perdone usted que sea tan burdo, pero ese y no otro es el motivo. Vivo bajo la amenaza de este apéndice que, en cualquier instante, puede consumar un estrangulamiento fatal. Pero ese temor heredado de los ancestros me tiene cohibido.

—Son cosas que conviene superar.

—Imagínese usted, querida señora, el filo vertiginoso del bisturí a medio milímetro de las pudendas. Estoy resignado a arrastrar esta penitencia aunque confieso mi cobardía.

—Disculpe, pero tengo cierto sofoco.

—¿No me irá a decir que la llevo demasiado agarrada?

—Hombre, lo que se dice suelta no me lleva usted.

—Bailo mal y encima quedo como no debo.

—La pieza se acaba y preferiría que lo dejásemos.

—Un momento, señora, por favor. El tiempo de ajustar la hebilla del braguero, que se me descolocó.

Don Florín inspeccionó las salas laterales, donde los camareros seguían sirviendo el cap. Cuando volvió hacia el vestíbulo vio a dos muchachos que llevaban, con cierto disimulo, a una de las Damas visiblemente indispuesta.

Sariegos había repostado en una de las fuentes preservadas. Asomó al pasillo sujetando con dificultad la copa repleta. Hizo un intento de abrir la puerta del despacho del presidente y comprobó que habían cerrado por dentro. La Reina habría acudido al reclamo del Poeta. Caminó por el pasillo y poco a poco se vio sumido en la destartalada umbría de un bosque con el que soñaba con frecuencia. El reclamo visionario atraía algunos revoloteos de fugaces murciélagos, el plañidero aullido de algún lobo hambriento.

—¿Qué haces aquí?

—Busco los servicios.

—Pues están justo al otro lado, donde el bar.

Juanito Garfín no disimulaba el disgusto que le producía haberse topado con Jacinto, que bajo el peso de la borrachera parecía un atolondrado merodeador.

—Menos mal que una autoridad del Casino podrá auxiliarme —dijo Sariegos—. Contigo necesito hablar, Garfín. Tengo la vida pendiente de un hilo.

—Me pillas en un mal momento, no puedo perder ni un minuto.

—Es cuestión de vida o muerte.

—Por Dios, Sariegos, me están esperando en secretaría.

—¿Qué os traéis entre manos, Juanito, qué hostias pasa? Yo estoy como Bodes, también tengo la idea de haberme tragado un escarabajo.

—No hables tan alto, por favor, no levantes la voz.

Sariegos apoyó el codo izquierdo en la pared y reposó la cabeza en la mano con gesto de súbito mareo. Hizo un intento de acercar la copa a la boca y vertió buena parte de su contenido sobre la solapas del traje de Garfín.

—Necesito un albacea testamentario. En estos momentos no doy un duro por mi vida.

—Estás borracho, Sariegos, mira cómo me has puesto.

—Tengo la lucidez del que llega a la cumbre y, desde ella, a punto está de precipitarse en el vacío. Pero me siento mal,

Garfín, me siento condenadamente mal. Los mismos espasmos que Bodes, igual sudor frío.

—Te convenía tomar el aire.

—Tú eres picapleitos, Juanito. Saca la estilográfica que voy a dictarte mi última voluntad.

—Me esperan, te juro que no puedo perder ni un minuto.

Jacinto dejó caer la copa, que se estrelló en el suelo y cogió a Juanito Garfín por las solapas.

—Es alguien que está dando las últimas bocanadas quien te pide consideración. ¿No ves lo poco que queda de mí?

Juanito empujó a Jacinto, que dio un traspiés y a punto estuvo de caer al suelo. Luego corrió por el pasillo.

—No puedo escupir el escarabajo —gritaba Sariegos—. Diles que no puedo escupirlo.

Regresó hacia el vestíbulo. El fuelle de la orquesta se abría y se cerraba en un descabalado chachachá. En la multiplicada algarabía vislumbró Jacinto un potente cabrilleo de hogueras montaraces, llamas acaso vencidas y resucitadas por el huracán nocturno. Cruzó hacia el bar. Algunos grupos permanecían más abatidos, ocupando los sillones. En la barra servía ahora un camarero. Calibró el camino de los servicios y a ellos se dirigió. Tanto a la puerta de las señoras como a la de los caballeros se acumulaba una pequeña cola de rostros descompuestos. Dobló por el pequeño pasillo que viraba a la derecha y abrió la primera puerta que encontró. Entró y cerró tras sí.

La oscuridad era completa y Jacinto dio dos o tres pasos sintiéndose perdido en la noche. Palpó a ambos lados sin encontrar donde apoyarse. Creyó escuchar un ligero siseo. Decidido, abrió la bragueta y se dispuso a aliviarse. Lo único cierto que podía constatar era una gruesa alfombra bajo los pies.

Un caballero se había desplomado en el vestíbulo y una señora era socorrida por sus amigas, aquejada de unas escandalosas arcadas que hacían difícil atenderla.

Don Florín había observado el revuelo, y el progresivo denuedo de la orquesta que parecía seguir unas férreas instrucciones de no cejar en el martirio de sus ya muy repetidas partituras, reforzada desde hacía unos minutos por un exultante vocalista que intercambiaba sus voluntariosas interpretaciones con desparramados solos de saxofón.

—Así es la Sociedad —le dijo Pepín Villamañán, que se había acercado silencioso a su lado—. Fuegos de artificio encubriendo la carcoma y la náusea.

—Todo un símbolo del oropel y la ruina, Pepín. Las festivas maneras que acaban parodiando el desnudo estertor del vómito.

—Ya son varias las moscas espatarradas en la miel. Como espéctaculo, no puede decirse que resulte muy edificante.

—El espéctaculo de la venganza nunca debe resultar edificante, con que sea eficaz es suficiente. Y estate seguro, Pepín, de que jamás estos salones estuvieron más cerca del fin del mundo.

—Mira, el chico de los Gómez Parejo acaba de cubrirse de gloria vaciando el estómago sobre su jovial damita, que me parece es la pequeña de Alipio Mocasines.

—La misma gracia que aquella rubia, que por las napias debe ser hija de doña Chencha. Pero la pobre ha sido más comedida, apenas le ha alcanzado en la calva al galán que la ayudaba a anudarse el zapato.

—Es Merines el de Baldo Pereda. Demasiado calvo para tan pocos años. Oye, Floro, ¿y cuál es el punto exacto de la ponzoña? Supongo que hay que tener mucho tiento para no pasarse ni quedarse corto.

—El punto lo da la cocción. De los agentes misturados para qué voy a contarte. La base, eso sí, es una suerte de jalapas. Hay que tener mucha mano con las sucesivas precipitaciones. Pero ya sabes que yo trabajo al modo alquímico, a mí no me saques del atanor y la redoma.

—¿Y tienes bien calibrados los efectos? Mira, Floro, mira, es la propia doña Chencha la que parece que se revuelve.

—¿Dónde está?

—Allí, en la columna, junto a Purificación Bermejo y Matilde la de Valladares. Yo creo que se les viene abajo.

—Los efectos, Pepín, son variables, bajo el común denominador de lo que estás viendo. Puede que haya algunos secundarios, sobre todo para el que tenga una úlcera mal criada o ande delicado del intestino. Por muy científico que quiera ser uno, nadie es perfecto.

—¿Pero crees que puede haber algún efecto fatal o pernicioso?

Descartar la fatalidad sería por mi parte un acto ingenuo. Aquí, Pepín, venimos a saldar una cuenta con toda la malevolencia precisa. Nadie va a la guerra a disparar con escopeta de tapones de corcho.

—¿Y qué estarán haciendo los amilanados directivos? En el pasillo de los servicios cada vez hay más gente, y aquí cada vez más moscas que no pueden despegarse.

—Llega el momento de malmeterles un poco. No conviene darles sosiego.

—Esa pobre mujer está pasando un mal rato. ¿Quién iba a decirle a doña Chencha que el sarao podía acabar así? Mira, mira cómo ha puesto a la tonta de Matildina.

—El agente arrojativo es el carbonil, una suerte de nitrato que extorsiona a la jalapa y que conviene rebajar con salsa de emerencianas. Ese vómito crudo es producto de un matrimonio morganático entre tan variopintos agentes. Luego se suscita la eclosión diarreica, y ahí la jalapa es la dueña y señora.

—El panorama es ilustrativo, Floro. Oyéndote y viendo lo que uno ve, se saca tanto provecho como en una de aquellas clases de los hermanos Garrotines.

—Podríamos decir que una mano química barniza el estómago de la Sociedad, con la brocha de afeitar de Tarsicio, el ayudante hurón de don Hermenegildo el forense.

Esquilmados y esquilados, así se titularía el artículo que a mí me gustaría escribir esta noche, como crónica de estas sonadas justas del floripondio.

Ángel Benuza se había situado con su pareja en el centro del salón, tras un fugaz intermedio de la orquesta, que apenas había servido para que el vocalista abandonara el saxo y cogiese la trompeta, dispuesto a demostrar todas sus habilidades.

—Sigue la fiesta —decía el vocalista con la voz convincente y melosa del más consumado vendedor a domicilio—, porque no estamos dispuestos a perder comba y hay que calentar la noche, ya que, por si ustedes no se habían enterado, está nevando. Del corazón de melón, al reloj no marques las horas, queridos amigos, con el ritmo siempre esmerado que un servidor y estos compañeros ponemos a punto para ustedes. Y no olviden que, desde este momento, se atienden peticiones.

—Lo malísima que estoy.

—Apoliya la curda, mi diquera —entonó Benuza al oído de su pareja con fuelle de tango.

—¿Y a ésos qué les pasa?

—Que van amartelados a la tumba.

—¿De qué te conozco? Anda, dímelo, por favor, que me duele muchísimo la cabeza.

—Adivina adivinanza.

—Eres de la panda de Quirino. De los que cazan con Chavo el notario y con Manolito el de Montes.

—Frío, frío.

—De la timba de Lito.

—Nunca me mancho las manos con el naipe.

—Del Catastro.

—Pero, mujer, ¿es que tengo cara de chupatintas? La última vez que entré en una oficina fue a que me sellaran la cartilla de racionamiento.

—No me hagas pensar, que estoy mareada.

—Es que no me conoces. Sencillamente no me conoces.

Antes te vi charlando con Bea Sama.

—Es una amiga.

—Eres su primo el ingeniero.

—No me quedan parientes ni en el primero ni en el segundo grado.

—Me rindo. ¿Pero qué pasa allí?

—Una Dama desvanecida, cuya diadema perdió el brillo y el color.

—Es Nila Fontecha. Dios, cuánto habremos bebido. Esto nunca estuvo tan animado. ¿Entonces no me lo vas a decir?

—Si te rindes de veras y como a mí me gusta que se rindan las hembras.

—No me metas pierna, no me metas pierna, que estoy mala, pero no soy tonta.

—¿A estas horas vas a reparar en tales fruslerías?

—Ya caigo.

—¿No me digas que también va a darte el telele?

—Eres Plinio Barbeito, el mayor de doña Eulalia, el que se marchó a Filipinas, que era un flete.

—Pobre Plinio —recordó Benuza—. Siempre quiso navegar en el Buque Fantasma. Los más inocentes son los que se pierden más jóvenes.

—Coño, Chamín —decía Jacinto Sariegos, apoyado con dificultad en la barra del bar—. ¿Cómo demonios iba a pensar que eras tú el que estabas allí con aquellas brujas?

Benjamín Otero se sostenía calibrando con cierto esfuerzo la cercanía de la barra, y acercó la mano derecha a la copa que le acababan de servir, con la inseguridad de quien se mueve en la niebla.

—Tenías que haberme avisado —se disculpaba Sariegos, después de beber un trago y reclamarle al camarero que entonara la copa con una bendición mayor de ginebra—. Yo oí risas y pensé que aquello era lo que parecía: un nido de los que preparan los pájaros de la Sociedad para darse el filete, cuando a las pájaras las tienen bien amarteladas. En lo que va de fiesta ya levanté tres, todos con los bichos guarando.

—No te vi —dijo Benjamín, a quien le temblaba la copa en la mano—, no podía imaginarme que eras tú.

—¿Pero qué hacías allí con esas locas? Dos loros de categoría, como bien dijo tu tío.

—Me enseñaban a bailar.

—Coño, eso se aprende de memoria. Te cogieron de mala manera, a esos callos no hay quien les mueva el esqueleto. ¿Y cuánto te hicieron soplar?

—No sé, Jacinto —dijo Benjamín, que, tras un trago, casi no podía mover la mano en la niebla—. Tenían una botella.

—Estamos aviados, Chamín. Por cómo se te ve, la tenemos paralela. ¿Es la primera vez que agarras un tablón de esta categoría?

Benjamín asintió. Había logrado dejar la copa en la barra y metía las manos en los bolsillos del pantalón.

—Coño, Chamín, la noche apenas la tenemos encetada. ¿Ves qué caras hay por ahí? Por ese pasillo adelante, el que no se va por arriba se va por abajo. ¿Y querían enseñarte a bailar, las muy pendonas, con la luz apagada?

—Como no se podía cerrar por dentro, apagaron para estar más tranquilos.

—Coimas. Eso después de hacerte soplar varias copas, ¿no? Cago en tal. Anda, echa otro trago, que ya que empezaste es mejor no soltar el tablón. Y abotónate la bragueta, que te va a ver tu tío y puede pensar cualquier cosa. Esos loros son las más viciosas.

—No sé lo que me pasa, Jacinto —dijo Benjamín—. No estoy mareado, estoy como ido.

—Oye, ¿te percataste si esas lobas te echaron algo en la copa?

—No.

—¿La botella la tenían allí guardada?

—Sí.

—Échame el aliento.

Benjamín obedeció.

—Te han dado zarracina con vaginil. Aquí, Chamín, la degeneración está al cabo de la calle. Vete a saber lo que estamos bebiendo. Veremos si tu tío trajo polvos de bromurato. Las más callos son las más osadas porque son las que más lo necesitan. Lobas.

Don Florín golpeaba la puerta donde acababa de ver entrar a Pascual Llombera. En el vestíbulo había presenciado cierta confusión. Llegaba la música como un largo suspiro que acompañaba, melancólico, la voz empalagosa del vocalista.

—¿Qué quieres, Floro? No se puede entrar.

—Quiero hablar con Pacho. O me dejáis entrar o armo un espolio.

—Estamos reunidos.

Pacho, Garfín, Llombera, y el secretario miraron a don Florín, molestos.

—¿Qué es lo que pasa? —inquirió don Florín, combativo—. ¿Qué está pasando aquí? Bodes boquea y más de uno lleva el mismo camino. ¿Dónde están los famosos doctores? Hasta a mí me está empezando a doler el vientre.

—Cierra, Pascual, por Dios —ordenó Pacho—, que no nos oigan.

El presidente estaba sentado en un sillón con el gesto abatido. Los demás le rodeaban nerviosos.

—Exijo una explicación.

—Y te la vamos a dar, Floro —concedió Pacho a regañadientes—, aunque de poco sirven las explicaciones. Estamos en un mar de dudas. Ni Cifuentes ni Beraza aparecen por ningún sitio, ni que se los hubiera tragado la tierra. Y hay que andar con cautela, no podemos liar un escándalo así por las buenas.

—Alguien nos jugó una mala pasada —dijo Llombera, muy preocupado.

—Cuando estábamos en mi despacho —dijo el presidente— antes, con Bodes, y sonó el teléfono, era una voz de mujer que llamaba para amenazarnos. Bueno, más que para amenazarnos, para advertirnos de una putada descomunal, que, si es cierta, no sé yo el porvenir que nos queda a todos los que esta noche estamos aquí.

—Es una broma —reiteró Juanito Garfín, no muy convencido—. La clásica broma macabra. No sería la primera vez.

De esta categoría nunca vi ninguna —dijo Llombera.

—Pero ¿qué amenaza?

—La fulana advertía que íbamos a caer envenenados como moscas, que el que quisiera confesión que la fuese pidiendo.

—¿Envenenados con qué?

—Vete a saber, Floro. O era una loca o era una tía de la cáscara amarga.

—¿Y no habéis llamado a nadie?

—A la mínima de cambio se organiza un escándalo —comentó el secretario— o se arma un estaribel entre los socios.

—¿O sea, que aquí os habéis quedado tan tranquilos?

—Hombre, eso de tan tranquilos.

—Claro, lo de menos es que el primero en caer fuese Paco Bodes, que a Bodes le haya dado el telele un pimiento os importa.

—Pretendemos que Cifuentes y Beraza opinen. No vamos a salir por ahí dando voces. Y tampoco vamos a llamar a la policía para armar la marimorena. ¿Qué puñetas puede hacer la policía?

—Si todo es una broma, figúrate la que puede liarse.

—¿Y si no lo es, y si es cierto? ¿No habéis visto el panorama que empieza a haber ahí fuera?

—Lo propio de cuando la gente bebe demasiado.

—A los servicios ya no hay quien se acerque. Y en el vestíbulo, hasta a doña Chencha han tenido que llevársela. Pero a mí me importa Bodes. Paco fue el primero.

—Mucha gente comienza a irse para casa. Lo único que corre es un cierto rumor de que algo de lo que cenamos estaba malo, pero sin trascender demasiado —informó Llombera—. Todo se achaca a la bebida.

—El cap lo han puesto hoy muy subido de tono —reconoció Garfín—. Y luego la canela, que envicia como la nicotina. Yo voy a proponer en la próxima junta que se suprima el cap como bebida en las fiestas. Es mejor la barra abierta y que cada cual se administre con lo que quiera. Parece la típica bebida inocente y no lo es.

—¿Y vais a permanecer así, a la expectativa? Esto, Pacho, yo lo siento, pero no estoy dispuesto a consentirlo. Si a Bodes le pasa algo serio, os juro que lo pagáis, os prometo que esta puta Sociedad se va al garete.

—No te engalles, Floro. Esta Sociedad ha sobrevivido y sobrevivirá a cualquier galopín de tres al cuarto. Aquí, las amenazas de los mequetrefes nos las pasamos por entre las piernas.

—Del escándalo que tanto os preocupa no os libráis —dijo don Florín, sereno—. Del escándalo y de más de un muerto que, al final, puede que os cuelgue de la conciencia. Tomároslo con calma y ya veréis.

Fue a la puerta, la abrió y se volvió hacia ellos.

—No queréis alarmar a vuestros socios —dijo alzando la voz— y cuando os deis cuenta ya sólo vais a poder enterrarlos.

—Por Dios, Floro —pidió Garfín—, vuelve aquí, hablemos como personas.

—Lo que tenéis que hacer es salir a ver el espectáculo, no esconderos como avestruces. Está la Sociedad revuelta. Todos bailando y el que más y el que menos con la procesión por dentro. Pero te lo repito, Pacho: si cae Paco, con el mismo veneno embadurno yo estos muros con todos vosotros dentro.

En la sala izquierda, donde las provisiones del cap se habían reducido notablemente, vio Ángel Benuza cómo un estirado caballero alargaba la mano para coger la copa, que el camarero le ofrecía solícito, y se derrumbaba de pronto cayendo sobre la mesa y arrastrando la cercana fuente en su caída. Un estrépito de cristales hizo que la orquesta se resintiera, atascada instantáneamente en el repetido bolero. El vocalista reaccionó con la precisión del púgil avezado, que soporta el guantazo y alza los brazos a la defensiva dispuesto a seguir.

—No sé lo que pasa esta noche, Angelín —le dijo Beatriz Sama a Benuza, cogiéndole del brazo—. O la gente está muy piripi o es para mosquearse. ¿Dónde te metiste?

—Aquí clavado, mirando las delicias de la Sociedad.

—¿No vamos a echar la pieza que nos habíamos prometido?

—Cómo no, Bea.

En el salón había ya bastantes defecciones. Sólo algunas sillas laterales estaban ocupadas.

—Mira cómo miran.

—Igual que el que lo hace desde el otro barrio o desde la mismísima inopia.

—De repente todo el mundo parece desinflado.

—Estamos rodeados de fantasmas, Bea. La Sociedad lleva camino de convertirse en una logia de bustos petrificados.

—Yo me vi así una vez en un sueño —recordó Beatriz—. Era una fiesta de pedida, había mucho ambiente, y de pronto comencé a darme cuenta de que todos se habían quedado quietos, ausentes, como estatuas. Fue de esos sueños de los que despiertas con una angustia enorme. ¿Pero qué pasa ahora?

La música iba a diluirse con el apagón, pero la voz del vocalista lograba superar el momentáneo desánimo.

—Seguimos, queridos amigos —decía meloso—. Al ritmo lento del fox y con el toque íntimo de la oscuridad. Así, bien cogiditos cada cual con su pareja, deseando que el reloj no marque las horas, que la noche se quede en nuestros brazos.

—Ese cantante también debe ser poeta.

—El caso es que bailar se baila mejor así.

—Yo, si te soy sincera, hacía no sé cuánto tiempo que no echaba una pieza a gusto.

En mi caso, no baja de diez años.

—Angelín, es que debemos estar haciéndonos muy mayores.

—La edad es un mal sueño, Bea.

—A mí es lo único que en la vida me da miedo. ¿No habrá cómo remediarlo?

—Dicen que sí, pero nadie sabe dónde.

Un alarido cortó en seco la respiración de la orquesta. Varios gritos sobrevinieron luego, como derivados de un coro aterrado.

—¿Qué pasa, qué sucede? —reclamaban muchas voces.

—Luz, luz —pedían los más angustiados.

La voz llorosa y excitada de doña Chencha emergía en la oscuridad desde un sillón del vestíbulo.

—Era un escarabajo, un escarabajo. Dios me coja confesada.

15

EL HONTANAR

Todo lo que alcanzaba la mirada de Jacinto Sariegos era un desolado paisaje, en el que se confundían los despojos de la batalla y el desorden de la alcohólica imaginación, dispuesta a celebrar el desastre.

Con dificultad distinguía Jacinto el resplandor de las lámparas de los interiores centelleos que alumbraban su exaltación, cuando después de un largo tiempo, poblado de protestas, indignaciones y requerimientos, volvieron a iluminarse los salones, que ya muchos habían abandonado, y se hicieron perceptibles las huellas del pillaje: búcaros rotos, cristalerías arrasadas, sillones volcados, telas de cuadros rasgadas, la sensación de una secreta tormenta que había descargado en la oscuridad.

Caminó Jacinto como el náufrago que sobrevive más allá del embate de las olas y fue a asirse a la columna más cercana del salón del baile, en la que creyó distinguir un desarbolado palo de mesana. Todo se movía en aquel paisaje que alteraba el viento con su zumbido de caracola.

—Oíd, bribones —gritó Jacinto, alzando el brazo derecho con gesto admonitorio—. Todos estamos perdidos. El que más y el que menos tiene el veneno en el hígado. Los que tengan agallas que sigan bailando y bebiendo, y los que no las tengan que se conformen con irse por la pata para abajo y que se jodan. Estamos todos tocados del ala. Otra noche como ésta para nosotros no hay.

Sólo Benjamín Otero parecía escuchar la estentórea voz de Sariegos, entre el desconcertado ajetreo de los que iban y venían. En el salón, la orquesta permanecía como a la espera de alguna orden.

—Aprovecharos, que de aquí a unas horas no queda títere con cabeza. El que nunca la corrió que se dé prisa para correrla ahora, porque otra ocasión no va a tener. Con suerte no quedamos ni uno para contarlo.

Benjamín veía a Jacinto subido en el palo. Era casi lo único que distinguía entre la reverberación de las vertiginosas imágenes inmediatas y el fragor luminoso de las lámparas que parecían abrasarle los ojos. En la oscuridad había seguido a Sariegos, poseído de pronto por un furor destructivo, y alentado por su ejemplo había contribuido a arrasar todo lo que estaba a mano. Las tinieblas aplacaban en su cabeza los centelleos del alcohol, pero abrían como una espita de irrealidad que acarreaba un vértigo en el que uno podía disolverse. Benjamín había despertado sudoroso, delatado por la luz, a unos pasos de Sariegos que, al volcar un sillón, rodaba por el suelo.

Malditos bribones, tenéis que espabilar. Las últimas picias que podéis hacer en la vida hay que hacerlas corriendo. Aquí nos dieron el finiquito.

De nuevo retomó la orquesta el sincopado suspiro del tango y algunas parejas se dejaron mecer en la brisa. La voz del vocalista se quebraba como una rama. Pringaba el sudor su frente de una derretida carbonilla que parecía manar de la brillantina.

—La de Jacinto es sonada —le dijo Benuza a don Florín.

—Peor veo a mi sobrino. Mañana mi hermana me echa de casa.

—Creo que llegó Beraza. Ya es el momento de que saquemos a Paco.

—Si pudieras recogerme a Chamín.

—Déjalo, no hay cuidado. De Sariegos no se despega.

—Aquellas lobas me lo echaron a perder.

—Tarde o temprano a uno siempre lo echan a perder. ¿Qué pasó con los plomos?

—Machaqué la instalación. A la fuerza tienen que sospechar que hubo sabotaje.

—Con Beraza no les va a quedar más remedio que tomar ya una determinación. No creo que un médico aguante cruzado de brazos ante este panorama.

—Sobre todo después de ver cómo se llevaron espatarrada a doña Chencha.

—Vamos a por ellos.

—¿No sería mejor que antes recogiéramos a Chamín? Grima me da verlo así.

—Está disfrutando, Floro. No hay castaña como la primera. Lo malo será mañana cuando abra el ojo.

Benjamín y Jacinto llegaron al salón del baile. El movimiento de las parejas conciliaba la falsa huida de las figuras con los desvanecidos arpegios que alargaban su fluidez de sombras chinescas, que flotaban sobre la encerada tarima como negros garabatos, estirados y encogidos en la mirada alcohólica.

Sintió Benjamín el deseo de emular aquel movimiento, de dejarse hundir en la música que contagiaba y paliaba sus pasos inseguros, como si le envolviese desprendiéndole del peso abotargado de su cuerpo.

—Bailad, bribones —oyó gritar a Jacinto—, que el que no baile ya sabe lo que le queda. La sentencia bien ganada la tenemos, y en la otra vida haber habrá de todo, pero jarana seguro que no.

Benjamín vio a Jacinto moverse con los brazos en alto, como si quisiera colgarse de la lámpara.

—La conga —gritó alguien.

—La conga —pidieron más voces.

La orquesta se detuvo. Benjamín escuchó en seguida el destemplado estrépito de la batería y un golpe de júbilo en las parejas, ahora más numerosas.

—Vamos, bribones —gritaba Jacinto enloquecido—. Vamos a correrla de una puta vez. Que no se diga que en el Casino no supimos diñarla con las botas puestas.

Pacho Robla golpeaba furioso la barra del bar rodeado de sus acólitos. El doctor Beraza estaba llamando por teléfono acompañado de Plácido Iruela.

—Yo no lo sé, don Pacho —decía el camarero muy nervioso—. Le juro que a mí me empujaron. Si eran pocos o muchos, no pude enterarme. En un momento destrozaron la estantería.

—Es el colmo —exclamó el presidente, indignado—. ¿Es que hasta en tu propia casa van a sublevársete?

—La gente ha bebido mucho, Pacho —decía Pascual Llombera—, sobre todo la juventud. Y, además, vete a saber lo que bebieron.

Se habían acercado don Florín y Benuza.

—¿Qué habéis hecho con Bodes?

Todos miraron extrañados a don Florín.

—¿Qué quieres que hagamos?

—El despacho donde quedó está cerrado con llave y nadie contesta.

—Se iría —dijo Pacho intranquilo.

—¿Dónde iba a irse estando como estaba? —contestó Benuza—. De aquí sólo huyen los que pueden.

—Para huir no hay ninguna razón. Beraza dice que, como mucho, se trata de una intoxicación de menor cuantía.

—Amenazando con lo que amenazaron y viendo lo que vemos, no parece muy serio decir de menor cuantía.

—Nadie hace caso a la llamada de un gamberro o de una gamberra. Cifuentes atendió a doña Chencha en su casa y opina igual que Beraza. Lo que pasa es que los hay que en seguida se ponen nerviosos.

—Pacho —dijo don Florín—, ya te advertí antes que si a Paco le pasaba algo malo, del escándalo no ibais a salir sanos ninguno. Ahora hay que aclarar dónde lo tenéis metido.

—¿Pero qué puñetas piensas?

—Ni pienso ni dejo de pensar.

—¿Quién tiene la llave de mi despacho?

—En la puerta estaba —dijo el secretario.

—La puerta está cerrada y nadie contesta.

—Vamos a verlo —decidió el presidente muy alterado—. Si por ahí no lo visteis, seguro que se fue a espantar la mona. No es precisamente un orgullo para esta casa un poeta como ése.

—Para ningún poeta, que por tal se tenga, es un orgullo venir aquí, donde apenas te descuidas te dan una flor envenenada.

—El que viene lo hace porque quiere, maldita sea. No hay mayor oprobio que acabar premiando a un degenerado.

—Es que los hay que pierden la cabeza —dijo Ángel Benuza—, porque detrás de la Flor buscan otros halagos, otras emociones de esas que son viejas como el mundo. Una debilidad fácil de disculpar para quienes seguimos creyendo en el amor incendiario.

Las dobles filas serpenteaban por el salón del baile al ritmo cada vez más atronador de la conga. A la cabeza iba Jacinto Sariegos haciendo aspavientos con los brazos. En la cola sentía Benjamín el vértigo de la furibunda manada, que parecía dispuesta a recorrer un repetido laberinto, engarzados unos y otros como las anillas de un gusano.

Nada había que no resplandeciera en la desordenada memoria de Benjamín Otero, donde llegaban a confundirse en el mismo fulgor azaroso rostros antiguos, piezas desprendidas del sueño, recortes de algún paisaje imaginado. La subterránea exaltación que había ido apoderándose de él a lo largo de la noche, sacaba a flote el liberado júbilo que contaminaba el alcohol con su benefactora irrealidad.

Juanito Garfín abrió paso hacia el despacho del presidente. El doctor Beraza era requerido para atender a un joven indispuesto, al que acababan de recoger en secretaría después de rescatarle en los servicios, donde había sufrido un desfallecimiento. Unas señoras pretendían hablar con Pacho Robla, y Llombera les indicaba que fuesen a la sala de lectura, donde se habían concentrado doña Amparo y las esposas de los directivos.

—Nunca se vio nada igual —decía una de ellas.

—Se hace lo posible por poner un poco de orden.

—Los servicios están que es una vergüenza.

—Cuando hay problemas es cuando de veras se requiere la colaboración de todos los asociados. Hablen con doña Amparo, por favor.

Se adelantó el secretario por el pasillo hasta la puerta del despacho del presidente.

—Es verdad —confirmó en seguida—, está cerrada.

—¿Y la llave seguro que estaba puesta? —quiso saber Pacho Robla.

—Yo juraría que sí.

Don Florín llegaba hasta ellos seguido de Ángel Benuza. Llombera, Iruela y Juanito se arremolinaban expectantes.

—No hay nadie —dijo Pacho, displicente—. El pájaro voló. Tendría prisa por ir a empeñar la Flor. Desde luego que ésta es la primera y la última vez que sale premiado un poeta de esta estofa.

—No nos iremos hasta que se compruebe —afirmó don Florín, rotundo—. Paco ahí quedó y vamos a enterarnos de lo que pasa. Al único sitio donde ha podido irse es al otro barrio, envenenado por vuestra culpa, y si lo que queréis ocultar es un fiambre os pesará el resto de vuestra vida.

—Lo que no estamos es dispuestos a aguantar histerias ni melodramas —gritó Pacho, aporreando la puerta—. Ya me cansé de tantas contemplaciones. Por esas escaleras podéis iros perdiendo el culo.

—No te subas a la parra, Petavonio —dijo Ángel Benuza, alzando el dedo índice ante el rostro congestionado de Pacho—. Esta puerta se abre, porque si dentro está el cadáver de un poeta envenenado, vais a ser los primeros en arrollidaros. ¿Dónde está la llave?

—Aquí nadie da órdenes —contestó Pacho, aporreando de nuevo la puerta—, y menos que nadie, un galopín de tres al cuarto como tú. Iros de una vez, Floro, iros y no me calentéis más.

—Estás muy equivocado si piensas que vamos a dejar a Paco, le haya pasado lo que le haya pasado. O abrís la puerta o la descerrajamos a patadas.

—Será lo mejor —intervino Plácido Iruela—. ¿No hay otra llave en secretaría?

—Tú, Plácido, te callas la boca —ordenó Pacho.

Las filas de la conga se habían unido y culebreaban en la larga rueda que iba abriéndose y cerrándose bajo los gritos y las imprecaciones de Sariegos. Asomaron los danzantes por el vestíbulo y corrieron entrando y saliendo por las distintas puertas. La orquesta alteraba el ritmo bajo el mandato enloquecido del vocalista que, con ambas manos, parecía aporrear dos imaginarios tambores.

—¿No hay medio de que acabe de una puñetera vez esa bulla? —había dicho Pacho.

—Déjalos, que, al menos, así están entretenidos. Doña Amparo y el resto de las esposas de los directivos cruzaban decididas el bar.

Don Florín se había acercado a la puerta.

—Se oyó un gemido —había dicho.

—¿Con esta murga?

—Un gemido, un ahogo.

Separó con los brazos a los que estaban más cerca y dio una fuerte patada a la puerta.

—Te prohíbo esos procedimientos —mascculló Pacho intentando cogerle.

—Id a por la llave, no hay otro remedio —decidió Llombera—. Acabemos de una vez con este pleito absurdo, Pacho.

Cuando el secretario se disponía a cumplir la orden escucharon el movimiento interior de la manija y, en seguida, el ruido de la llave que abría desde dentro.

Doña Amparo llamaba imperativa a su marido.

—Ahora voy, mujer. Dejarnos en paz.

Fue el propio Pacho Robla quien empujó la puerta, que ya cedía, hacia dentro, y se quedó clavado un instante, sin percibir nada en la oscuridad. Doña Amparo y las otras mujeres se acercaban curiosas. Entró Juanito y dio la luz. Sobre el sillón del fondo, la figura de Paco Bodes aparecía tendida y atravesada, caídos los brazos como dos leños y montada una pierna sobre el respaldo.

—Paco, Paco, ¿qué te hicieron? —gritó desesperado don Florín.

Benjamín Otero se veía arrastrado por la turbamulta, como si un viento pertinaz soplase en la cola del gusano llevándole encaramado en sus anillas. Algunas luminosas explosiones venían a distraer su loca carrera, que poco a poco se parecía cada vez más a la caída en un abismo, de la que se tiene una absurda conciencia festiva. Caer era como desprenderse de todo recuerdo ingrato, como volar en una libre constelación de ensueños radiantes.

Los bailarines armaban una espiral por los espacios del bar, iban y venían sobre el centro descolocado que mantenía Sariegos, cuyos gritos eran contestados por todos, como en el éxtasis de una tribu que festeja los últimos sacrificios.

Benuza y don Florín atendían a Paco Bodes, que daba muestras de encontrarse en un limbo extraño, a medias inconsciente en una distancia clausurada por la sombra del sueño o del veneno.

—Aguamarina, vespertina, matutina —musitaba con el esfuerzo desvariado de un trabalenguas—, ambarina, cristalina...

Tras la puerta descubrió Pacho Robla a su hija, que permanecía como una estatua de sal, mostrando en la mano temblorosa la llave, hundida en el arrugado raso de su reinado, con la diadema a punto de desprenderse de su cabello.

Cruzó vertiginosa la fila hacia el pasillo, comandada por Jacinto, que iba empujando a los agolpados espectadores, entre los cuales se escuchaban las histéricas lamentaciones de doña Amparo. Pacho abofeteaba a Tina y era sujetado con dificultad por Llombera y Juanito Garfín. La diadema había caído al suelo y, desde la lejanía de su limbo, el Poeta Galardonado intentaba incorporarse, con esa vana intención del galán que presencia herido el escarnio de la doncella. Las inconexas palabras salpicaban en su boca el aliento heroico de la mortuoria llamada, esas huellas de un trance irreversible.

Cuando los atónitos espectadores se dieron cuenta, la tumultuosa serpiente se enroscaba en el despacho, correteaba sin reparo embarullando el constreñido paisaje, por donde rodaban sillas y volaban papeles.

—Perdida, perdida —eran las últimas palabras de doña Amparo, que, con sus amigas, recibía avergonzada a Tina, hecha un mar de lágrimas.

El último que logró entrar fue Benjamín Otero, que se abría camino traído y llevado entre los saltos y los empujones de los bailarines y los espectadores. Continuaba la orquesta tronando en la distancia, empecinada en el ritmo obsesivo de la conga. A Pacho Robla le sujetaban Llombera y Garfín ayudados por el secretario.

Fue un violento grito de Jacinto Sariegos, el único que parecía capacitado para apaciguar a las huestes, el que logró que de pronto todos se detuvieran y callaran. Hasta la orquesta quedó un momento suspendida en el vacío del salón, donde solamente una pareja, ahogada en el alcohol, seguía impertérrita los sonámbulos pasos del tango, cuya música hacía ya mucho rato que había sucumbido.

—Don Francisco Bodes Pellejero —dijo Ángel Benuza poniéndose de pie con gesto virulento y acusatorio— agoniza.

Quienes no supieron respetar su obra y su vida, van a respetar su muerte. En los ignominiosos muros de esta Sociedad acaece, por desgracia de un destino maltrecho. Pero de rodillas, aquí, vais a ser testigos de su último suspiro, de rodillas y con la cabeza gacha, porque como hay infierno que al que haga el mínimo gesto le levanto la tapa de los sesos.

—Paco, Paco —gritó Sariegos, avanzando hacia el cuerpo rendido, que en sus brazos sostenía don Florín—. No puedes dejarnos en esta noche infame. No nos puedes abandonar entre esta purrela humana.

—De rodillas —ordenó Benuza, haciendo un violento e imperativo gesto con el dedo índice—. De rodillas.

Poco a poco, los presentes fueron obedeciendo. Benjamín vislumbró las postradas imágenes que por el salón iban quedándose quietas, y distinguió, como en la niebla adonde con dificultad alcanzaba su mirada, la erguida figura de Ángel.

—Que avisen a Beraza, que venga el doctor Beraza —había pedido Plácido Iruela.

—Nadie va a poner sus manos en el cuerpo de un Poeta, que en el umbral de la muerte se demora un instante para decir adiós a sus amigos —dijo Benuza—. Mientras en la nada se derrama, ya podéis temblar como tiemblan los asesinos.

—Paco, Paco —repetía Sariegos—, llévanos contigo, no nos abandones en este antro de mercachifles y alcahuetas.

—No lo voy a consentir —gritó Pacho, a quien cada vez contenían con mayor dificultad—. No estoy dispuesto a aguantar esta farsa. ¿Pero no os dais cuenta, no os dais cuenta?

Abandonó don Florín con cuidado el cuerpo que sostenía entre los brazos. Paco Bodes reposaba en el suelo como una estatua rota.

—Este poeta provincial, de gloria oscura y estro claro, acaba de expirar. A quienes le quisimos sólo nos compete ahora su entierro y homenaje. En otro momento habrá que saldar las cuentas que la justicia exige, si es que la justicia es algo todavía en esta urbe de conejos y garduñas. Tú, Pacho Petavonio, atente a las consecuencias.

—No os va a ser tan fácil, hatajo de galopines. Todavía no nació quien me pueda tomar el pelo.

—Cofrades —llamó don Florín—, hay que llevar al Poeta al lecho donde con honra se le pueda velar. Entre el tufo de esta Sociedad, que le premió para matarle, su memoria corre riesgo de emputecerse.

—Lo dejaréis ahí, hasta que venga a levantarle quien tenga que venir.

—De otros cadáveres a buen seguro que ya podéis ocuparos a estas horas —dijo Benuza—. Y de vosotros mismos, si la ponzoña empieza a hacer efecto entre el alcohol. Todos, unos más y otros menos, llevamos al veneno dentro.

Don Florín y Ángel cargaron el cuerpo de Bodes con la problemática ayuda de Jacinto. Benjamín salió al paso dispuesto a echar una mano. Se apartaban los espectadores, atónitos ante el improvisado cortejo, temerosos de lo que allí había sucedido.

—Fuera, fuera —pedía Sariegos—. Paso al Poeta. Respetad su sueño mortal, bribones. De esta noche infame también vais a ser víctimas.

Siguieron pasillo adelante con Benjamín a la zaga y Jacinto abriendo paso. La orquesta había dejado de tocar y los músicos asomaban curiosos. Solamente en el centro del salón vacío continuaba la ahogada pareja con su tango sonámbulo. Cruzaron el bar, llegaron al vestíbulo. Por algunos rincones distinguía Benjamín a los aterrados supervivientes.

—Echar una mano —solicitó Benuza cuando alcanzaron la escalera.

Jacinto y Benjamín cogieron a Bodes por los pies y fueron aventurándose por los engalanados peldaños que surcaban el hondo precipicio, a cuyo final aguardaba Tilo el cancerbero con el rostro soñoliento. Don Florín y Ángel estrechaban su abrazo al cuerpo del Poeta para que no se les descolgara. El rostro de Bodes pendía hacia atrás como si alguien lo hubiera segado.

Llegaron a la puerta y Tilo se acercó ceremonioso y preocupado a abrirla.

—¿Hay que ayudar?

—No hay nada que hacer.

Sariegos sustituyó a don Florín cargando a Bodes. Don Florín buscó en los bolsos de la chaqueta del Poeta, y luego le quitó de la solapa el prendedor de la Rosa de Invierno. Con sumo cuidado dobló la delicada prenda interior de raso, que el Poeta había guardado como un trofeo, y sujetó en ella la Rosa.

—Tenga —le dijo al cancerbero—. Súbale esto a don Pacho ahora mismo, y dígale que ambas cosas son de su hija, que el Poeta Galardonado no quiere llevárselas a la tumba.

Alumbraba la nieve como una blanda masa lunar en la tiniebla nocturna, un fulgor cernido sobre el paisaje urbano que las sombras y los albores sepultaban en la misma proporción. Estaba quieta la noche en sus postrimerías, detenida entre el helado aliento que arrancaría la madrugada con la misma pacificación con la que se mece el humo en la brisa que la confunde con los últimos copos desgajados.

Durante muchas horas había caído la nieve con su lento y sosegado temblor, decidida en la implacable invasión. Y enfriaba su corona el silencio de la ciudad dormida, donde las voces de los cofrades salpicaban de júbilo y locura las calles enterradas.

—No hay salud como la de los muertos —fue lo primero que gritó Paco Bodes, saltando a la acera apenas doblada la primera esquina.

Benjamín vio correr a los cofrades como liebres desvariadas en el relumbre de la nieve. Sintió entonces el reclamo de aquel espacio nacarado, el azote benigno de la atmósfera que ayudaba a disipar las embargadas llamas del alcohol restableciendo otros impulsos menos abotargados, y salió tras ellos secundando los gritos y los saltos, atento a las voces que le reclamaban. Las blancas sombras acompañaron su carrera en un ensueño de sábanas enarboladas, de lechos lunares, por los que uno podía tenderse con la efusión de la más radiante libertad.

—Loemos a Nuestro Santo Padre Gerónides —pidió Bodes alzando ambos brazos—. Bendita sea su beoda misericordia.

—Tú que moras tan alto —impetró Sariegos, que a punto había estado de rodar por la nieve—, vela por la sagrada borrachera de tus hijos, y acógenos en tu seno cuando la ebriedad nos lleve.

—Atentos, cofrades —solicitó don Florín—. En esta arriesgada noche hemos cumplido los designios propuestos. Ahora ya podemos pensar en volver al empeño que, durante tanto tiempo, hizo de nuestras vidas un sueño iluminado. En el mito sigue residiendo la única gloria de nuestro destino, como bien advirtió Marcelario.

—Vamos al Rucayo —propuso Bodes—. En su histórico venero podemos solazarnos, evocando el misterio de las aguas virtuosas. La venganza se merece esa ablución.

—Y podemos despertar a Chonina —dijo Jacinto—. Es bueno que las hijas de Isis sean rescatadas del sueño para paladear los efectos de la ponzoña.

—No nos demoremos, cofrades —accedió don Florín—. Mejor que la madrugada nos pille ya recogidos, porque a mi hermana la temo más que a un nublado.

El fuego enfermo de las farolas marcaba como una extraña dirección por las sembradas calles. Imaginaba Benjamín la cabeza de algunas teas que en el hielo se hubieran petrificado, un frío resplandor intermitentemente repetido por esquinas y aceras, la huella votiva que alargaba el pálpito mortal de la ciudad sumergida.

—Ahora pisamos tu entraña, urbe maldita —comenzó a decir Jacinto Sariegos, mientras caminaban presurosos—. El fanal de tu mezquina memoria. Ahora que eres un cadáver perdido a merced de la inclemencia y el invierno. Urbe desolada —gritó— que albergas las maldades de los que cada día te matan con su incuria y su cebado rencor. Dolorida urbe por cuya sangre de románicos y góticos mamotretos no daría yo ni la raspa de una uña de mi mano de archivero.

—También tu corazón pisamos —le secundó Ángel Benuza— y con él las torcidas emociones que anegan a tus durmientes, esos que de nuevo alzarán mañana la vara y el bonete como quien levanta la enseña de la cordura.

—Liso cadáver de impenitente ruina —declamó Paco Bodes—, nadie va tener contigo la piedad de separar una punta del sudario para mirar tu rostro, ajado en los siglos que sellan el pergamino de tus piedras fundacionales. Yaces sin gloria entre la podredumbre de quienes te quisieron invicta. Mueres en la tribulación de aquellos pendencieros que te llamaron heroica. Buena no eres, porque jamás reconociste la bondad de tus hijos mejores.

De nuevo corrieron los cofrades para espabilar el frío, y resbalaron por la nieve, que fraguaba su corteza de lapidario mármol. Por las callejas parecía concentrarse todavía más la invasión, como si los copos se hubieran volcado en compactas manadas.

Contempló Benjamín las torres de la catedral, que pendían hacia el techo nocturno como dos indefensas lanzas. En el centro de la plaza, apoyada en una farola, había una sombra sobre la que llamó la atención Paco Bodes. Se acercaron cautelosos los cofrades. Era un arrebujado bulto sin rostro y sin aliento.

—Publio Andarraso —dijo Benuza—. No hagáis ruido que tiene el sueño leve.

—El sueño o la congelación.

—No será la intemperie quien lo mate. Cuando ya no quedan carnes sino únicamente huesos, la helada acaricia más que daña.

—Con el vigía dormido, bien puede decirse que en esta hora hasta la última conciencia está acallada.

—Vamos —pidió don Florín—, respetemos su sueño. La ronda de Andarraso es larga y sus estaciones apenas tienen sosiego.

—Eres el único, Publio —dijo Paco Bodes—, que vive eternamente de pie en esta urbe donde tan propio es vivir de rodillas.

Colmaba la nieve el recoleto hontanar del Rucayo, y manaba el Caño sobre el pilón donde las aguas se iban recubriendo de una partícula de hielo. En el lienzo de la muralla cercana se habían prendido los copos voladores como esparcidas motas de una derramada melena.

—Éste es el lugar propicio, hermanos cofrades —dijo don Florín—, para que otra vez nos juramentemos para proseguir nuestra empresa. Ahora que la noche está quieta y vacía, la voz de este vetusto Manantial nos trae el eco de todos los Veneros Secretos y, entre ellos, el de la Fuente Virtuosa.

—Tienes razón, Floro —reconoció Benuza—. La voz de su edad dorada, la del tiempo que no es tiempo, la que proviene del mismísimo Lagar del Edén, donde todas las fuentes, como dice Capistrano, tienen su origen.

—Yo os incito —siguió don Florín— a una somera ablución para cumplimentar el rito de nuestro juramento. Mañana le escribiré a Aquilino para darle cuenta fehaciente de todo lo acaecido en esta noche sonada. Hermanos, bebamos un trago purificador y guardemos silencio unos instantes. En el rumor del Rucayo susurran las aguas prodigiosas, si sabemos escucharlas.

Obedecieron los cofrades. Benjamín tuvo la sensación de que el silencio alcanzaba hasta el último latido del último rincón del mundo y de la noche. Cerró los ojos y encontró un paciente reverbero de brasas y de nieve, la ya templada salpicadura de las iluminaciones del alcohol. Volvió a abrirlos y observó a los cofrades que, casi al mismo tiempo, alzaban la mirada al cuenco nocturno, de donde comenzaban a desprenderse otra vez unos copos espesos como una bandada de pájaros blancos.

—Hay que recogerse —decidió don Florín con un escalofrío.

—Antes despertamos a Chonina —determinó Jacinto Sariegos—. Como cofrade no puede dormir ajena a los acontecimientos acaecidos sin saber que llegaron a feliz término. Además conviene reconciliarse y, si es posible, celebrarlo tomando la espuela.

Fueron por la línea de los cubos de la muralla, difícilmente guarecidos, hundiéndose en algunas trampas blandas, cegados por el espeso aleteo. Benjamín abría los brazos y recogía excitado aquella siembra que reclamaba una casi desbordante euforia.

—Adelante, cofrades —pidió Sariegos—, que no se diga que tenemos el ánimo arrecido.

Según se acercaban a la casa de Chon, una rala música les llegó como perdida entre las alas de los blancos pájaros, un metálico campanilleo desprendido en el abismo de la noche.

—¿Oísteis? —inquirió Paco Bodes.

Se quedaron quietos. El silencio parecía aferrado a la solemne invasión, como si del más extremo vacío se descolgasen aquellas plumas imperturbables, mudas en su vuelo y en su caída.

De pronto, una voz delgada nació en las alturas del tejado, un brote cristalino y melódico que acompañaba al campanilleo. Y los cofrades escucharon, alzando la cabeza, sin poder distinguir nada, como si la voz resonase como un eco sumergido en la corona de la noche:

> Oíd, hermanitos,
> la hora es llegada,
> el mundo se acaba
> según está escrito.

—Dorina —dijo Ángel Benuza saltando hacia el centro de la calle seguido de los otros—. Es esa inocente —afirmó alarmado.

—Rápido, rápido —decidió don Florín—, hay que avisar.

La voz se había extinguido. Y entonces escucharon los cofrades un leve ruido en las alturas y, en un instante, percibieron el cuerpo menudo de Dorina, envuelto en su blanco camisón, volcado hacia el abismo, y de nuevo creyeron escuchar su voz como un último suspiro musical. Y vieron cómo en su caída volaba Dorina como un copo vivo sobre aquella ciudad muerta.

COLECCIÓN AUSTRAL

Serie azul: Narrativa
Serie roja: Teatro
Serie naranja: Poesía
Serie verde: Ciencias/Humanidades

ÚLTIMOS TÍTULOS PUBLICADOS

Friedrich Nietzsche
493 **El gay saber**
Edición, traducción y guía de lectura de José Luis Jiménez Moreno

Lev N. Tolstói
494 **Ana Karenina**
Prólogo de César Vidal
Traducción de Alexis Marcoff

José Sanchis Sinisterra
495 **Ay, Carmela / El lector por horas**
Edición y guía de lectura de Eduardo Pérez Rasilla

AA. VV.
496 **Promoción poética de los 50**
Edición de Luis García Jambrina

Enrique Jardiel Poncela
497 **Cuatro corazones con freno y marcha atrás / Los ladrones somos gente honrada**
Edición y guía de lectura de Fernando Valls y David Roas

Friedrich Nietzsche
498 **El origen de la tragedia**
Prólogo de Carlos García Gual
Traducción de Eduardo Ovejero Mauri

Ana M.ª Matute
499 **Olvidado rey Gudú**
Prólogo de Soledad Puértolas

Brian Morris
503 **El surrealismo y España**
Traducción de Fuencisla Escribano

AA. VV.
504 **Prosa del 27**
Edición de Domingo Ródenas

William Shakespeare
505 **Enrique IV**
Edición y traducción de Ángel-Luis Pujante

Fernando Fernán-Gómez
506 **La Puerta del Sol**
Prólogo de Santos Sanz Villanueva

Calderón de la Barca
507 **Antología poética**
Edición de Luis Alberto de Cuenca

J. W. von Goethe
508 **Las penas del joven Werther**
Introducción de Miguel Salmerón
Traducción de Berta Vias Mahou

Oscar Wilde
509 **El retrato de Dorian Gray**
Traducción y edición de Mauro Armiño

Julio César
510 **Comentarios de la guerra de las Galias**
Traducción y edición de Alfonso Cuatrecasas

Boccaccio
511 **Decamerón**
Edición y guía de lectura de Anna Girardi
Traducción de Pilar Gómez Bedate

Edward Malefakis
512 **Reforma agraria y revolución campesina en la España del siglo XX**
Traducción de Antonio Bosch, Alfredo Pastor y Juan-Ramón Capella

AA. VV.
513 **Antología de la poesía catalana contemporánea**
Selección y edición de José Corredor-Matheos

Erasmo de Rotterdam
514 **Coloquios**
Traducción y edición de Pedro Rodríguez Santidrián

Publio Virgilio
526 **Bucólicas / Geórgicas**
Traducción y edición de Arturo Soler Ruiz

AA.VV.
527 **Antología de cuentos e historias mínimas (siglos XIX y XX)**
Edición de Miguel Díez R.

Luis Cernuda
528 **Antología Poética**
Edición de Ángel Rupérez

Luis Mateo Díez
529 **Los males menores (microrrelatos)**
Edición de Fernando Valls
Guía de lectura de Enrique Turpin

Henri Poincaré
530 **Ciencia e hipótesis**
Introducción de Javier Lorenzo

Ödön von Horváth
531 **Un hijo de nuestro tiempo**
Edición y traducción de Berta Vias Mahou

José Luis García Delgado
532 **La modernización económica en la España de Alfonso XIII**

Choderlos de Laclos
533 **Las amistades peligrosas**
Prólogo de Félix Romeo
Traducción de Almudena Montojo

AA. VV.
534 **Poesía satírica y burlesca de los Siglos de Oro**
Edición de Ignacio Arellano y Victoriano Roncero

William Shakespeare
535 **Troilo y Crésida**
Traducción y edición de Ángel-Luis Pujante

Juan Marsé
536 **Cuentos completos**
Edición y guía de lectura de Enrique Turpin

Jean Canavaggio
537 **Cervantes**
Traducción de Mauro Armiño

Alfred de Musset
538 **Cuentos**
Prólogo de Antonio Martínez Sarrión

Suetonio
539 **Vida de los doce césares**
Traducción y edición de Alfonso Cuatrecasas

VV.AA.
540 **Antología de la poesía satírica**
Edición de Antonio Martínez Sarrión

Prosper Mérimée
541 **Carmen**
Prólogo de Alberto González Troyano

Antonio Gala
542 **Inés desabrochada**
Prólogo de Andrés Peláez Martín

Julio Valdeón/Joseph Pérez/Santos Juliá
543 **Historia de España**

Benito Pérez Galdós
544 **Doña Perfecta**
Edición Germán Gullón

Francisco Martínez de la Rosa
545 **La conjuración de Venecia**
Edición y guía de lectura de Juan Francisco Peña

Enrique Gil y Carrasco
546 **El señor de Bembibre**
Edición y guía de lectura de Juan Carlos Mestre y Miguel Ángel Muñoz

Conrad Ferdinand Meyer
547 **El santo**
Traducción y edición de Isabel Hernández

Rimbaud
548 **Poesías**
Traducción y edición de Antonio Martínez Sarrión

Claudio Rodríguez
549 **Antología poética**
Edición de Ángel Rupérez

Luis Mateo Díez
550 **Las horas completas**
Prólogo de Nicolás Miñambres

William Shakespeare
551 **Medida por medida**
Traducción y edición de Ángel-Luis Pujante

Rafael Sánchez Mazas
552 **La vida nueva de Pedrito de Andía**
Edición y guía de lectura de María Luisa Burguera

VV. AA.
553 **Antología esencial de la poesía alemana**
Traducción y edición de José Luis Reina Palazón

Javier Ordóñez/Víctor Navarro/José Manuel Sánchez Ron
554 **Historia de la ciencia**

Gaston Leroux
555 **El fantasma de la ópera**
Traducción de Mauro Armiño

Francisco Nieva
556 **Viva el estupor/Los mismos**
Dos comedias televisivas
Edición de Juan Francisco Peña

Ramón Gómez de la Serna
557 **El novelista**
Edición de Domingo Ródenas

Guy de Maupassant
558 **Bola de sebo y otros relatos**
Traducción y edición de Juan Bravo Castillo

José Luis Abellán
559 **El erasmismo español**
Prólogo de José Luis Gómez-Martínez

Salvador de Madariaga
560 **Guía del lector del «Quijote»**
Prólogo de Luis María Ansón

Arturo Pérez-Reverte
561 **El maestro de esgrima**
Prólogo de José María Pozuelo Yvancos
Guía de lectura de Enrique Turpin

Francisco Aguilar Piñal
562 **La España del absolutismo ilustrado**

Séneca
563 **Tratados Morales**
Traducción y edición de Pedro Rodríguez Santidrián

Albert Einstein
564 **El significado de la relatividad**

Arthur Conan Doyle
565 **El perro de los Baskerville**
Prólogo de Fernando Martínez Laínez

Henry James
566 **Daisy Miller, Otra vuelta de tuerca y otros relatos**
Traducción y edición de Santiago Rodríguez Guerrero-Strachan

Horacio
567 **Odas/Épodos**
Ed. Alfonso Cuatrecasas

José-Carlos Mainer
568 **Años de vísperas. La vida de la cultura en España (1931-1939)**

Manuel y Antonio Machado
569 **La prima Fernanda/La duquesa de Benamejí**
Edición de Dámaso Chicharro Chamorro

Francisco Brines
570 **Antología poética**
Edición de Ángel Rupérez

Miguel Delibes
571 **El camino**
Introducción de Marisa Sotelo
Guía de lectura de Fernando de Miguel

Carmen Laforet
572 **Nada**
Introducción de Rosa Navarro Durán
Guía de lectura de Enrique Turpin

George Orwell
573 **Rebelión en la granja**
Introducción de Rosa González
Guía de lectura de Francisco Alonso

Herman Melville
574 **Bartleby el escribiente**
Traducción y edición de Eulalia Piñero

Rafael Sánchez Ferlosio
575 **El Jarama**
Introducción y guía de lectura de María Luisa Burguera

Ramón J. Sénder
576 **Réquiem por un campesino español**
Edición y guía de lectura de Enrique Turpin

Camilo José Cela
577 **La familia de Pascual Duarte**
Introducción de Adolfo Sotelo
Guía de lectura de Antonio Cerrada